托尔斯泰创作研究新论

张中锋　著

山东大学出版社
SHANDONG UNIVERSITY PRESS
·济南·

图书在版编目(CIP)数据

托尔斯泰创作研究新论/张中锋著.—济南:山东大学出版社,2022.2

ISBN 978-7-5607-7214-1

Ⅰ.①托… Ⅱ.①张… Ⅲ.①托尔斯泰(Tolstoy, Leo Nikolayevich 1828—1910)—文学研究 Ⅳ.①I512.064

中国版本图书馆 CIP 数据核字(2021)第 242848 号

责任编辑 郭凯迪
封面设计 蓝海文化

托尔斯泰创作研究新论
TUOERSITAI CHUANGZUO YANJIU XINLUN

出版发行 山东大学出版社
社　　址 山东省济南市山大南路 20 号
邮政编码 250100
发行热线 (0531)88363008
经　　销 新华书店
印　　刷 济南乾丰云印刷科技有限公司
规　　格 720 毫米×1000 毫米 1/16
　　　　 15.75 印张 266 千字
版　　次 2022 年 2 月第 1 版
印　　次 2022 年 2 月第 1 次印刷
定　　价 58.00 元

本书系国家社科基金重点项目“中国列夫·托尔斯泰学学科史研究”(19AWW005)中期成果

序

陈建华

中锋的新著《托尔斯泰创作研究新论》即将付梓出版，他嘱我写几句话，情词恳切，不容推辞。中锋新著研究的是俄国作家列夫·托尔斯泰及其创作，这也是我多年来比较关注的一个领域，读他的文字有一种亲切感。这本著作以及他此前出版的《列夫·托尔斯泰的大地崇拜情结及其危机》(2015)等书，是中锋近些年来研究托尔斯泰的结晶，他为中国“托学”的发展所做的努力值得称赞。

中国“托学”的发展离不开中国学术的大环境。新世纪以来，随着国家对学术研究支持力度的持续加大，中国的俄国文学研究得到了较快发展，中青年学者成绩骄人。尽管真正高质量的成果仍显不足，但是不少成果在各自的领域里均有所开拓和创新，内容也更为丰硕和多元。例如，近20年，国内出版的关于巴赫金文论研究的专著超过30部(此前仅3部)，虽有过热之嫌，但成绩是主要的，这些专著在巴赫金的对话理论、语言学思想、狂欢化理论、文化诗学、中国本土化问题等领域展开了多侧面的研究。更多的成果或关注苏联解体后的新俄罗斯文学和文化思潮，或评析生态文学、宗教文化、流散文学等现象，或梳理学术史和中俄文学关系等问题，或在知识分子问题、女性问题等方面展开专题研究，取得了不俗的成绩。在作家研究领域，苏联时期的“非主流”作家和新俄罗斯作家成为关注的热点，涉及作家数十位，专著类的成果多达数十种。对苏联时期“主流”作家的研究总体呈下降趋势，但在理论开拓或材料发掘上仍有所推进。

19世纪俄国经典作家研究是中国俄国文学研究的重要组成部分，新世纪也出现了一些优秀成果。但与“非主流”作家和新俄罗斯作家研究相比，学界对经典作家的关注度似乎有所降低。不过,陀思妥耶夫斯基研究是个例外。近20年,"陀学"成果丰富,不少著作或分析陀氏笔下"知识分子"主人公,或论述基督教文化语境下陀氏的"历时性"诗学,或对陀氏汉译史和研究史进行了文化分析,涉及范围广阔。与陀氏研究热形成鲜明对照的是,这一阶段的托尔斯泰研究步入低谷(有意思的是,这种相对低谷期在日本等国也同时出现)。李明滨、吴泽霖、邱运华、李正荣等学者在世纪之交推出过力作,此后10余年间托尔斯泰研究领域虽有不少论文出现,但有分量的论文不多,有分量的专著更是罕见。正因为如此,中锋当年在撰写《列夫·托尔斯泰的大地崇拜情结及其危机》一书时才会发出这样的感慨:想用此作"为沉寂荒漠了近十年的托尔斯泰研究领域增加一点绿色"①。"沉寂荒漠",用词有些重,但低谷现象是存在的。低谷出现的原因很复杂。作家格非说起过一件事:"最近来了一位美国哥伦比亚大学的研究生,她问我最喜欢的作家是谁。当我提起托尔斯泰的大名,她立即面露不屑之色,她说,在美国,托尔斯泰已经是一个过时的作家了。"②"过时"一说自然是荒谬的。经典作家之所以不朽,不仅仅因为他们创作的经典作品能够激发人们的想象,给人们以审美的愉悦,能让人们借此瞻望未来。经典作品有自我翻新的能力,可以超越时空、超越国界。对经典作家及其作品研究的热度会有起落,这本来很正常。不过,有人提醒,托尔斯泰和巴尔扎克等经典作家今天的困境,背后有西方的所谓意识形态"淡化"和文化消费主义等因素③,想改变这种状况要靠更多学者自觉地努力。近几年,除中锋等人的著作外,年轻的研究者张兴宇有《列夫·托尔斯泰的自然生命观研究》等专著出版,金美玲有《"义"与"圣":托尔斯泰宗教探索之文学书写》等博士学位论文的问世,正在逐步扭转困境。

中锋的这部新著在研究方法、研究视角等方面很有特色。由于作者长期关注托尔斯泰,有着丰厚的学术积淀,这使他在分析熟稔的对象时游刃有余。作者在该书中根据研究对象分别采用社会学—美学、心理学、精神分析、人类文化学等多种研究方法,探讨了托尔斯泰创作思想的演变轨迹、《战争与和平》创作中的非理性现象、《安娜·卡列尼娜》中的"赘衍叙事"现象、《复活》创作中的新伪古典主义倾向、托尔斯泰的"泛现实主义化"创作及其得失、托尔斯泰女性塑造中的"圣母—

① 张中锋:《列夫·托尔斯泰的大地崇拜情结及其危机》,济南:山东人民出版社,2015年,第284~285页。

② 转引自任晓雯:《托尔斯泰的文学理想国》,《作家通讯》2020年第10期。

③ 参见陈众议:《经典的困顿和苏醒》,《文艺报》2016年5月11日。

妓女”情结、托尔斯泰创作思想的嬗变对其长篇小说结构形式的影响等重要问题，论述深入，时有新见。例如，关于“赘衍叙事”现象。书中以《安娜·卡列尼娜》中的“画像事件”“赛马事件”“志愿参战事件”为例，细致分析这一现象，并指出：“这些所谓的‘赘衍叙事’却有着‘微言大义’和‘奇异效果’，甚至成为托尔斯泰的又一创作特色。也就是说，‘赘衍叙事’非但没有损害《安娜·卡列尼娜》这部现实主义创作的艺术成就，反倒使其别开生面、独具魅力，大有摇曳多姿、崔嵬峥嵘之气象，拓展了现实主义的表现力，增加了现实主义创作的新魅力。”分析颇具说服力。当然，作者并非对托尔斯泰一味赞美，他在论及《复活》创作中的新伪古典主义倾向时，认真阐释了作品中新伪古典主义美学倾向的几个特征及其产生的原因，对这一倾向的消极方面持尖锐的批判态度。

这部书稿中时时可见的新见均与作者细读文本、开掘作品内涵的努力分不开。这种努力在该书的人物形象分析中也可见到。这些人物形象涉及《童年》《少年》《青年》“三部曲”中的尼古连卡及其父母，《战争与和平》中的皮埃尔、安德烈、尼古拉、库图佐夫，《安娜·卡列尼娜》中的安娜等数十位，作者在这些耳熟能详的形象中读出了新意。例如，作者在细读《战争与和平》后指出，皮埃尔“进一步超越了他试图转向的东方消极无为的思想，他的西方启蒙理性思想仍在起着作用，这种超越不是简单的否定，而是螺旋式的上升，使皮埃尔的思想变得更深刻和更复杂了”。又如，作者在《〈哥萨克〉：自然的难以回归与自然的不可回归》一章中指出：“文明存在着异化，但也有利于情感的丰富和心智的提高；自然也并非至善，也存在着恶……自然的难以回归和自然的不能回归便构成了一对矛盾。”正是在充分揭示这对矛盾的同时，作者完成了对奥列宁、叶罗什卡大叔、卢卡什卡、玛丽亚娜等形象的出色分析。尽管该书中有些见解尚可商榷，但作者立足作品、深入文本的做法颇为可贵。这种直面文本的研究，在如今碎片化阅读与空谈理论成风的背景下，尤其值得提倡。对于托尔斯泰这样的文学大师，如果只有粗略的了解，没有细细品读过他的一系列重要作品，那就无法真正领悟其所蕴含的思想力度，体悟其赋予的审美愉悦。钱谷融先生曾经这样说过：“托尔斯泰的作品给予我的一个最最突出的印象，就是它的描绘的具体性。……而这种描绘的具体性，我以为就是托尔斯泰的作品之所以能够产生如此巨大的艺术魅力的基础。”[①]只有细读文本，才能感受到“这种描绘的具体性”，体会到其中“巨大的艺术魅力”，这一点在中锋的这本书中得到了较为充分的体现。

---

① 陈建华：《岁月回声：钱谷融谈俄罗斯文学》，《中国社会科学报》2017年8月10日。

中锋曾在雷成德教授门下求学，对俄苏文学和托尔斯泰有系统和深入的了解。同时，他又受教于周来祥和陈炎两位教授，在美学研究领域也有所建树。这样的学术背景使他在从事托尔斯泰研究时常常能有不同于他人的视角，发人所未发。在这部新著中，多章内容比较集中地体现了这一点。例如，在论及托尔斯泰创作中的审丑意识时，作者依次分析了“自然至善”实现过程的反主体性、个体实践自由的非理性和神秘性、主体对自然客体的难以超越性等不同的表现方式，并认为，托尔斯泰的审丑思想是对现实主义美学原则的突破。又如，在论及托尔斯泰死亡描写的审美意象化时，作者指出，托尔斯泰对死亡问题的关注程度超过一般作家，作品中的死亡描写是被艺术化了的。“具体来说，托尔斯泰的审美意象化实现方式可总结为三种：一是在窥看尸体阶段使死者‘活’起来、‘思想’起来，形成死者‘未死’境况；二是把濒死体验故事化、具象化，促发读者发生联想和想象而形成快感；三是通过借助主体的强大精神，战胜和超越死亡，并唤起读者的崇高情感，达到审美效果。上述三种死亡意识的审美意象化虽然是分开说的，但作家在创作过程中又将之融为一体，通过死亡意识，化丑为美，化恐怖为崇高，使读者获得既陌生又复杂的情感体验，进而取得极大的审美效果。”上述分析与研究新意迭出，让人耳目一新。此外，该书中关于近 20 年来国内学界对安娜形象研究的分析也颇见功力。作者分别从宗教话语、文化批评话语、伦理批评话语、女权主义批评话语、哲学批评话语、比较批评话语、影响批评话语以及心理学批评话语等角度切入，清晰而准确地显示了新世纪国内相关研究的面貌。

这部新著内容丰富，厚重扎实，相信会在学界产生积极反响。中锋年富力强，正处在学术研究的收获期。祝贺他的新著出版，并期待他以更为出色的研究成果继续推动中国“托学”的发展。

2021 年秋于沪上西郊夏州花园

目　录

第一章　托尔斯泰创作思想演变轨迹初探

托尔斯泰是俄国批判现实主义文学的杰出代表，并把19世纪俄国批判现实主义文学推向了高峰，他创作的长篇小说《战争与和平》《安娜·卡列尼娜》，以及中篇小说《哥萨克》《伊凡·伊里奇之死》《哈吉穆拉特》等，早已成为世界文学中的不朽之作。高尔基曾把19世纪俄罗斯文学看作世界文学的“青藏高原”，而托尔斯泰无疑是这“青藏高原”上的“喜马拉雅山”了。由于托尔斯泰创作长篇小说的史诗风格、描写战争的出众才能以及表现人性的丰富性和深刻性，他被俄国批评家奥夫夏尼克-库利科夫斯基称为“既是荷马，又是莎士比亚”。苏联批评家赫拉普钦科也说，史诗性叙事和心理描写，这是托尔斯泰反映生活的两个不同的，但有时又是相互紧密联系的方面。[①] 由于托尔斯泰非常重视道德在创作思想中的作用，强调创作主体的道德理性，推崇“道德上自我完善”学说，因此其小说所表现出来的宗教信仰常常被视作“道德宗教”或“宗教道德”，他本人亦常常被视作“俄国的孔子”。

第一节　托尔斯泰早期创作思想

一

列夫·尼古拉耶维奇·托尔斯泰（1828～1910）出生于俄国古老的贵族世

① 参见［苏］米·赫拉普琴科：《艺术家托尔斯泰》，刘逢棋、张捷译，上海：上海译文出版社，1987年，第371、444页。

家，所住庄园雅斯纳亚·波良纳位于莫斯科以南200公里处。该庄园面积1470俄亩（约合1602公顷），内有农田、森林、草地、湖泊，拥有330个男性农奴。托尔斯泰在这里既可以劳作，也可以打猎，还可以垂钓。他一生大部分时间都是在这里度过的，他那大部头的作品如《战争与和平》《安娜·卡列尼娜》也都是在这里完成的。可以说，托尔斯泰无比喜爱这所庄园，他说："没有我的雅斯纳雅·波良纳，就没有我和俄罗斯的那种血肉相连的关系。没有我的雅斯纳雅·波良纳，我可能对我的祖国所赖以形成的那些共同规律看得更清楚些，但我不会爱她爱到这等狂热程度。"①托尔斯泰出身贵族世家，先祖彼得·托尔斯泰曾在彼得大帝时期身居要职，被沙皇封为世袭伯爵。到了他的祖父伊利亚·托尔斯泰时，家族开始衰落，这与伊利亚的热情好客、挥霍无度、不善经营有关。他的父亲尼古拉·托尔斯泰参加过反抗拿破仑入侵的卫国战争，但到他承继家业时，经济状况已经捉襟见肘、入不敷出，几近难以为继了。为了摆脱经济困难，尼古拉在28岁那年不得不与一位已32岁且其貌不扬的老小姐玛丽亚·沃尔康斯卡娅结婚，获得了不菲的陪嫁，大大缓解了经济窘困。尼古拉虽为经济目的联姻，但婚后夫妇非常恩爱，一个温柔大方，一个多才多艺，相敬如宾，琴瑟和谐，家庭幸福美满。玛丽亚为托尔斯泰家族生养了四男一女，列夫·托尔斯泰在家排行老四。尽管母亲在托尔斯泰不到两岁时去世，但给他留下了美好而温柔的印象。

托尔斯泰久居乡村的生活经历，使他比较熟悉农民的生活，会做各种农活，像耕地、播种、割草、打水、劈柴，甚至自己做鞋、缝补衣服等。热爱劳动的托尔斯泰与农民、土地、草场、森林等有着天然的联系，并把这种宗法制生活完全理想化、牧歌化，由此也批评与拒斥城市生活、西方文明生活。托尔斯泰身材健壮，孔武有力，仰卧在地上能单手举起一名士兵。处在这样的生活状态中，再加上身着农民装束，留着蓬松的大胡子，让初见者很难把他和那位驰名欧洲的大作家联系在一起。对于自己的相貌，托尔斯泰似乎也有自知之明，他在1854年7月7日的日记中写道："我丑陋，笨拙，不爱清洁，没有上流社会的教养。我容易动怒，使人感到乏味，不虚心，褊狭，像孩子一样怕羞。我几乎是一个不学无术的人。我的知识是我勉勉强强自学得来的，是抽空学，没有系统，没有条理，而且也很少。我同一切意志薄弱的人一样，不能自制，又优柔寡断，没有常性，

① [俄]康·洛穆诺夫：《托尔斯泰传》，李桅译，天津：天津人民出版社，1981年，第7页。

好虚荣到了愚蠢的程度，脾气急躁。”[①]当然，这里有其比较谦虚的一面，但托尔斯泰缺乏帅气潇洒的外表倒是事实。有一次，托尔斯泰坐马车出门，半路上碰到一个拜访者，因为这位拜访者从没有见过他，硬是把他冷落在旁，误以为车夫才是托尔斯泰。奥地利作家茨威格曾这样描写托尔斯泰：“看过他的肖像以后，人们都感到吃惊，因为这位贵族英才的面孔轮廓是粗线条的，简直无异于一个农民的面孔。”[②]托尔斯泰这样的形象也为他的社交带来了不便，特别是与异性交往时常常流露出自卑和害羞。托尔斯泰直到 34 岁才结婚，不能说没有这方面的原因。但是，这种敏感而又内向的性格，又为托尔斯泰洞悉和审视他人的内心世界、体察他人的心灵感受等增加了特殊的才能。这种才能一旦运用到创作上，就释放出巨大的能量。托尔斯泰尽管有一张农民的面孔，穿着农民的服装，手扶犁耙，被称为“农民伯爵”，但是仔细审视之后，他那双能够透过身体看到灵魂的锐利眼睛就会让你感觉到他在本质上不是农民，而是一位洞察时事、看透人性的大作家，一位具有无畏批评精神的知识分子，一位具有卓越创作天才的艺术家，一位想给世人寻找人生价值和意义的思想家。

托尔斯泰的童年是不幸的，2 岁丧母，9 岁丧父，由姑母监护长大，并继承爵位。母亲的过早去世，使托尔斯泰对母亲的记忆是朦胧的，但对其逝世的事实又是清晰的，甚至是终生难忘的。正是因为童年的不幸经历，托尔斯泰才对死亡问题思索了一生，并试图借描写死亡问题来解决人生意义问题。父母去世后，托尔斯泰不得不依靠姑母塔季雅娜生活。塔季雅娜是托尔斯泰的远亲，因家道没落而寄居在托尔斯泰家，她的善良和无私奉献精神影响着托尔斯泰的道德人格，使其一生都以姑母为榜样，立志做一个富有牺牲精神的人。托尔斯泰晚年时，认为塔季雅娜“不是用语言教我，而是以她的整个人品把爱传染给我。我看到，感觉到，她十分善于爱，并且懂得爱的幸福。……她从不教人应该怎样生活，从不说教，她的全部精神生活只限于内心，外在的只有她的事务，甚至也不是事务，事务是没有的，有的只是她的整个生活，宁静、驯顺、温柔的生活，没有自我陶醉，只有对人的不露形迹的爱。她内心充满爱的活动，因此她处事总是从容不迫。爱心和从容这两大特点不知不觉吸引人来接受她，使她具有特殊魅力”[③]。可见塔季雅娜对托尔斯泰价值观的影响，堪比后来所受到的卢梭的影响。据说托尔斯泰成年后走上文学道路，还与这位姑母的建议有关。塔季雅娜

---

① 《列夫·托尔斯泰文集》第 17 卷，陈馥、郑揆译，北京：人民文学出版社，2000 年，第 58～59 页。
② ［奥］茨威格：《托尔斯泰传》，申文林译，杭州：浙江文艺出版社，2009 年，第 12 页。
③ ［俄］列夫·托尔斯泰：《哈吉穆拉特》，草婴译，上海：上海文艺出版社，2008 年，第 466、468 页。

见托尔斯泰整日无所事事，就劝他写作，尽管她不理解写作是怎么一回事儿。成年后的托尔斯泰为了求学不得不去寻求另一位在喀山的姑母彼拉盖娅的监护。托尔斯泰想了解东方文化特别是土耳其伊斯兰文化，遂进入喀山大学东方语文系阿拉伯土耳其语文专业学习。托尔斯泰没有民族偏见，是一个世界主义者，也是一个多元文化论者。随着年龄的增长，特别是游历欧洲萌生失望情绪之后，托尔斯泰开始重拾对本民族的斯拉夫文化，以及东方文化的兴趣。

1845 年 9 月，托尔斯泰转入法律系。大学期间，托尔斯泰接触过欧洲启蒙哲学家、思想家，如哲学家黑格尔及思想家伏尔泰、孟德斯鸠、卢梭等人的著作，涉猎了许多文学作品。托尔斯泰的这段经历非常重要，奠定了其理性主义的哲学观。启蒙理性成了托尔斯泰思想体系中最为核心的思想，即相信理性的作用，相信世界万物无不出自理性，相信整个世界都是可以认识的，相信人生道路虽然是曲折的，但前途是光明的，相信真善美必将战胜假恶丑。托尔斯泰不但借助理性批判官僚机构、司法制度以及官方教会，还试图建立自己的宗教思想体系，当然这种宗教思想体系也是理性化了的。在众多启蒙思想家中，托尔斯泰潜心研究过卢梭的著作，读完了他的 20 卷著作。卢梭的回归自然思想、注重道德理性思想、主权在民思想、民粹主义思想、自然教育思想，以及对宗法制生活的美化等，都影响了托尔斯泰一生的生活和创作。托尔斯泰很少崇拜名人，但非常喜欢卢梭，一直戴着卢梭的像章。做一个有道德的人、乐于奉献的人，成为托尔斯泰的人生奋斗目标。尽管托尔斯泰成年后思想转向了东方，但是西方的启蒙思想一直是其中年创作的美学思想主流。1847 年 4 月，托尔斯泰出于对大学陈腐教育制度的不满与厌倦，选择退学（当然也有学业荒疏、考试不佳的原因），回到庄园定居，并制定了庞大的自学计划。作为庄园年轻的主人，托尔斯泰一度满怀着热情，试图在领地上进行一番农事改革，以改善农民的生活境遇，但因长期以来贵族地主对农奴的欺骗和压榨，农奴对地主极端不信任，农事改革以失败告终。托尔斯泰根据亲身体验写了一部中篇小说《一个地主的早晨》（1856），以此反映这一段生活经历。在该部作品中，托尔斯泰第一次明确地表现了自己一生最为关心的问题，即地主同农奴的关系、俄国如何进行社会改革以及贵族如何在社会改革中发挥带头作用等。另外，该部作品所表现的反对农奴制的思想倾向，受到当时俄国文学界具有进步思想倾向的作家们的好评。

二

托尔斯泰的早期创作（1852～1861）以中短篇小说为主。初登文坛，托尔斯泰就带来一股清新质朴的新鲜空气，引起文坛不小的震动。

托尔斯泰由于不满自己在庄园难有作为的现状，遂于1851年4月入伍服役，随哥哥尼古拉驻扎于高加索地区。高加索在俄国的南方，属于东方亚洲，普希金、莱蒙托夫等作家都曾对其有过描写，使之笼罩上神秘面纱，令人向往。但是，托尔斯泰来到这里之后，在寻找先人的遗迹之时，才发现高加索不过是孤僻荒凉之地，俄国军官们在这里过着酗酒、赌博和玩弄茨冈女人的荒唐生活。这种荒唐生活让人感到庸俗乏味，而这种崇尚蛮力和金钱的行为，更让人觉得毫无人生乐趣。为了排解寂寞、找点事做，托尔斯泰开始了初步的创作。1852年7月3日，署名"列·尼"的中篇小说《童年》发表在著名刊物《现代人》上，"小荷才露尖尖角"，便引起了文坛的关注。《现代人》杂志的主编是进步诗人涅克拉索夫，他具有十足的个人魅力，虽然在政治上属于革命民主主义阵营，但是能够把当时的贵族自由主义知识分子和斯拉夫主义知识分子团结在《现代人》杂志周围。这本原在普希金手中并没有多少名气的杂志，经涅克拉索夫之手，由于所刊文稿思想进步、质量高，而成为当时俄国影响最大的刊物。托尔斯泰的处女作能在此刊发表，足以说明他具备了当一位大作家的才能。之后，托尔斯泰又相继发表了《少年》(1854)和《青年》(1857)，与《童年》共同组成了"自传三部曲"。主人公尼古连卡属于托尔斯泰笔下一系列自传型艺术形象中的第一位，借此表达了其批判贵族生活、推崇个人道德修养的思想。同时，托尔斯泰擅长精神探索和心理分析的创作才能亦在"自传三部曲"中初露端倪。托尔斯泰已经充分认识到小说不再像普希金时代那样讲故事，而是要描写感情，展现人的心灵世界和精神世界。

除了"自传三部曲"之外，托尔斯泰还创作了一系列反映高加索的俄罗斯人和车臣人之间发生战斗冲突的小说，如《袭击》(1853)、《伐林》(1855)、《一个被贬谪的军官》(1856)等。《袭击》以"我"的视角来看待一次俄军对山民(车臣人)的袭击行动。打仗需要勇敢的士兵，于是"我"首先分析什么是"勇敢"，那就是"只怕应该怕的，不怕不应该怕的，才是勇敢的人"[①]，小说中俄国大尉和准尉的战斗行为就是对"勇敢"的最佳诠释。大尉是位长期在高加索山地区服役的军官，富有与山民作战的经验，他沉着冷静，知道何时该冲击，何时该撤退；准尉是位刚从武备学校毕业的学生，没有经验，立功心切，初次战斗就被打死了，因为他不知道什么是该怕的、什么是不该怕的，不知道除了勇敢之外，还需要些智

① 《列夫·托尔斯泰文集》第2卷，潘安荣、芳信等译，北京：人民文学出版社，2000年，第8页。

慧。仔细看看俄军对山民的突击战就会发现，俄军并不是真的要消灭山民，而是为了抢夺粮食等物资，借此捞取军功和勋章；山民也打不过俄军，只是尾随着队伍，山民首领沙米尔需要借以巩固自己的统治。由此看来，所谓的“打仗”不过是双方玩的一场“游戏”，年轻准尉并不了解其中的奥妙，白白丢了性命。当不需要勇敢时，这样的战争肯定是虚伪的、卑鄙的。为了说明这一点，作者把这场放火杀人的野蛮战争场面放置在美丽的大自然背景中，以此否定战争的反自然性质，谴责战争及战争的发动者。作者这样写道：“自然界有一种恬静的美和力。难道人们在这美丽的世界上，在这无垠的星空下生活，会感到挤得慌吗？难道在这迷人的大自然中，人的心里能够留存愤恨，复仇或者非把同胞灭绝不可的欲望吗？人的心里一切不善良的东西，在接触到大自然，这最直接地体现了美和善的大自然的时候，似乎都应该荡然无存啊。”①可见小说的主旨是否定战争的。

《伐林》中，主人公“我”（尼古拉·彼得洛维奇，一名士官生）讲述了在高加索亲身参加的一次俄军伐林行动。所谓伐林，就是伐掉林木，减少山民进行反抗的屏障。俄军撤退时遭到追击，出现了人员伤亡。小说通过“我”的视角，描写了俄军战士乐观向上的精神和淳朴、勇敢的性格。作者赞叹道：“凡是我所到之处，尤其是在高加索，我总发现我们的士兵在危险临头的时候避而不谈可能对同伴的士气有不良影响的事情，显得极有分寸。俄罗斯士兵的士气不像南方人的勇气那样是基于霎时燃起又倏忽即逝的热情上，他们是不容易激励，也同样难于气馁的。他们不需要装模作样的鼓动、演说、雄壮的呐喊、歌曲和军鼓；相反，他们需要的却是安静，秩序，不做任何不自然的事。在俄罗斯士兵身上，在真正的俄罗斯士兵身上，您永远不会看到吹牛，蛮干，危险临头时发愁，急躁；相反，他们性格的特征就是谦逊，淳朴，能把危险置之度外，而从中看到完全别的东西。”②作者还写了一个名叫韦连丘克的已服役15年的老兵，他老实忠诚，为人厚道，做事尽心尽力，在这次伐林活动中身负重伤，临死之际还嘱托“我”把自己的欠债还上。与之相反，那些条件优越的军官与这些士兵相比，精神空虚，贪图功名，随时都想回到俄罗斯内地，不安心久居这荒漠、野蛮之地。作者对他们进行了讽刺和批判。

《一个被贬谪的军官》中刻画了“我”在高加索服兵役时遇到的一个被贬谪的贵族青年古西科夫，他自称曾在彼得堡风流一时，原本很有前程，但是由于自

---

① 《列夫·托尔斯泰文集》第2卷，潘安荣、芳信等译，第17页。

② 《列夫·托尔斯泰文集》第2卷，潘安荣、芳信等译，第89页。

己的荒唐生活被关了两个月禁闭，之后便被贬谪到高加索服兵役，也被父亲断了经济供给。古西科夫还想到高加索重整旗鼓，东山再起，可是高加索平淡、无聊、沉闷的生活让他失望，贵族军官的主要生活不是打仗，而是打牌、酗酒、赌博。古西科夫说自己贫穷，又是士兵身份，很多贵族军官瞧不起他，他自己也在这片庸俗的环境里难觅知音。古西科夫的诉说令人同情，于是“我”借给他10个卢布，此时正赶上一阵炮火来袭，古西科夫不见了。“我”偶然经过一个帐篷时，听到古西科夫正向同伴炫耀借到10卢布，于是用它买了酒水招待大家。这时“我”眼中的古西科夫已不再是那个孤芳自赏的高雅之士，而是一个贪生怕死、吹牛撒谎、挥霍钱财的庸俗之人。作者借此反映了整个俄国贵族阶层精神没落的情状。

总的来看，这三部小说为我们展示了俄军在高加索地区与山民战斗的情况，作者对此的态度是复杂的，既歌颂了俄军官兵的勇敢、淳朴，又表达了反战情绪以及对山民的同情态度，还批判了俄军军官耽于淫乐、追名逐利的不健康行为。这三部小说构成了“高加索三部曲”。

三

1854年3月，托尔斯泰参加了俄国对土耳其的战争，到危险的战争前沿第四棱堡服役。之后，托尔斯泰把自己的战争经历写成中篇小说，陆续在《现代人》杂志上发表了《十二月的塞瓦斯托波尔》(1855)、《五月的塞瓦斯托波尔》(1855)，以及《一八五五年八月的塞瓦斯托波尔》(1856)，形成了“塞瓦斯托波尔故事”系列小说，开创了俄国文学中描写战争的现实主义传统。《十二月的塞瓦斯托波尔》是一部有关塞瓦斯托波尔战场的特写作品，以“我”即一个新兵的眼光来看待第四棱堡战事。这里是克里米亚战争的前沿，战斗激发了“我”对待战争的庄严感和爱国热情。“请您仔细瞧瞧这些人的脸，瞧瞧他们的姿态和动作吧：在那些晒黑的高颧骨的面孔的每条皱纹上，在每块筋肉上，在那些肩膀的宽度上，在那些穿着大靴子的两腿的粗度上，在每个沉着、坚定、从容不迫的动作上，都看得出构成俄国人的力量的这些主要特征——纯朴和顽强；可是，您会觉得在这儿的每张脸上，除了战争的危险、仇恨和痛苦这些主要的特征以外，还流露出认识到自己的尊严、高尚的品德和崇高的情操的痕迹。”①一个炮兵被炮弹炸坏了胸部，可能已经没救了，但他临死前的表情仍然是昂扬的、崇高的，给人

① 《列夫·托尔斯泰文集》第2卷，潘安荣、芳信等译，第107页。

以视死如归之感。俄国是不可战胜的，因为俄国人心中有一种“羞涩的、难得形诸于色的、但是藏在每个人的心灵深处的感情——对祖国的爱”[①]。对爱国主义情感的赞美，构成了这部特写作品的基调。

在《五月的塞瓦斯托波尔》中，托尔斯泰不再一味地宣扬民族主义和爱国主义，开始从现实出发，表现战场上的反战情绪，认为战争不过是人的虚荣心和野心在作祟，是违反博爱精神的。“已经有成千上万的人的自尊心受到了凌辱，成千上万的人得到了满足，趾高气扬，成千上万的人长眠在死神的怀抱里。多少星章被戴上了，多少星章被摘下了，又有多少安娜勋章和弗拉基米尔勋章，多少粉红色的棺材和多少亚麻布的盖尸布！”[②]这么多人死去了，但究竟是为了什么？据说在这场对土耳其的克里米亚战争中，俄国死伤近 50 万人，沙皇尼古拉一世也为战败而羞愧得服毒自杀。俄国在克里米亚战争中的失败，其实是先进战胜落后、文明战胜愚昧、自由民主战胜专制暴政的结果，正如列宁所言：克里米亚战争“显示出农奴制俄国的腐败和无能”。不过，当时年轻的托尔斯泰不可能对战争的性质有这么深刻的认识，但是他看到了爱国情绪背后的野心和虚荣心。“虚荣、虚荣，到处都是虚荣——甚至在行将就木的人和准备为了崇高的信念慷慨捐躯的人中间，也有虚荣。虚荣！它大概是我们这个时代的典型特征和特种疾病。为什么在从前的人们之间就不曾听说过这种宛如天花和霍乱的恶癖呢？”[③]作品中一个叫普拉斯库欣的传令官，被炮弹击中倒地之后，临死之际竟然想到死的不是自己，而可能是别人，这样就可以告诉别人自己曾与死者并排同行，他是怎样被打死的，他的血是怎样溅到自己身上的。托尔斯泰尽管谴责战争的残酷以及战争中人的虚荣和野心，但是对这些中下级军官还是抱有宽容和爱的态度的。这些中下级军官在战争中有虚荣、恐惧和懦弱的一面，但也表现出一定的责任心和勇敢，因而作者在小说结尾慨叹道：“那位具有超群的勇敢和推动他一切行动的虚荣心的卡卢金也好，那个不学无术而又无害于人的普拉斯库欣也好，那个怯懦的、眼光短浅的米哈伊洛夫也好，那个没有坚定的信念和法规的孩子般的佩斯特也好——在这个故事里，他们既不能是恶人，也不可能是英雄。我的故事中的英雄，我用心灵的全部力量去爱他，我要尽力把他的全部的美都再现出来，而且在过去、现在和将来他永远是美好的——那便是真理。”[④]

---

① 《列夫·托尔斯泰文集》第 2 卷，潘安荣、芳信等译，第 110 页。
② 《列夫·托尔斯泰文集》第 2 卷，潘安荣、芳信等译，第 112 页。
③ 《列夫·托尔斯泰文集》第 2 卷，潘安荣、芳信等译，第 119 页。
④ 《列夫·托尔斯泰文集》第 2 卷，潘安荣、芳信等译，第 164 页。

这也表现出作者对战争性质和军官士兵的表现有了更加成熟的看法。

在《八月的塞瓦斯托波尔》这部小说中，作者主要描写了大科泽尔佐夫和小科泽尔佐夫兄弟二人在塞瓦斯托波尔所参加的最后一场战斗及其表现出的视死如归的精神气概，颂扬了俄国中下级军官朴实、善良、勇敢、爱国等美好品行。最为成功的是，小说主要刻画了小科泽尔佐夫这位刚从武备学校毕业的青年军官从胆怯到勇敢杀敌的成长过程。作者议论道："每个人的灵魂深处都有一颗能使他成为英雄的高尚的火花；可是这颗火花倦于发出明亮的火花——直要到生死攸关的时刻，它才会燃起熊熊大火，照亮伟大的业绩。"[①]正是因为潜藏在小科泽尔佐夫身上的火花被激发出来，他才毫不犹豫地献出自己年轻的生命。作者善于观察和刻画人物瞬息万变的心理，如对那些劫后余生者复杂心情的描写："到了桥那边，几乎每个士兵都摘下帽子画了个十字。可是在这种感情后面，还有另一种沉痛的、揪心的、更为深刻的感情：这是一种类似悔恨、羞愧和愤慨的感情。从北部回头望望被放弃的塞瓦斯托波尔时，几乎每个士兵心里都怀着说不出的痛苦叹了口气，并向敌人摇摇拳头。"[②]这就是堪称心理大师的托尔斯泰留给我们的不屈的俄国人群像。当然，作者在歌颂中下级军官的朴实、勇敢的同时，也谴责了上级军官的腐化、奢侈和贪生怕死。他们并不在乎战争的胜败，反而更关心怎样得到金钱和勋章，以及如何获得晋升。

托尔斯泰的这几部描写克里米亚战争的小说，从表现出简单的爱国主义，到反战情绪的流露，再到对俄国军官的深刻认识，因而成为托尔斯泰战争理念逐渐深化的战争题材"三部曲"。小说的成功，使年轻的托尔斯泰获得了巨大声誉。冈察洛夫禁不住赞叹道："这个小军官会把我们排挤掉的。"屠格涅夫读后热泪盈眶，为俄国文坛出现这么一位年轻文学新秀而感到由衷的高兴。托尔斯泰的战争经历和这些战争题材的练笔之作，为他日后创作出像《战争与和平》这样的皇皇巨著奠定了基础。

四

早期托尔斯泰还写出了《暴风雨》(1856)、《两个骠骑兵》(1856)、《三死》(1858)、《阿尔贝特》(1858)、《家庭幸福》(1859)等中短篇小说。

《暴风雪》写"我"乘雪橇车在暴风雪中迷路差点冻死的经历，以及在濒死境

① 《列夫・托尔斯泰文集》第2卷，潘安荣、芳信等译，第210页。

② 《列夫・托尔斯泰文集》第2卷，潘安荣、芳信等译，第237页。

况下的真实感受。“我”梦到自己在一个炎热的七月天里在家乡池塘捞死人的情景，体验到濒死的感觉。作者对濒死心理近乎意识流的描写，令人称道。《两个骠骑兵》原名《父与子》，是俄国文学史中首次提出父辈与子辈关系问题的小说。小说赞扬父辈老图尔宾的豪放真诚，批评子辈小图尔宾的唯利是图，担忧贵族阶级走向没落，同时表明作者美化以往的宗法制社会生活、否定逐渐西方化的当代生活的态度。《三死》写了三种死亡：贵妇人玛丽亚的死亡、车夫的死亡、树的死亡。作者批评了贵妇人玛丽亚贪生怕死的行为，肯定了车夫视死如归的行为，赞扬树富有牺牲精神的品行，指出生活的意义就在于劳作、勤奋、奉献、牺牲，做到这些，人就会无惧死亡。小说中，作者的死亡观表达得非常明确，但这种劝谕式小说的艺术价值并不高。《阿尔贝特》中，小提琴手阿尔贝特富有音乐才华，但出身贫穷，酗酒如命，最终冻死在严寒之中。艺术家之死的悲剧与现实的社会黑暗有关。在《家庭幸福》中，贵族小姐玛丽亚父母双亡后，嫁给了父亲的生前好友即家庭财产监理人谢尔盖。爱情幸福超越了年龄差距，但是年轻的玛丽亚婚后热衷于彼得堡的交际生活，差点堕落、失去丈夫，最终幡然醒悟，觉得唯有信守妇道、奉献家庭才能找到真正的幸福。这篇小说也带有极大的劝谕性，表现出作者对宗法制生活的肯定。

上述几篇小说都带有作者对宗法制生活方式的缅怀心态，有着斯拉夫情绪，由于回避了生活中的矛盾，因而艺术成就不高。也是在这一段时间里，托尔斯泰和《现代人》杂志的关系出现了危机，以德鲁日宁等为代表的贵族自由派和以车尔尼雪夫斯基等为代表的革命民主派发生了严重冲突，作家不得不表明立场，重新站队。托尔斯泰的贵族身份使他更倾向斯拉夫主义立场，接近贵族自由派，厌恶革命民主派，也使他与越来越偏激的《现代人》杂志渐行渐远，终致分手。

托尔斯泰的这种思想观念转变与他的一次西方之行有关。1857 年 1 月，托尔斯泰辞去军职，到法国、瑞士、意大利和德国等地旅行，考察欧洲文明，探寻俄国贵族未来的出路。但是，这次考察却使托尔斯泰彻底否定了所谓的“西方文明”。总起来看，托尔斯泰经历的三件事，改变了他对西欧的看法。第一件是这年 3 月巴黎的断头台处死犯人事件。对于这种公然杀人的残暴行径，托尔斯泰感到非常震惊，认为这种看似文明的杀人方式却掩盖不住事实上的野蛮。后来，作者在《忏悔录》(1887～1889)里写道：“我在巴黎的时候，死刑的景象动摇了我对进步的迷信。”[①]第二件是这年4月瑞士一小城报纸报道了英国水兵因清政府禁鸦片而屠杀中国人的事件。托尔斯泰对此感到非常愤怒，并加以谴责。第三件事与一位流浪歌手遭侮辱有关。是年6月，托尔斯泰在瑞士饱览了秀丽风光和名胜古迹，造访了卢梭写作《新爱洛绮丝》的居处，本来心情很好，但在卢塞恩城遇到了一件令人气愤的事情：一位流浪歌手给众人演奏完小提琴之后，在场的达官贵人竟没有一人向其捐助，原因是小提琴手身份卑微。托尔斯泰对于这些所谓的“文明人”所表现出来的歧视行为，表示了极大的愤怒，认为文明制造了新的偏见。后来，托尔斯泰把这一遭遇写成了短篇小说《卢塞恩》(1857)。这三件事让托尔斯泰对西方文明彻底失望，认为西方文明只不过是器物文明，不但与道德无关，而且会败坏道德。当然，托尔斯泰不加分析地全盘否定西方文明，显然有失公允，但这也促使他重新审视本国的传统文化。1859年7月，托尔斯泰再度出国，这次是为了考察教育，他先后游历了德国、法国、意大利、英国、比利时等国，历时9个月。在这次游历过程中，托尔斯泰认为这些文明国家对孩子进行的是违反自然的教育，是不可取的，于是回国后开始在自己的庄园里依照卢梭的自然教育理念兴办私人学校。

1856年2月，托尔斯泰的三哥德米特里病逝；1860年，大哥尼古拉去世。托尔斯泰内心非常悲痛，同时也感到死亡不再是遥远的事情。托尔斯泰和大哥尼古拉感情深厚。尼古拉擅长文学创作，他把托尔斯泰领上了文学之路，当然影响最大的还是思想方面。托尔斯泰5岁时，尼古拉说他知道一个能够让所有人幸福的秘密，这个秘密就写在一根绿色的小木棒上，而小木棒被埋在庄园的峡谷里，谁能找到这个小绿棒，谁就能让全世界的人获得幸福。尼古拉死了，这个秘密也随之而去，但这个秘密却转化为一种博爱的思想，存留在托尔斯泰的心里。找到那个让所有人幸福的秘密，成了托尔斯泰终生的追求，以致他在临终前嘱托家人把自己葬在可能埋藏着小绿棒的地方。

可以说，仅凭早期创作取得的巨大成功，托尔斯泰也能在俄国文坛上占有一席之地。总起来看，托尔斯泰创作的初步成功显示出他在三方面的创作能力：一是对生活真实性的反映。作为一位严格的现实主义作家，托尔斯泰在创作中非常公允地反映客观现实，显示出现实主义美学观以及对现实生活的批判力度。二是注重对人物心理的刻画。这充分显示了作者对人的心灵生活和精神活动的深刻洞察力，把自司汤达以来的心理描写推向了极端和精致。托尔斯

① 《列夫·托尔斯泰文集》第15卷，冯增义、宋大图等译，北京：人民文学出版社，2000年，第12页。

泰对心灵活动的描写不但具有"辩证法"的特点,而且强调瞬间性,对人性的揭示也更为细腻和富有表现力,并具有初步的意识流特性。三是对战斗场面的描写深具功力。托尔斯泰再现战斗场面和战场上人性表现的能力非常强,读后如身临其境,若在眼前。正是托尔斯泰早期的勤奋创作、可贵探索以及所取得的巨大成功,为他日后走向创作高峰的中期阶段奠定了基础。

第二节　托尔斯泰中期创作思想

一

托尔斯泰的中期创作(1861～1877)成就最为辉煌,以长篇小说为主,兼有中短篇小说、戏剧等。

1861 年,实行农奴制改革,俄国由此迅速走上了资本主义道路,加快了社会转型。此时,新的机遇与挑战都摆在了托尔斯泰面前。1862 年 9 月,创作事业初获成功的托尔斯泰与索菲亚·别尔斯步入婚姻殿堂。索菲亚是莫斯科宫廷事务所别尔斯医生的二女儿,身材窈窕,容貌俊秀,富有文学才华,以致托尔斯泰对她一见钟情。事实证明,这次婚姻是托尔斯泰比较成功的选择。

1863 年,《哥萨克》这部时断时续写了近 10 年的、被罗曼·罗兰称为"高加索的史诗"的中篇小说成功发表,显示出托尔斯泰深厚成熟的创作功力。《哥萨克》是托尔斯泰描绘高加索生活的代表性作品,主人公奥列宁厌恶都市生活,想到高加索寻找真正的没有被文明污染过的生活,遂以士官生的身份随连队进驻哥萨克山村诺沃姆林斯克。在山村,他与老猎人叶罗什卡大叔一同打猎,一同喝酒,逐渐接受了哥萨克人的生活习俗。他爱慕房主家的女儿玛丽亚娜,喜欢勇敢的哥萨克青年卢卡什卡等,为山村淳朴、粗犷、豪爽的民风所感染,一度产生了为他人生活的哲学思想以及娶一个哥萨克女人永居山村的想法。但山村村民对俄罗斯人的鄙视,以及以杀死车臣人为荣的野蛮民风,使奥列宁觉得与他们还存在着难以弥合的隔阂,求婚遭拒后不得不离开高加索。这是作者探讨西方文明受挫后转向东方文明的表现,正像深受西方文明影响的主人公奥列宁一样,当然也不会接受东方文明把杀人当作勇敢行为的野蛮习俗。

托尔斯泰同时期还发表了中篇小说《波里库什卡》(1862)、《霍尔斯托梅尔》(1863),并准备创作《战争与和平》。在《波里库什卡》中,一个叫波里库什卡的农奴为主人去取1000卢布巨款，却在半道上不小心丢失了，因担心受惩罚而上吊自杀。其实钱并没有丢，而是被一个叫杜特洛夫的人捡到后交给了女地主。由于这笔钱造成了一个人的死亡，女地主觉得晦气，就把钱赏给了杜特洛夫。一个人为钱丧命，而另一个人却轻易地得到这笔钱，更显示出波里库什卡命运的悲惨。这是托尔斯泰一部反映农奴制罪恶的作品。《霍尔斯托梅尔》讲述了一匹叫霍尔斯托梅尔的牡马一生的坎坷遭遇。这匹马其实是良种马，因为生来身上有花斑，被误认为是杂种马，主人便把它阉割掉，以免这种花斑传下去。牡马接着被分别转到马夫长、骠骑兵军官、牧马人等手里，最终因身老病残被宰杀掉。牡马一生"壮志难酬"的不幸，皆因它的主人们总是把它当作"我的"私有财产来支配。它的一生是奉献的一生，死后它的肉、皮、骨头，皆为人所用；而它曾经的主人骠骑兵军官一生对他人没有任何益处，死后还占有棺材和土地，可见自私的人远不如一匹马的价值大。小说以牡马的悲剧来说明人怎样活着才有价值。从这两部小说可以看出，作者谴责了私有制，批判了私有行为，抒发了强大的人道主义情感，但也显示出作者似乎走在人生的十字路口，在思想上陷入了困惑。

《战争与和平》(1963～1969)的创作与当时亚历山大二世上台后较为宽松的政治局面有关。1956年起，沙皇允许十二月党人陆续从流放地返回的文告触发了托尔斯泰的创作灵感，他要写一部反映十二月党人命运的小说。但是，为了写十二月党人，就得写这一事件的起因，进而不得不溯及1812年拿破仑入侵以及卫国战争的胜利。当时，俄国贵族军官打到巴黎，虽然在军事上取得了胜利，但是被法国的自由生活所吸引，开始思考国内的政治改革，之后进步贵族青年便发动了起义。当然，托尔斯泰创作卫国战争题材小说的动因还与50年代后期俄国的社会转型有关。此时，俄国贵族阶级开始出现经济困境，甚至走向了破产，平民阶级开始崛起，传统固化的社会阶层开始发生变化。代表传统文明的贵族阶级遭遇了前所未有的挑战，市场"这只看不见的手"在发挥着作用，托尔斯泰由此陷入了极大的精神危机，决定为贵族寻找出路，甚至一度缅怀昔日贵族的辉煌，比如，1812年卫国战争，俄国贵族阶级带领俄国人民打败了不可一世的拿破仑，也许能在这些贵族身上找到当前所需的某种精神性的东西。托尔斯泰毕竟是个大贵族，当时是站在贵族阶级立场来考虑问题的。洋洋百万字的《战争与和平》，反映出一个波澜壮阔的历史时代，塑造了一系列贵族青年形象，这些贵族爱国青年，既开始反省过去，也在探寻未来。《战争与和平》的发表，震动了俄国文坛和欧洲文坛，使得托尔斯泰在俄国乃至欧洲文坛上占据了第一流的位子，成为文坛上一头真正的“狮子”。

《战争与和平》刻画了出身于四大贵族家族的青年及其在战争中的表现，如别祖豪夫家族的皮埃尔、博尔孔斯基家族的安德烈、罗斯托夫家族的尼古拉和娜塔莎、库拉金家族的海伦和阿纳托利等。在这四个家族中，托尔斯泰比较喜欢的是生活在乡村的贵族罗斯托夫家族。他们一家善良、忠诚、纯朴、爱国，是小说中其他家族的精神园地和批判参照，其中，娜塔莎更是一位单纯美丽、活泼可爱的贵族小姐，尼古拉也非常纯朴善良、忠君爱国。别祖豪夫家族的皮埃尔是一位外表粗犷无束、意志薄弱、随遇而安，实际上却善于思考、反思人生的优秀青年。他一生虽然走过不少弯路，但最终与所爱的娜塔莎步入婚姻殿堂，战争结束后仍在思考俄国未来的政治走向问题，有早期十二月党人的身影。博尔孔斯基家族的安德烈是一位英俊潇洒的贵族青年，善于思考，富有理性和意志力，为人自信孤傲，有很高的志向，一心想在战争中一战成名、光宗耀祖，可是造物弄人、时乖命蹇，两次负伤，不但没能出人头地，反倒失去了性命，但在临终前宽恕了娜塔莎的过失，忏悔了自己的以往，皈依了对上帝的信仰。至于库拉金家族的父子三人则是拜金主义者，并不爱国，眼中只有享乐、金钱、勋章，这是为作家所批判的家族。在描写战争的过程中，作者还为我们塑造了独眼将军库图佐夫的形象，他虽然高龄年迈，老态龙钟，但德高望重，富有军事韬略。面对拿破仑的凶猛进攻，他避其锋芒，依靠冬季的气候特性和战略纵深思想，尽可能拖延决战的时间，消耗敌人，再充分发动运动战、游击战以及焦土抗战，最终打败了不可一世的拿破仑，挽救了俄国。与此同时，托尔斯泰还给我们塑造了拿破仑的形象，他骄横自私，生性贪婪，嗜杀成性，狂妄无知，最终被打败是必然的。这里尽管有丑化拿破仑的嫌疑，但是拿破仑把为自由民主的战争转变为掠夺性的战争，则是不争的事实。其实，对拿破仑的否定就是对西方文明的否定，对库图佐夫的赞美就是对斯拉夫文化的赞美，对卡拉塔耶夫的肯定就是对东方文化的肯定。但从作者最终将一号主人公皮埃尔走向十二月党人的筹备活动作为结局来看，托尔斯泰内心的启蒙理性文化还是非常强大的，甚至可以说是处于基础性的地位，这使他超越了曾接受的卡拉塔耶夫式的东方文化。同时，托尔斯泰这种矛盾、多变的思想的存在，客观上也大大增强了小说的思想内涵和人物形象的丰富性。

《战争与和平》人物众多、情节复杂、规模宏大、气势磅礴，像现实生活本身那样五彩斑斓、丰富多彩，充分展示了俄国作为欧洲大国的崛起和民族自信心的复兴，歌颂了俄国贵族和俄国人民的勇敢和智慧，特别是那些中下级军官到普通士兵所表现出来的纯朴勇敢、不畏牺牲的爱国热情。作者对于政治的腐败和某些贵族的腐化现象也作了深入揭露，进行了尖锐的批评。《战争与和平》意义重大，反响强烈，读者通过缅怀过去、重温历史，再次焕发出强烈的爱国热情，作家及其作品也由此获得广泛的好评。冈察洛夫认为托尔斯泰“已经成为文学界真正的雄狮”；屠格涅夫认为“像托尔斯泰那样的作家我们还没有第二个”，他在公众心目中“占据了首屈一指的位置”；福楼拜评价《战争与和平》“真是第一流的作品”；罗曼·罗兰认为“《战争与和平》是我们时代最浩瀚的史诗，是现代的《伊利亚特》”。从现在来看，《战争与和平》经受住了时间的考验，是世界最佳小说排行榜上占据第一位的作品。

二

19 世纪 60 年代，托尔斯泰在雅斯纳亚·波良纳庄园过着幸福的家庭生活，充分享受着《战争与和平》的巨大成功所带来的喜悦。但是到了 60 年代末期，他陡增了不少精神苦恼，出现了重大的精神危机，如家庭婚姻危机、个人精神危机等，而个人精神危机又是家庭危机的根本，这促使作者从通过《战争与和平》探寻“国家幸福”，转向了通过《安娜·卡列尼娜》探寻“家庭幸福”。出现新的创作主题变化，是由于其个人的安身立命问题仅靠爱国主义、斯拉夫主义和宗法制观念是难以维持住的，同时内在的启蒙理性又时时把个性的东西推出来，两种思想的矛盾冲突终于在 70 年代爆发了，《安娜·卡列尼娜》中的两位主人公安娜和列文似乎就代表了西方启蒙的个性文化和斯拉夫的宗法制文化等并存的窘困局面。

《安娜·卡列尼娜》的创作既有时代背景，也有个人原因。19 世纪 70 年代，俄国迅速走上了资本主义道路，贵族经济开始出现危机、困顿甚至破产，平民开始崛起，“一切都翻了个身，一切都刚刚开始”，这引起了作家对贵族出路的思考。贵族的经济困境也带来了文化上、心理上的危机，宗法制家庭开始受到挑战，传统的家庭伦理观念开始解体，然而新的伦理观念尚未确立。与此同时，作家的个人精神也出现了问题，即 1869 年 9 月 3 日托尔斯泰在外地出差时所遭遇的“阿尔扎马斯的恐惧”。对死亡的恐惧和个体生存意义的丧失，都引发了托尔斯泰的精神危机，再加上此时他接受了叔本华的悲观主义哲学思想，开始对人生产生了一种悲观情绪。祸不单行，托尔斯泰自身的家庭也出现了麻烦，夫妻之间因价值观念相抵牾而冲突不断，当初结婚时的爱情已经破灭。当时女性权利问题已成为欧洲流行话题，以乔治·桑为代表的作家坚决拥护女性权利，而以小仲马为代表的作家则极力反对女性享有与男子平等的权利，甚至认为女性一旦感情出轨，就应该被处死。在这种国际舆论背景下，女性权利和女性出轨话题成了热门，托尔斯泰写作《安娜·卡列尼娜》也是对此问题的回应和对女性权利的进一步探讨，尽管他对妇女的看法是趋向小仲马的。不管怎样，托尔斯泰这次作为“个体”被抛出了“宗法制共同体”的精神危机发生了。

《安娜·卡列尼娜》塑造了争取女性权利即爱情自由权利的安娜形象。安娜生活在彼得堡，有一个看似令人羡慕的家庭。18 岁时经姑妈介绍，安娜嫁给了一个比她大 20 岁的大官僚卡列宁。两个人结婚 8 年，有一个儿子，但没有感情，安娜把更多的感情给了儿子。为缓和夫妻矛盾，安娜一次打算到莫斯科的哥哥家中住一段时间，途经车站时偶遇青年军官沃伦斯基，两人一见钟情。安娜最终冲出家庭，与情人生活在一起。由于封建社会环境的压力，安娜失去了儿子和社交界，陷入孤立境地，再加上情人沃伦斯基逐渐热衷于仕途，安娜最终以卧轨自杀来表示对情人的报复和对社会的反抗。安娜与丈夫、社会的彻底对抗和决裂，一方面显示了安娜对真善美的大胆追求、对个人权利的维护和对个性的张扬，体现了资产阶级的价值观；另一方面也因此招来一系列挫败，进而产生精神痛苦，再加上情人的不理解和失去儿子的痛苦，安娜最终在难以自拔的苦闷中走向自杀。安娜的悲剧是社会悲剧，是对封建社会压抑个性的谴责。在这部作品中，虽然作者惩罚了安娜的出轨行为，但在创作中却给予了安娜过多的同情，这就使得安娜这一形象光彩照人，是一个优秀的俄国妇女形象。尽管如此，安娜的悲剧结局也说明托尔斯泰对启蒙所带来的个性主义和个人主义价值观是不接受的。

在《安娜·卡列尼娜》中，另一个重要的主人公是列文。列文是一个贵族青年，一个身材健壮，为人诚实、善良、朴实、喜欢思考的乡村地主。由于长期生活在乡村，他崇尚乡村宗法制生活方式，厌恶西方文明，批判都市生活风气。列文在感情上一度受挫，但最终收获爱情，建立了幸福家庭。由于得不到农民的信任和对私有财产的持守，农事改革最终失败，列文一度陷入既自责又无奈的矛盾痛苦。改革的不顺利，再加上婚姻生活的平庸，使列文陷入极度苦闷之中，几乎自杀，最终在一个农民的提示下皈依了上帝，暂时化解了内心的矛盾，开始了新的生活。但是仅仅靠上帝活着，靠自我完善的道德信念活着，不解决好经济困境和家庭伦理困境，这种信仰会有多少实际意义呢？列文是一个带有作家自传色彩的人物，列文的精神危机仍然是作家在 60 年代末所形成的精神危机的继续，托尔斯泰在列文身上实践着从皮埃尔、安德烈开始的精神探索。因此，托尔斯泰所具有的反西方文明、反都市生活、反农业工业化、反女权主义等值得商榷的观念，都在列文身上得到了体现，但列文对斯拉夫宗法制文化的回归也陷于失败。

《安娜·卡列尼娜》在艺术上也有不少可称道之处：双线索的布局不但使作品结构匀称稳定，而且有利于拓展作品所表现的主题，增加了作品的内涵；心理描写尤为深刻独特，车尔尼雪夫斯基称之为“心灵辩证法”，即不限于描写人物心理活动的起始和终结，而是描写心理活动的过程本身。托尔斯泰善于发掘同一个人在不同场合和境遇下的“瞬间”变化，对人物心理作精彩纷呈的描写，甚至脱离叙事本身，接近于“意识流”手法；另外，还有大量的有关人物梦幻的描写，挖掘人物的潜意识心理，也非常精彩。总之，《安娜·卡列尼娜》在创作上所取得的艺术成就是巨大的，标志着托尔斯泰继《战争与和平》之后，又登上了一个新的创作艺术台阶，并因此收获广泛赞誉。陀思妥耶夫斯基认为《安娜·卡列尼娜》“是一部前所未有的作品，第一流的作品。……当代欧洲没有一部作品可以与之媲美”。评论家斯塔索夫认为：“列夫·托尔斯泰伯爵唱出了俄罗斯文学中从未唱出过的高亢的调子，甚至普希金和果戈理两个人对爱情和激情的描写，也未曾达到像托尔斯泰这样的深度和惊人的真实性。……这部小说散发出了怎样的创作力和美啊！是多么神奇的艺术真实的威力啊！过去从未达到的深度在这里第一次触及到了啊！”[①]

凭借《战争与和平》《安娜·卡列尼娜》两部巨作，托尔斯泰的创作成就达到了个人前所未有的辉煌。

第三节　托尔斯泰后期创作思想

一

进入后期创作阶段（1877～1910），托尔斯泰的世界观发生了巨大变化，即从贵族阶级立场转向平民阶级立场，这样既解决了俄国贵族的出路问题，又解决了内心的精神危机，但是这种解决危机的方式是值得商榷的。

---

① 转引自陈建华：《人生真谛的不倦探索者：列夫·托尔斯泰传》，重庆：重庆出版社，2007 年，第 168 页。

1881年秋天，因为孩子们要上大学，托尔斯泰举家迁往莫斯科居住。托尔斯泰习惯乡村生活，厌倦都市喧嚣，但真正在莫斯科定居之后，他发现城市中的罪恶现象看上去比他想象的还要严重，这便是托尔斯泰在莫斯科遭遇到的“利亚平之夜”现象所带来的新的心灵震动。对于托尔斯泰来说，这次震动一点也不亚于60年代末遭遇到的“阿尔扎马斯的恐惧”，以至于作家发出再也“不能这样生活，不能这样生活！不能！”[①]的慨叹。

具体来说，事情是这样的：托尔斯泰在一个叫“利亚平”的免费夜店里发现了成百上千的乞讨者，他们饥寒交迫，面色枯黄，衣不蔽体，向任何经过的人乞讨，一旦有人施舍，就会立刻蜂拥争抢。据统计，从乡村涌入莫斯科的流浪汉、乞丐、打工者等有数万人之多，每天都有大量的人饿死、冻死，情状非常凄惨。由于当时俄国封建制度落后，资本主义发展不充分，就业率低下，大量破产农民涌入城市，数不清的乞讨者聚集在城市，这应该是以沙皇为首的俄国政府不积极改革所犯下的“罪行”。对于托尔斯泰来说，莫斯科有成千上万的乞讨者超出了他的想象，因而受到极大的震动。当然，托尔斯泰看不到当时出现这一难民现象背后的经济原因，看不到社会转型时期乡村富余劳动力流入城市的必然性，更看不到资产阶级和封建阶级对乡村的双重掠夺所造成的庄园破败和经济凋敝，因而他在谴责都市罪恶的同时，更多地责怪自己家庭生活的奢侈，从而良心不安，生出强烈的罪感。回到家看到桌子上满是美味佳肴时，托尔斯泰的良心受到极大的谴责，精神痛苦异常。“当莫斯科有几万个这样的人存在的时候，我和另外成千上万的人却在大吃里脊肉和鲟鱼肉，用呢绒毡毯盖马匹和铺地板，无论世界上一切有学问的人怎样告诉我说，这样的事是多么必要，我还是懂得了，这就是犯罪，并且不是一次性的犯罪，而是经常不断地犯罪。我还懂得了，过着这种奢侈生活的我不但是罪行的纵容者，而且还是罪行的直接参与者。”[②]如果说19世纪60年代末的精神危机把托尔斯泰抛出了宗法制的共同体，使其开始考虑个人安身立命问题，那么这次“利亚平夜店”的场景给作家带来的精神危机使其感受到了强烈的罪感，他靠着强烈的自责和道德自我完善来消除世界之恶。因此，这两种危机中的前者是形式，后者是内容，从而形成了内容和形式相统一的“托尔斯泰主义”。当然，两次精神危机迫使托尔斯泰的宗教观、世界观和创作观在19世纪70年代末发生了彻底的转变，他的创作美学思

① 《列夫·托尔斯泰文集》第15卷，冯增义、宋大图等译，第88页。

② 《列夫·托尔斯泰文集》第15卷，冯增义、宋大图等译，第87～88页。

想也因此出现了新的变化。

从体裁来看，托尔斯泰这时期的创作主要有三个方面的表现：一是以《忏悔录》（1879～1882）、《那么我们应该怎么办？》（1882～1886）等为代表的宗教论文和政论论文；二是以《复活》（1891～1899）、《伊凡·伊里奇之死》（1881）等为代表的长篇小说和中短篇小说，比较重要的中短篇小说还有《魔鬼》（1889）、《克莱采奏鸣曲》（1891）、《哈吉穆拉特》（1886～1904）、《舞会之后》（1903）、《谢尔盖神甫》（1898）等；三是以《黑暗的势力》（1886）、《教育的果实》（1891）、《活尸》（1900）等为代表的戏剧创作。当然，这三个方面还是以小说的成就为最大。

托尔斯泰晚年的创作观由于宗教观、世界观的巨变而发生变化，文艺为大众服务的思想逐渐占了上风，完全摆脱了早期的"纯艺术"创作思想，开始"悔其少作"，对《战争与和平》《安娜·卡列尼娜》等作品深感不满。因此，托尔斯泰的晚年创作，在人物塑造上不再运用大量的心理描写，而是依靠人物的动作或对白；在结构上也不再运用复杂的情节线索，大多采用单一线索，依靠情节的变化来显示人物性格；在语言上则力求质朴简练和浅显易懂，模仿民间故事。所有这一切创作风格的转变都是为了便于普通大众阅读和接受，虽然在新的风格下创作了一些好作品，但大多数作品的艺术水准有所下降，有的近乎"准小说""类小说"，这也是不容讳言的。

《忏悔录》是托尔斯泰在50岁时写下的心灵史，与奥古斯丁、卢梭所写的另外两部《忏悔录》一起构成了世界著名的三大忏悔录。托尔斯泰认为，在长达50年的人生旅途中，他自己犯过不少罪，比如经常放纵自己，年轻时游手好闲、酗酒赌博、虚荣心强、贪恋女色等。托尔斯泰信奉黑格尔的哲学和伏尔泰等人的启蒙思想，有好长时间不信上帝，不进教堂，不做祈祷，把教堂礼拜仪式和基督教诸多神迹均看作荒诞不经的事情。但是随着时间的推移，他又重新认可了基督教。"对我来说，宗教信仰仍然和过去一样缺乏理性，但我不能不承认，只有它给人类提供了生命问题的答案，使生存成为可能。"[①]不过，托尔斯泰也看到了基督教（东正教）存在的问题：一是东正教具有保守性。东正教长期不改革，与现实生活相隔膜，不能指导人们的生活实践，失去了它的现代价值。二是东正教的依附性。东正教依附于世俗皇权，缺乏独立品格，甚至出现了违背基督教教义的战争和残酷镇压政治犯的反动行为。三是东正教具有排他性。东正教以真理自居，反对其他宗教派别，缺乏宽容精神，更谈不上平等对待其他宗教，

---

① 《列夫·托尔斯泰文集》第15卷，冯增义、宋大图等译，第42页。

甚至排斥天主教、新教等同宗的宗教，遑论佛教、伊斯兰教、儒教、道教等。后来托尔斯泰更是把东正教信仰作为祭祀宗教与宗教信仰相区分，否定前者的荒诞和迷信，肯定后者的真诚和理性，并有把基督人格化、世俗化和宗教信仰道德化的做法。这样，托尔斯泰就想到应该对东正教进行改革。在艰苦的探索实践中，托尔斯泰发现东正教存在着两种信仰，分别为上层贵族和富人阶层的信仰与下层劳动者阶层的信仰，并认为真正的基督教信仰在那些下层劳动人民中间，即在没有学问的教徒、香客、游方僧、修士、分裂教派、农民等身上。“我爱上了这些人。我越深入思索我常听到和读到的像这样活着、也像这样死去的人的生活，我就越热爱他们，我自己也就生活得更愉快了。我这样生活了两年，我身上发生了激变。”①在这里，我们可以看出托尔斯泰的宗教思想走向了“平民化”。当然，托尔斯泰也认识到人民的宗教存在着真理和谬误并置的现象，如果找出真理，剔除谬误，就可以创立一种“新宗教”。直至长篇小说《复活》创作出版，托尔斯泰才完成了对“新宗教”的探索与建构。总之，托尔斯泰在《忏悔录》中梳理了自己宗教思想的演变过程，明辨了是非，吸取人生教训，总结探索经验，为东正教的进一步改革作了一些有益的探索。

毋庸讳言，由于早年深受启蒙理性哲学思想的影响，托尔斯泰不承认神秘主义和“恶”的正面价值，看不到宗教仪式、神迹和传说等宗教所必然具有的特性，所以他的信仰带有极大的无神论色彩和异教色彩，他的宗教观实际上是一种道德理想主义。托尔斯泰在很多情况下是把个人修养和修炼看作宗教信仰，淡化人格神，去除宗教仪式和神迹，主张到民间去，最后到了“担水砍柴，无非妙道”的地步，如此一来，他的信仰也就到了可有可无的地步了。

二

《复活》是托尔斯泰后期创作中唯一一部长篇小说，是他长期思想探索和艺术探索的总结。托尔斯泰创作《复活》的过程是异常艰难和辛苦的，用了将近10年的时间，六易其稿，耗费了大量心血。托尔斯泰最初计划写一部以忏悔为主题的道德训诫小说，但是随着对社会现实生活的认识不断深化，最终写就了一部全面批判俄国上流社会的作品。

作品中的男主人公聂赫留朵夫是“忏悔的贵族”典型，为托尔斯泰心目中理想的贵族知识分子，属于作家笔下自传性探索型系列人物之一。聂赫留朵夫出

---

① 《列夫·托尔斯泰文集》第15卷，冯增义、宋大图等译，第48页。

身贵族家庭，上大学时还比较单纯、热情、纯洁。一次暑假，他在姑妈家碰上了其养女玛丝洛娃，两个人一见钟情，双双坠入爱河。后来聂赫留朵夫服了兵役，成为青年军官，为军队中的腐化生活所熏染而堕落，在一次幽会中奸污了玛丝洛娃，临走时扔给她100卢布，并最终抛弃了她。玛丝洛娃在社会上流浪，干过各种职业，受过数不清的侮辱，遭遇到很多不幸，最终沦落为妓女，并在一次接客时被人嫁祸为杀人犯，最后被提起公诉。聂赫留朵夫恰恰是这次审判的陪审员，时隔10年他在法庭上再次见到旧情人玛丝洛娃，内心十分惭愧，觉得真正的罪犯不是别人，正是自己，于是决定游走于上流社会的司法机构，为玛丝洛娃翻案。在和玛丝洛娃的多次接触中，两个人旧情重燃，玛丝洛娃也决心接受改造，重新开始生活。经过多次奔走，聂赫留朵夫虽然没有为玛丝洛娃成功翻案，但是看到了上流社会的黑暗、官僚的腐败、司法的不公、教会的虚伪、乡村经济的凋敝等，所有这一切，使得他决心告别上流社会，抛弃贵族身份，分掉自己的财产，陪玛丝洛娃去西伯利亚服刑。虽然两个人最后没能走到一起，聂赫留朵夫决心献身宗教事业，传播新宗教——“托尔斯泰主义”，而玛丝洛娃则献身革命事业，但是两个人最终都得到了灵魂复活或精神新生。这部作品中的人物实现了托尔斯泰提出的贵族“平民化”，同时它对沙皇俄国的官僚制度、司法制度、监狱制度以及官方教会作出了最为彻底的批判与否定，为作者未来以“托尔斯泰主义”为指导的乌托邦社会理念的出现，做好了准备。托尔斯泰晚期世界观的变化，使其创作观发生了转变，即向社会底层的审美观靠拢，向宗教德道靠拢，因此长篇小说《复活》的创作手法与之前的《战争与和平》《安娜·卡列尼娜》有着显著的不同。具体来说，在艺术上主要表现在四个方面：一是单线索的结构使叙事变得简单、明确。托尔斯泰让主人公聂赫留朵夫像但丁笔下的主人公游历地狱，以及果戈理笔下的乞乞科夫逐次拜访五个俄国贵族地主那样，游走于俄国上流社会，并用悲愤的激情和辛辣的讽刺手法，浮雕般地为人们展示了俄国贵族群丑图和下层平民受难图。二是心理描写。托尔斯泰用娴熟的心理描写手法，展示了聂赫留朵夫和玛丝洛娃等两位主人公艰难的灵魂复活过程。三是对比手法的运用。托尔斯泰运用对比手法，将官僚与百姓、贵族与平民、城市与乡村、首都与外省、日常生活与监狱生活、内地关押与西伯利亚流放、刑事犯与政治犯的非人待遇等进行并置，让读者更加清楚地认识到贵族、官僚的骄奢淫逸、恣意妄为，平民百姓所受的无辜迫害，以及人们甚少了解的政治犯的生活。四是惯常的自然风景描写。托尔斯泰在叙事中不间断地描写生机盎然的春季自然风光，以此反衬法庭监狱、都市贵族生活、破败乡村的境况，以及西比利亚地区对于所关押的刑事犯、政治犯的反自然、反人道的现象。总之，托尔斯泰正是运用了上述四种艺术手法，才揭示出沙皇专制下俄国腐朽而反动的社会现实，以及两位主人公人性、神性的艰难复活过程，具有强烈的艺术感染力。

《复活》作为托尔斯泰第三部，也是最后一部长篇小说，艺术成就巨大，堪称其晚期代表作。但也应看到，由于作者采用了全知叙事视角，很少运用有限视角来补充人物性格，对主人公之外的人物缺乏充分的心理描写，揭示人物性格的情节描写过于简略，且将人性简单地划分为"神性的人"和"兽性的人"，加之说教过多，大量引用《福音书》，因而《复活》中除了聂赫留朵夫和玛丝洛娃等形象稍微丰富外，其他人物大都性格单薄，缺乏立体感，这在一定程度上影响了这部作品的艺术效果，也是其艺术上的不足。《复活》之所以出现这种现象，与托尔斯泰为了使艺术发挥劝谕功能、为底层大众创作的功利主义创作观，以及道德主义与民粹主义等新美学观有关。但不管怎么说，托尔斯泰晚期对艺术创作的探索是非常艰难的，也是非常可贵的，并取得了一定的成功，这使得《复活》与他之前的长篇小说在艺术风格上迥然有别。

托尔斯泰《复活》所表现出来的彻底批判精神和虚无主义思想激怒了官方教会和沙皇政府。1901 年 2 月 24 日，东正教最高会议决定革除托尔斯泰教籍。官方教会这一错误的决议非但没有达到惩罚托尔斯泰以儆效尤的目的，反倒激起了俄国各界的愤怒及其对托翁的深切同情，各地出现了大规模的游行和集会以示抗议，国外友好人士也纷纷来电表示对俄国教会和政府的抗议，同时声援托尔斯泰，至此托尔斯泰的声誉也达到了人生顶点。人们说当时俄国有两个沙皇：一个是尼古拉二世，一个是托尔斯泰。托尔斯泰已经成了"人民沙皇"、俄罗斯的"良心"和俄国下层人民的"精神领袖"（不过托尔斯泰的声誉主要在下层阶级，而在俄国知识分子阶层的影响力还是有限的）。

三

除了长篇小说《复活》之外，托尔斯泰创作的几部中短篇小说还是很不错的，如《伊凡·伊里奇之死》《克莱采奏鸣曲》《哈吉穆拉特》《谢尔盖神甫》等。《伊凡·伊里奇之死》中的伊凡·伊里奇是彼得堡的官僚，成天过着聚会喝酒、打牌打猎的潇洒生活，整日平平安安、无忧无虑。有一天，伊凡突然间查出身患绝症，便一下子惊醒，可是他已被抛出日常生活，大有夜半临深池之感。伊凡发现一切都变了，在家里妻女并不关心他，在外边同僚也在觊觎他即将空出来的位子，没有人关心他这个叫"伊凡"的人，他自己也觉得很冤屈，最后在恐惧中死去。在作者看来，伊凡庸俗的生活造就了平庸的思想，因而必然惧怕死亡，要想战胜对死亡的恐惧感，就得有爱心，有奉献精神，伊凡临死前对此有所顿悟。该部小说写得非常精彩，读后引起人心灵的震动，让人反思该怎样生活。“死亡”问题是托尔斯泰关注多年的创作话题，该部小说在某种程度上也是对这一话题探索的继续。《克莱采奏鸣曲》仍是一部“通奸”题材小说，不过主人公波兹德内谢夫的妻子身上已经没有了像安娜那种高尚的爱情和充满魅力的人格，有的只是沉醉在色情中对肉体欲望的满足。托尔斯泰在该部小说中开始彻底否定爱情，因而让男主人公波兹德内谢夫亲手杀死了妻子，以此作为惩戒。该部小说不仅否定爱情，而且缺乏宽容态度，对妇女权益采取了全盘否定态度，可见托尔斯泰是否定女权主义的。该部小说的艺术成就也不高，更似劝谕故事。《哈吉穆拉特》是一部优秀的中篇小说。该部小说描写了车臣英雄哈吉穆拉特为了反抗本族领袖沙米尔的残暴统治而决定投降俄军，但是由于俄军官僚的傲慢和无端猜忌而再次出走，结果被俄军追兵所杀。该部小说通过哈吉穆拉特这一深受民族爱戴的英雄的悲壮死亡，批判了俄军军官和本民族的当权者，因为他们都是自私自利、草菅人命的罪人，只有哈吉穆拉特这位英雄光明磊落、视死如归。《谢尔盖神甫》的主人公卡萨茨基本来是个很有前途的侍从武官，由于偶然发现自己的未婚妻正是沙皇尼古拉一世的情人，因而遭受打击，隐身于修道院做了一名隐修士；但最终经不住诱惑，破了色戒，离开修道院，做了一个普普通通的平民，在底层社会传教。该部小说说明，真正的传教和修炼在民间，那里才需要传教，百姓生活中才存在真正的信仰。由此推想，托尔斯泰晚年出走是不是也与这种到民间去传教的想法有关？这是不是托尔斯泰人生归宿和信仰归宿的一种方式？以上四部中篇小说对死亡问题、女权问题、做人问题以及信教与传教问题都作了可贵的探索，也反映出托尔斯泰的晚年思想危机和精神危机仍是非常严重的。

托尔斯泰以小说创作著称，然而他在 19 世纪 80 年代以后也曾涉足戏剧领域，虽然剧作数量不多，但取得的成就还是很大的，其中的代表作就是《黑暗的势力》。该剧作写的是发生在乡村的乱伦杀子案。富裕农民彼得年老多病，他的妻子阿尼西亚年轻貌美、妖冶风骚，和家里的长工尼基塔勾搭成奸，试图害死丈夫，夺其财产。尼基塔的母亲马特廖娜心狠手辣，爱钱如命，不但促成这桩奸情，还提供毒药，最终促使阿尼西亚杀害了丈夫，但钱财却落到了尼基塔手中。尼基塔娶了阿尼西亚，把手里的钱存到银行吃利息，就开始过起了挥霍无度、行为放荡的生活，后来竟然和彼得前妻所生的女儿阿库琳娜乱伦私通，并生有一子。在母亲和妻子的逼迫下，尼基塔在地窖里把孩子活活压死。在阿库琳娜结婚那天，尼基塔受不住良心的谴责，在婚宴上当众跪在阿库琳娜面前，把自己的罪行公之于众，最后被警察带走。该剧作揭示了资本主义对乡村经济和伦理道德的双重冲击，拜金主义成为乡村最为黑暗的势力，使农民道德沦丧、人性丧失、忘却上帝。作者在剧中还塑造了尼基塔的父亲这一屡屡规劝儿子的虔诚基督徒形象。作者呼吁回归基督教信仰，似乎这成为重建乡村道德的微弱希望。该剧的演出在欧洲引起了强烈反响，影响巨大，可见戏剧具有小说所不具备的传播功能，这也许是托尔斯泰晚年热衷于戏剧创作的原因吧！另外，托尔斯泰还创作了《教育的果实》《活尸》等著名剧本，构成了其创作的另一道风景。总的来看，托尔斯泰的戏剧创作艺术成就与同时期的小说创作相比，还是小了些。

通过上述分析来看，托尔斯泰的后期创作无论是政论文章还是小说、戏剧创作，都表明其创作思想和创作艺术发生了较大转变，但是这些转变、探索显示出步入老年的托尔斯泰思想不但没有平静，反倒有越来越多的困惑。托尔斯泰因要放弃版权和财产权而与妻子索菲亚产生的矛盾也在加剧，追求平民化的生活方式和正在享受的富贵生活现实使托尔斯泰的良心受到煎熬，生命力逐渐衰微以及如何才能安身立命的问题也使他产生了极度焦虑。所有这些都使得托尔斯泰在1910年10月28日的半夜，不顾已经82岁高龄的现状，瞒着妻子，悄然远走他乡，路上因风寒感冒而引起肺炎，是年11月7日客死于一个偏远的无名小站，11月9日安葬于雅斯纳亚·波良纳庄园那个传说埋藏着小绿棒的山谷旁边。坟墓上没有十字架，没有墓碑，只有一个小土丘掩映在草丛中。托尔斯泰的坟墓是这样的朴素、这样的不起眼，却完全实现了作者回归自然的夙愿，这样的坟墓却是“世界上最美丽的坟墓”(茨威格语)。每年，每天，每个节假日，前来凭吊的、祭奠的、拜谒的人络绎不绝，这是人们心中的另一座“教堂”和圣地。托尔斯泰那句“没有朴素、善良、真实，就没有伟大”的话，会在每个来者的心中重复一次。托尔斯泰不但是伟大的作家、思想家，还是一位当代圣人，每每读起他的作品，每每来到雅斯纳亚·波良纳，每每来到大师的墓前，对于我们这些久蒙世俗尘垢的人们来说，都是一次精神洗礼。

第四节　托尔斯泰创作思想总结

托尔斯泰长达60年的文学创作生涯，给我们留下了巨大的艺术财富和精神财富，特别是他的现实主义艺术创作，通过秉持客观反映现实、探察心理奥秘、追求人格完善等三位一体来构建现实主义艺术大厦。与欧洲的巴尔扎克、左拉、福楼拜等现实主义和自然主义作家所具有的科学求真精神不同，托尔斯泰是沿着卢梭、雨果等现实主义作家所具有的伦理求善精神走过来的，并且将之发扬光大。从某种意义上说，欧洲作家大多追求科学认知叙事，而托尔斯泰则秉持道德求善叙事，他塑造的人与事与其说是怎样的，倒不如说是应该怎样的。道德叙事以及道德判断是托尔斯泰打动读者心扉的最具有个人特色的元素。托尔斯泰长达60年的创作生涯可以总结为让人格走向完善、让世界走向至善的一部大书，不明白这些，就不会真正了解托尔斯泰的创作及其伟大之处。道德叙事比认知叙事还要难些，因为没有高超的叙述技巧，没有洞察人性的卓越才能，道德叙事很容易流于劝谕说教，很容易使现实主义艺术退回到古典主义艺术，可以说，道德叙事使得托尔斯泰的现实主义创作别开生面。托尔斯泰像雨果一样具有博大的人道主义精神，相信爱和善的作用，以至于我们提起这样的作家时，就会感到非常温暖。契诃夫就曾说过，托尔斯泰的去世，使自己像失去父亲般孤独。中华民族是一个以道德理性见长的民族，我们更喜爱托尔斯泰。对于我们国人来说，托尔斯泰仍然是富有艺术和道德双重作用的大作家，他的价值和意义将超越时空，永恒存在。我们也应看到，尽管托尔斯泰的创作艺术成就巨大，但是也不可避免地存在着某些思想或艺术上的局限性，以及容易让人产生误解的矛盾性和复杂性，不正视这一点就意味着缺乏学术上的严谨性和严肃性。

综观托尔斯泰的创作，我们会发现存在如下几点局限或易产生歧义之处：一是人物阶层塑造上缺乏全面性。托尔斯泰创作中只有贵族阶级和农民阶级，而没有当时蓬勃兴起的资产阶级以及日益壮大的市民阶级。就现实主义要求反映生活的真实性来说，这应该说是托尔斯泰创作中的一个缺欠，他似乎还生活在古典的宗法世界里，这也是陀思妥耶夫斯基常常讥讽其笔下人物非当代的、过时的人群的原因。二是作为思想家的托尔斯泰总是干扰作为艺术家的托尔斯泰，这在一定程度上影响到了作品的艺术性。托尔斯泰爱发议论的地方、自认为抒发高明见解的地方，常常是存在谬误和偏激最多的地方，诸如作家总是认为乡村文明高于都市文明，体力劳动高于脑力劳动，妇女的任务就是厨房劳作和生孩子，所有的教会、政府、法律都属于多余，等等。这使人更加清楚他的所谓“真理”，从而减弱了艺术本身的丰富性所带来的真理启示，进而影响到作品的艺术价值。三是“文以载道”的创作观使托尔斯泰把文艺作品看成是改变现实的道德载体，反对为艺术而艺术。这样他的有些作品难免充满说教气，特别是晚年作品更加明显，甚至有些小说已经很难称得上是艺术，而是“故事”

或“类小说”。四是托尔斯泰的理性主义哲学观使其某些创作仍然处于古典美学范畴，因此在创作形式上难以形成新的突破。为了使大众易于接受，托尔斯泰晚年的创作形式更加走向强调“劝谕功能”的古典主义。理性主义哲学观也使托尔斯泰对西方现代艺术创作思潮持完全拒斥的态度。五是人物性格的塑造上，人物性格出现了平面化、概念化等不足。总之，托尔斯泰的上述局限性，丝毫无损于他的大作家形象及其取得的巨大艺术成就，反倒使我们看到了他首先是人而非神，他的创作是作为人的创作，是作为人所付出的巨大劳动的结果，进而感到其创作更加亲切，并产生由衷的敬佩。

我们还应看到，托尔斯泰是一位有着深刻思想的大作家，其创作思想复杂，高尔基就曾说他“是 19 世纪所有伟大人物中最复杂的一个”，充满着“矛盾性”和“辩证性”，而这常常又增加了我们的研究难度和理解难度。具体来说，表现在如下几个方面：

第一，托尔斯泰虽然崇尚乡村宗法制生活方式，厌倦都市生活，否定西方文明，但也看到了宗法制生活有压抑个性、抑制欲望、导致经济滞后的一面。因此，他最终想创立新宗教——“托尔斯泰主义”，以此达成既超越宗法制生活，又避免俄国走资本主义道路，还反对暴力革命的目的，试图建构一种民粹主义乌托邦社会。

第二，托尔斯泰崇尚卢梭，崇尚大自然，提倡“回归自然”，但也看到了自然并非总是“至善”，自然中也包含着野蛮和恶的成分。因此，托尔斯泰的创作思想逐渐由崇尚自然转向崇尚道德，他的后期作品中鲜有自然风景描写。

第三，托尔斯泰虽是崇尚道德理想主义的作家，自责和罪恶感是他生活和创作中的主要内容，但他也把生命看得非常重要，道德时常让位于生命，强调尊重生命、张扬生命力是更大的道德。在人性中看到“恶”的力量和价值，而“恶”有时却能造“善”，托尔斯泰在人物塑造时常常显示出“恶”的价值和“恶”的辩证法功能，使人物充满“恶之花”的魅力。对于那些抑制欲望、完全无我、无私奉献的人物和行为，托尔斯泰也不是完全赞成，而是时有讽刺。因此，托尔斯泰身上既存在提倡道德的倾向，也存在反道德倾向。

第四，托尔斯泰在揭露战争残酷性、反对穷兵黩武的战争行为、反对极端民族主义、否认俄罗斯民族负有特殊历史使命、主张和平主义和世界主义的同时，也存在着正常的民族主义和爱国主义热情以及肯定民族风俗文化的一面。当然，受黑格尔辩证哲学的影响，托尔斯泰看到了战争的残酷性和反人道主义的一面，但又认为战争的残酷能促使人性和民族意识的觉醒，从而在某种程度上又肯定了战争具有某种合理性的一面。

第五，托尔斯泰一生受启蒙思想影响，相信理性，相信真善美必然战胜假恶丑，但因擅长研究人的心理世界、描写人“瞬间”千变万化的心理，他又看到了人的非理性和神秘性，特别是对死亡的恐惧、迷恋与试图超越的态度，使托尔斯泰看到生命本身的奇迹是理性所难以认识的。同时，由于对宗法制生活方式的迷恋，托尔斯泰在接受理性主义哲学时，存在着忽视其中的主体性和个体性的问题，存在着反启蒙理性的现象，从而把更多关于主体问题的探讨转向消弭个体的东方哲学与文化。

第六，托尔斯泰热爱艺术又否定艺术，否定前期作品，甚至否定莎士比亚。其实，托尔斯泰创作中对人性恶的揭示，特别是像《黑暗的势力》这样描写人性恶的剧本，很难不让人想起莎士比亚。

第七，托尔斯泰反对暴力革命，坚持“勿以暴力抗恶”。在这一点上，托尔斯泰始终坚守底线，但是对沙俄政府、司法制度、官方教会的全面否定以及对革命者的极大同情，又使他不自觉地为革命的发生制造了某些舆论上的准备，因此有人说托尔斯泰是“不革命的革命者”，此言并不为过。

第八，托尔斯泰虽然终生都在探讨宗教信仰问题，他笔下的人物大多最后都皈依了基督教，但是他的宗教思想又是非常复杂的，其中包含着许多异教的甚至无神论的成分。晚年的托尔斯泰也试图进行宗教改革，试图实现东正教的世俗化，最终以宗教的道德化、平民化结束。托尔斯泰对官方教会的宗教仪式和对基督教神迹现象的全面否定，又使他的宗教改革是反宗教的。因为宗教失去了仪式的和神迹的内容，失去了人格神，往往会失去特性。托尔斯泰这样做，一方面是从理性主义哲学出发，相信科学，反对神迹，弱化人格神，但由此也说明他并不真正了解宗教的特性，总是把宗教和道德混为一谈；另一方面托尔斯泰本人似乎也缺乏虔信宗教的禀赋，他拜访过很多资深长老，也做过苦修，但都无果而终（相对而言，陀思妥耶夫斯基更具有信仰禀赋，陀氏曾和托翁拜访过同一位长老，陀氏则深得其味，对东正教信仰更加虔诚虔敬，因而被称为“先知”式作家）。因此，从骨子里来说，托尔斯泰是一个无神论者、一个虚无主义者、一个异教徒，他的宗教改革是失败的，他是孔子式的仁者而非老子式的形上追求者，等等。以上托尔斯泰这些变动不居的甚至矛盾反复的思想，这种有时让人感到他思想深邃深刻有时又偏颇偏激的现象，的确加大了我们理解托尔斯泰的难度，但又不可否认，这也许正是托尔斯泰创作思想博大精深和丰富多彩的地方。

“林深不知处，复照青苔上”，这便是伟大作家留给我们的奇妙印象。

第二章　“自传三部曲”《童年》《少年》《青年》人物论

19 世纪 50 年代，托尔斯泰创作了“自传三部曲”——中篇小说《童年》(1852)、《少年》(1854)、《青年》(1857)，这是他步入文坛的发轫之作，也是初步确立其在当时俄国文坛地位的系列之作。这几部作品就像春天初发的迎春花，虽然花朵微小，但嫩黄、鲜艳，迎风招展，香气浓郁，预示着作家在创作上即将迎来繁花似锦的春天。

“自传三部曲”初登文坛就给人以一种独特而新颖的感受，因为小说既没有曲折的故事情节，也没有讲述一个童年屡遭不幸的励志故事，而是讲述了主人公“我”对世界的感受，即不是描述世界是怎样的，而是描述世界在“我”心中是怎样的。主人公那敏感而多情多思的内心世界，像一片波光浩渺的湖水，映衬着大千世界的风光云影。因此，托尔斯泰这一系列之作不注重情节的编织，而更像一篇篇“形散而神不散”的散文，靠着心灵的千变万化这条“线索”，编织着一个个动人的“故事”。这不但增加了作品的真实性和人物塑造的复杂性，还在创作手法上大大拓展了叙事内容与叙事空间，当主观的精神性成为叙事的凭靠点时，小说便会给读者带来无尽的思维想象和情感体验。同时，由于小说采取了当事主人公“我”的视角与作者的视角相结合的手法，这大大增强了叙事的生动性、机动性以及叙事空间的纵深感，因此托尔斯泰初登文坛就出手不凡。

不管怎样说，“自传三部曲”是三部小说，是小说就必须以塑造人物为首要，因为塑造出色的人物形象，是小说成功的关键；既然是小说，作者就得为读者揭示出对生活的发现，对真理的探索，对善与美的追求，这样才算是一部成功的小说。“自传三部曲”虽然是由《童年》《少年》《青年》三部小说构成，并且有几个主要人物贯彻始终，因而可以将它们看作一部大小说，但是每一部小说的侧重点和艺术性还是有所不同的。

第一节　尼古连卡与母亲娜塔利娅形象

《童年》是托尔斯泰的处女作，塑造的首要人物便是"我"——尼古连卡·伊尔捷尼耶夫。这是一个建立在作者自传基础上又有所虚构的人物形象，既是小说诸多人物的见证者，也是诸多事件的亲历者，并在"见证"和"亲历"过程中澄明了自己。

"我"尼古连卡是一位聪颖、敏感、多情而又心地善良的男孩，十一二岁，出身世袭的大贵族之家，可以说是出生于"钟鸣鼎食之家"，成长于乡村彼得罗夫斯科耶庄园和莫斯科别墅两地，过着衣食无忧的生活。尼古连卡从小便具有较强的身份意识和优越感，习惯与"体面人"或有"理解力"的人交往，但由于外貌并不出众，长得也不帅，因此又有性格内向、多愁善感、拙于交际的禀性。关于尼古连卡的外貌，作品中是这样写的："我不但深信我长得很丑，甚至不能用在这种情况下的通常慰藉来安慰自己。我不能说，我长着一副富于表情的、聪明的、高尚的面孔。脸上毫无表情，五官极为普通，又粗，又丑；灰色的小眼睛，特别是当我照镜子的时候，与其说是聪颖，不如说是愚笨的。至于大丈夫气概，那就更缺乏了：虽然我身材不矮，按年龄说也是十分强壮的，但是我面部的轮廓柔和松弛、不分明。甚至也没有一点高贵的气度；恰好相反，我的脸和普通农民的一样，而且我也长着那样的大手大脚；当时，这使我觉得非常难堪。"① 由此可见，童年的"我"确实有点丑陋，身材也不好，常被人称为"小胖胖"，并且在气质上更像农民，这一点令主人公十分沮丧。尽管如此，尼古连卡的童年生活格调基本上还是快乐的，他对世界充满好奇，并喜欢思考诸事诸物。

尼古连卡经历过很多事情，诸如恋爱、交友、考大学以及观察大自然等，并且不断地对生活进行反思，因而精神成长很快，但也有点多愁善感，少年老成。下面，我们首先谈谈尼古连卡对母亲的怀念，因为儿童的第一情感对象是母亲，然后才是其他亲人以及周围的人。通过主人公尼古连卡的感受，作品成功塑造了母亲这一形象。

拜读《童年》，主人公尼古连卡给人最大的感受首先是对母亲（娜塔利娅·

① 《列夫·托尔斯泰文集》第1卷，谢素台译，北京：人民文学出版社，2000年，第209～210页。

尼古拉耶夫娜)强烈的爱和怀念之情,每每读之,不禁心潮起伏,感动不已。托尔斯泰两岁时母亲因病离世,虽然由于年幼对母亲的记忆不是很深刻,但是她的外貌轮廓以及性格特点还是多少能够推想出来。作品中有关母亲的形象是在尼古连卡的回忆中形成的:

> 当你努力追忆一个亲人的容貌时,总有许许多多往事一齐涌上心头,要透过这些回忆来看它,就像透过泪眼看它一样,总是模糊不清。这是想象的眼泪。因此在我极力回忆妈妈当年的音容笑貌时,我只能想象出她那流露着始终如一的慈爱的棕色眼睛,她那颗长在短短的发鬈下面的脖子上的黑痣,她那雪白的绣花衣领和那常常爱抚我、常常让我亲吻的、细嫩纤瘦的手,但是她的整个神态却总是从我的记忆里滑掉。[①]

由此可见,母亲娜塔利娅是美丽的,对儿子充满了抚爱。“妈妈的容貌本来就非常俊秀,她微笑的时候,就更加美丽无比,周围的一切也仿佛喜气洋溢了。如果我在自己一生中痛苦的时刻能看一眼这种笑容,我就会不晓得什么是悲哀了。我觉得人的美貌就在于一笑:如果这一笑增加了脸上的魅力,这脸就是美的;如果这一笑不使它发生变化,它就是平平常常的;如果这一笑损害了它,它就是丑的。”[②]这里既说出了母亲的美丽,也对微笑与相貌的关系作了较有意思的经验总结,富有生活哲理。

对母亲的怀念使尼古连卡经常回忆起母亲弹钢琴的场景:

> 妈妈在弹她的教师菲尔德的《第二协奏曲》,我在打瞌睡,在我的想象中出现了一些轻快、明朗、晶莹的回忆。她开始弹奏贝多芬的《悲怆奏鸣曲》,于是我回忆起一件令人感伤、压抑的凄惨事情。妈妈常常弹这两支曲子,因此我清清楚楚地记得它们在我心中唤起的情绪。[③]

这是一个非常感人的怀念母亲的场景,这一点在后来的《少年》里也有所表现。《少年》中写了尼古连卡思念母亲的一个细节,他偶然发现姐姐柳博奇卡的面孔、走路的身姿以及手势特别像母亲,“但是,最罕见的相似是她弹钢琴的姿势和与此有关的一举一动:她同样地整理衣服,同样地用左手翻乐谱,当她很久弹不好难弹的段落时,也同样懊恼地用拳头敲打琴键,说:‘啊,我的天!’她弹奏美

① 《列夫·托尔斯泰文集》第1卷,谢素台译,第9页。
② 《列夫·托尔斯泰文集》第1卷,谢素台译,第11页。
③ 《列夫·托尔斯泰文集》第1卷,谢素台译,第37~38页。

妙动人的菲尔德的协奏曲时，那种同样难以捉摸的细腻而清晰的技巧，真堪称为珠玉般的演奏，那种魅力是最流行的钢琴家们的任何手法都不能使我们忘怀的"[①]。这里可以看出，他对母亲的思念之苦，以至于把姐姐柳博奇卡当成了母亲；还可以看出，他对母亲弹琴的习惯动作记忆犹新。

对母亲形象的塑造不单单来自"我"尼古连卡的回忆，还来自另一个视角——遗书。母亲不但爱自己的孩子，也深爱着自己的丈夫。父亲缺钱想动用母亲的陪嫁时，母亲总是满口答应，甚至还埋怨丈夫太客气。当然，对于父亲沉湎于赌博，并输掉很多钱财，母亲也进行了温和的劝谕，说自己并不是在乎钱财，而是因为赌博占去了丈夫更多与自己相处的时间。在重病之际，母亲非常留恋、牵挂丈夫和孩子。从遗书中还可以看出，母亲是个虔诚的基督徒，不但爱家人，还爱家里的仆人乃至所有的人。生前母亲对自己的女仆娜塔利娅·萨维什娜留下了农奴解放证书，以及每年 300 卢布的养老金。从遗书中还可以看出母亲虽是基督徒，但十分留恋人生、亲人。"我很平静，上帝知道，我一向把死看作是过渡到更美好的生活，现在也还是这样看；但是为什么眼泪使我窒息？……为什么要使孩子们失去亲爱的母亲？为什么要使你遭到这么沉重而意外的打击？当你的爱情使我的生活无限幸福的时刻，我为什么要死去呢？"[②]这是对上帝的质询，也是对亲情的难舍难离，读之让人落泪。

对于母亲的死，尼古连卡的心情是复杂的：一方面表现出悲痛，另一方面对死亡十分惊恐。母亲死后，"我停在门口开始张望；但是，我的眼睛哭得那么厉害，神经受了极大的刺激，以至什么都分辨不出……我更加聚精会神地凝视着它，渐渐认出了她那可爱的、熟悉的面貌。当我肯定这就是她的时候，我恐怖得颤抖了；但是，为什么那双闭着的眼睛是那么深陷？为什么这么苍白可怕，一边脸颊的透明皮肤下还有了黑斑呢？她整个的面部表情为什么那么严肃、那么冷冰冰的？为什么嘴唇那么苍白，嘴形那么美好、那么肃穆，露出那么一种非人间所有的宁静，使我凝视着它，就毛骨悚然呢？"[③]这里写出了尼古连卡对死亡的震惊与恐惧似乎压倒了悲伤，可见死亡的阴影一直伴随着托尔斯泰，如影随形。

怀念母亲最为深刻的一次是尼古连卡由于功课不好，遭到了老师奥古斯特(St-Jerome)关禁闭的惩罚。面对黑魆魆的小屋子，他竟然梦到自己死后也上了天堂，并见到了早来天堂的母亲，内心激动不已。"四十天以后，我的灵魂就飞

---

① 《列夫·托尔斯泰文集》第 1 卷，谢素台译，第 192 页。
② 《列夫·托尔斯泰文集》第 1 卷，谢素台译，第 98 页。
③ 《列夫·托尔斯泰文集》第 1 卷，谢素台译，第 102～103 页。

到天堂去;在那儿我会看到一样美妙得惊人的、洁白透明的、长长的东西,感到那就是我母亲。那个白白的东西一直围绕着我,爱抚我;但是我觉得心神不定,好像辨认不出她来。‘如果真的是你,’我说,‘那就把身形显得更好一些,好让我能拥抱你!’于是她的声音回答我说:‘我们这儿全都这样,我无法更好地拥抱你。难道这样你就不高兴吗?’‘不,我非常高兴,但是你不能给我搔痒,我也不能吻你的手……’‘不必这样,在这儿,这样就好极了。’她说,于是我觉得真的美好极了,我同她一起越飞越高。”[①]尼古连卡通过做梦所表达的对母爱的渴望,读后让人不禁泪下,即使尼古连卡成年后回到故乡,住进母亲曾经住过的房间,仍然异常激动。故乡,不但是尼古连卡小时候生活过的地方,还是他儿童时期享受过母爱的地方。“我们走进客厅,静穆、温存的母爱仿佛仍然散布在房间里的一切物件上;我们穿过大厅,喧哗的、无忧无虑的儿童的欢笑好像还萦绕在这个房间里,只等待人们使它复活。”[②]后来父亲再婚,娶了继母阿夫多季娅,但尼古连卡感觉这位年轻的继母是不体面的和缺乏理解力的,无法替代亲生母亲。

作者通过上述多种角度、多种方法,为我们塑造了气质高雅、性格温柔、多才多艺、爱心满满的母亲形象,并在塑造母亲形象的过程中,一定程度上确立了尼古连卡的形象,母亲的品行影响了儿子将来的为人。如果把作家和尼古连卡等同起来就可以看到,托尔斯泰也非常善良,与农民为伍,擅长钢琴,可见母亲对儿子的影响之大。托尔斯泰腼腆害羞,自卑内向,多愁善感等,可能也和童年过早缺失母爱有关。母爱的缺失,意味着情感慰藉的缺位,从而造成托尔斯泰终生对爱的渴望。

第二节　尼古连卡与父亲尼古拉等人物形象

小说通过尼古连卡的视角还成功塑造了父亲尼古拉、苦行僧格里沙以及女仆纳塔利娅·萨维什娜等形象。

托尔斯泰的父亲在其 9 岁时即 1837 年前后猝然去世,年仅 43 岁。托尔斯泰一度怀疑父亲是被他所信任的管家贪财害死的。不管怎样,托尔斯泰在童年时期先后失去母亲、父亲,可以说是非常不幸的。托尔斯泰与父亲相处的时间

---

① 《列夫·托尔斯泰文集》第 1 卷,谢素台译,第 170～171 页。

② 《列夫·托尔斯泰文集》第 1 卷,谢素台译,第 306 页。

长一些，在小说里，父亲活到了48岁，并续了弦。从人生经历来看，与短暂的母爱相比，尼古连卡更多地享受到了父爱。

父亲尼古拉英俊潇洒，风流倜傥，性格温和，幽默风趣，很讨亲朋好友的喜爱。他早年参加过抗击拿破仑的卫国战争，后以中尉军衔退役，在乡村经营自己的庄园，负责孩子们的教育。尼古拉非常喜爱妻子，关心儿女们的成长，虽信仰上帝但并不虔诚，贪恋世俗生活享受，喜欢赌博（似乎赢钱的时候较多）、打猎等。关于尼古拉的形象，作品中是这样描写的：父亲"身材魁伟，体格端正，走路时迈着奇特的小步子，爱耸一边的肩膀，小眼睛里永远含着笑意，大鹰钩鼻子，线条不端正的嘴唇仿佛不好意思地、却很惬意地抿着，发音有缺陷，有点咬舌，头顶秃得厉害，我所能追忆得起的我父亲的外表，就是这些。凭着这副仪表，他不仅能够出名，而且还是个走运的人，不论哪个阶层、哪种地位的人，毫无例外地都喜欢他，特别是那些他想取悦的人"①。

从小说中还可以看出，尽管父亲对子女们很慈爱，但是两代人之间还存在代沟，而且父亲还有一些性格缺点。小说中写道："他是上一世纪的人，具有那个世纪年轻人所共有的那种难以捉摸的侠义精神、富于进取心、过于自信、待人宽厚和耽于酒色的性格。他看不起我们这个世纪的人，这一方面是由于他天生的骄傲，一方面是因为他恼怒在我们这个时代得不到像在他那个时代的权势和成就。他生平的两大嗜好是打牌和女人；他一生中赢过几百万卢布，同数不清的、各个阶层的女人发生过关系。"②这就是父亲给童年的"我"留下的印象。正是因为这种情况，父子之间常常发生摩擦。尽管父亲尼古拉注重孩子的教育，把他们一个个送到莫斯科去上大学，但是父子之间的心灵沟通较少，特别是母亲去世后，父亲又迎娶了邻居家的女儿阿夫多季娅，这就引起了"我"和哥哥沃洛佳等人的不满，认为父亲对母亲不忠。继母出身小户人家，缺乏风范教养，深受继子女们的鄙视，因此家庭矛盾时常发生。当矛盾日渐激烈时，父亲妥协了，向儿子们道出了苦衷，看来父亲的善良本性唤起了他的责任感，最后两代人终于和解。

总的看来，"我"眼中的父亲是热爱生活和会生活的人，是深爱妻子的好丈夫，是关心子女成长的仁慈父亲，是与人为善、为人仗义的好朋友。但父亲对信仰的不虔诚，对世俗生活的过分贪恋，对男女关系的不够严肃，沉迷赌博，以及

---

① 《列夫·托尔斯泰文集》第1卷，谢素台译，第35页。

② 《列夫·托尔斯泰文集》第1卷，谢素台译，第35页。

对现实消极的心态和缺乏进取心等，都对尼古连卡产生了较大的影响，影响虽有正面的，但更多是负面的。尼古连卡在求学路上的失败是否也因为受到父亲的影响呢？我们还不能完全否认。青少年时期的尼古连卡在性格上更接近父亲。

与父亲尼古拉热爱世俗生活相对，《童年》中还塑造了一个不贪恋世俗生活、甘于吃苦、信仰虔诚的苦行僧形象——格里沙，这个形象也是通过主人公尼古连卡的视角和感受而得以塑造的。苦行僧也译作“游方僧”或“癫僧”，他们是俄国民间信仰基督教的人士。苦行僧出身贵族或平民，他们的信仰不是依靠《圣经》的言论和修道院的修炼，而是凭着天启获得真理，肩负神圣的使命，受到上帝的召唤，到处行走传教。他们身穿破烂衣裳，行无定所，传播真理，不驻足于某地，到处游走，以苦为乐，宣扬圣经教义。这是俄国不同于欧洲的一种独特的基督教文化现象。这些人为宣扬真理而过着弃世的苦行生活，为俗世之人提供了另一种独特而奇异的价值准则和信仰方式。

作品中的格里沙就外貌与行为来看就是典型的苦行僧。在尼古连卡眼中，苦行僧是这样的：“一个五十来岁的人走进屋里来，他脸色苍白，长脸盘，一脸大麻子，留着长长的白发和几绺稀疏的红胡子。他身材非常高大，进门时不但要低下头，连整个身子都得弯下来。他穿着一件破布衫，这布衫既像农民的长襟外衣，又像神父的白袍，手里拿着一根大拐杖。进屋时，他用拐杖拼命敲了一下地板，扬着眉毛，嘴咧得特别大，发出非常可怕、非常不自然的哈哈大笑声。他瞎了一只眼睛，那只眼睛的眼白不住地乱转，给他那本来就很丑陋的面孔增添了更加让人讨厌的神气。”“他的嗓音粗浊沙哑，动作慌里慌张，语无伦次，但是发的重音却那么动听，焦黄的丑脸上有时露出非常坦率的悲哀神色。听他讲话，不能不使人产生一种又是惋惜、又是恐惧、又是悲伤的复杂心情。”对于这样奇怪的人，尼古连卡产生了巨大的疑问：“他是什么来历？他的父母是谁？是什么迫使他选择了他过的这种流浪生活？谁也不了解这一点。我只知道，他从十五岁起，就成了尽人皆知的苦行者。无论冬夏，他都光着脚行走，朝拜寺院，把小圣像赠给他喜爱的人，说些费解的话，有的人认为这些话是预言。从来没有人见过他是另外一种情形。有时他到我外祖母家去。有人说他是富家的不幸子弟，是个心地纯洁的人，又有人说他不过是个庄稼人，是个懒汉。”[①]除了对格里沙的出身和品格表示疑问外，尼古连卡对格里沙的祈祷方式也非常疑惑，因

---

① 《列夫·托尔斯泰文集》第1卷，谢素台译，第20～21页。

为他的祈祷方式不同于在教堂所见的。“最初他轻轻地念着人所周知的祷文，只强调一下某些字句，随后他又反复背诵，但是更加响亮，更带劲。后来他开始用自己的话祷告，挖空心思地想用古斯拉夫语来表达自己的心情。他语无伦次，但是很令人感动。他为自己所有的施主祈祷，其中也有我的母亲和我们；他也为他自己祈祷，请求上帝饶恕他的重大罪孽。他反复地说：‘主啊，饶恕我的敌人们吧！’他累得呼哧呼哧地站起来，三番五次地老说那一套话，然后不顾铁链的重量，伏在地上又站起来，铁链碰到地板，就发出刚劲刺耳的响声。”这种形象对尼古连卡的影响是巨大的：“从那时起，多少岁月流逝了，多少往事的回忆对我失去了意义，化做模糊的梦，就连巡礼者格里沙也早已完成了他的最后一次朝拜；但是，他给我的印象和他所引起的情绪，在我的脑海里却永远也不会消逝。”尼古连卡不但对格里沙难以忘怀，而且对他怀有敬佩之心：“噢，伟大的基督徒格里沙！你的信心是那么坚定，使你感到了上帝的临近；你的爱是那么强烈，话语会自动地从你的嘴里流出来——你并不是用理智来检验它们……当你找不到言语来表达，倒在地上哭泣的时候，你献给至尊的又是多么崇高的颂辞。”[①]由此来看，童年的“我”对神秘的苦行僧格里沙及其落拓不羁的生活方式有着深刻的印象和敬仰之情。尼古连卡视角下的格里沙形象，让我们看到作为儿童的“我”的另一个心灵世界被打开了。格里沙苦行僧式的行为对托尔斯泰的影响很大，以至于做个苦行僧、游方僧，孤身外出传教、朝圣，竟然成了其渴慕的理想生活，其晚年出走，客死异乡，不能不说与这一影响没有关系。

作者通过尼古连卡的视角还塑造了一个成功的女性形象，即纳塔利娅·萨维什娜。那么萨维什娜是怎样一个人呢？

> 上一世纪中叶，在哈巴罗夫卡村的院落里，经常有一个穿粗布衣服，光着脚，但是快快活活的，红脸蛋的胖姑娘娜塔什卡跑来跑去。由于她父亲，吹单簧管的萨瓦的功劳和请求，我的外祖父把她提拔上来，叫她给我外祖母当侍女。作为一个侍女，娜塔什卡性情柔顺和勤快是出名的。我母亲出生后需要一个保姆的时候，就由娜塔什卡来担负这个职务。在这个新的岗位上，她以自己的工作、忠诚和对小女主人的爱护而博得了称赞和奖赏。[②]

这里的娜塔什卡就是纳塔利娅的爱称。这么一个忠实的仆人，拒绝了别人的求婚，也谢绝了母亲的赏赐——一份农奴解放证书和每年 300 卢布的养老金。

---

① 《列夫·托尔斯泰文集》第 1 卷，谢素台译，第 41～42 页。
② 《列夫·托尔斯泰文集》第 1 卷，谢素台译，第 44 页。

萨维什娜撕碎农奴解放证书，拒绝领养老金，把自己的一生奉献给了雇主之家。萨维什娜一生勤俭侍奉，忠于职守，热爱母亲，特别是其无私奉献的精神深深地打动了尼古连卡。“从我记事的时候起，我就记得纳塔利娅·萨维什娜，记得她的热情和爱抚；但是，直到现在我才懂得珍视这些，而在当时，我从来没有考虑过这位老妇人是个多么难得的可贵的人。她不但从来不提自己，而且好像从来没有想到过自己；她一生都怀着慈爱和自我牺牲精神。我已经习惯了她对我们那种无私的、温存的爱，甚至想象不出会是另外一种样子。我一点也不感激她，自己从来也没有思考过这样的问题：‘她幸福吗？她满意吗？’”[1]萨维什娜的无私奉献精神、自我牺牲精神，深深地打动了“我”，这种主奴之间的和谐理想关系，是作者颇为赞赏的。当然，就启蒙理性来讲，萨维什娜还处在主体意识和个体意识尚未觉醒的蒙昧阶段。虽然不能否认确实存在处得很好的主奴关系，彼此也不乏真诚，但是并不具有普遍性。因为不是所有的主人都像娜塔利娅这样善良，不是所有的仆人都像萨维什娜这样忠诚，而发生在尼古连卡的老祖母和使女玛莎之间的事就是一个主人虐待女仆的例子。老祖母专横跋扈，性情乖张，使女玛莎无力反抗，痛苦异常。这种行为不利于现代意识的产生，进一步讲，也不利于现代社会的建立。托尔斯泰的启蒙理性在向道德理性转化的过程中，出现了由伏尔泰转向卢梭的趋势，此时托尔斯泰的思想中已初步包含了启蒙与反启蒙的矛盾，尽管这种矛盾还不明显。

萨维什娜不仅具有无私奉献品质，还有尼古连卡所敬佩的视死如归的精神。作为虔诚的基督教徒，萨维什娜把生老病死看作对天堂的回归，因而在死亡面前无比冷静、沉着。在尼古连卡眼中，萨维什娜“毫无悔恨地离开了人间，她不怕死，把死当作一种天惠。人们常常这么说，但是实际上这么想的却是多么少啊！纳塔利娅·萨维什娜能够不怕死，是因为她是怀着坚定不移的信念，完成了福音书上的训诫死去的。她一生都怀着纯洁、无私的爱和自我牺牲的精神”。尼古连卡进一步认为，“如果她的信念能够更高尚，她的生命能够献给更远大的目标，结果会怎样呢？难道这个纯洁的灵魂就因此受到较少的敬爱和赞美吗？她在这一生完成了最美好、最伟大的事业，毫无悔恨，毫无畏惧地死去了”[2]。在这里，萨维什娜是被赞美的，尽管她的身份是卑微的，但精神却是崇高的。因此，这种奉献品质和视死如归的精神，深深地打动了尼古连卡，启发了他

---

① 《列夫·托尔斯泰文集》第1卷，谢素台译，第45～46页。

② 《列夫·托尔斯泰文集》第1卷，谢素台译，第114页。

对待人生、对待死亡的方式和态度。母亲死亡所带来的恐惧，似乎在萨维什娜身上得到了极大的缓解，因为虔信上帝和心怀大爱就能战胜对死亡的恐惧。在托尔斯泰笔下，有不少主人公面临死亡时都是采用这种方式对死亡加以超越的。

父亲尼古拉、苦行僧格里沙和女仆萨维什娜等三个人物形象，在艺术上都是非常成功的。通过尼古连卡对他们的观察和评价，我们间接看到了“我”即尼古连卡是如何成长的。

第三节　尼古连卡的情感世界

《童年》中除了有尼古连卡对亲人的思念和对他人的回忆外，更重要的是对他感情世界的展示，这主要表现在对其爱情的描写上。

尼古连卡先是对外祖母的一个叫玛莎的使女产生了爱慕之情，但由于这种两性之爱还处在朦胧状态，最后主人公把爱慕变成了善行。

在尼古连卡眼中，使女玛莎长得十分漂亮：“我十四岁时，玛莎大约二十五岁；她长得非常漂亮；但是我不敢描写她，唯恐在我的想象中又出现当我热爱她时所形成的那种令人心荡神怡的虚幻形象。为了不弄错，我只说她皮肤白皙异常，身体婀娜多姿，像个妇人。”[①]玛莎虽然出身农奴，是裁缝的女儿，但是气质很好，像个贵族小姐，引得年少的尼古连卡对她印象深刻，称其为“初恋对象”“梦中情人”，并为其不幸遭遇鸣不平。“她长着这么明亮的蓝眼睛，粗大的褐色发辫和高高的胸脯，为什么不一生下来就是个小姐呢？她如果头上戴着粉红缎带的小帽，穿着大红绸衣，坐在客厅里，那该多么相称啊！那时，她就会在绣花架前刺绣，我从镜子里看她，凡是她希望的，我都照办；替她披斗篷，亲自替她端饭……”[②]但是玛莎爱着一个小伙子——同为农奴的瓦西里，并且对他忠贞不渝。当时，尼古连卡的外祖母地位高贵，为人颐指气使、独断专行，等级观念很深，鲜有怜悯心，她不允许玛莎和她的情人结婚。玛莎对此极度痛苦，瓦西里也借酒消愁，差点沦为酒鬼。在这里，我们似乎能看到农奴制度不人道的一面。尼古连卡心地善良，喜欢玛莎且不把她视为一个使女，而是视为一个女人，并认

① 《列夫·托尔斯泰文集》第1卷，谢素台译，第139页。
② 《列夫·托尔斯泰文集》第1卷，谢素台译，第179～180页。

为不管玛莎是不是农奴都愿意爱她。这种爱是高尚的爱,不是剥夺而是成全玛莎的爱情。尼古连卡想象着自己成为彼得罗夫斯科耶庄园的主人时就会成全他们,还要资助他们1000卢布用于结婚。事实上,外祖母去世后,尼古连卡也确实劝说父亲尼古拉成全了玛莎与瓦西里的婚事,这也是尼古连卡由爱情而转为善行的良好表现。这一方面说明尼古连卡心地纯洁、善良,并具有平等待人的观念,另一方面也说明尼古拉年龄尚小,对女性的爱慕还没有达到爱情的地步,不会产生嫉妒心。

为了求学,成年的尼古连卡来到莫斯科生活,并在聚会日拜见了外祖母。大贵族之家举办宴会与舞会时的热闹场面是可以想象的,就如《红楼梦》中贾母的祝寿场景,外祖母有着与贾母一样的尊崇、高贵地位。在这个“大观园”里,像贾宝玉遇到林妹妹一样,尼古连卡遇到了表妹索涅奇卡,进而坠入初恋,虽终未成功,但刻骨铭心。

索涅奇卡是瓦拉希娜夫人的女儿,只有12岁,在外祖母家一亮相就惊艳了尼古连卡。索涅奇卡“脸上令人惊异的特点是她那大得出奇、半睁半闭的鼓眼睛,这双眼睛同她的小嘴形成奇异而悦目的对比。她的嘴抿着,她的眼神非常严肃,从她的整个面部表情看来,使人不能希望她会露出笑容,也正因为如此,她的笑容就更加迷人”[①]。尼古连卡一下子就爱上了索涅奇卡,“吸引住了我的全部注意力:我记得,当沃洛佳、艾蒂安和我在大厅里可以看见索涅奇卡,而且她也能看见我们和听见我们说话的地方交谈时,我就谈得津津有味;碰巧我说到什么自以为很好笑或者很漂亮的话时,我就放开嗓门,而且望着客厅门口;但是当我们移到另外一个地方,从客厅里既看不到我们,也听不见我们说话的声音时,我就默默无言,对于谈话再也没有什么兴趣了”[②]。可见尼古连卡所做的一切都是为了吸引索涅奇卡,这是初恋者常有的表现,异常真实。接下来,尼古连卡邀请索涅奇卡跳马祖卡舞,一曲接一曲,其中有的舞还不会跳,但为了和索涅奇卡在一起,也勉强跳,结果却出了丑,弄得父亲、哥哥都为他尴尬。这还不算,晚上尼古连卡失眠了,甚至用被子把头蒙上也难以入睡,觉得处处都是索涅奇卡,思念之切,竟想痛哭一场。但是,这场恋爱在索涅奇卡离开后,不得不结束。尼古连卡感叹道:“我一生中第一次在爱情上变了心,第一次感到这种感情的甜蜜滋味。把那种磨损了的习惯的忠心换成一种充满神秘意味和前途未卜

① 《列夫·托尔斯泰文集》第1卷,谢素台译,第78页。
② 《列夫·托尔斯泰文集》第1卷,谢素台译,第81页。

的新鲜爱情，我觉得很高兴。况且，在同一时间，甩开一个人而爱上另一个人，意味着爱得比以前加倍地强烈。”[①]这里所说的“甩开一个人”，是指甩掉与同性朋友谢廖扎之间的友情，而去追求异性之间的爱情。作为一种更为强烈的情感，爱情当然会在人的初恋时期超越一切情感，初恋永远是冲动的、新鲜的、火热的、可笑的、笨拙的，也是难忘的。

不久之后，尼古连卡再次见到索涅奇卡，此时他才明白，索涅奇卡对他的情感仅仅限于友情，而自己的所谓“初恋”不过是一种单相思罢了。索涅奇卡更喜欢尼古连卡的好朋友谢廖扎，还允许尼古连卡的哥哥沃洛佳吻她，所有这些都不得不使尼古连卡把索涅奇卡称为“见异思迁的姑娘”。但是，尼古连卡旧情难忘，多年以后在瓦拉希娜夫人家里再次见到17岁的索涅奇卡时，深有物是人非之感。本来两个人谈得很尽兴，还可以旧情相续，但是瓦拉希娜夫人却非常冷淡地打断了这件事。后来听父亲说，瓦拉希娜夫人自从丈夫去世后，性情乖张多变，对女儿的管教也日加严谨，索涅奇卡完全不敢有自己的主张。尼古连卡和她的感情也就到此为止了，这便是尼古连卡的初恋。初恋的经历和失败使尼古连卡开始关注女性的命运。

在彼得罗夫斯科耶庄园生活期间，尼古连卡还发生过两次恋爱事件。一次是恋上了“一个体态非常丰满的太太”。尼古连卡每天都在人群中偷看她，一旦被对方看到就马上跑掉。这又是一场单相思的恋爱，一个青涩的少年爱上一个丰腴的少妇，真是匪夷所思，但人的爱情有时就这么奇妙。“当我爱上不认识的女人，特别是有夫之妇时，我所感到的羞涩，比爱上索涅奇卡时所体验到的还要厉害一千倍。我最怕的就是，我的对象晓得我的热情，甚至我的存在。我觉得，如果她知道我对她怀着的感情，那对她就会是莫大的侮辱，使她终生不能宽恕我。”[②]这样的单相思肯定是没有结果的。

还有一次是爱上了哥哥沃洛佳的女朋友。“这位小姐，就我现在记得的，没有丝毫优点，特别是没有我一向爱好的优点。她是一位著名的莫斯科的聪颖博学的夫人的女儿，娇小玲珑，长长的金发梳成英国式的发卷儿，侧影线条分明。人人都说这位小姐比她母亲还聪明，还有学问。但是这一点我怎么也判断不出，因为，我一想到她的聪明和学问就产生一种敬畏之感，我只同她谈过一次话，而且还怀着难以形容的战战兢兢的心情。沃洛佳从来不因为有人在场而不

① 《列夫·托尔斯泰文集》第1卷，谢素台译，第93页。

② 《列夫·托尔斯泰文集》第1卷，谢素台译，第342～343页。

好意思表现自己的欢欣,他那份欢欣强烈地感染了我,使我热烈地爱上了这位小姐。我觉得,沃洛佳如果知道哥儿俩爱上同一位小姐,他一定会不痛快,因此我没有对他提到我的爱情。恰好相反,这种情感最让我感到愉快的是这样一种想法,就是:我们的爱情是那么纯洁,虽然对象是同一个美人儿,但是我们依旧非常友好,而且必要时彼此都准备牺牲自己。不过,谈到准备牺牲这一点,沃洛佳同我的看法好像并不完全一样,因为他爱得那么热烈,要是他听说有一个真正的外交家要娶她,他就会打他一个嘴巴,同他决斗。"[①]好在这次恋情并未持续多久。

从上述尼古连卡的几件恋爱事件来看,他的恋爱处在初级的单相思阶段,还算不上是恋爱,在很大程度上是建立在异性需要基础的朦胧幻想,很少考虑到双方实际的社会地位和性格爱好,以及结婚后的实际状况,因而这种恋爱只有开始没有结果。不过,这种恋爱情感却是真实的甚至是感人的,因为它是少年向青年过渡时期必然出现的情感经历,展示了主人公尼古连卡在情感发展方面的真实历程。

第四节　尼古连卡的社交生活

尼古连卡喜好交友,交际行为开阔了他的眼界,加深了他对社会的认识,提高了他对生活的感受力。从童年到青年,虽然尼古连卡接触的人不少,但是真正对其产生较大影响的也只有不多的几位:一是亲戚家的同龄人谢廖扎,二是哥哥沃洛佳大学里的同学涅赫柳多夫,三是自己上大学时的同学祖欣。

童年时期所交的朋友中,尼古连卡印象最深的是亲戚"伊温家的孩子们",即"伊温家的老二,谢廖扎,是一个皮肤黝黑的鬈发男孩,长着倔强的小小的翘鼻子,十分鲜润的红嘴唇很少能完全盖住他那有点突出的洁白的上牙,深蓝色的眼睛非常漂亮,面部表情异常活泼。他从来不微笑,不是显得非常严肃,就是尽情大笑,发出一种响亮、清脆、非常动人的笑声。乍一见,他那独特的美就使我吃惊。我情不自禁地被他迷住了。看见他就足以使我高兴;有个时期,我的全副精力都集中到这种愿望上,隔三四天不见他,我就感到寂寞,忧郁得要哭。

① 《列夫·托尔斯泰文集》第1卷,谢素台译,第343～344页。

我的一切梦想，不管是醒着还是做梦，都是关于他的”[①]。尼古连卡真的爱上了这位美少年，崇拜他，想处处取悦他。儿童的天性使他们的交友更看重外表，不了解对方的品行，一旦爱起来就全情投入，既爱对方的优点，也爱对方的缺点。比如，谢廖扎思考问题时有眨巴眼睛的毛病，于是尼古连卡也学着眨巴眼睛，以至于外祖母担心他的眼睛是否疼痛。

为了维持与谢廖扎的友谊，尼古连卡做事时总是顺从谢廖扎。尼古连卡写下了自己记忆深刻的一件事。一次谢廖扎伙同几个小朋友欺负一个叫伊连卡·格拉普的儿童，只因为他是穷人，又是外国人的儿子。做游戏时，这群小朋友让他顶着一部词典拿大顶，最终伊连卡重重地摔在地上，痛哭起来。对于这件事，尼古连卡事后进行了反思，因而留下了很深的印象。

> 我并没有考虑到，那个可怜的男孩所以哭，很可能不是因为肉体上的痛苦，而是因为他想到，也许是他很喜欢的这五个男孩，竟会无缘无故地串通一气来憎恶他，欺侮他。我简直无法说明我的行为是多么残酷。我为什么不走上前去，保护他，安慰他呢？我一看见一只从巢里被扔出来的小乌鸦，或者一只被扔到篱笆外的小狗，或者被小厨子逮去做汤的一只母鸡，就会哽咽着大声哭泣，现在把那份同情心丢到哪儿去了呢？难道由于我对谢廖扎的爱和想在他的眼里显得跟他一样勇敢的愿望，这种美好的感情就被窒息了吗？这种爱和想充好汉的愿望毕竟是不值得羡慕的啊！它们在我童年的回忆上留下了唯一的污点。[②]

从这里可以看出尼古连卡为了盲目的友谊而伤害了无辜的人，同时可以看出尼古连卡在深刻地反思自己的行为，这应该是主人公“道德自我完善”行为的最早表现，当然也说明尼古连卡内心深处的善良。

尼古连卡少年时期交的好朋友是哥哥沃洛佳的大学同学德米特里·涅赫柳多夫公爵。涅赫柳多夫“并不漂亮：灰色的小眼睛，低平的前额，四肢不匀称，都不够个美字。他身上唯一美的地方是他那魁伟得出奇的身材，娇嫩的脸色和漂亮的牙齿，但是由于那光辉照人的小眼睛和那时而严肃、时而稚气和若隐若现、变化多端的微笑，他的面孔获得了那样独特而精力充沛的特征，使人不能不瞩目”[③]。尼古连卡和涅赫柳多夫心心相印，无话不谈，甚至对自己的恋爱隐私

---

① 《列夫·托尔斯泰文集》第 1 卷，谢素台译，第 71 页。
② 《列夫·托尔斯泰文集》第 1 卷，谢素台译，第 76～77 页。
③ 《列夫·托尔斯泰文集》第 1 卷，谢素台译，第 197 页。

也毫无保留。少年尼古连卡在这个大学生身上学到了不少做人的道理。“不言而喻，在涅赫柳多夫的影响下，我不知不觉被他的倾向同化了，这种倾向的实质就是对美德典范的热烈崇拜，相信人生的目的就是不断地自我完善。在当时看起来，使全人类改邪归正，消灭人类的一切罪恶和不幸，好像是行得通的事情，而自我完善，接受一切美德，做个幸福人，也似乎轻而易举……”[①]这应该就是托尔斯泰主义中道德自我完善理论的最早雏形。尼古连卡与涅赫柳多夫的友谊持续了很长时间，到尼古连卡上大学时仍然互有来往，但他们的友谊最终还是发生了危机，其原因正如尼古连卡自己所分析的：“就在那个时候，我和德米特里的友谊到了岌岌可危的地步。由于在他身上找不出缺点，我老早就开始研究他了，在青年时代的初期，我们只是热烈地爱，因此只爱十全十美的人。但是，当热情的云雾渐渐消散，或者理性的明亮光辉不知不觉地穿透它，我们看到热爱的对象的本来面目（有优点也有缺点）的时候，那些缺点就出人意外地、清清楚楚地、过分夸大地映入我们的眼帘；由于喜新厌旧的感情，由于希望别人达到高不可攀的尽美尽善的地步，结果我们不但对原来热爱的对象冷淡起来，而且感到讨厌，于是我们就不惜甩掉他向前跑，去寻找新的十全十美的事物。”[②]对缺点和矛盾加以遮掩的友谊终会走向虚伪，尽管后来还保持联系，但这种友谊仅仅成了一种形式、一种惯性，没有感情的内容，因为虚荣心仍然在尼古连卡身上作祟。把他人和人生理想化、完美化，说明少年时不成熟，还看不到人性的缺陷、不足，甚至恶的价值，更不会包容它们。从这些带有检讨性的反思出发，托尔斯泰后来塑造人物时，对那些没有缺点的看似完美的人物总是带有嘲讽意味。

成年的尼古连卡考上了莫斯科大学，这也是他最大的人生愿望，也是人生的转折点，总是会给人留下较为深刻的印象。因此，尼古连卡详细描写了各科考试的场面和过程。他先后通过了历史、数学、拉丁语以及神学的考试，最终顺利地考上了大学，穿上了大学制服，开始了接触和交往更多朋友的时期。

莫斯科大学的学生中既有像尼古连卡这样贵族出身的，也有平民出身的。尼古连卡每天乘坐舒适的马车去上学，起初看不起这些平民出身的大学生，认为他们缺乏教养。尼古连卡把人分成“体面的”和“不体面的”两类。“体面的人”具有四个特征：一是必须讲一口流利而地道的法语，发音十分准确；二是留

---

① 《列夫·托尔斯泰文集》第1卷，谢素台译，第206页。

② 《列夫·托尔斯泰文集》第1卷，谢素台译，第354～355页。

着长长的、刷得非常干净的指甲；三是对于行礼、跳舞和应酬等非常熟练且内行；四是要对什么都漠不关心，要时常流露出优雅、傲慢、厌世的表情等，这些就是所谓的贵族趣味。如果不具备这些特征就是"不体面的人"，是自己瞧不起的人。为了达到所谓的"体面的人"的标准，尼古连卡疏于学业，整天沉迷于这种贵族趣味、上等人特点的练习，直到接触到平民大学生祖欣，才对上述观念有所反思。

大学生祖欣出身平民家庭，一开始尼古连卡不愿意和他接触，因为他不修边幅，爱擤鼻涕，法语说得也不地道，是个"不体面的人"。但临近升级考试，尼古连卡平时连笔记也没有，不得不和以祖欣为首的一伙平民大学生一起复习功课。多次接触祖欣后，尼古连卡对他的态度由偏见转向了赞叹。

祖欣虽然"矮小，粗壮，黑发，胖胖的脸庞总是很光泽，但是非常聪明，活泼，独立不羁。特别是他的额头，虽然不高，却突出在他那深陷的黑眼睛上，还有他那翘起来的短发和好像永远不刮的浓密的黑胡髭，给他增添了这么一副表情"[①]。祖欣"非常聪明，特别机智，要他一下子就领会整个的复杂问题，预见到它的一切细节和结论，在他说来，比通过思考去研究得出这些结论的定律还容易。他晓得他聪明，并且以此自豪，由于怀着这种骄傲的心情，他待所有的人同样随便和蔼。他的生活经历大概十分丰富。他那火热的、善感的性格，使他已经懂得爱情、友谊、买卖和金钱的滋味。纵然在社会下层，纵然程度很轻微，凡是他体验过的东西，他无一不是加以轻视，或者用冷淡的、玩忽的态度来对待，这是由于对他得来太容易了。他以那样的热情来从事一切新鲜事情，好像只是为了在达到目的以后，来轻视他所获得的东西，而他那优异的天赋又总是使他达到目的，取得轻视的权利"[②]。祖欣为人热情、风趣，很有人气，不但同学们喜欢他，围着他转，就连那些教授也对他青睐有加。正是祖欣在各个方面表现都很突出，因而以优异的成绩升入二年级，而与他相比，"我"却因为成绩太差，不得不留级。

留级之后的尼古连卡是痛苦的。"我是怎样从大学生们身边穿过大厅，怎样回答他们的问题，怎样走进门道，怎样回到家里，我都不记得了。我感到受了侮辱，丢了脸，我真是不幸。我三天没有出屋，谁也不见，像童年时代一样，从眼泪里寻求安慰，哭得很厉害。我寻找手枪，如果我非常愿意的话，我可以开枪自

① 《列夫·托尔斯泰文集》第 1 卷，谢素台译，第 366 页。
② 《列夫·托尔斯泰文集》第 1 卷，谢素台译，第 369 页。

杀。”[1]到这时，尼古连卡恐怕再也不会认为自己是“体面的人”了。

尼古连卡从祖欣身上看到了平民知识分子的力量，看到了一个富有朝气的阶层正在兴起，看到了自己作为贵族虽然身份高贵，但除了养尊处优和沉溺于傲慢与偏见之外，实际上很多地方并不比这些平民大学生强，就学习条件来说，甚至还应该感到惭愧。

尼古连卡交往的朋友谢廖扎、涅赫柳多夫以及祖欣都较大地影响了他的思想。谢廖扎让尼古连卡看到底层的不幸以及对弱者的关怀，涅赫柳多夫让尼古连卡看到了过道德且真实的生活的重要性，而祖欣则让尼古连卡看到了平民的力量和底层的智慧，所有这些都使得尼古连卡那种以地位和马车生活为自豪，自恃“体面的人”，以及以爱慕虚荣为生活追求的不良观念受到了极大冲击，特别是平民意识和平民观念在尼古连卡身上正在渐渐形成。

第五节　尼古连卡对大自然的感受

读完“自传三部曲”，还有一个较为深刻的印象，便是主人公尼古连卡热爱自然，他本人就像自然中的一棵树、一朵花、一根草，受自然哺育而成长，并成为大自然的一部分。我们在作品中不时读到有关自然风光的精彩描写，这些描写就像一颗颗晶莹透明的珍珠，撒在大部分章节中，读来令人心旷神怡、惊喜不断，并构成了作品显著的艺术特色和自然哲学思想。总的来看，作者主要注重对春天、夏天的自然景色描写。春天的自然景色与青少年焕发的浪漫激情相吻合，能抚慰人的忧伤，振奋人的精神，鼓舞人健康快乐地生活下去；夏天的自然景色充满了哲理，能够启迪人的思考，使人精神升华。当然，从审美主体来讲，主人公尼古连卡有着敏感的审美心理和丰富的精神世界，能够和自然相互交流。

先看托尔斯泰笔下有关春天的自然景色描写。小说《少年》中，尼古连卡乘车前往莫斯科的途中，忽然发现春天自然景色的美，一扫因母亲去世而带来的心灵阴霾。“太阳刚刚升到遮住东方的密密层层的白云上边，四周的景色就被静穆而令人愉快的光辉照亮了。我周围的一切是那么美丽，我的心情是那么轻松宁静……道路像一条宽阔得出奇的缎带，在布满干了的麦茬的田地和露珠闪

---

① 《列夫·托尔斯泰文集》第1卷，谢素台译，第376页。

烁的绿树之间蜿蜒伸展。……车轮和铃铛的单调响声并没有掩盖住在路旁盘旋的百灵鸟的歌声。早晨的清香盖过了我们的小四轮马车里所特有的被虫蛀过的呢绒的气味、尘土味和一股酸臭味。我内心感到一种愉快的不安，一种跃跃欲试的愿望，这是真正欢乐的标志。”①大自然中的鸟语花香，使人精神振奋，渴望有所作为。雨后的大自然另有一番景象：“……春天雷雨过后树林的这种奇妙的芬芳，白桦、紫堇、腐叶、羊肚菌和野樱桃的气味，是那么令人心醉，我在马车里简直坐不住了，于是从踏板上跳下来，往树丛里跑去，虽然滴落下来的雨点洒了我一身，我还是去攀折开着野樱桃花的潮湿树枝，用它来轻打我的脸，吸着它醉人的芳香。”②春天就像高明的医生、知心的朋友，治愈并抚平了尼古连卡内心的伤悲，唤起他重新生活的信心。

小说《青年》里，作者依然在赞美大自然。“这是春天的一个特别时节，它非常强烈地打动着人的心灵：明媚的阳光普照着万物，但是并不炎热；水流淙淙，雪融后露出了地面；空气中充满芬芳清新的气息，蔚蓝的天上点缀着一缕缕透明的白云。不知道为什么，不过我觉得，在大城市里，初春时节对于心灵具有更显著、更强烈的影响。春色虽未艳，春意却正浓。”③“一种新奇的、极其强烈和愉快的感觉突然浸透了我的心灵。潮湿的土地上，有些地方长出带黄茎的鲜绿草叶；溪流在阳光下闪闪发光，水里有泥块和木屑在打旋；紫丁香的树枝已经发红，它那鼓鼓的蓓蕾在窗下摇曳；树丛里的小鸟不住啁啾；发黑的篱笆被融雪浸湿了；尤其是，这馨香湿润的空气和怡人的阳光，清楚地向我显示了一种新颖而美好的事物，虽然我只能意会，不能言传，但是我要尽量来表达我的感受——一切都向我展示了美、幸福和美德；说明了，对我说来样样都是唾手可得，缺一不可，甚至美、幸福和美德都是一而二，二而一的东西。”④美的生活也是真诚的生活，真诚的生活也是美的生活和道德的生活，真善美是统一的。

描写春天较为精彩的一次是，尼古连卡在枯燥地复习备考大学的过程中，忽然闻到窗外春的气息，再也忍受不住了，“自由的意识，以及我提到过的那种有所期待的春天的情绪，使我兴奋得完全无法控制自己，考试准备得非常糟。我往往在教室里学习一早晨，而且明明知道必须用功，但是突然闻到窗口有一股春天的气息，好像我非得马上追忆什么不可，我的双手就自然而然地放下书

---

① 《列夫·托尔斯泰文集》第1卷，谢素台译，第121页。
② 《列夫·托尔斯泰文集》第1卷，谢素台译，第128～129页。
③ 《列夫·托尔斯泰文集》第1卷，谢素台译，第210～211页。
④ 《列夫·托尔斯泰文集》第1卷，谢素台译，第212页。

本，两脚就自动地活动起来，在屋里踱来踱去；脑子里好像被什么人拧紧发条，开动了机器；各种各样愉快的、离奇的幻想开始那么轻快、自然而又飞速地掠过脑际。我只来得及看到它们闪耀的光芒”①。由此看来，尼古连卡简直就是大自然的器官，与大自然同呼吸，美好的大自然是另一位母亲、另一位情人，给处在烦恼中的主人公带来了无尽的快乐。就像有人评价的那样，大自然仿佛是小说中的主人公——一位能够给人带来真善美的主人公，它是人类的朋友。在后来的创作中，托尔斯泰笔下的“大自然”似乎越来越“成熟”，越来越“富有智慧”，不但给人带来快乐，而且启人心智，使人顿悟人生、不断超越自我。

这是春天的大自然，那么夏天的呢？如果说春天的大自然是少年，那么夏天的大自然就是成年了。春天激情四射，意气风发，夏天则善于思考，给人启迪。试看小说《青年》中作者所描写的有关夏天的大自然风光：

> 那时，我觉得一切都具有不同的意义。比如老白桦树，一面在月光中闪耀着枝繁叶茂的树枝，一面却用自己的黑影遮住灌木和道路；池塘静穆而华丽的光辉，像声音一样有节奏地增长着；凉台前花朵上的露珠映出月光，花朵也把优雅的影子投射到灰色的花床上；池塘那边一只鹌鹑的啼声，大路上的人声，两棵老白桦树的轻微的、隐隐听得出的互相摩擦声，在被窝里我耳边的一只蚊子的嗡嗡声；挂住枝桠的苹果落在枯叶上的声音；青蛙的跳跃声，它们有时跑到凉台的阶前，绿油油的背脊在月光下闪着神秘的光彩，这一切在我看来都具有奇怪的意义：它们把世界装点得太美了，而我追求的幸福却还未能如愿以偿。这时，仿佛她来临了，梳着黑油油的长辫子，丰满的胸脯，永远那么忧愁而美丽，裸露着的胳膊，令人心荡的拥抱。她爱我，为了得到她刹那的爱情，我牺牲了整个的生命。但是，月亮悬在天空，它越来越高，越来越皎洁，像声音一样有节奏地增长着的池塘的华丽光辉，也变得越来越晶莹，阴影越来越黑，光彩越来越亮，当凝视和谛听这一切的时候，仿佛有什么东西对我说，她裸露着胳膊，会热情拥抱，却远远不是整个的幸福，爱她也远远不是唯一的美德；我越观看那一轮高悬的明月，就越觉得真正的美和善越来越高，越来越纯洁，越来越接近他（上帝），接近一切美和善的源泉；一种未曾得到满足的但是令人激动的快乐的眼泪涌到我的眼里。我仍然是孤独的，我仍然觉得，神秘而伟大的自然，这不知为何高悬在蔚蓝天空的某个地方，同时又无所不在好像要填满无穷空间的、吸

① 《列夫·托尔斯泰文集》第1卷，谢素台译，第231页。

> 引人的亮晶晶的圆月；还有我，一个已经被各种各样卑鄙的、可怜的人类情欲所污损，但是有着无穷的、莫大的想象力和爱情的微不足道的蛆虫——在这种时刻，我觉得大自然、月亮和我，这三者仿佛融为一体了。[①]

这部分自然景物描写，让人觉得这哪里是一位俄国作家，而分明是参透了儒道佛禅的苏轼。思想辩证而升华的意境之美，俄国作家中或许只有托尔斯泰才能写出这样空灵博大的情景交融的意象世界，一切都是造化，一切都奔向真善美，大自然彰显着造物主的神圣和庄严，让人顿生一种崇高之美，受到一种精神上的洗礼。在和大自然融为一体的同时，尼古连卡超越了世俗的患得患失和斤斤计较，人格变得更加高洁和伟大，借助自然，又一次完成了道德完善。对大自然的感受与体悟能够达到这种地步，托尔斯泰真可谓大家。

托尔斯泰既塑造着尼古连卡，又透过尼古连卡的视角与感悟形塑着不少的人物、不少的事情，以及不少的大自然。由此我们最终明白了尼古连卡，这位既是主人公又是观察者、亲历者的性格特征以及内心世界，同时了解母亲娜塔利娅、父亲尼古拉、苦行僧格里沙、仆人纳塔利娅、平民大学生祖欣等一系列鲜活而丰满的人物，还了解到尼古连卡的所思所想。世界既启发着尼古连卡，也启发着我们，我们和尼古连卡一同体验着丰富的情感变化，欣赏着大自然的美妙庄严。任何一种坦率说出的思想，无论它如何错误，任何一种清晰表述的幻想，无论它如何邈远，都不可能不在某个人的心灵上获得认同感。小说“自传三部曲”以时间为经线，以主人公遭遇到的人和事为纬度，加上不断的回忆、怀念、联想、感悟、反思等彩丝，再用准“意识流”这根银针，上下穿插，左右勾连，织就了这样一幅锦绣华章。

“自传三部曲”是一部带有自传色彩的、带有感伤主义情调的、带有散文技巧的、成功而美妙的小说，读一遍并不太难，但把它的美用笔全部呈现出来亦非易事。

---

① 《列夫·托尔斯泰文集》第1卷，谢素台译，第324～325页。

第三章 《哥萨克》：自然的难以回归与自然的不可回归

《哥萨克》是托尔斯泰一部非常著名的中篇小说，写于 1852 年，完稿并发表于 1863 年，前后创作共花了整整 10 年时间，不可不谓精雕细刻、炉火纯青，因之被罗曼·罗兰赞为“高加索的长诗”。在这 10 年间，托尔斯泰经历了农事改革的失败，两次欧洲考察后皆感到失望，在彻底否定西方文明的同时，开始把目光转向东方（高加索），寻找新的精神源头。作家先用东方哥萨克人的自然生活，即未被文明污染的生活，批判已经西欧化的俄国腹地生活；之后又用西方理性精神观照东方哥萨克人的生活，并试图加以超越。因此，托尔斯泰的精神探索是矛盾的、困惑的，并在辩证的否定中得到了升华。

作品中，一个叫奥列宁的贵族青年，厌倦了欧化的都市生活方式，以士官生的身份只身前往高加索捷列克河边的一个哥萨克村，试图过一种纯粹的原生态的自然生活。在这里，他爱上了一个哥萨克姑娘，并欲与之结婚，加入哥萨克籍，开始过一种自认为真实的生活。结果事与愿违，奥列宁的求婚遭到了姑娘的断然拒绝，不得不黯然离去，他的生活试验也因之失败。小说通过奥列宁的视角，展示了捷列克河岸哥萨克诺沃姆林斯克村的生活方式、生存环境、风俗习惯以及民风民俗。作者笔下的哥萨克人物之活泼、场景之生动，历历在目，如在眼前，似画卷般展示在我们面前，栩栩如生，触手可及。这幅画卷上活跃着情感丰富而善良的俄国贵族青年奥列宁、老猎人叶罗什卡大叔、美丽骄傲的玛丽亚娜以及勇敢善战的卢卡什卡等哥萨克人形象，加深了我们对俄国青年奥列宁的人生迷茫和高加索哥萨克人性格的理解。

第一节　作为精神探索者的奥列宁

《哥萨克》中的主人公奥列宁是个怎样的人呢？我们先看看书中的描写：

> 德米特里·安德烈耶维奇·奥列宁从十八岁就是这样自由,那是只有从青年时代就失去双亲的四十年代俄罗斯富家子弟才有的自由。对于他,没有任何的约束——不论是身体上的或者精神上的;他可以为所欲为,他什么也不需要,什么也不能把他束缚住。他既没有家庭,也没有祖国,也没有信仰,也没有需要。他什么也不相信,什么也不承认。可是,虽说他不承认一切,他不仅不是一个沉闷、乏味、古板的青年,而且相反,他是一个极容易动心的人。他认为爱情是没有的,但每逢年轻美丽的女人在场的时候,总使他神魂颠倒。他早就知道荣誉和称号都是扯淡,但是每当在舞会上谢尔盖公爵向他走过来说些亲热的话的时候,他就会感到一种情不自禁的满足。他有时醉心某种事情,但是只有当那件事情还没有束缚他的时候。①

看来奥列宁应该是生活在19世纪50年代的“新人”——贵族自由知识分子,没有沉溺于现实生活中黑暗的专制社会,而是要追求一种新的生活,这种新的生活不是在西方,而是在东方。

由此,我们不难知道奥列宁这一人物:出身贵族,家庭富有,父母早亡,年轻,富有朝气,长期生活在大都市莫斯科,过着欧式生活,虽然自由自在,但一事无成。忽然有一天,奥列宁决定告别现在虽然优渥但自认为虚伪的生活,去寻找一种真实的生活方式。他以士官生的身份,只身前往高加索地区一个叫诺沃姆林斯克的哥萨克村。村庄依河而建,河对岸是虽已归化但仍不安定、时常袭扰村庄的山民(车臣人)。村周围是连绵的大山和密实的森林,大山高耸入云,山顶常年积雪,庄严肃穆,雄伟壮观;森林绵延不断,植物生长茂密,透露出格外旺盛的生命力,让人惊讶赞叹。村民则淳朴、粗犷、健壮,连女性也展示出一种健壮美。按照哥萨克的风习,男人以务农劳作为耻,大部分体力活就由妇女来干,因而妇女的身材就变得格外健壮,但这种健壮不是笨拙的粗壮,而是一种富有力度和力量感的壮美。作者是这样描写哥萨克妇女这种美的:

---

① 《列夫·托尔斯泰文集》第3卷,刘辽逸译,北京:人民文学出版社,2000年,第181~182页。

> 由于格列宾哥萨克妇女经常担负男人式的繁重的劳动和操心，这使她们具有一种独立自主的男性性格，惊人地发展了她们的体力和健全的思想、果断坚毅的性格。哥萨克妇女多半都比男人有力、聪明、成熟而且美丽。格列宾哥萨克女人的美特别惊人，因为她们有纯粹契尔克斯人的脸型，又有北方女人的魁梧的体格。哥萨克女人穿的是契尔克斯服装：鞑靼式的衣衫、短袄、平底皮鞋；但是头巾的扎法却是俄罗斯式的。穿戴和房间的摆设之讲究、清洁和雅致成为他们生活中的习惯和必需。女人，特别是姑娘，在和男人的关系上享有完全的自由。诺沃姆林斯克村被认为是格列宾哥萨克的老根，这里比别的村更多地保存着古老的格列宾哥萨克的风俗，这个村的女人，自古以来就以美丽闻名于全高加索。①

这种淳朴、健壮的女性美，是我们以往很少见到的，也属于从未描写过的“乡村美”或“野逸美”，是与都市女性那种经过化妆修饰的贵族式女性美相对立的。俄国文学史很少写平民女性美，即使写也是按照贵族小姐的美来描写，真正站在平民视角写女性的美，写出她们的自尊、自信、自爱，应该说这还是首次。屠格涅夫笔下的平民女性（贵族与女性农奴所生）往往处在一种身份尴尬的痛苦之中；陀思妥耶夫斯基写的穷困女性大多不美，并且总是和贵族身份有联系。托尔斯泰之所以描写这样一个特殊阶层的女性，主要是受卢梭的影响，主张回归自然，肯定自然的价值，把自然作为反对文明的武器，这些观点无疑为他打开了肯定乡野之美的视野，发现并塑造了“另类”的哥萨克女性。高加索女性独特的个性美虽然在普希金、莱蒙托夫等笔下都有所呈现，但她们都被过度浪漫化和传奇化了，是作家感情需要的臆想，反倒带有一种不真实之感。而托尔斯泰则用现实主义之笔，塑造出真实朴素而又个性鲜明的哥萨克女性形象。

奥列宁房东的女儿玛丽亚娜就是具有这种美的女性，主人公第一次见到这样的女性就被她的健壮美吸引住了：

> 玛丽亚娜穿一件哥萨克姑娘家常穿的粉红长衫，吃惊地从门口闪开，紧靠着墙站在那里，用鞑靼式长衫的宽袖子遮着脸的下部。奥列宁把门再推开一点，在半明半暗中看见了哥萨克姑娘的高大苗条的身材。怀着急不及待的青春的好奇心，他不由得注意到在薄薄的印花布长衫下衬出矫健的少女身姿，以及那双美丽的黑眼睛带着儿童的畏惧和野性的好奇心注视着

① 《列夫·托尔斯泰文集》第3卷，刘辽逸译，第191～192页。

他。"这就是她!"奥列宁想道。"还有很多这样的呢。"[1]

其中,"高大苗条的身材""矫健的少女身姿""野性的好奇心"等词汇,显示了哥萨克少女不同寻常的野逸美,并与生活在都市客厅里的文明化女人形成了鲜明对比。"……而一想到那些客厅、那些掺有假发的抹油的头发,那些不自然地翕动着的嘴唇,那些遮掩起来的、奇形怪状的瘦弱的四肢,以及客厅里那些本来不配称作谈话而勉强充作谈话的喁喁私语,我就感到难以忍受的厌恶。我眼前仿佛出现了那些迟钝的面孔……出现了那些就座和让座的烦琐客套,那厚颜无耻的情伴的撮合和那永远听不完的流言蜚语,永远看不尽的装模作样,那些繁文缛节……还出现了那世代相传的与生俱来的永远无法消除的苦闷(这一切都出于自觉,认为非如此不可)。"[2]在古典美领域,女性美似乎总是与妩媚、温柔、窈窕、羞涩、柔弱甚至病弱的大家闺秀相联系,这种美是一种纤弱的古典美,而随着审美对象向社会底层和社会异域转移,审美内涵也开始发生变化,由审优美逐渐向审壮美、审崇高甚至审丑转移。可以说,托尔斯泰开始了一种创作上的新美学探索,这种新美学已经包含了朴素、真实、健壮、任性、血腥等为古典美所不容的东西。奥列宁能发现玛丽亚娜的美,也说明托尔斯泰已把欣赏的目光转向了下层劳动阶级,他已经有了平民化意识的萌芽。如果看奥列宁接下来接触的几个人物,就会更有此种感受。

当然,对奥列宁影响最大的当属哥萨克老猎人叶罗什卡大叔。叶罗什卡大叔已有70岁高龄,但他依然身材高大挺拔、态度乐观、精神矍铄。小说中写道:

> 叶罗什卡大叔是一个彪形大汉,留着雪白的大胡子,肩膀和胸脯也是宽阔的,在没有人和他比较的森林里,他显得并不很高,因为他的粗壮的四肢长得非常相称。他穿着一件破旧的粗呢上衣,把下襟掖在腰间,脚上是用绳子绑着裹在包脚布上的泡软的鹿皮,头戴一顶破旧的白色小帽。他一个肩上背着捕野雉的网罩和口袋,口袋里装着引诱鹞鹰用的母鸡和青鹰;另一个肩上用皮带背着打死的野猫;腰后掖着几个布口袋,口袋里装的是子弹、火药、面包,还掖着拂蚊子用的马尾、一把刀鞘已经破烂而且满染陈旧血迹的大匕首和两只打死的野雉。[3]

叶罗什卡大叔那高大健壮的体魄、落拓不羁的性格、为人豪侠的做派以及洒脱

---

① 《列夫·托尔斯泰文集》第3卷,刘辽逸译,第221页。
② 《列夫·托尔斯泰文集》第3卷,刘辽逸译,第321页。
③ 《列夫·托尔斯泰文集》第3卷,刘辽逸译,第200页。

的生活方式等，充分展现出老一代哥萨克人所具有的那种典型的哥萨克风貌。这位近乎“野人”的大叔，这个似乎就是粗犷大自然一部分的大叔，深深地打动了奥列宁。叶罗什卡大叔把奥列宁当成朋友，带他外出打猎，教他打野猪，还想撮合他与玛丽亚娜，这些都让奥列宁感受到了哥萨克生活方式的迷人魅力，这种魅力是精细、纤弱的文明所不具备的。

奥列宁与叶罗什卡大叔在一次打猎时，走在森林深处，在这种充满美、充满力量、充满友情的氛围中，奥列宁的思想忽然得到了升华，萌发了要爱一切人的思想。自然因无限奉献自己而充盈着旺盛的生命力，奉献、爱就成了自然生命本身的特质，自然的这种状态感染了身处文明俗事中的奥列宁。“幸福乃在于为他人而生活。……不论外界的条件如何，而永远都可以得到满足的是什么欲望呢？究竟是什么呢？是爱，是自我牺牲！”“发现了这个在他看来是新的真理以后，他是如此高兴和激动，他跳起来，急不可待地想寻找他可以为之快点牺牲自己的人，可以为之做善事的人，可以爱的人。”[①]首个把这一思想付诸实践的对象就是叶罗什卡的侄子，即玛丽亚娜的情人卢卡什卡。卢卡什卡是一个哥萨克快枪手，过着杀山民、盗马匹、追女人的潇洒风流生活，这种生活更是深深打动了奥列宁。奥列宁也爱上了这个小伙子，以至于要把价值50卢布的马白送给他，这引得同村很多人对这位俄罗斯人一掷千金的做派既嫉羡又不解。

哥萨克的生活这样美好、这样富有诗意，处处充满刺激和挑战，男人勇敢，女人风流，于是奥列宁产生了落户此地、终老一生的想法，认为这样做才是与内地贵族虚伪生活的彻底决裂。奥列宁决心迎娶玛丽亚娜，然后加入哥萨克籍。“奥列宁对哥萨克村子的生活是如此习惯，过去对于他仿佛完全成为陌生的了；未来，特别是在他现在生活的环境以外的未来，简直使他不感兴趣。接到家里或者亲戚朋友的信，他感到受了侮辱，因为他们把他当作一个似乎毁灭的人而为他悲伤，可是，他在这村子里却认为那些不愿像他这样过生活的人才是毁灭了的。他深信，他脱离了从前的生活，并且这样离群索居和与众不同地在这村子安顿下来，他永远不会后悔的。在出征时，在要塞驻扎时，他觉得很好；但只有在这里，只有在叶罗什卡大叔的庇荫下，在这森林里，在这所村头的茅屋里，特别是在想起玛丽亚娜和卢卡什卡的时候，他对他从前所过的生活的全部的虚伪才看得清楚，那种虚伪当时已经使他愤怒，而现在简直使他觉得难以形容的

---

① 《列夫·托尔斯泰文集》第3卷，刘辽逸译，第267页。

厌恶和可笑。他一天比一天感到自己在这里更自由,更是一个人。"[1]奥列宁在给莫斯科的朋友回信中写道:"你们不知道什么是幸福,不知道什么是生活!需要体验一次毫无矫揉做作的自然美的生活。需要看一看和理解一下我每天在面前所看见的一切:永远不可接近的雪山和庄严的女人——她那朴素的美,只有出自造物手中的第一个女人才具有这种美,然后就会明了,是谁毁灭自己,是谁生活在真实中,是谁生活在虚伪里——是你们还是我。"[2]什么是美?朴素、真实、自然以及出自造物手中的第一个女人,才是奥列宁所真切感受到的美,他对这种真实生活的理解上升到了哲学高度。"他想道,'人们像大自然一样地生活着:死,生,结合,再生,战斗,喝酒,吃饭,欢乐,然后又死,除了受自然加之于太阳、青草、野兽、树木的那些条件限制之外,不受任何条件的限制。他们没有其他的法则……'因此,这里的人跟他本人比较起来,他觉得是美好的,强健的,自由的,看见他们,他就为自己羞愧而且难过。……有一种模糊的意识使他踌躇不决,他仿佛觉得他不能完全过叶罗什卡和卢卡什卡的生活,因为他有另一种幸福,他老是在想,幸福在于自我牺牲。"[3]奥列宁不但要过一种真实朴素的生活,还要超越哥萨克人的生活,这就是爱和自我牺牲。到这里,我们看到,作者通过主人公奥列宁理想化的平民生活,宣扬了抽象的爱的思想,其中就包含着对都市贵族所过的那种虚伪的反自然的生活方式的一种否定。同时,奥列宁自我牺牲的思想和爱的善念也是一种对原生态式自然生活的超越。

奥列宁没想到的是,当他真要过这种真实生活时却碰壁了,他的求婚遭到玛丽亚娜的无情拒绝。其实,奥列宁追求的所谓的"真正生活",并不是哥萨克生活本身,哥萨克真正的生活不只有打打猎、谈谈情、喝喝酒的风流快活,还有充满了生存的艰辛、稼穑的艰难、贫富的差距、种族的偏见、信仰的冲突,以及偷盗打仗等随时可能面临死亡的冒险。奥列宁的身份和富有使他看不到生活的另一面,他实际上是在镜中观花般观看哥萨克人及其生活。奥列宁并不真正理解玛丽亚娜这位哥萨克少女,他们也缺乏相爱的文化基础。玛丽亚娜真正爱的人是卢卡什卡,卢卡什卡的勇敢、侠气、风流等正是玛丽亚娜所欣赏和追慕的。哥萨克少女向往自由的个性使她并不怎么图慕奥列宁的富贵,她也像所有哥萨克人一样,并不喜欢俄罗斯人。玛丽亚娜之所以与奥列宁平时有来往,其实更多的是一种对房客的应酬,是一种哥萨克少女所具有的为人大方、不计小节的

---

① 《列夫·托尔斯泰文集》第3卷,刘辽逸译,第296页。
② 《列夫·托尔斯泰文集》第3卷,刘辽逸译,第320页。
③ 《列夫·托尔斯泰文集》第3卷,刘辽逸译,第297页。

自由心态。其实，她很看重自己的忠贞，甚至要求未婚夫卢卡什卡也这样，不允许婚前做出格的事。显然，奥列宁仅把玛丽亚娜视为一位健美的少女，没有看到自己与她之间巨大的文化差异。同时，奥列宁的爱情还不是一种针对个体的肉欲之爱，而是一种泛爱。奥列宁在信中写道："也许我爱她是爱自然，爱自然界一切美的化身；但是我没有自己的意志，仿佛有一种不可抗拒的自然力量通过我来爱她；整个上帝的世界，整个自然界把这种爱情嵌入我的灵魂，而且说：爱她吧。我不是用智力和想象爱她，而是用我整个存在爱她。爱她的时候，我就感到我是整个上帝的幸福世界的不可分割的一部分。"[①]怀有这种抽象的爱，奥列宁是不可能理解一个具体的爱的对象的，再加上他求婚时恰逢卢卡什卡死于一场与车臣人的战斗，这种不合时宜的求婚遭到拒绝是自然的，因为这连基本的礼貌也没有了。由此可以看出，奥列宁在哥萨克人面前仍然持有一种潜在的高傲姿态，尽管他一再反对这种姿态，但是长期的贵族生活使他不可能真正了解生活在底层的人，这也是他很难融入哥萨克这个群体的主要原因。

其实，彼时当地文化本身也存在问题。卢卡什卡因为杀死一个山民、盗了许多山民的马匹就成了哥萨克村庄的英雄，人们称赞他，上级奖励他，甚至姑娘们也开始追逐他，而杀人、偷盗怎么可以被赞美呢？不管怎么说，这是一种野蛮行为。另外，对于玛丽亚娜的父亲伊利亚·瓦西里耶维奇贪恋金钱的市侩行为，以及叶罗什卡大叔包含在友谊之内的贪图物质享乐的俗心，奥列宁也是有所察觉的。从这里我们可以看出，托尔斯泰虽然尊崇卢梭，但也不是照搬一切，他有自己的思考，并不反对所有的文明，认为有益的文明还是应该加以肯定的；虽然提倡自然至善，但也不肯定所有的自然都是善的，自然中也包含着恶。有些人仅凭托尔斯泰崇拜卢梭的一面，便认为《哥萨克》讲述的是奥列宁回归自然思想的失败，显然这低估了托尔斯泰关于文明与自然关系的思考。奥列宁受挫离开，是必然的结果，尽管离开的场面似乎有些凄凉。

奥列宁来到"自然"之地企图成为"新人"的做法失败了，其失败不在于他成不了"新人"，而是因为关于"新人"的想法只是他自己的想象和一厢情愿，毕竟不切实际的想象是很难实现的。奥列宁是一个文化悲剧的觉醒者，这一点是值得肯定的，因为那些生活在莫斯科的"欧洲人"以及生活在高加索的"亚洲人"还在自己的文化里"沉睡"。托尔斯泰通过奥列宁这一人物形象，既否定了西欧文明，又否定了东方文明（高加索哥萨克人的生活），之后便把目光转向国内，转向

① 《列夫·托尔斯泰文集》第3卷，刘辽逸译，第324页。

民族的斯拉夫文化和宗法制文化，以此探索俄国贵族新的出路问题。

第二节 叶罗什卡大叔等人物论

本节，我们将分析一下另外几个人物，即叶罗什卡、卢卡什卡、玛丽亚娜、伊利亚等。

叶罗什卡大叔是一位老哥萨克，虽然年事已高，但身体却十分硬朗，是个老猎人。对于这一人物，我们在上一节已作了一些分析。那么，在奥列宁眼中，叶罗什卡是个怎样的人呢？

> 这时奥列宁才清楚地看出：虽然这个人留着雪白雪白的大胡子，枣红色的面孔全都刻画着老年的、有力的、劳动的皱纹，可是他的体格是多么魁伟和粗壮。他的胳膊、腿、肩膀，是这样丰满和滚圆，只有年轻人才是这样的。在他的头上，从短发下面露出几道深深的疤痕。青筋暴露、粗壮得像公牛似的脖颈满盖着纵横交错的皱褶。长满老茧的双手僵硬而且全是伤痕。他轻快利落地迈过门槛，把枪取下放在墙角，迅速地扫视了一下而且估了估屋里摆设的家当，于是迈开包在鹿皮里的外八字脚轻轻地走到屋子中间。一股强烈的然而并不难闻的奇希尔、伏特加、火药和晒干的血的混合味道，跟他一起涌进屋里。①

这一肖像描写，加深了叶罗什卡粗犷健壮的形象。有力的皱纹，滚圆和丰满的胳膊、腿、肩膀，公牛似的脖颈，外八字脚等，显然不属于一个生活在上层社会的养尊处优的、器宇轩昂的贵族老爷所具有的，而属于这位生活在社会底层的哥萨克味十足的老猎人。他的形象可能是不美的，甚至有点丑、粗犷、粗野，但具有一种震撼人心的野逸美、审丑美。另外，叶罗什卡的经历也和他的外貌一样，那么复杂，那样富有传奇色彩。“叶罗什卡大叔是非现役军人，是单身的哥萨克；他的妻子在二十年前改信正教，离家私奔，嫁给一个俄罗斯的司务长；他没有子女。他讲他从前是村里头条好汉，并非夸口。全团无人不知他昔日的勇敢。在他的记忆中，他不止杀死一个车臣人和俄罗斯人。他常到山里打劫，到俄罗斯人那里盗窃，坐过两次牢。他一生大部分时间都消磨在森林里打猎，他

① 《列夫·托尔斯泰文集》第3卷，刘辽逸译，第225页。

能在那里一连几昼夜只吃一块面包，只喝一点水。可是在村里他能从早玩到晚。”[①]叶罗什卡大叔服过役，长时间单身，打过无数仗，杀过很多人，其中既有车臣人也有俄罗斯人，还经常干偷盗的事，坐过牢等，这些为内地文明人所不齿的生活经历却是叶罗什卡大叔所津津乐道的。因为对他而言，这些经历不是坎坷和落魄，而是自由，是对文明秩序的一种破坏和反叛。这种看似犯罪、堕落、放荡不羁的生活，因为贯穿着哥萨克人对自由的追求而具有了一种颓废美，自由的生活是一种关乎生命的生活，某种程度上是对文明虚伪生活的批判。由此，叶罗什卡大叔的行为对主人公来说有着巨大的魅力。叶罗什卡让奥列宁看到了老一代哥萨克人那种崇尚自由和勇敢、重视荣誉、讲究义气、不计个人得失的风骨。叶罗什卡大叔待人热情，宽待年轻人，看不起有钱却吝啬的伊利亚(玛丽亚娜的父亲)，因为伊利亚虽为哥萨克人，但早已成了爱财如命的小市侩。对于当前哥萨克人在作风上正走向衰落的现状，叶罗什卡非常忧虑和慨叹，这也是他喜欢卢卡什卡的原因，卢卡什卡身上似乎还有当年哥萨克人的古风。

叶罗什卡尽管不识字，但是对森林特别熟悉。对他而言，森林就像一本打开的书，他知道各种动物的特性和行动轨迹，谈起它们来如数家珍、滔滔不绝，有时甚至就睡在林中，与野兽为伍，因而也成了一个半自然人。叶罗什卡大叔又是一个充满哲思和人生智慧的老哥萨克，他认同世上众生皆平等的思想，以及人死后只不过是坟头上长青草而已的无神论思想。他曾对奥列宁说：“那就是说，各有各的规矩。可是我看都是一样，都是上帝创造出来为人享乐的，什么罪恶都没有。就拿野兽说吧，它生活在鞑靼人的芦苇丛里，也生活在我们的芦苇丛里。它走到哪里，哪里就是家，上帝给他什么，它就吃什么。可是我们的人都说，为了这我们要到地狱里舔烙铁。我想这都是假的。”“他说，人死了，坟头上不过长长青草，再没别的。”[②]在一次狩猎时，叶罗什卡教训奥列宁道：“你是怎样想的？你以为野兽是傻瓜？不，它比人还聪明呢，尽管你叫它猪。它啥都懂。举个例子说吧：你在别人的脚印上经过，没注意到它。可是野猪一碰到你的脚印，马上就跑得远远的；这就看出它有智力，你闻不到自己的气味，可是它能闻到你的。所以说：你想杀死它，它想活着在林子里游玩。你有你的法律，它有它的法律。它是猪，可是它并不比你差；它也是上帝造的。”[③]这些思想中就包含着善待自然、尊重生命的观点。叶罗什卡还很有生活智慧。他虽然赞赏侄子卢卡

---

① 《列夫·托尔斯泰文集》第 3 卷，刘辽逸译，第 245 页。

② 《列夫·托尔斯泰文集》第 3 卷，刘辽逸译，第 241 页。

③ 《列夫·托尔斯泰文集》第 3 卷，刘辽逸译，第 243 页。

什卡杀山民、当盗马贼的勇敢行为,但对他那过分的冒险也有所提醒;他告诉奥列宁打仗冲锋时不可往人多的地方跑,因为人们总是朝人多的地方射击等。这些都是生存智慧。应该说,奥列宁在哥萨克生活期间,叶罗什卡大叔是他的良师益友。叶罗什卡也确实是位值得尊敬的、可信赖的老人。

不可否认的是,叶罗什卡身上也有不足,如自私自利、及时行乐的消极思想,以及看不起俄罗斯人和仇视车臣人的优越感,与人交往时还有贪恋物质财富的一面。也许正是这些,才真正凸显了一个真实甚至可爱的叶罗什卡形象,因为在这个拜金主义与享乐主义之风渐起的格列宾哥萨克村,叶罗什卡大叔也不能免俗。

再看看卢卡什卡的形象。卢卡什卡是作品的主要人物之一,既是叶罗什卡的侄子,又是玛丽亚娜的情人,还是奥列宁泛爱理论的实践对象。卢卡什卡是一个典型的哥萨克青年,年轻好胜,勇敢机智,豪侠仗义,倜傥风流。对于这一点,小说中写道:

> 站在瞭望台上的卢卡什卡是一个高个、漂亮、模样非常像母亲的二十来岁的小伙子。他的面貌和全身,虽然具有青春期的瘦削,但却显示出极大的体力和精神力量。他入伍虽说不久,但从他脸上那种开朗的神情和沉着自信的姿态,可以看出他已经学到了哥萨克或者一般常带武器的人所特有的那种英武而且颇为高傲的气概,他已经成为一个知道自己全部价值的哥萨克。肥大的束腰无领长袍有的地方已经破了,帽子像车臣人那样推到脑后,靴筒松到膝盖以下。他的衣着不算阔绰,但穿在他身上却显出那种跟车臣的骑手学来的哥萨克气派。一个真正骑手全身上下的装束永远是肥肥大大,破破烂烂,不拘小节;只有武器是阔绰的。但是破旧的衣着的穿戴、束扎和武器的佩带都有一定的式样,它不是人人都能做到,而且它一眼就被哥萨克和山民识别出来。卢卡什卡就有这种骑手的派头。他双手扶着马刀,眯缝着眼,老是注视着远方的村庄。他的五官分开来看并不好看,可是他那匀称的体格、乌黑的眉毛、聪明的脸型,令人一眼看去就不由得要说:"好一个小伙子。"①

从这段描写可以看出,卢卡什卡是在浓厚的哥萨克文化气氛中长大的,尽管年龄不大,服役没几天,家庭也不富有,却像一个真正的哥萨克。他很爱自己的家

① 《列夫·托尔斯泰文集》第3卷,刘辽逸译,第199页。

庭,爱母亲和哑巴姐姐,他们的感情很深。卢卡什卡家经济拮据,根本买不起马,向爱人玛丽亚娜的几次求婚都因家庭穷困而遭到推拖。但是,卢卡什卡颇为年轻的心考虑更多的还是尽情享受青春的快乐,以及尽职尽责地当一名优秀士兵。卢卡什卡看不起俄罗斯人,认为奥列宁的热心赠马之举别有用心,后又回赠短剑,以抵消受赠之愧,这显示出卢卡什卡因贫困而生出的病态自尊心理。

卢卡什卡非常幸运,因为一次值班偶然杀死一个山民而在村中确立了名声和地位。小说中细致描写了卢卡什卡枪杀山民的过程:山民隐藏在一块漂浮的树枝后泅渡而来,却被机敏的卢卡什卡发现,乘其不备开枪打中对方的脑袋,这个山民的尸体被冲到河岸。作者详尽描写了死者的情状:“他那穿一条湿得发黑的蓝裤子,在瘪下去的肚子上束着腰带的棕色的身体匀称而且漂亮。肌肉发达的两只胳膊顺着两肋直直地放着。新剃的发青的圆脑壳带着血液凝结的伤口偏颇地往后歪着。平滑的晒黑的前额和新剃的脑壳界线分明。他睁着玻璃似的眼睛,瞳仁在下方凝然不动,仿佛是越过一切往上望着。从剪短的红胡子下面露出薄薄的松弛的嘴唇,唇上仿佛停留着一丝善意的讥笑。他的小手长满了红毛,手指往里弯曲着,指甲也是染红了的。”[①]这样着意打扮的强健山民,如果不是被机警的卢卡什卡提前发现,可能躺在这里的就是卢卡什卡了。这样一个身材匀称、穿着民族特色服装、几分钟之前还野心勃勃的小伙子,刹那间就终结了生命,让人顿生一种庄严肃穆之感。也许,这个小伙子也像卢卡什卡一样爱出风头,也想成为一名优秀的阿布列克,可惜幸运的天平没有偏向他。卢卡什卡面对尸体时身体有些抖动,似乎有点激动,因为荣誉来得太快太突然;也似乎有些胆怯,毕竟杀死的是人,而不是野猪。这样的描写是真实的,因为这是年轻的卢卡什卡的正常反应。

成名之后,卢卡什卡成为英雄,赢得了村里人的赞誉,赢来了长官的赏赐和姑娘们的青睐,其中就有玛丽亚娜。之后,卢卡什卡便一发不可收拾,经常去河对面的山里盗取车臣人的马匹贩卖,因屡屡得手而让人嫉羡。但是,幸运之神没有一直陪伴他,在一次与阿布列克的冲突中,卢卡什夫被一名持枪的阿布列克打死,而这名阿布列克正是被他打死者的哥哥。

卢卡什卡的结局是充满悲剧性的。卢卡什卡热爱母亲,疼爱哑巴姐姐,对叶罗什卡大叔满怀敬意,对未婚妻玛丽亚娜也深有爱意,但是这一切都过去了。卢卡什卡的悲剧是哥萨克所处的恶劣环境造成的,是他自己的野心和愚昧无知

---

① 《列夫·托尔斯泰文集》第3卷,刘辽逸译,第217页。

造成的,但更主要的是其民族文化中尚野蛮、崇武功等反文明的陋习造成的。

再就是女主人公玛丽亚娜。玛丽亚娜是作者精心塑造的哥萨克少女,有着美丽的外表和丰富的心灵,以及较为明显的个性。在一次节日聚会上,奥列宁再次见到了玛丽亚娜。

> 在这里,奥列宁第一次看见了这位美女的整个面庞,先前他只看见用头巾遮到眼睛的脸。无怪乎她被认为是村中第一美人。乌斯坚卡是一个俊俏的姑娘,她娇小、丰满、红润,有一对愉快的深棕色的眼睛,红嘴唇永远含着微笑,她永远是有说有笑的。玛丽亚娜却相反,她丝毫不俊俏,然而是美人。她的脸型可能使人觉得太刚毅,甚至近乎粗野,但是她身材高大挺拔,胸脯和两肩强壮,主要的,她那双黑眉下被阴影遮着的长长的乌黑的眼睛含着既严厉又温柔的表情,还有她那嘴的表情和微笑非常甜蜜。她轻易不笑,但是她一笑总是妩媚动人。她身上洋溢着处女的魅力和健康的气息。在座的姑娘都很美,但是她们,以及别列茨基,拿甜饼进来的勤务兵——所有的人,都不由自主地看玛丽亚娜,对她说话也就是对姑娘们说话。她在姑娘中间是一个高傲而快乐的皇后。①

我们看到,作者描写玛丽亚娜的美用了如“健康”“强壮”“刚毅”“粗野”“高大挺拔”以及“两肩强壮”等词汇,可见玛丽亚娜所展示的确实是一种劳动妇女的美,是一种有别于以往作品中妇女苗条、纤弱、洁白等病态美或古典美,是一种真正的属于下层妇女的美,即充满力量的健康美。

大部分哥萨克妇女都要从事繁重的劳作,但她们没有因此而叹息,而是靠自己的双手辛勤劳动,因而有着积极自信、乐观向上的精神风貌。整个哥萨克人的经济生活,全靠这些妇女支撑,男人不过是名义上的主人。因此,哥萨克妇女在精神上是自由的,她们是为自己的幸福而生活的,而生活本身又把她们塑造得具有朴素、健康、健壮的身体和坚毅、果断的性格,真可谓“劳动创造了美”(马克思语)。对这种美的发现和肯定,也反映出托尔斯泰对底层平民生活的崇尚,对底层美的开掘,对内地贵族生活和欧化生活的否定与批判。

外在美和精神美往往是统一的,美丽的玛丽亚娜有一颗善良的心灵。玛丽亚娜非常乐观、勤奋,一刻不停地帮助父母操持家庭,仅是看看她那坚硬粗糙的手指,就知道她干了多少活。她主要的劳作就是种植好西瓜、葡萄,以及其他瓜

① 《列夫·托尔斯泰文集》第3卷,刘辽逸译,第292页。

果蔬菜，还要喂牛、挤牛奶，葡萄熟了还要收割葡萄、酿酒卖酒。小说对玛丽亚娜繁忙的一天有所呈现：

> 农忙已经开始两个星期了，沉重的、不停歇的工作占据了年轻姑娘的全部生活。天刚亮她就一跃而起，用凉水洗了脸，用头巾包了头，赤着脚跑去喂牲口。急急忙忙穿上鞋袜，穿上上衣，拿起一包面包，套好牛，就到葡萄园里去，一去就是一整天。那里只有一小时的休息，其余时间都是摘葡萄，搬运筐子，直到傍晚，她又快乐又疲倦，牵着牛，用长树枝子赶着，走回村子。黄昏的时候，收拾好牲口，抓些葵花子放在长衫的宽大袖筒里，走出门来，躲在角落里和姑娘们说笑。晚霞一熄灭，她就回家，在黑暗的藏奶室里和父亲、母亲、弟弟吃饱饭，她无忧无虑，身体健康，走进屋里，坐到炕炉上，睡意朦胧地听着房客的谈话。等他一走，她就往床上一躺，香甜地酣睡到天亮。①

由此我们可以看到玛丽亚娜的一天是多么繁忙、多么勤劳，但这些对她来说又是快乐的。

玛丽亚娜对待自己的感情问题也比较清醒理智。虽然房客奥列宁不断追求她，但为了不拂人意，她只能虚以应酬，但并未借此谋取对方的钱财。玛丽亚娜深爱着家境贫寒的卢卡什卡，但又不像一般哥萨克青年人那样放纵快乐，而是期待着和卢卡什卡早日成婚，把纯洁保持到新婚之夜。未婚夫卢卡什卡的过早死亡给她带来了极大痛苦，秉着这份痛苦，她严词拒绝了奥列宁不合时宜的求婚。她真的不了解奥列宁这样的俄罗斯贵族，在哥萨克文化氛围中长大的她只能选择卢卡什卡这样的男人。对此，我们不能对玛丽亚娜有过多苛求，何况奥列宁也不了解她。就最后玛丽亚娜拒绝奥列宁来看，她具有爱憎分明、坚毅果敢的性格。应该说，玛丽亚娜是一位勤劳、美丽、大方、果断、坚毅、热爱民族文化的优秀女性形象，是作家美学观念改变后塑造的一位平民姑娘、一位新女性。

最后一个要谈论的人物是伊利亚。伊利亚是玛丽亚娜的父亲、奥列宁的房东。关于伊利亚，小说中是这样描述的：

> 伊利亚·瓦西里耶维奇是一个受过教育的哥萨克，他到过俄罗斯内地，现在是教员，主要的，他是个“高贵的人”。他想显示他是高贵的人；可

① 《列夫·托尔斯泰文集》第 3 卷，刘辽逸译，第 310 页。

> 是一看见他那副装腔作势的怪相:坐立不安、自以为是、语无伦次,就不由得使人把他当作叶罗什卡大叔一类的人。这从他晒黑的脸上、手上、发红的鼻子上也可以看出来。……少尉四十岁上下,留一撮山羊胡子,又干又瘦,但人倒漂亮,而且对一个四十来岁的人来说,还显得很嫩少。他到奥列宁这里来,显然是怕人家把他当作普通的哥萨克,所以想让人一下子就感到他的身价。[①]

这是一段充满讽刺意味的介绍性文字,由此可见伊利亚是一个自视甚高、实则平凡庸俗的哥萨克少尉。为了在与房客谈话时镇住对方,以便得到较高的房租,他脱去干农活时穿的破衣烂衫,换上整洁的军官服装,满嘴咬文嚼字(实际上是酸溜溜地卖弄),把自己打扮成高贵人士,连喝茶也要用自己的专用杯子,其实那晒黑的手和脸早已暴露了他的务农身份。

伊利亚当着奥列宁的面把妻子编排了半天,奥列宁最终才搞清他的目的是想把房租由原来约定的 3 卢布涨到 6 卢布。玛丽亚娜爱着卢卡什卡,卢卡什卡的母亲也多次来提亲,但都因为伊利亚嫌小伙子穷而遭到一再拒绝。后来,伊利亚发现房客奥列宁把一匹价值 50 卢布的马随意送人,为之震惊之余,马上视奥列宁为贵客,常常邀请他到家里喝酒饮茶,还怂恿自己的女儿玛丽亚娜与奥列宁这位阔佬多接近。

从伊利亚的表现可以看出,他虽然是个哥萨克,可能也有军衔,但他身上已经没有了哥萨克那种崇尚勇敢、重视荣誉、信守诺言、重义轻利的精神,已经完全被资产阶级化了,成了一个俗不可耐的市侩。从他身上可以看到,这个地处偏僻之境的哥萨克小村也难以置于滚滚红尘之外,正在逐渐被欧化,以哥萨克军官自居的伊利亚也变得不伦不类了。

总之,本节分析的叶罗什卡大叔、卢卡什卡、玛丽亚娜以及伊利亚等四个主要人物,在小说中都被托尔斯泰塑造得生动饱满、各具形态。从他们身上既可以看到淳厚的哥萨克文化风貌,也能看到当时哥萨克文化的新变化,这种新变化主要表现为古老哥萨克的文化正渐渐丧失,崇尚实际的功利文化正向哥萨克各个阶层的生活渗透。卢卡什卡的死亡似乎是一种象征,叶罗什卡大叔的狡黠似乎是一种暗示,这些都意味着托尔斯泰走向东方的努力暂时失败了。

---

① 《列夫·托尔斯泰文集》第 3 卷,刘辽逸译,第 255～256 页。

第三节　哥萨克民族文化风貌的展现

小说《哥萨克》既塑造了那么多成功的人物形象，又展示出高加索地区格列宾哥萨克生活的文化特性。哥萨克，突厥语就是“自由的人”，他们原本是生活在俄国内地的社会下层穷苦平民或农奴，为了摆脱俄国贵族的剥削和奴役而逃到这些边远的地区，自觉形成高度自治的群体，爱好自由，崇尚武力，过着亦兵亦民的特殊生活，逐渐形成了与内地俄罗斯人显然有别的生活方式和文化特性。受沙皇招抚和恩赐，他们又有着极大的优越感，几百年来过着为沙皇打仗、征服其他民族的生活，小说中的山民即车臣人（阿布列克）就是他们所要征服的对象。哥萨克男子具有粗犷豪侠、性格坚强、骁勇善战、擅长打猎等特性，但也存在着残忍嗜杀、偷盗抢劫等陋习；哥萨克女人则持家耕种、性格坚强、美丽大方、热爱生活、能歌善舞等。小说中高加索地区的格列宾哥萨克，除了具有上述哥萨克特性外，更具有地域特色。格列宾哥萨克仇视捷列河对岸的车臣人，常杀死山民或偷袭山民的财物，且引以为豪；而车臣人也非常仇视哥萨克，也常对他们进行袭扰，由此哥萨克男人在劳动生活之外还有保家卫国、出征打仗的义务。这些哥萨克人也看不起内地的俄罗斯人，认为他们吸烟、喝酒，追逐女人，抢劫财物，贪生怕死，连山民也不如。男欢女爱、唱歌跳舞、林中打猎、偷盗劫掠以及偶然与山民发生血腥冲突等，构成了格列宾哥萨克人生活中的主要内容和独特的风景，而这些富有地域文化特色的生活内容就像一幅巨大的风俗画，成为上述人物的活动背景，衬托出奥列宁的单纯、叶罗什卡的豪侠、卢卡什卡的勇敢、玛丽亚娜的美丽以及伊利亚的狡黠等。以下我们就把这幅巨大的世俗画分成几个部分加以欣赏。根据小说描写的情状，这幅巨画又可分为“暮归图”“狩猎图”“过谢肉节图”和“出击图”等，下文我们就分别加以赏析，以观其妙。为了达到奇效，笔者不得不做过多的摘引。

先看“暮归图”。作者描写了哥萨克山村的村民们劳动一天晚上归来的场景。

> 这是只有高加索才有的特别的傍晚。……村子里却特别热闹。人们有的步行，有的骑马，有的赶着吱吱呀呀的大车从四面八方回到村里。姑娘们掖起衣衫，拿着树条，说说笑笑，奔出大门迎接一群在云雾般的尘土和草原带来的蚊虫中间挤在一块的牲口。肥壮的母牛和水牛满街乱走，几个

穿花衣裳的哥萨克女人在牛群中跑来跑去。从牲口的吼叫声中可以听见她们响脆的说话声、欢畅的笑声和尖叫声。那边有一个骑马带枪的、从哨所请假回来的哥萨克,走到一所房子前,弯腰敲了敲窗户,接着露出一个年轻漂亮的哥萨克女人的头,于是听见一阵含笑的亲热的谈话。那边有一个穿破衣裳的高颧骨的诺盖长工拉一车芦苇从草原回来,他在哥萨克大尉的清洁宽敞的院子里把吱吱作响的大车掉转头,从公牛摇摆着的头上卸下轭具,跟主人用鞑靼话高声交谈着。有一个水洼差不多占满了全街,多少年来人们都是紧贴着墙边从它旁边绕过,这时有一个女人背一捆柴禾,把衣衫高高地提到雪白的大腿上,一个打猎回来的哥萨克开玩笑地喊道:"再提高点,不要脸的。"并且用枪瞄了瞄她,这个女人放下衣衫,柴禾也丢掉了。一个哥萨克老人捕鱼归来,卷着裤脚,露着汗毛斑白的胸口,背着渔网,网里是活蹦乱跳的银白色的鲤鱼;他为了抄近路,从邻居的围墙缺口穿过来,正在扯下挂在围墙上的粗呢上衣。那边有个女人在拖一截干树枝,可以听见墙角后面的斧头声。街上只要有平地,就有小孩子在那里转陀螺,尖声地喊叫。女人们懒得绕路,都从篱笆爬过去。所有的烟囱都升起了烧干粪的芬芳的炊烟。每家院子里都可以听见夜的寂静来临前的更加忙碌的声音。[①]

这真是一幅世间万象图。百姓经过一天的劳作,田园暮归,其乐融融,让人感到特别温馨、亲切。在这里,作者虽然写了很多人,但层次分明,各具形态。年轻姑娘进村时,有说有笑,穿插在"肥壮的母牛和水牛"之间;年轻的哥萨克小伙子,在拥挤中也没有忘了约见情人;某个少女路过水洼提起了裤腿,露出雪白的大腿而被某个哥萨克调笑;一位捕鱼的老哥萨克满载而归,背后网兜中鲜活的白鳞鲤鱼还在跳动;孩子们在街上一块不大的平地上玩转陀螺,不时兴奋地尖叫着;这一切还伴着街道上如云雾般的尘土和蚊虫的飞舞,不一而足,好一番热闹景象。在这里,我们不得不佩服作家观察事物和表现事物的卓越才能,同时也为其展现出来的哥萨克人生性豪爽、不计小节以及对生活的热爱气氛所感动,也难怪主人公奥列宁想过这种生活,想成为一个哥萨克。

第二幅就是"狩猎图"。哥萨克男人有服役的义务,不屑于从事具体的农事劳作,除了出征打仗外,还经常去打猎。打猎既可以消遣、打发时日,也可以进行社会交际,还可以贴补家用。为了展示哥萨克人这一重要的生活内容,小说

① 《列夫·托尔斯泰文集》第3卷,刘辽逸译,第191~192页。

作者安排主人公奥列宁在老猎人叶罗什卡大叔的带领下，进行狩猎。一大清早，两人走进丛林，开始了紧张而刺激的狩猎。

> 叶罗什卡大叔走在前头，每经过有一对对野兽脚印的泥潭，他就停下来细细地观察，指给奥列宁看。他几乎不说话，仅仅偶尔低语几句。他们走的道路曾经被大车压过，现在早已长满了青草。路两旁的榆树和梧桐长得如此茂密，简直无法透过它们看见东西。几乎每棵树从上到下都被野葡萄缠满了；地上是长得密密实实的发黑的乌荆子丛薮。每一小块林中空地都长满了黑莓和摇曳着灰色芦花的苇子。有些地方，野兽走的大道和像隧道似的野鸡走的小径，从人行的路上伸向森林的深处。这座没有被牲口践踏过的森林，处处使奥列宁吃惊，他从未见过植物的生命力这样旺盛。这座森林、危险、老汉和他那神秘的低语、玛丽扬卡和她那英俊挺拔的身段、群山——这一切都使奥列宁觉得是在做梦。“落下一只野鸡。”老汉低语道，四外张望着，把帽子拉下来压着自己的脸。“把脸遮起来，”他忿忿地向奥列宁挥挥手，然后几乎是用四肢向前爬去，“野鸡讨厌人的嘴脸。”当老汉停下来向树上端详的时候，奥列宁还落在后面。野鸡朝着向它吠的狗叫了一声，奥列宁也看见了它。正在这时，只听轰隆一声，叶罗什卡的粗筒子枪像大炮似的打响了，那只野鸡扑闪一下翅膀，羽毛纷纷落下来，接着就掉到地上。奥列宁在向老汉走去的时候，惊起了另一只野鸡。他拿起枪，瞄了瞄，就射了出去。野鸡腾空飞起，然后像一块石头似的，碰着树枝落到树林里。“好样的！”不会打飞鸟的老汉笑着说。他们把野鸡拾起来，又往前走。被运动和夸奖弄得兴奋的奥列宁，一路走，一路跟老汉谈话。①

作者对打猎过程写得相当仔细，树木茂密，各种植物生命力旺盛，作者将其如数家珍地描绘出来，如榆树、梧桐、野葡萄、乌荆子、野莓、苇子等，让人顿有身临其境之感。特别是这两人的紧张、激动与喜悦都得到了充分表现。与内地打猎相比，哥萨克的密林中不但动物种类繁多，如山鹿、野猪、野鸡等，而且有可能碰到埋伏在这里的山民，这是更令人担心的一点。虽然没有打到山鹿、野猪，但是收获了不少的野鸡，两位猎人都为此感到特别愉快。这种刺激的打猎活动，以及叶罗什卡对打猎经验的介绍，也给读者带来了精神愉悦和认知满足，引发了读者的极大兴趣。总之，小说中的狩猎场面为我们展示了富有哥萨克特色的

---

① 《列夫·托尔斯泰文集》第 3 卷，刘辽逸译，第 261～262 页。

生活景象。

第三幅是“过谢肉节图”。最能体现该群体文化特色的就是过年过节,因为普通的劳作生活总有相似的地方,而过节就不同了。正如小说所展示的,节日中的哥萨克人不但要穿上新衣服,展示自己的快乐,而且年轻的哥萨克还要载歌载舞,用民歌来赞美男欢女爱。小说就详细描绘了哥萨克人这一精彩的场面。参加节日活动的人很多,每个家庭几乎全员出动,有穿着新衣服的老人,有在玩棒球的男孩、女孩,有司书们、免役的和回家过节的青年,甚至还有两位长着红胡子、赤脚的车臣人,其中更为显眼的还是那些哥萨克青年男女。他们欢呼雀跃,尽情地欢唱嬉戏,鲜花一样美丽的姑娘们跳着环舞,其中领唱的歌手在唱动人的情歌,这种热闹场面把节日的欢乐气氛推向了高潮。

> 姑娘们手挽手在跳环舞,在满是尘土的广场上徐徐缓缓地转圈子。一个瘦瘦的、最不漂亮的姑娘唱道:从森林里,从黑色的森林里/哎咿—达—留里!/从花园里,从绿色的花园里,/走出来两个好样的小伙子,/两个小伙子,一对光棍汉,/走了一会儿,就停下来,/停下来就面对面地骂起来。/一个美丽的姑娘走向前,/走向前就对他们开了言:/我要嫁给你们中间一个人。/结果嫁给白脸膛的小伙子,/白脸膛、黄头发的小伙子。/他挽起、挽起她的右手,/挽起右手四邻八舍都走遍。/他见了朋友就夸奖:/“好弟兄,你看我的老婆多好看!”老太婆站在旁边听年轻人唱歌。小男孩和小姑娘在黑暗中互相追逐,绕着圈子奔跑。哥萨克们团团地围着姑娘们站着,不住地碰一碰走过来的姑娘,有时冲进环舞的圈子。①

这是一个热闹的场面,在这样盛大的节日里,全村的哥萨克都停下手里的活计,穿上新衣服,来到广场上玩乐。年轻的姑娘、小伙虽然对老哥萨克有着足够的敬意,但他们才是节日的主角,在尽情地欢乐,节日过后,不知又会有多少风流韵事。小说中对节日场面的描写,会使我们为哥萨克文化习俗所感染。

最后一幅是“出击图”,这便是哥萨克人对车臣人的一次大获全胜的出击。哥萨克男人的生活内容就是打仗,他们将枪、马、刀、剑看得很重,甚至超过了对女人的喜爱。正是因为这样,他们把平时积攒的钱财大都花费在这上面。哥萨克打仗比较勇猛,又善骑射,因此几百年来沙皇的开疆拓土靠的主要就是哥萨克人。一个哥萨克杀死一个车臣人是一件很荣耀的事情,甚至可以得到沙皇的

---

① 《列夫·托尔斯泰文集》第3卷,刘辽逸译,第338~339页。

军功奖赏。作品中真实、紧张的战争场面描写，既加深了我们对哥萨克文化的了解，也给我们带来极大的审美愉悦。

作为哥萨克小队的实际指挥者，卢卡什卡面对九名山民的伏击，巧妙地运用一辆干草车作掩护，向车臣人冲去，最终歼灭了车臣人。但是卢卡什卡主张抓活口，结果被其中一个山民用手枪给打死了，而这位山民正是先前被卢卡什卡打死的那名山民的兄长。作者把伏击与反伏击场面写得紧张而激烈。

> 干草车移动了，哥萨克都挤在车后面。哥萨克移动着，车臣人一共九个，膝盖并着膝盖坐成一排，也不射击。周围寂静无声。忽然从车臣人那边响起了奇怪的歌声，好似叶罗什卡大叔唱的“哀—达—拉—拉依”的凄凉的曲调。车臣人知道他们已经逃不脱了，为了不致受逃跑的引诱，他们用皮带把膝盖并在一起捆起来，把枪准备好，唱着临死前的挽歌。哥萨克推着车子越来越近，奥列宁时刻都在等待着射击，但是只有凄厉的歌声冲破寂静。歌声忽然停止了，响起了猝然的枪声，子弹碰击着车边的横梁，可以听见车臣人的骂声和尖叫声。枪声接连地响起来，子弹一颗颗的碰到车上。哥萨克不放枪，已经走到五步以内的地方了。又过了一瞬间，哥萨克尖叫着从车两边跳将出来。卢卡什卡在最前面。奥列宁只听见几声枪响和喊叫声以及呻吟声。他仿佛看见了烟和血。他扔开马，忘掉一切地向哥萨克们跑去。恐怖遮住了他的眼睛。他什么也分辨不清，只知道一切都完了。卢卡什卡脸色苍白得像块白布，抓住受伤的车臣人的两手喊道：“不要打死他！我要捉活的！”这个车臣人就是那个去取尸体的红胡子，他是被打死的车臣人的兄弟。卢卡什卡扭转他的双手。车臣人忽然挣脱开，用手枪对着卢卡什卡放了一枪。卢卡什卡应声倒下。他的腹部涌出鲜血。他纵身站起来，又倒下了，嘴里用俄语和鞑靼话咒骂着。……少尉走到他跟前，仿佛要绕过他似的，从他身旁用手枪对着他的耳朵迅速地放了一枪。车臣人想冲过去，但是没等冲上去就倒下了。哥萨克们喘吁吁地把尸体拖开，解下他们身上的武器。这些红胡子车臣人每一个都曾经是人，每一个都有自己特有的表情。[①]

这个场面异常惨烈，虽然卢卡什卡带领的哥萨克作战勇敢机智，打死了九名山民，但是我们也看到山民视死如归的顽强性格，他们用皮带把自己的腿捆起来，

---

① 《列夫·托尔斯泰文集》第3卷，刘辽逸译，第351～352页。

以免逃跑，一齐唱着歌，等待着即将到来的死亡，这一场面何其悲壮。卢卡什卡在全胜的情况下，却被其中一个山民——一个复仇者打死，丧失了年轻的生命。临死之前，卢卡什卡仍然怒骂着，毫不畏惧，的确是一条哥萨克汉子。总之，这个场面让我们深切感知到哥萨克人面对顽强凶狠的车臣人时所表现出来的不畏牺牲的精神，同时给我们留下了深刻而惨烈的战斗画面，展示了哥萨克人勇猛善战的特性。

小说展示的有关哥萨克人生活与文化的四幅"画卷"，加深了我们对哥萨克民族文化的了解，有助于我们理解哥萨克人，强化了小说创作的陌生化与审美性，显示出作家托尔斯泰的匠心独运。托尔斯泰用世界主义的观念来看待这个异域的哥萨克文化世界，是这部作品表现生活全面性和丰富性的关键所在。"人是文化符号"（卡西尔），就如此丰富、成熟、独特的哥萨克文化来看，作为一个外来的在俄罗斯腹地都市中长大的俄国贵族青年，奥列宁是很难融入这一文化氛围的。

总之，《哥萨克》通过一个叫奥列宁的俄国贵族青年，带我们走进了高加索这个陌生新奇的异域文化世界，以他的恋爱、交友、打猎、过节以及参与战斗的过程，展现了一个充满活力、充满野性的哥萨克世界，情由景生，景随情迁，也展示了奥列宁的内心世界。奥列宁欣赏这个世界，甚至一度想定居于此，过一种真实自然的生活，但他也看到这个真实自然的世界充满了愚昧、野蛮和凶杀。文明虽存在着异化，但也有利于情感的丰富和心智的提高；自然并非至善，也存在着恶。文明化了的俄国内陆的都市生活是虚伪的，原生态的东方高加索生活是野蛮的，那么应该怎么办？自然的难以回归和不能回归便构成了一对矛盾，也许正是对这一矛盾怀着困惑的心情，作家舍弃了最初确定的"逃亡者"书名而采用了"哥萨克"。也可能因为俄国本身的斯拉夫文化和宗法制文化传统可以让贵族阶级从中找寻到出路，几年之后，《战争与和平》问世了，就作家从民族文化出发所塑造的几个主要人物，如皮埃尔、娜塔莎、库图佐夫、卡拉塔耶夫等来看，似乎深化着有关探索未来俄国贵族之路的主题。

第四章 《战争与和平》人物新解

《战争与和平》(1863～1869)是托尔斯泰在19世纪60年代创作的一部120万字的长篇小说。小说以1812年俄国对法国的一场反侵略战争为题材,歌颂了俄国各阶层的爱国热情,同时描写了具有民族风情的俄国贵族的生活,成功塑造了来自别祖豪夫、博尔孔斯基、罗斯托夫等家族的三位青年皮埃尔、安德烈、尼古拉等,他们或参战、或交友、或恋爱结婚等感情纠葛,以及以库图佐夫等为首的抗战英雄,批判了来自彼得堡的库拉金家族,如瓦西里公爵及其子女海伦、阿纳托利等无视国难的腐化堕落行为。小说气势磅礴,结构宏伟,人物似雕塑般栩栩如生,堪称当代的《伊利亚特》(罗曼·罗兰语),引起了欧洲文坛的震动。高尔斯华绥说:"如果要举出一部独一无二的长篇小说,可以用文学调查表编制人最爱用的字眼来标明是世界上最伟大的小说,那么,我就选择《战争与和平》。"[①]整个欧洲也把托尔斯泰视作俄国文坛上的"狮子"。

托尔斯泰为什么要创作这部历史题材的鸿篇巨制呢?这是因为自19世纪资本主义的到来,特别是1861年之后资本主义的迅猛发展,作为传统农业文明代表的俄国贵族阶级在经济上日益走向崩溃,精神上也出现了危机,不能更好地为这个社会提供物质财富和精神价值。平民阶级的崛起对贵族阶级形成了挑战,于是世袭大贵族出身的托尔斯泰要为他们那个阶级寻找出路,且一生都在做这样的事。为了找到出路,托尔斯泰曾向西方寻找过,最后失望了(见《琉森》);后来又到东方去找(见《哥萨克》),也未成功,只好把目光转向俄国的过去,即思考为什么以往的贵族阶级那么富有朝气和生命力。在寻找的过程中,托尔斯泰开始把目光瞄向十二月党人。十二月党人为了真理和自由,试图改变

---

① [英]约翰·高尔斯华绥:《列夫·托尔斯泰的侧面像》,方宏译,《文艺理论研究》1982年第2期。

俄国专制的政治现实，但遭到残酷镇压，到了托尔斯泰创作时期，他们得到了沙皇亚历山大二世的赦免。可能是因为政治敏感度和政治见解的分歧（托尔斯泰并不怎么赞成宪政），或者是时间距离太近，托尔斯泰放弃了十二月党人这一题材，继续往前追溯，就找到了俄国对拿破仑的卫国战争。这场战争中，俄国人民在沙皇亚历山大一世的带领下最终打败了不可一世的拿破仑，取得了全面胜利，俄国也最终成为解放欧洲的国家，达到了史上较为鼎盛的时期。在托尔斯泰看来，以这一题材进行创作，似乎可以表现这么三层意思：一是显示俄国作为一个强大且独立的民族国家而存在，显示了俄国人的自信。自 17 世纪以来，法国是欧洲文明的中心，俄国这个长期作为“学生”的民族打败了自己的“老师”，无疑有助于民族自信心的增长。二是这场卫国战争虽然是在沙皇亚历山大一世带领下完成的，但是在托尔斯泰看来，取得胜利的主要因素却在于人民，包括社会各阶层的爱国人士和有正义感的人士，最主要的还是贵族阶级中的优秀分子，他们是战争取胜的主要力量，托尔斯泰想从他们身上寻找到疗救现实的“良方”。三是虽然俄国在军事上打败了法国，但是在文明文化、政治制度上，却是法国战胜了俄国。俄国的贵族进入法国之后才发现法国人有多么的自由、文明，而自己维护的沙皇君主专制制度有多么的落后，俄国有多么的蒙昧，连沙皇亚历山大一世也不得不保留法国的君主立宪制度，并赐给波兰一部宪法。奇怪的是，俄国自身却保持着落后的专制制度和野蛮的农奴制度（这对俄国后来政治悲剧的影响是深远的。尼古拉一世对宪政的粗暴拒绝，使他残暴地镇压了十二月党人的起义。亚历山大二世虽然废除了农奴制，但还没来得及立宪就被炸死了。尼古拉二世的逊位虽然换来了临时政府的宪政，但为时太晚，最终宪政淹没在宏大的民粹主义运动激流中）。被法国“启蒙”了的俄国贵族试图改变国家的政治制度，实行君主立宪制或共和制，只不过对这种活动的发起者作者只是给了个暗示，未尽其详，作品就结束了。从这个意义上来说，整部《战争与和平》是后来另一部以十二月党人起义为题材的长篇小说的“序曲”。当然，这只是逻辑上的推想，托尔斯泰的政治制度设计其实与十二月党人的政治理想存在着不小的分歧，小说从战争开始写到十二月党人起义前，也许是恰到好处的。上述三层原因就形成了托尔斯泰创作《战争与和平》的三种主要动机。

要了解一部作品的思想性和艺术性，最好从作者塑造的主要人物入手，因而作品中的三个青年皮埃尔、安德烈、尼古拉和一位老将军库图佐夫等，就成了我们分析作品的关键。

第一节　皮埃尔·别祖豪夫论

皮埃尔是《战争与和平》中的头号主人公，是莫斯科首富别祖豪夫伯爵的私生子，长期旅居欧洲，接受了西欧的共和思想，崇拜拿破仑，把拿破仑视作英雄和解放者。由于皮埃尔不了解俄国民众反拿破仑的高昂情绪，对爱国主义舆情缺乏了解，他总是发一通不合时宜的言论。加上无财产、无地位的私生子身份，以及意志薄弱、沉溺于欲望的满足，皮埃尔整日游手好闲，惹是生非，遭到很多人的鄙视。虽然皮埃尔是别祖豪夫伯爵的私生子，但在很多人眼里，这位伯爵在世时奢靡无度，生活放纵，私生子无数，弥留之际会不会想起这位儿子也很难说。但真正了解我们的主人公的话就会发现，他虽在性格上有很多不足，但又心地善良，常常反思生活，忏悔己过，受到很多优秀贵族的喜爱，甚至到小说结尾处他还成了作品中唯一一位参与了十二月党人政治团体活动的人。

皮埃尔在作品中第一次的出现是在宫廷女官安娜·舍列尔所召集的家庭晚会上。作品是这样写皮埃尔出场的：

> 小公爵夫人刚到不久，进来一个肥肥胖胖的魁伟青年，他戴着眼镜，头发剪得很短，穿着时髦的浅色裤子，又高又硬的折角领子，咖啡色的礼服。这个肥胖的年轻人是叶卡捷琳娜女皇时代赫赫有名的大官、而此刻在莫斯科命在垂危的别祖霍夫伯爵的私生子。他还没有在任何地方供过职，刚从国外留学回来，这是他初次涉足社交界。安娜·帕夫洛夫娜像对待客厅里最低一级的客人那样，对他点点头。尽管这是最低一级的礼节，但是当皮埃尔刚一进门，安娜·帕夫洛夫娜就露出惊慌不安的神色，仿佛看见一个不该在那个地方出现的庞然大物似的。皮埃尔的确比客厅里其他男人都高大些，但这种惊慌不安只可能由于他那既聪明而又羞怯、既敏锐而又自若、不同于客厅中其他人的眼神而引起的。[1]

这就是作品所描绘的关于皮埃尔的肖像，皮埃尔给人留下了高高大大、“庞然大物”之感。其实熟读托尔斯泰作品的读者会发现，他笔下的正面人物常常是高大健壮的，而健壮的体魄常常与健康的心灵相关，这是托尔斯泰的“逻辑”。皮

---

① ［俄］列夫·托尔斯泰：《战争与和平》，刘辽逸译，北京：人民文学出版社，1989 年，第 10 页。

埃尔总的性格特征便是，虽然意志力薄弱、随遇而安，但心地善良、心思细腻和心理强大。这样的人做事或判断事物对错不是靠逻辑推理，而常常是靠天赋去感知。这样的人也往往受到命运的关注，为上帝所爱。老别祖豪夫伯爵去世前就把所有的财产都留给了皮埃尔，他也由此一夜之间成了莫斯科的大富豪，成了拥有几千农奴的农奴主，成了世袭的伯爵。皮埃尔昨天还是人们眼中不谙世事的浑小子，今天则成了既聪明又有教养且前途无量的年轻伯爵，很多待字闺中的贵族女子的父母忽然一下子就喜欢上了皮埃尔，做梦都想把他这个金龟婿钓进家门。

当然，这里竞争性最强或者最能捷足先登的当属库拉金家族中的千金小姐海伦。库拉金家族是当时较为得势的官僚贵族，生活在彼得堡。托尔斯泰热爱乡村，厌恶城市，其中又特别厌恶彼得堡。他认为彼得堡人并不热爱俄国，而是更热爱法国，在卫国战争开始时，他们悲观绝望，希望俄国投降，后来则只顾自己的利益，只关心个人职务的升迁，并不关心国家的前途命运，因而是堕落腐朽的贵族。库拉金家族的海伦小姐就是一个活着只是为了满足自己欲望的女性，丝毫没有道德感、廉耻感，但外表漂亮风流。看看作者是怎样描写海伦的：

> 海伦公爵小姐微微含笑；她站起来，脸上始终带着进入客厅以来就带有的那种绝代佳人的微笑。当她从闪开让路的男人们中间穿过时，她那缀有常春藤和青苔花边的素白礼服发出窸窸窣窣的声音，白净的肩膀、光泽的头发和璀璨的钻石都光彩夺目，她径自朝安娜·帕夫洛夫娜走去，眼睛不看任何人，但对所有的人都笑容可掬，仿佛她把欣赏她的身材、丰腴的双肩和装束入时的十分裸露的胸脯和背脊的美的权利慷慨大方地赐予每个人，仿佛给舞会带来全部光彩的也是她。海伦真是太漂亮了，她身上不仅毫无卖弄风情的意味，而且相反，仿佛她为自己无可置疑的、其魅力之大足以征服一切的美貌，感到不好意思。仿佛她宁愿减少自己的美的魅力，可就是办不到。[①]

美丽却邪恶、丰腴却放荡，这便是海伦，一位与《荷马史诗》中引起十年战争灾祸的美女海伦同名的女性，是一朵只为满足肉欲需要而生的“恶之花”。托尔斯泰把美丽和邪恶统一在一个人身上，也算是人物塑造方面一个不小的突破。这样一个美女，这样一个尤物，是涉世不深且意志薄弱的皮埃尔难以抗拒的，结果不

---

① [俄]列夫·托尔斯泰：《战争与和平》，刘辽逸译，第12页。

但他自己的大量财富落入库拉金家族的腰包，而且海伦婚后不久就在感情上背叛了他。因为忠于一个男人并不符合海伦的享乐观，更何况她喜欢的不是皮埃尔，而是他的财产。

婚后的皮埃尔在西方思想的影响下曾试图解放农奴，兴办乡村医院和救济院，改善农奴的生活现状，但由于并不真正了解乡村和农奴，结果收效甚微。正当皮埃尔处于苦闷时，他的妻子海伦却红杏出墙，给他带来更大的痛苦。制造这起绯闻的正是他的朋友多洛霍夫，一个家族没落的青年贵族男子。对富人的仇视，对金钱的贪婪，使多洛霍夫成为库拉金家族的"花花公子"阿纳托利的帮凶，干尽了助纣为虐的坏事。本来"朋友之妻不可欺"，多洛霍夫却做出这等为人不齿的事。这还不算，他还当着众人的面侮辱皮埃尔，无奈之下，皮埃尔只得和他决斗，开枪打伤了他。这件丑事轰动了整个莫斯科，皮埃尔陷入与妻子离婚的境地。皮埃尔感情陷入痛苦，精神也出现危机，对人生产生了绝望之感。"'什么是善？什么是恶？应当爱什么，恨什么？为什么活着，我这个人是什么？什么是生，什么是死？主宰一切的是什么力量？'他问自己。对于这些问题，连一个也得不到解答，只有一个完全不是针对这些问题的不合逻辑的解答。这个解答是：'死了，一切都完了。死了，一切都揭晓了，或者说，就停止追问了。'但是死也是可怕的。"[①]陷入痛苦而至绝望的皮埃尔接受导师约瑟夫·阿列克谢耶维奇的劝告，加入了共济会，尽管入会手续烦琐，内容神秘玄奥，但皮埃尔暂时缓解了精神危机，接受了道德上完善自己、为别人而活着等观点，对自己过往的生活态度、对妻子的态度以及决斗事件等都进行了反思，逐渐用宽恕代替了怨恨。加入共济会成为皮埃尔精神复活过程中的一个重要事件。

爱情的失败和家庭关系濒于破裂，使皮埃尔突然意识到他真正爱的人不是海伦，而是罗斯托夫家族的娜塔莎小姐。皮埃尔和罗斯托夫家族有着较深的友谊，皮埃尔淳朴、善良、直率的性格与罗斯托夫家族有着极大的契合点。罗斯托夫家族属于乡村贵族，这个家族天然具有一种淳朴、善良、真诚、热情以及乐于助人的优良家风，是作者描写的最为理想的贵族。皮埃尔喜欢这个家族，也时常光顾，特别是娜塔莎的单纯、善良、率真以及富有诗意的气质非常讨皮埃尔的喜欢。因为年龄差距，皮埃尔在好长时间里都把自己当作娜塔莎的保护人，而娜塔莎也把皮埃尔当作忘年之友。皮埃尔因为自己婚姻的不幸，不自觉地爱上了娜塔莎。而安德烈也爱上了娜塔莎，并请皮埃尔来当参谋，决定是否选择娜

---

① [俄]列夫·托尔斯泰：《战争与和平》，刘辽逸译，第388页。

塔莎。这时，皮埃尔内心非常难受，但出于友谊又不得不赞成他们的婚事。后来，娜塔莎受“花花公子”阿纳托利的诱惑而毁掉了与安德烈的婚约，差点儿做出有辱门风的丑事。皮埃尔得知此事后，到处奔走处理，把这件事情的影响范围降到最低。娜塔莎的不幸遭遇加深了皮埃尔对她的怜悯，而这种怜悯很快就转化成了爱情。关于这种情状，小说中有这样一段描写：

> 皮埃尔从罗斯托夫家出来，回味着娜塔莎感激的目光，遥望那高悬空中的彗星，从这天起，他感到，在他的生活中出现了新的东西——永远折磨他的那个问题，即尘世间一切都是梦幻和毫无意义的问题，在他的心目中消失了。那个可怕的问题：“为了什么？为了什么目的？”过去不论做什么，心中总是想着这个问题，现在并不是给他另换了一个问题，也不是对先前的问题有了解答，而是在他心目中老有个她。不论是在听还是亲自参加那些无聊的谈话，不论是在看书还是听到日常生活中的卑鄙无耻和愚昧无知，已经不像先前那样令他吃惊了；他不再问自己：既然一切都是过眼云烟和不可知，人们何必还忙忙碌碌，但是他老回忆最近一次他所看见的她的模样，而且他的一切怀疑都消失了，并不是她解答了他心目中的问题，而是一想到她，就立刻把他带到另一个光明璀璨的精神境界，其中不可能有是或者非，那是一个令人值得活下去的美和爱的境界。①

皮埃尔对娜塔莎的爱燃起了他对生活的新希望，他也用这种爱来鼓舞娜塔莎。皮埃尔向已经陷入绝望的娜塔莎表白：如果不是因为自己还有家庭束缚，如果自己是一个自由之身，那么他会跪下来向她求爱。这样的话是真诚的，对处于困难境地的娜塔莎来说是很大的鼓励和支持。

对于皮埃尔思想震动最大的还是战争，特别是那场他亲眼见到的发生在波罗底诺的俄国军队与法国军队的大战。这场战争致使双方共有近 8 万人死亡，死尸遍野，血流成河，惨不忍睹。看到这一切后，皮埃尔对拿破仑的崇拜突然破灭了，拿破仑不再是他心中的英雄，而是杀人犯，所以他决定留在莫斯科刺杀拿破仑。皮埃尔刺杀未成却被当成纵火犯予以枪决（实际上是陪刑），在刑场上他目睹了一个 20 岁青年被枪决的场景，内心更加震动了，不但对拿破仑绝望了，而且对人类也绝望了，再也不相信理性、希望、友谊等美好的字眼了，精神也接近崩溃。在皮埃尔精神接近崩溃、情绪陷入低谷时，他的精神却得到了复活与

① ［俄］列夫·托尔斯泰：《战争与和平》，刘辽逸译，第 882～883 页。

新生，因为这时他碰到了一个叫普拉东·卡拉塔耶夫的狱友——这位农民出身的士兵，身处逆境而不抱怨，仍然积极面对生活，爱心满满，虔信上帝。他的心态和行为深深打动了皮埃尔，引起皮埃尔对自身经历的深刻反思。

……可是，连他自己也没想到，只有通过死的恐怖、通过艰难困苦和通过他在卡拉塔耶夫身上所懂得的东西才得到这种宁静和内心的和谐。在行刑时他所感受的可怕的时刻，那些往日他觉得重要的思想，永远从他的想象和回忆中消失了。在他的思想中再也没有俄国，没有战争，没有政治，没有拿破仑。他清清楚楚地觉得，所有这一切都与他无关，他没有那份才能，因而不能判断这一切。“俄国、夏天——扯不到一起。”他重复着卡拉塔耶夫的话，这句话使他得到极大的慰藉。现在他觉得，他企图谋杀拿破仑，他推算那神秘的数字和《启示录》上的那头兽，都是莫名其妙的，甚至是可笑的。对妻子的怨恨和害怕辱没自己的姓氏的担心，他现在觉得不但无足挂齿，而且觉得滑稽。这个女人爱在哪儿过就在哪儿过好啦，干他什么事？他们知道或者不知道他们的俘虏的名字是别祖霍夫伯爵，对一个人，特别是对他，又有什么关系呢？[①]

普拉东给皮埃尔讲了一个商人受难的故事，一下子就唤回了皮埃尔对上帝的信仰。一位富有的老商人，生活规矩，虔信上帝。一次，他和另一个商人出门，晚上住在同一家旅馆。夜里抢劫者把同屋的另一个商人杀死，将财物劫走，而把匕首放到了老商人的枕头下。第二天官府把老商人抓走，并屈打成招，致其入狱十年。十年后，狱友们在一起喝酒，谈起各自为什么入狱时，这位老商人说自己并没有犯罪，而是无辜受难。狱友们让其申诉，然而他却不为自己难过，认为是上帝在惩罚他。其中一个犯人向这位老商人问清事情的原委与事情的发生地点后就向他下跪，承认自己是凶手，请求老商人饶恕自己。这位老商人哭了。最后赦免批文发下来时，老商人已经死了。普拉东给皮埃尔讲的这个故事，很容易让人想起《约伯记》中约伯受难的故事。老商人和约伯都是无辜受难者，但他们认为这是上帝的安排，自己是罪人，应该忍受和顺从命运，不能抱怨。这个故事使一向不信上帝的皮埃尔皈依了上帝，接受了在世上所遭受的一切苦难。“他不能有目的，因为他现在有了信仰——不是信仰某种规章制度或者某种言论或者某种思想，而是信仰活生生的、经常可以感觉到的上帝。以前他是抱着

① [俄]列夫·托尔斯泰：《战争与和平》，刘辽逸译，第 1328 页。

他给自己提出的一些目的去寻求它。这种有目的的寻求不过是寻求上帝罢了；可是，他在被俘期间突然认识到，不是靠语言、推理，而是靠直感认识到保姆早就给他说的那个道理：上帝就在眼前，就在这儿，它无所不在。他在被俘期间认识到，卡拉塔耶夫心目中的上帝比共济会员们所承认的造物主更伟大，更无限，更高深。……‘若是你们的父不许，一个也不能掉在地上，就是你们的头发，也都被数过了。’”①皮埃尔找到了上帝，找到了生活的意义，最终也找到了自己的幸福，那就是和娜塔莎走到一起，有了自己的家庭和孩子。

尽管如此，皮埃尔并未停下思想的脚步和所感知的使命，生活改变了他，他还要改变生活，推动更加切合生活的东西出现。就这样，皮埃尔参加了十二月党人前期的政治组织和政治活动，说出了也许是作家本人也想说的那句著名的话：“我只是想说，凡具有伟大影响的思想总是很简单的。我认为如果坏人能集合在一起形成一种势力，那么好人也同样应该那样做。如此而已。”②从这句话可以看出，善于思考和反思的皮埃尔进一步超越了他试图转向的东方消极无为的思想，他的西方启蒙理性思想仍然在起作用，这种超越不是简单的否定，而是螺旋式的上升，使皮埃尔的思想变得更深刻和更复杂了。

善良而对上帝富有体悟能力的皮埃尔是托尔斯泰喜爱的人物，也深受读者的喜爱，正像托尔斯泰在小说中所说的：没有真实、善良和朴素，就没有伟大。皮埃尔就是真诚的、善良的、朴素的，当然也是令人钦敬的。

第二节　安德烈·博尔孔斯基论

安德烈·博尔孔斯基公爵似乎是一位在外形和性格上都与皮埃尔截然对立的人物，但这并不影响二人成为好友。安德烈中等身材，五官端正，表情坚毅，意志力强，自视甚高，富有远大志向。虽然安德烈也崇拜拿破仑，但与皮埃尔崇拜拿破仑的革命思想不同，他崇拜的是拿破仑的事业和英雄的名声。拿破仑出身平民而安德烈出身名门世家——博尔孔斯基家族，因此心怀壮志的安德烈相信自己如果得到机会也会成名天下，并且他相信这样的机会就要到来，因为战争已经临近。安德烈的这些性格气质从小说开始时他在女官安娜招待晚

① [俄]列夫·托尔斯泰：《战争与和平》，刘辽逸译，第1447～1448页。
② [俄]列夫·托尔斯泰：《战争与和平》，刘辽逸译，第1544页。

会上的表现就可以看出来。

> 这时客厅里又来了一位客人。这位新来的客人就是年轻的安德烈·博尔孔斯基公爵,也就是小公爵夫人的丈夫。博尔孔斯基公爵中等身材,是一个十分英俊的青年,面目清秀而严峻。他浑身上下,从倦怠烦闷的眼神到从容不迫的步履,和他娇小活泼的妻子恰恰形成尖锐的对比。看来,客厅里所有的人他不仅全都认识,而且使他感到厌烦,甚至连看一看他们或听他们说话,他都觉得非常无聊。在所有这些使他感到乏味的人们中间,他的漂亮的妻子似乎最使他感到厌倦。他做了一个有损他的漂亮面孔的怪相,向她背过身去。他吻了吻安娜·帕夫洛夫娜的手,然后眯起眼睛朝在场的人扫视了一下。①

安德烈是骄傲的,他鄙视这些庸碌之众,但对妇女也是苛刻的、怀有偏见的(认为女人“自私自利、爱慕虚荣、愚昧无知、毫无价值”),因为他出身于一个曾遭贬谪的家族,所以他的自尊心和东山再起的政治野心都是非常强烈的。正是这些性格上的不足,使得他的人生经历异常坎坷,但是他能够不断反思自己的行为,不断超越自己,最终成为一个较为优秀的贵族青年。

作为优秀的贵族青年,安德烈是积极入世的。拿破仑即将入侵俄国之际,安德烈毅然离开家乡,离开怀孕待产的娇妻,奔向战场,去履行一个贵族所应尽的义务和责任。他渴望战争的到来,一来可以保家卫国,二来可以实现自己的人生抱负。安德烈渴望成名,拿破仑曾在土伦一战成名,他也渴望自己有这样的机会。安德烈对出名的渴望达到了不近情理的地步。“‘但是我向往这个,向往荣誉,向往出名,向往受人爱戴,那么我向往这一切,我只向往这一切,我只为这一切而活着,这并不是我的罪过。是啊,就是为了这一切!我永远不会对任何人说这话,但是,我的上帝!叫我怎么办呢,如果除了荣誉、受人尊敬之外,我什么都不爱。死亡、受伤、家破人亡,没有任何东西是我觉得可怕的。许多人——父亲、妹妹、妻子,我的这些最珍贵的人,不管对于我是多么可亲可爱,但是,只要我能得到片刻的荣誉,出人头地,能得到我不认识的,而且也不会认识的人们对我的爱戴,不论看来是多么可怕,多么不近情理,我可以立刻把他们全都割舍。’他一边想,一边倾听库图佐夫院子里的谈话声。……‘然而,胜过一切人,这才是我所珍爱和重视的,我重视那个正在我上头雾霭中游荡的神秘力量

---

① [俄]列夫·托尔斯泰:《战争与和平》,刘辽逸译,第17页。

和荣誉！'安德烈公爵想。"[①]安德烈为了成名简直到了残忍和变态的地步，但对照他所期望的，命运似乎给他开了一个大大的玩笑。

作品中，让安德烈折戟沙场的是奥斯特里茨战役。史书记载，这场战役的双方是俄国、奥地利两国所结成的联军与拿破仑的军队，时间是 1802 年 12 月 2 日，地点是奥地利一个叫奥斯特里茨的村庄。因为敌对双方出现了三个皇帝，即俄国亚历山大一世、奥地利弗兰茨二世以及法国拿破仑，因而这次战役也被称为"三皇会战"。战前，俄奥联军总兵力有 8.6 万人(其中俄军 5.3 万人，奥军 3.7 万人)，火炮 350 门；拿破仑带领的法军有 7.3 万人，火炮 250 门。俄奥联军占有人数和火力优势，并处在高地守势。俄奥联军总司令库图佐夫建议部队后退避战，等 10 万普鲁士援军到来之后再战，以形成绝对优势。但是年轻气盛的亚历山大一世被拿破仑提出的谈判、后撤等示弱的缓兵之计迷惑，匆忙发起进攻，结果中了拿破仑的调虎离山之计，即离开普拉岑高地。之后，拿破仑把大炮拉上高地对俄奥联军进行射击，俄奥联军大败，死伤超过 2.7 万人，其中战死 1.5 万人，被俘 1 万人，损失大炮 186 门，而法国仅死亡 1350 人，伤 6940 人。要不是当时天黑，俄奥联军的两位皇帝都会成为俘虏。经此战役，拿破仑的军事天才得到了充分发挥，成就了自己在欧洲的霸主地位，连恩格斯也认为："只要世界上还有战争，人们就不会忘记奥斯特里茨战役。"《战争与和平》中的主人公安德烈就参加了这次战役。

托尔斯泰在《战争与和平》中较为忠实地记录了这次会战。亚历山大一世的自以为是以及不听从库图佐夫的劝说导致了战役的彻底失败。在以后的作战中，亚历山大一世基本上不再参加具体的军事行动，而把军事指挥权完全交给库图佐夫，应该说这样做还是比较明智的。小说主人公安德烈参加这次会战时也信心满满，把它当成了自己成名天下、实现个人野心的最佳时机，甚至幻想由于库图佐夫的指挥失利，皇帝临时任命他为总指挥，最终联军在他的指挥下取得了对拿破仑的完胜。可事实并非如此，"倾巢之下，岂有完卵？"当大军败退之际，作为库图佐夫副官的安德烈举起旗帜，鼓动士兵反击，想挽狂澜于既倒，然而一颗炮弹在他身边炸响，他倒下了，周围的世界消失了，眼前只有高高的天空。

> "怎么啦？我倒了？我的腿发软。"他这样想着仰面朝天倒下去。他想睁开眼看看法国兵和炮兵搏斗的结果，想知道那个红发炮兵有没有被打

---

① [俄]列夫·托尔斯泰：《战争与和平》，刘辽逸译，第 349～350 页。

> 死，大炮被缴获还是被救下来。但是他什么也没看见。在他的上面除了天空什么也没有——高高的天空，虽然不明朗，却仍然是无限高远，天空中静静地飘浮着灰色的云。“多么安静、肃穆，多么庄严，完全不像我那样奔跑，”安德烈公爵想，“不像我们那样奔跑、呐喊、搏斗。完全不像法国兵和炮兵那样满脸带着愤怒和惊恐互相争夺探寻，也完全不像那朵云彩在无限的高空中那样飘浮。为什么我以前没有见过这么高远的天空？我终于看见它了，我是多么幸福。是啊！除了这无限的天空，一切都是空虚，一切都是欺骗。除了它之外什么都没有，什么都没有。甚至连天空也没有，除了安静、肃穆，什么也没有。谢谢上帝！……”[①]
>
> 安德烈公爵心里明白，这是指他说的，谈话的人是拿破仑。他听见人们称呼这个谈话的人为陛下。但是他听到这些话，就好像听到苍蝇嗡嗡叫，不仅不感到兴趣，而且不放在心上，立刻就忘掉了。他的头像火烧似的，他觉得他的血就要流干了，他看见他上面那个遥远的、高高的、永恒的天空。他知道这是拿破仑——他所崇拜的英雄，但是此刻，与他的心灵和那个高高的、无边无际的天空和浮云之间所发生的一切相比，他觉得拿破仑是那么渺小、那么微不足道。……他觉得，比起他看见的和理解的高高的、公正的、慈祥的天空来，拿破仑此刻所关心的一切是那么微不足道，他那个崇敬的英雄满怀猥琐的虚荣和胜利的喜悦，是那么渺小——这使他不能回答他。[②]

在死亡面前，在高高的天空（上帝）面前，什么荣誉、地位、名声等都没有了，甚至连拿破仑也不再是英雄，而变得微不足道了。安德烈重新找到了自己的位置，重新发现了生活的真谛，与生命相比，任何东西都是微不足道的，就连那不可一世的拿破仑在大自然面前也是不值一提的。安德烈这次侥幸活命使他顿悟了，他从虚幻的野心中清醒过来，甚至感到了造物主的存在。

不过，安德烈的不幸还在继续。他伤情好转后回到童山，正赶上他的妻子丽莎难产而亡，他见到了濒临死亡的妻子，但她已经认不出他来了。“小公爵夫人歪在枕头上，戴着小白帽（阵痛刚过去）。黑色的发绺曲卷在发烧的汗湿的腮帮上；她张着可爱的鲜红小嘴，上唇有一丛黑色的茸毛，她露出快乐的微笑。安德烈公爵走进房来，在她睡的沙发末端停下。一对发亮的眼睛望着他，没有改

---

① ［俄］列夫·托尔斯泰：《战争与和平》，刘辽逸译，第 385 页。

② ［俄］列夫·托尔斯泰：《战争与和平》，刘辽逸译，第 387 页。

变表情，仍然流露着孩子般的恐惧和不安。‘我爱你们所有的人，我对谁都没做过坏事，干吗叫我受苦？救救我。’她的表情好像在说。她看见了丈夫，但是她不明白他这时在她面前出现是什么意思。安德烈公爵绕过沙发，吻了吻她的额头。”[①]这是一个令人目不忍睹的悲惨场面，这样一个年轻漂亮的女性，这样一个与人为善的热爱生活的女人，就因为丈夫要实现某些想象中的野心而被扔到了偏僻的乡村。尽管封建大家族家规森严，但怎么能对一个鲜活的生命毫不顾惜呢？仅仅因为她是一位女性吗？安德烈保住了他的儿子，他以往对女性偏见较深，但面对一个年轻生命的逝去，也不得不低下他那颗曾经高昂的头颅，陷入了深深的自责。一个充满野心的雄鹰刚能翱翔天空，还没来得及展翅高飞，就被一阵狂风暴雨打了下来，于是安德烈变得心灰意冷，开始过起一种只是为了维持生命的动物式生活。在来看望他的好友皮埃尔眼中，“安德烈公爵的言谈是亲切的，唇边和脸上含有笑意，但是眼神暗淡，毫无生气，虽然他很想露出欢喜快乐的光芒。使皮埃尔吃惊而且生疏的，不是他的朋友瘦了，面色苍白，显得更成熟了，而是那说明他对某一问题长期集中思考的眼神和额头的皱纹，这些都使皮埃尔一时还不习惯”[②]。未老先衰，“哀莫大于心死”，安德烈的变化让皮埃尔吃惊。刚刚加入共济会的皮埃尔信心满满，劝安德烈不要心灰意冷，要振作起来。皮埃尔指了指天空，让安德烈相信生活中存在着真和善。“安德烈公爵又说，于是，他一面离开渡船，一面望了望皮埃尔指给他看的天空，在奥斯特利茨战役后，他第一次又看见了他躺在奥斯特利茨战场上看见的那个崇高的永恒的天空，那种久已沉睡在他心中的美好的感情，忽然欢乐地、青春焕发地在他心灵中苏醒了。当安德烈公爵一进入习惯的生活环境，这种感情就消失了，可是他知道，他虽然不善于进一步发展这种感情，但是它已经在他心中扎了根。同皮埃尔的会见，在安德烈公爵的生活中展开一个新的纪元，在这以后，虽然表面上依然照老样子生活，可是在他内心，新的生活已经开始了。”[③]安德烈参加了父亲的民团组织，“在他的一处田庄里，三百名农奴被解放了（这在当时俄国是首批范例之一），在另外一些田庄里，徭役制改为代役租制。在博古恰罗沃村，由他出钱聘请一位有医学知识的产婆，还聘请一位神父教农民和家奴的孩子们识字”[④]。这样，皮埃尔想做而未做成的事却被安德烈悄悄实现了。

---

① ［俄］列夫·托尔斯泰：《战争与和平》，刘辽逸译，第 432 页。
② ［俄］列夫·托尔斯泰：《战争与和平》，刘辽逸译，第 504 页。
③ ［俄］列夫·托尔斯泰：《战争与和平》，刘辽逸译，第 515～516 页。
④ ［俄］列夫·托尔斯泰：《战争与和平》，刘辽逸译，第 554 页。

精神康复以后，安德烈生活的春天开始了。春天来了，安德烈的心情好多了，现在他为了避免再上战场，就在父亲任司令的民团做辅助工作。这年春天，由于工作关系，安德烈拜访了伊利亚·罗斯托夫。安德烈走在奥特拉德诺耶庄园的路上，为春天里万物的繁盛而兴奋，但在看到一棵老橡树时，却忽然发现了春天的虚伪。“路边立着一棵橡树。它大约比林子里的桦树老十倍，粗十倍，比桦树高两倍。这是一棵有两抱粗的大橡树，有些枝杈显然早先折断过，树皮也有旧的伤痕。它那粗大笨拙、疙瘩流星的手臂和手指横七竖八地伸展着，像一个老态龙钟、满脸怒容、蔑视一切的怪物在微微含笑的桦树中间站着。只有它对春天的魅力不愿屈服，既不愿看见春天，也不愿看见太阳。”[①]安德烈由此感叹，还是老橡树了解自己，春天的繁荣和自己没有什么关系，它早就看透了一切。永远是欺骗，既没有春天，也没有幸福。

安德烈怀着既兴奋又自怨自艾的心情，晚上住在罗斯托夫伯爵的庄园，他还“偷听”到楼上两位少女半夜里的对话。原来娜塔莎觉得月夜如此美好，不忍去睡，一面赞叹月光，一面蹲下抱起双腿，做出要跳出窗外乘着月光飞去的样子。娜塔莎诗一般的言语深深打动了安德烈，他知道这是一位热爱生活、性情活泼的少女，一位具有审美情趣的可爱少女，不由得暗暗地爱上了她。说来也巧，安德烈在回去的路上，又碰到了那棵对春天非常“沉着”的老橡树，那棵和他“意气相投”的老橡树，但它的外貌全变了。“那棵老橡树完全变了样，它伸展着枝叶苍翠茂盛的华盖，呆呆地屹立着，在夕阳的光照下微微摇曳。不论是疙瘩流星的手指，不论是伤疤，不论是旧时的怀疑和悲伤的表情，都一扫而光了。透过坚硬的百年老树皮，在没有枝杈的地方，钻出鲜亮嫩绿的叶子，简直令人不敢相信，这么一棵老树竟然生出嫩绿的叶子。……他心里忽然有一种春天万物复苏的喜悦感觉。他一生中那些美好的时光，一下子涌上心头。奥斯特利茨战场上高高的天空，亡妻脸上责备的表情，在渡船上的皮埃尔，受到幽美夜色感动的那个少女，还有那个夜晚和月光——所有这一切，他都想起来了。……我不应当只为我个人而活着，不要把我的生活弄得和大家的生活毫无关系，而是要我的生活影响所有的人，所有的人都和我一起生活！”[②]就这样，安德烈彻底走出了过往生活的阴霾，重新开始自己的生活。他来到彼得堡，帮助改革家斯佩兰斯基改革法律，推动国家朝宪政方向转变，企图再次实现自己的政治抱负。更重

① [俄]列夫·托尔斯泰:《战争与和平》，刘辽逸译，第554页。
② [俄]列夫·托尔斯泰:《战争与和平》，刘辽逸译，第559～560页。

要的是，他在莫斯科的一次舞会上认识了娜塔莎，认识了罗斯托夫一家，并向娜塔莎求婚成功。所有的幸运似乎正接踵而至，安德烈的幸福指数在此时也达到了最高点。但是所有的好运并没有持续多久，命运让安德烈得到短暂的幸福似乎仅仅是为了让他更加不幸。很快，政治改革失败，斯佩兰斯基被亚历山大一世流放，而他钟爱的娜塔莎在他出国治病期间也移情别恋。安德烈再次陷入痛苦，怀疑一切、否定一切的想法再次笼罩了他，他再次选择了久已厌倦的战场，但这次仅仅是为了复仇，向情敌阿纳托利复仇，向侵占了家乡童山的法国人复仇。此时，安德烈的内心充满了恨。

战争与死亡再次改变了安德烈的复仇心态。在战争最为紧张的时刻他想到的仍然是娜塔莎，他不得不承认自己心底还爱着娜塔莎；他在战地医院见到了因负伤而被截肢的阿纳托利痛苦的表情，也不得不原谅了阿纳托利，而他自己也受了重伤，即将死去。战争的残酷、对死亡的恐惧以及娜塔莎的细心照顾使安德烈看到了只有爱才能战胜一切，以致他又重新爱上了娜塔莎，也重新皈依了基督教，恨于是变成了爱。

> 是的，爱，但是，不是对某种东西、为了某种目的或者由于什么原因的爱，而是初次——就是我要死的时候，看见我的敌人，我仍然爱他的那种，我所体会到的那种爱。我体会到那种作为灵魂本质的不需要对象的爱。我现在就体会到这种幸福。爱邻人，爱自己的敌人。爱一切——爱上帝所体现的一切。爱一个亲爱的人，用人类的爱来爱就行了；但是爱敌人，只有用上帝的爱才能办得到。……用人类的爱，这种爱可能转化为恨；但是上帝的爱，永无变化。没有任何东西，甚至死亡，都不能破坏这种爱。它是灵魂的本质。①

那个一直想名扬天下的安德烈，那个心高气傲的安德烈，那个富有正义感的安德烈，那个心地善良的安德烈，那个曾经死过两次、经历过两次爱情的安德烈，死去了，倒在了胜利的门槛前，离别在爱情复活前，去世在皈依上帝前。其实，安德烈并没有死，他已经上了天堂，俯视着那些爱他和为他所爱的人。

皮埃尔是可爱的，而安德烈是可敬的。

---

① ［俄］列夫·托尔斯泰：《战争与和平》，刘辽逸译，第 1213 页。

第三节　尼古拉·罗斯托夫论

尼古拉·罗斯托夫是乡村贵族罗斯托夫家族的长子、娜塔莎的兄长，一个淳朴、善良、真诚、热爱生活的小伙子。他与皮埃尔、安德烈两位男主人公最大的不同是：很少思考生活、反思生活以及考虑一些有关终极关怀方面的问题，对哲学和宗教不感兴趣。尼古拉身上更多地有着农民青年的天性，更关注一些日常生活，诸如狩猎、交友、宴会、谈情说爱等，即使晋升为校级军官，也不是他刻意为之，而是功到自然成。他作战勇敢，但也有怕死心理；他崇拜沙皇，但内心深处更珍惜生命；他深爱着表妹索尼娅，但为了家族利益以及精神需要，不得不移情别恋；他富有责任感，毅然退役并承担起父亲所欠的债务，但在政治上又较为保守，倾向于保留农奴制，反对任何政治改革等。总的来看，尼古拉缺乏更为远大的理想，安于小富，追求生活的安逸和舒适，存在着多重性格矛盾。这些都是宗法制农民文化在尼古拉身上的体现。尼古拉是一位还算为托尔斯泰所喜爱的优秀贵族青年。

尼古拉初次出场是在妹妹娜塔莎的命名日宴会上，当时他正和表妹索尼娅谈恋爱，可谓是卿卿我我、缠缠绵绵。索尼娅在罗斯托夫家族的处境有点像《红楼梦》中林黛玉寄居舅家的处境，虽然她深爱着表哥，但因为没有任何财产作为陪嫁，最终只能做出牺牲。索尼娅长得很美，作品中描写道：

> 索尼娅是个身材苗条、娇小玲珑的黑发姑娘，在长长的睫毛下流动着柔和的目光，又黑又粗的发辫在头上盘了两圈，脸上的肤色，特别是露在外面瘦削而健美的手臂和脖颈的肤色，有点儿发黄。她那举止的从容，纤细的四肢的柔软和灵活，她那有几分狡黠和矜持的仪容，使人想到她像一只美丽的、尚未成年、将来一定会成为一只迷人的牝猫的小猫仔。[①]

尼古拉非常爱他，几次都因为她而和家庭发生冲突，闹得父母都很不愉快，因为他们家糟糕的经济状况绝对不允许儿子娶没有嫁妆的女人。不过，索尼娅对寄居其中的罗斯托夫家族也不错，曾两次挽救了它：一次是索尼娅首先发现娜塔莎与人私奔的秘密，并及时进行阻止；一次是她主动写信解除了与尼古拉的婚

---

① [俄]列夫·托尔斯泰：《战争与和平》，刘辽逸译，第52～53页。

约，使尼古拉不为自己的誓言所困，最终迎娶了富有的玛丽亚公爵小姐，解决了家庭的困境。

作品中，托尔斯泰还通过一位名叫朱莉的贵族小姐来说明尼古拉的性格特征。她在给好友玛丽亚的一封信中谈到了尼古拉，并对他持赞赏态度："且不说我的两个哥哥，这次战争还使我失去了一个最知心的人。我是说年轻的尼古拉·罗斯托夫，他满腔热情，不愿袖手旁观，毅然离开大学，投入军队。亲爱的玛丽，我向您承认，虽然他还非常年轻，他这次投笔从戎却给予我莫大的痛苦。去年夏天我就对您说过，这个年轻人身上有那么多的高尚情操和真正的青春激情，在二十岁的人就变成小老头的当今时代，这是少见的！特别是他为人非常坦率，心地淳厚。他是那么纯洁和富有诗意，我们两人的交往虽然短暂，但使我这颗受过许多痛苦的可怜的心尝到最甜蜜的欢欣。"[①]看来朱莉曾经钟情于尼古拉，不然怎么会这么欣赏尼古拉。托尔斯泰这样描写固然补充了尼古拉这一形象的性格特征，也为日后玛丽亚与尼古拉两情相悦埋下了伏笔，但朱莉和尼古拉这段感情没能继续下去，是有点难以理解的。

尼古拉忠君爱国，阅兵时看到沙皇激动万分，决定要为沙皇而死，要为国家而死。不像安德烈参战更多是出于个人野心，尼古拉纯粹是为国而战，为保卫家乡而战，他的参战动机是纯正的、勇敢的。但是真正参战且面对死亡时，尼古拉的心态却发生了变化，那就是对生活的热爱必然导致对生命的热爱，在最危急的时刻不是与敌人决一死战，而是尽可能地跑掉。尼古拉初次参战，在申格拉本战役一次对敌冲锋中，就出现了"言行不一"的场面。托尔斯泰对这一场面作了详尽的描写。

> 他已经是独自一人躺在旷野里了。他看见的已经不是奔跑着的马和骠骑兵的背脊，而是周围不动的土地和带禾茬的农田。他身下是温暖的血。"不，我受了伤，马被打死了。""白嘴鸦"想撑起前腿，但是摔倒了，压住骑马人的脚。血从马头上流出来。马挣扎着，但站不起来。罗斯托夫想站起来，也摔倒了：图囊挂住了马鞍。我们的人在哪儿，法国人在哪儿——他不知道。……他望着那些渐渐跑近来的法国人，虽然一分钟之前他还奔驰着追赶这些法国人，要想砍杀他们，可是现在他们快到跟前的时候，他简直怕得不敢相信自己的眼睛。"他们是什么人？为什么跑？是不是找我来了？是向我这儿跑吗？想干什么？杀死我吗？杀死我这个为大家所钟爱

① [俄]列夫·托尔斯泰：《战争与和平》，刘辽逸译，第121页。

> 的人吗?”他回忆起母亲、家里的人、朋友们对他的疼爱,敌人想杀死他——这似乎是一件不可能的事。“杀死——也许可能!”他不明了自己的处境,原地不动地站了十多秒钟。最前面那个长着鹰钩鼻的法国人跑得那么近,已经可以看见他脸上的表情了。那人端着刺刀,屏住呼吸,轻快地向他跑来,他那狂热的、陌生的面孔,使罗斯托夫大吃一惊。他抓起手枪,没有向那人射击,却用它向法国人掷去,然后拼着全力向灌木丛跑去。他狂奔着,他现在已经没有前些时候向恩斯河桥冲去所怀有的那种疑虑和矛盾的心情了,而是怀着兔子逃避猎犬的心情。一种为自己年轻、幸福的生命恐惧的心情占据了他的整个身心。他迅速地逃过田埂,使用他在玩老鹰捉小鸡时所使用的奔跑速度,在田野上狂奔,不时扭转着他那苍白、善良、年轻的脸,一股恐惧的冷气掠过他的背脊。……他集中最后的力量,用右手托着左手,跑进了灌木丛。在灌木丛里有俄国的射手。①

看到这段描写,我们很难不嘲笑这位战场上的逃兵,尽管早先还豪言壮语、意气风发,而在遇到危险的刹那,尼古拉却像换了一个人,突然成了怕死鬼,但是这种怕死的情感又是真诚的。首先,尼古拉的马“白嘴鸦”被打死,他自己已经处在了危险境地。其次,尼古拉的爱国热情虽然很高,但他并不怎么理解爱国的内涵,也不像安德烈那样有更高的野心追求。勇敢往往与某种理念相联系,而尼古拉面对死亡时想到的是家人对他的爱,这种爱虽然算不上高大上,却是真实可感的,再加上初次参战,怯战心理占了上风。因此,对于尼古拉的逃跑行为我们是可以谅解的,这也反映出尼古拉作为一个乡村贵族青年的真实感情。

尼古拉这种矛盾性格还体现在他对皇帝的态度上。尼古拉崇拜皇帝,也许是宗法制农民必然的选择,是所谓忠君爱国思想的体现,但真的遇到沙皇亚历山大一世时,又显示出内心的复杂性。在奥斯特里茨战场上,尼古拉偶然遇到了皇帝,但皇帝却处于战败落魄的处境。

> “他独自一人在这空旷的田野里,这不可能。”罗斯托夫想。这时亚历山大转过头来,罗斯托夫看见了栩栩如生地刻在他的记忆中的可爱面容。皇上脸色苍白,两腮下陷,眼睛也眍进去了,但是他的容貌显得更秀美,更温和了。罗斯托夫感到幸福,因为他证实了皇上受伤的消息不确实。他感到幸福,因为看见了皇上。他知道,他能够,甚至应当直接去见皇上,转达

---

① [俄]列夫·托尔斯泰:《战争与和平》,刘辽逸译,第247～249页。

> 多尔戈鲁科夫命令他转达的事情。可是，就像一个正在谈恋爱的青年，当梦寐以求的时刻来临，单独会见她的时候，竟不敢说出朝思暮想的话，只是浑身发抖，目瞪口呆，惊慌失措地四处张望，想寻求帮助，或者想找个拖延时间和逃跑的机会，现在罗斯托夫实现了他生平最大的愿望，但是不知道怎样去见皇上，他脑海中出现千万条理由使他觉得这样去见皇上不合适不礼貌、不可能。①

按说，皇帝处在危急中，如果尼古拉前去帮助，既实现了自己热爱皇帝的心愿，又可以引起皇帝的注意，为日后升迁创造难得的机会，但是尼古拉踌躇不前、犹豫难决，因为他想得太多了。尼古拉既是羞涩的、腼腆的，不好意思见皇帝，又觉得皇帝处在这狼狈的境地可能不愿意见人，以致错过了一次结识皇帝的机会，事后想来也有些后悔。从这里我们可以看出，尼古拉具有善良而又细腻的心灵，总能体察别人的难处，这也是尼古拉人缘好、所到之处总是受欢迎的原因。善良、真诚、热情以及心灵美好细腻，永远是尼古拉最为可贵的品质。

在后来的奥斯特罗夫纳战役中，尼古拉又充分表现出善良的特性。尼古拉带领骑兵向法军冲去，很快就追上了一名法国军官。

> 顷刻之间，罗斯托夫的马的前胸碰着那个军官的马屁股，几乎把它碰翻，就在这一瞬间，罗斯托夫自己也不知为什么，举起佩刀，照着那个军官劈去。就在他这样做的一刹那，罗斯托夫的全身劲头忽然消失了。那个军官倒了，他的倒下与其说是由于刀劈，他的肘弯上方只受了一点轻伤，不如说是由于马的冲撞和恐惧。罗斯托夫勒住马，用目光察看他的敌人，看看他战胜的是什么人。那个法国龙骑兵军官一只脚在地上跳动，另一只挂在马镫上。他吓得眯缝着眼，好像等待随时挨另一下，他皱着眉头，带着恐怖的表情从下往上望着罗斯托夫。他的脸苍白，溅满了泥，头发淡黄色，样子年轻，下巴上有一个酒窝，一双浅蓝色的眼睛，一点不像沙场上含有敌意的脸，而是一副最普通的家常的脸。在罗斯托夫还没决定怎样对付他之前，那个军官就喊道："我投降！"他慌慌张张想把脚从马镫里抽出来，但是抽不出，他那一对惊慌的蓝眼睛不停地仰望着罗斯托夫。……罗斯托夫同别人一起往回走，一种不愉快的感觉使他心中发闷。俘虏这个军官和劈他一刀，引起一种他无法究明原因的模糊的、混乱的感觉。②

① ［俄］列夫·托尔斯泰：《战争与和平》，刘辽逸译，第380页。
② ［俄］列夫·托尔斯泰：《战争与和平》，刘辽逸译，第851页。

从这段描写中我们可以看出尼古拉是多么善良。作为一个具有宗法观念的贵族青年，尼古拉可能不理解国家主义、民族主义以及拯救全人类之类的崇高概念，但是却懂得不能杀人这类做人的基本道理。反击拿破仑的侵略无疑是正义之举，但是杀一个活生生的人却使尼古拉内心不安。尽管他为此被称为英雄，并获得了四级圣乔治勋章，但他却高兴不起来，这一切都是因为他善良。

当然，最让尼古拉痛苦的是，他遵照父母之命，不得不与相爱的好姑娘索尼娅分手。他的善良与诚实不允许他这样做，但是拯救家族的重任又让他别无选择。在博古恰罗沃，尼古拉救了身处农民骚乱中的玛丽亚，上演了一场“英雄救美人”的大戏，两人一见钟情。尼古拉在见到以公爵小姐身份出现的玛丽亚后，才真正发现了她“特殊的精神美”，这事发生在沃罗涅日的教堂里。

> 这一次尼古拉在她身上发现特殊的精神美，这使他大为惊奇。然而他还是要走，至于离开沃罗涅日就失掉看见公爵小姐的机会，他对这事连想都没想。但是，今天在教堂和公爵小姐的相遇，他觉得，深深印入他的心里，比他所预料的还要深，比他想得到心境安宁的愿望还要强烈。那苍白的、清秀的、忧伤的面庞，那光辉明亮的目光，那文静优雅的动作，主要的——她那满脸深深的、柔情的哀愁，打动了他，博得了他的同情。罗斯托夫最看不惯男人中间那种高级的精神生活，他鄙夷地称那为哲学，幻想；但是在玛丽亚公爵小姐身上，正是这种尼古拉感到陌生的精神世界所表露的极度深刻的哀伤，他觉得对他有着不可抗拒的吸引力。“一定是一个极好的姑娘！真正的天使！”他自言自语。“我干吗要限制自己的自由呢？干吗那么匆忙就明确和索尼娅的关系？”于是不由得在心里把两者作一个比较：论精神的天赋，一个是贫乏的，另一个是丰富的，而这种精神天赋正是尼古拉所缺少，因而对它是非常重视的。他在心里设想一下，如果他是自由的，他会怎么样。那样他就会向她求婚，她就会成为他的妻子吧？不，这件事不可想象。他觉得可怕，他想象不出任何清晰的形象。他早就想好他和索尼娅的前景，一切都是简单明了的，正因为一切都是想好了的，所以他了解索尼娅的一切；但是想象不出他和玛丽亚公爵小姐未来的生活，因为他不了解她，只不过是爱她。①

从这段描写可以看出，导致尼古拉对玛丽亚公爵小姐产生爱情主要有两方面的

---

① [俄]列夫·托尔斯泰：《战争与和平》，刘辽逸译，第1253～1254页。

原因：一是玛丽亚公爵小姐因家庭不幸而忧伤，这种忧伤表情很容易引发异性的同情和怜悯，从而生出爱情；二是作为虔诚的基督徒，玛丽亚身上有一种追求神圣生活的精神美，而这一点是索尼娅不具备的。索尼娅是一位深爱着表兄的漂亮女孩，但也仅此而已，她不具备娜塔莎那种诗意美，更没有玛丽亚那种精神美。所谓诗意美，就是一种对世俗生活的审美超越；所谓精神美，不但是对世俗生活的超越，还是对审美生活的超越。也许玛丽亚没有索尼娅漂亮，但在精神内涵上、对人生的理解上、对世界的看法上，她远超索尼娅。尼古拉娶玛丽亚的决心已定，但被他与索尼娅订定的誓言牢牢拴住，他的诚实本性使他不愿意做出违背誓言的事情，于是一向对宗教非常淡漠的他开始祈祷。因为他听说祈祷具有移山填海的奇效，于是便泪流满面地祈祷起来。很快，他就收到了索尼娅解除婚约的来信。此时的索尼娅为了挽救罗斯托夫家族，出于对表兄的爱，甘愿做出牺牲。最终，尼古拉和玛丽亚步入婚姻殿堂，并迁往童山。

为了全身心地偿还父母在世时欠下的债务，已经升为团长的尼古拉决定退役，从事庄园管理和农业种植工作。

> 当初由于需要而把庄园管理起来，不久，他对于经营庄园就入了迷，几乎成为他独一无二的爱好了。尼古拉是一个普通的地主，他不喜欢新的经营方法，特别不喜欢当时流行的英国那套办法，他嘲笑有关农业理论的文章，他不喜欢工厂，不喜欢贵重的产品，不喜欢种植昂贵的作物，他根本不单独经营农业的某一部门。他的目光总是盯着整个庄园，而不是庄园的某一部门。在管理庄园中主要的事物不是土壤和空气中的氮气和氧气，不是特别的犁和粪肥，而是使氮气、氧气、粪肥、犁起作用的那个主要的工具——也就是农业劳动者。当尼古拉着手管理庄园，深入了解它的各种部门的时候，最能引起他的注意的是农民；在他看来，农民不仅仅是工具，而且是目的和裁判者。他开始观察农民，极力了解他们需要什么，他们认为什么是好的，什么是坏的，他只是假装着发命令，给指示，而实际上是向农民学习他们的工作方法、语言，以及对好坏是非的判断。只有当他了解了农民的兴趣和愿望，学会用他们的语言说话，了解他们话里潜在的含意，感到自己和他们已经亲密无间，只有当这时候，他才开始大胆地管理他们，也就是对农民尽他应尽的责任。于是尼古拉的农业经营也就取得最辉煌的成就。[①]

① [俄]列夫·托尔斯泰：《战争与和平》，刘辽逸译，第1500页。

由此看来，尼古拉真的成了一个好的管理者，在短短几年内，他不用妻子的陪嫁财产就能还清债务。但我们也应看到，具有宗法制情结的尼古拉其实在政治上是比较保守的，在管理上不进行改革，不使用新农具，不用新肥料，不分家，甚至保留农奴制等，在这样的情况下成功经营农业是很难想象的。不可否认，这里与托尔斯泰对宗法制生活的偏爱有关。不仅如此，从作品接近末尾的描写来看，尼古拉反对改变现存的政治制度，拥护沙皇专制政体，反对即将兴起的十二月党人政治改革，甚至表态谁反对沙皇他就镇压谁，那么这就不仅仅是政治保守的问题了。尼古拉缺乏反思能力和哲学思考能力，在政治上必然是短视的、保守的，这是我们“可爱”的主人公的不足之处。可见，做一个好人并不容易，还必须有思想。

尽管尼古拉有诚实、善良、心灵细腻等性格特点，但在思想境界、人生探索、宗教皈依等方面，还是不如皮埃尔与安德烈。因为他把抽象的思考、反思视作一种“消遣”，甚至认为它们是无用的，只能用来“消磨时间”。[①] 但尼古拉又是真实的、可爱的、可触可摸的，在审美上并不输于他人。

第四节　库图佐夫论

库图佐夫是俄军统帅，体型很胖，年龄很大，行动迟缓，精力也似乎不济，常常在开军事会议时打瞌睡。但他身经百战，资历很深，在对土耳其的一次战役中受伤，失去一只眼睛，成了独眼将军。尽管如此，他在俄军中声望很高，这既与他多年戎马生涯建立的功勋有关，也与他作为一位地地道道的俄国本土统帅有关(俄国多次任用外国将领打仗，总是让人不太放心)。库图佐夫言语不多，性情随和，喜欢美酒、美食与美色，在打仗方面很有谋略和智慧。更主要的是，他的智慧具有东方特色，打仗时不在乎一城一地的输赢，而是顺应天时地利，以退为守。对于拿破仑的强势进攻，库图佐夫主张撤退，保存实力，认为战胜拿破仑的两大法宝就是忍让和时间。库图佐夫还爱兵如子，体恤下属，即使消灭10个法国人也不愿意牺牲一个俄国士兵。拿破仑逃跑撤离时，他也不认同包括沙皇在内的很多军官主张乘胜追击以打几个漂亮胜仗的策略，而是认为拿破仑的失败已注定，无须再搭上俄国人的性命。库图佐夫更不愿意带领军队到国外

① 参见[俄]列夫·托尔斯泰:《战争与和平》，刘辽逸译，第1542页。

打仗，不是他不知道政治利益，而是他了解俄国人民已经付出了巨大代价，不能再打仗了，但他因此得罪了沙皇亚历山大一世。库图佐夫在胜利后不久即病逝，但他完成了自己的使命，拯救了俄国。不管怎样，托尔斯泰在小说中对库图佐夫表现出比较多的爱意和敬意，塑造了一个理想的俄国贵族形象和俄国将领形象。

对于这一点，我们可以看看皮埃尔和安德烈眼中的库图佐夫是怎样的：

这是视察阵地的库图佐夫。他在回塔塔里诺沃的路上前来祈祷。皮埃尔从他与众不同的特殊身形，立刻认出了库图佐夫。库图佐夫庞大肥胖的躯体穿一件长长的礼服，背脊微驼，满头白发，没有戴帽子，浮肿的脸上有一只因受伤而流泪的白眼睛，他迈着前倾的摇摆的步子走进人群，停在神甫后面。他用习惯的动作画了十字，一躬到地，深沉地叹了口气，低下他那白发苍苍的头。库图佐夫后面是贝尼格森和侍从。虽然总司令的出场引起全体高级官员的注意，而民军和士兵却不看他，仍然继续祷告。祈祷结束了，库图佐夫走到圣像面前，挺费劲地跪下来，鞠躬到地，试了半天想站起来，但由于身体笨重和衰弱，站不起来。最后他终于站起来，像天真的孩子似的撅起嘴唇去吻圣像，又鞠了一躬，一只手触到地面。将军们都跟着他这样做；然后是军官们照样做了，在军官之后，士兵们和民兵互相拥挤着，践踏着，喘息着，带着激动的神情在地上爬行。①

安德烈公爵怎么也说不清那是怎么一来和由于什么缘故就产生了一种效果；但是，在同库图佐夫会见后回到团里，对于整个战局和受此重任的人，他都放了心。他愈是看到在这个老人身上没有个人的东西，仿佛有的只是热情奔放的习惯，而缺少分析事件和作出结论的才智，只有静观事件趋向的能力，他就愈加放心，觉得一切都会安排妥帖的。“他没有任何个人的东西。他什么也不思考，他什么也不做，”安德烈公爵想道，“可是他听取一切，记取一切，把一切安排得妥妥帖帖，对有益的事情，他不妨碍，对有害的事情，他不纵容。他懂得，有一种东西比他的意志更强，更重要——这就是事件的必然过程，他善于观察这些事件，善于理解这些事件的意义，由于对这些事件的理解，他善于放弃对那些事件的干预，放弃那本来别有打算的个人意志。最主要的，”安德烈公爵想道，“为什么信任他呢，这是因为他是俄国人，虽然他读让利斯夫人的小说和说法国谚语，还因为当他说：‘弄

① ［俄］列夫·托尔斯泰：《战争与和平》，刘辽逸译，第1015页。

> 成什么样子!'的时候,他的声音颤抖了,当他说他'迫使他们吃马肉'的时候,他抽噎了。"正是由于人人都有这种或多或少、模模糊糊的感情,人民才有那一致的想法和普遍的赞同,违反宫廷的意思,选择了库图佐夫为总司令。①

安德烈的上述看法恰恰道出了库图佐夫为人所喜爱的原因。库图佐夫为人不骄傲,不任性,听取一切,观察一切,不放任自己的意志,这是一种伟大的谦逊和伟大的智慧。另外,库图佐夫是地地道道的俄国人,他的思维方式、智慧是俄国式的、东方式的,而非西方式的。

其实,库图佐夫对士兵的爱护之心以及他那天才般的军事指挥才能,在三次大的战役中得到了充分的体现。第一次是发生在奥地利的申格拉本战役。奥地利的速败使当时增援奥地利的俄国军队一下子置于被拿破仑大军"吃"掉的危险之中,面对这一形势,库图佐夫沉着冷静,立刻命令巴格拉季昂带领一部分军队前去阻击,自己则带了大队人马和辎重迅速撤离。由于法军元帅缪拉的误判和巴格拉季昂的顽强抵抗,最终库图佐夫带领的俄军顺利撤回俄国内地,拿破仑则气急败坏,因为俄军虎口逃脱就是胜利。此次战役中,库图佐夫初显了自己的军事才能。之后的奥斯特里茨战役,俄奥联军惨败,如果当时听从了库图佐夫的后撤并与后续增援部队会合再战的建议,虽然很难说能取得绝对胜利,但是可以说不会这么轻易就失败。当时库图佐夫知道打遍欧洲无敌手的拿破仑非常狡诈,他的示弱之举肯定暗藏祸心,但是年轻的沙皇亚历山大一世自以为是、刚愎自用,架空总司令库图佐夫,亲自指挥进攻,结果中计惨败。虽然库图佐夫未能力挽狂澜,但能把损失降到最低,也实属不易。亚历山大一世也很明智,经此一役,不再干预军事指挥。由此看来,库图佐夫预判战况的能力是很强的。第三次就是波罗金诺战役,也是俄法之间最大的一场战役,双方投入兵力共计20多万,战场在莫斯科前边。库图佐夫本来不打算应战,想用空间换时间,坚壁清野,焦土抗战,把法军拖垮,但是迫于当时的国内舆论,只得应战。在战斗中,库图佐夫指挥沉着,用兵得当,坚信能够取胜,虽然俄军损失巨大,但重创法军,守住了阵地。之后乘法军休整之际,库图佐夫果断下令撤退,清空、烧毁莫斯科。这样做,是因为他相信没有莫斯科,俄国不会亡,但没有军队,俄国就会亡。库图佐夫一再声明,俄军不是被打败而是取得了胜利,不仅重创了法军,而且安全撤出。果不其然,拿破仑占领这座空城后没过几个月,就全军撤

---

① [俄]列夫·托尔斯泰:《战争与和平》,刘辽逸译,第990~991页。

退,而后是溃退。60 万大军出征俄国,最后只有 3000 多人逃回法国。通过这三次战役,作者为我们塑造了库图佐夫可敬又可爱的形象。

托尔斯泰充分肯定这位俄军统帅的卓越贡献和价值,主要是因为库图佐夫知道自己的使命,竭力帮助俄国,拯救俄国。

> 这样的命运,不是那种不为俄国知识界承认的伟大人物的命运,而是那些领悟了上帝的旨意,使个人的意志服从上帝的意志的人们的命运,这种人不常见,而且总是孤独的。群众用憎恨和蔑视惩罚这种人,因为他们对最高法则大彻大悟。拿破仑,这个微不足道的历史傀儡,在任何时候、任何地方、甚至在放逐期间也没表现出人类尊严的人,可是在俄国史学家看来,却是一个值得赞赏和令人欢喜的人物:他伟大。而库图佐夫,在一八一二年战争期间,从他开始活动到最后,从波罗底诺到维尔纳,他一言一行从未违反初衷,始终是一个有史以来最不平凡的自我牺牲、对历史事件在今天和明天的意义有所认识的典范——就是这么一个库图佐夫,在有的人心目中,却是一个难以捉摸的可怜虫,一提起库图佐夫和一八一二年,他们就觉得害羞似的。然而,很难想象有这样的历史人物,他的活动目标始终如一。很难想象有比这更可贵、更符合全体人民意愿的目标。像库图佐夫这样的历史人物,一八一二年为达到既定的目标全力以赴,而终于完全达到那个目标,在历史上找出另外的例子,那就更难了。①
>
> 这个朴实、谦虚,因而才是真正伟大的形象,不能归入历史虚构的所谓统治人民的欧洲英雄那种伪造的模式。在奴仆心目中不可能有那种伟大的人物,因为奴仆有奴仆对伟大这个概念的理解。②

与之相比,拿破仑则骄傲自负,认为自己的意志就是世界的意志。他想成为世界霸主,成就自己的野心,于是发动战争,所到之处,杀人无数,流血漂橹。这个曾经扮演着启蒙角色,战争波及之处的封建农奴制等旧制度皆被其摧毁,众多热血青年为他的所谓"革命"行为所激动、所鼓舞,被歌德称作马背上的"绝对精神"的人物,如今随着权力的增长、野心的膨胀,开始走向了启蒙的反面,走向了霸权主义、帝国主义、民族主义,进行反资本主义的行为。拿破仑的野心在俄国被终止了,这位骄傲的俗人,这个违背启蒙精神的野心家,这位不信上帝的狂妄者,倒下了。他曾祈求与库图佐夫谈判甚至打算体面退出,但都遭到了严厉拒绝。相比之下,

---

① [俄]列夫·托尔斯泰:《战争与和平》,刘辽逸译,第 1422～1423 页。

② [俄]列夫·托尔斯泰:《战争与和平》,刘辽逸译,第 1425 页。

库图佐夫爱国恤兵，顺从命运，可亲可敬。这位胖胖的态度温和的老人，这位杰出的俄国军事家，被作者刻画得非常成功，他的谦逊，他遵从天道、不辱使命的做法，以及具有民族风格的军事指挥才能，让人钦佩。

从对以上四位主要人物的分析中可以看出，每个人物均有各自的人生经历和性格特征，都是作者精心塑造且喜爱的优秀青年或优秀统帅，作者想从他们身上找到能够为当时俄国贵族所学习、借鉴的东西，寻找到俄国贵族未来的出路。这些人物感动着我们，我们既能看到他们的爱国热情，还能看到他们对生活本身的思考以及对宗教信仰的探索。从人物的最终结局看，大都百川归海，走向了基督教，对于东正教信仰在当代俄国人民心中的精神依托作用和凝聚作用，作者还是给予了充分肯定。

第五章　《战争与和平》创作中的非理性现象

19世纪在欧洲崛起的现实主义文艺思潮，不过是18世纪启蒙运动高扬主体理性的继续，理性代替了上帝，统摄一切，即批判不合理的社会制度，强调人的价值，张扬人道主义，成为作家的共识。在这种哲学思潮的影响下，现实主义作家在塑造人物时往往采取典型化和理想化的手法，在描述社会环境时往往强调批判性，并与人物形成对立。这种二元对立式的书写虽然有利于作品矛盾的展开、启蒙思想的宣传以及社会改良的促进，但是加重了文学的功利性，从而使文学逐渐远离了本体性，同时，典型化和理想化也不利于人物主体性的深入拓展。因为人并不仅仅是理性的，人除此之外还有欲望、情感、预感、直觉、潜意识等非理性，这就是为什么在康德、黑格尔等理性主义哲学之后还有叔本华、尼采等非理性主义哲学，也许只有理性与非理性的结合才使人性趋于完善。

在与欧洲处于同一文艺思潮时期的托尔斯泰历来被视为俄国批判现实主义文学的代表作家，他的《战争与和平》也常常被视为其批判现实主义代表作之一，但是细心阅读这部鸿篇巨制就会发现，与其他作品不同，该作并没有完全按照现实主义美学法则即理性主义原则进行创作，而是充斥着大量对非理性现象的描写。之所以出现这种现象，与托尔斯泰长期过着与自然为伍的乡村生活和拒绝西欧文明的价值观有关。就前者来讲，前现代的生活培养了作家理性与非理性之间未充分分化的纯然浑朴的天性；后者则使其告别了西欧文学表现生活的方法，而去寻找俄国式的独特感受现实与表现现实的方法，因而其创作中非理性成分的出现也是必然的。从托尔斯泰的创作来看，尽管非理性现象几乎贯穿了他的所有作品，但就出现的多寡而论，尤以《战争与和平》体现得最为集中、最为典型。具体来说，主要表现在三个方面：一是在对人物的塑造上，关注人物变化莫测的心理现象，注重对人物本能欲望等的揭示；二是在对战争的描写上，战争的发生、发展甚至胜负都存在着偶然性；三是在对历史的态度上，历史的发展存在着神秘性和不可知性。显然，托尔斯泰并没有完全按照现实主义所推崇的理性法则来进行创作，而是强调了主体的非理性因素对日常生活、战争以及历史发展的深刻影响，所有这些都有利于对人物主体性作深入的拓展，淡化人与社会的二元对立创作模式，凸显了文学的本体性地位。作家的这一"逾越"之举非但没有破坏作品的艺术性，反倒使《战争与和平》焕发出独特的艺术魅力，使作品的美学风格不再囿于优美和崇高，而是增添了"丑"和"荒诞"等新美学元素。因此，从非理性视角出发对作品进行研究，将会得出许多有益的启示。

第一节　人自身的非理性特性

托尔斯泰之所以在人物塑造上采用非理性现象来揭示人物性格，是因为他看到了人身上的非理性特性，别尔嘉耶夫认为"托尔斯泰很好地理解了这一点，他总在描写人的这种双重生活：一种是外在的、相对的、充满谎言的、不真实的生活，人靠它来面对社会、国家和文明；另一种是内在的、真正的生活，人在其中面对的是原初现实，面对的是生命深处"[①]。而这"生命深处"便是变动不居的非理性领域，这一非理性领域往往又是通过具体人物莫测的心理活动和潜在的欲望冲动来表现的。

在《战争与和平》中，作者着墨较多的是安德烈·博尔孔斯基公爵。安德烈具有爱国、正直、勇敢、高傲的性格特点，是出现在作品最初8页的人物。安德烈崇尚正义、理性，鄙视人际交往这些俗事，最为关心的是将来有机会效力沙皇，要像拿破仑一样一战成名，要在奥斯特利茨战役中实现自己的抱负，甚至想象着库图佐夫因作战不利被解职，自己成了总司令，指挥全军，最终取得了举世瞩目的重大胜利。可以说，安德烈为了功名，不惜牺牲一切，甚至是自己的亲人。可实际情形又是怎么样的呢？当负伤后倒在奥斯特利茨战场上仰望高空时，安德烈感到了荣誉的虚无，也感到了生命的空虚。什么都没有了，自然连荣誉也没有了。可他不是一直把荣誉、成名当成生命吗？安德烈不是意志坚强、理性到了冷血的地步了吗？怎么一下子就感到"一切都是空虚"了呢？看来还有比这些更为重要的东西，那便是生命。

---

① ［俄］尼·别尔嘉耶夫：《论人的奴役与自由》，北京：中国城市出版社，2002年，第2页。

这还不算，安德烈身上的非理性现象还表现在作者对其潜意识的揭示方面。安德烈本来是恨娜塔莎的，因为私奔的丑闻对他那高傲的自尊来说，打击力度之大可想而知。安德烈第二次上战场很难说是为了荣誉，更多的是出于一种报复情敌和发泄怨恨的心态。可是安德烈的情感并不服从理智的安排，尽管他意志坚强，但在紧张的波罗底诺大战开始之前，面临着生死抉择，他却久久不能入睡，忽然想起了娜塔莎，并刹那间低下了他那颗高贵的头颅，不得不承认自己依然爱着娜塔莎，并且爱得那么强烈。凭着理性，他怎么会再次爱上一个污辱过他的女人呢？怎么会向一个弱女子低头呢？他对妻子的死都近乎无动于衷，一个乡村姑娘娜塔莎对他来说又算得了什么呢？可这就是爱情，真正爱上一个人，是连理性也无法给出解释的，惧死的本能激发出生的欲望，而生的本能又表现于安德烈在潜意识里对娜塔莎爱得很深。对人物性格的非理性描写，使得安德烈这一形象一下子就丰富起来了。

托尔斯泰通过对潜意识欲望的揭示来展现人物性格这一手法，还分别表现在安德烈的妹妹玛丽亚、尼古拉和娜塔莎身上。玛丽亚是一个虔诚的基督徒，过着循规蹈矩的生活，可是看到父亲奄奄一息时，她内心并不悲痛，而是萌生了一种罪恶的念头，即盼望着父亲快点死。玛丽亚“夜以继日、几乎废寝忘食地守护他，说来可怕，她日夜看护他，不是希望找到病情好转的迹象，而是希望找到结局临近的迹象”①，“可是我愿意，愿意他死！”②一个虔诚的基督教徒，一个父亲的亲生女儿，竟然盼着父亲快点死，这是一件多么违背理性的事。可发生这样的事情却符合非理性，因为这时候的玛丽亚害怕老公爵好起来，害怕回到从前那种没有自由的生活。我们对她的想法无可指责，虽然违背道德伦理，但是符合人的本性，一个人关注他人生命的程度远不如关注自己的生命，一个人关注义务的程度远不如关注自己的权利，而这种权利便是自由。玛丽亚害怕失去即将到手的自由，因为她在理性的束缚中生活太久了。这就是一个真实的玛丽亚，魔鬼不在客观的世界里，而是潜藏在人的心里。从这个角度讲，玛丽亚是善和恶的统一体。

比起出身官宦世家的安德烈来说，尼古拉生活在宗法制氛围比较浓厚的乡村，因此真诚善良、热情好客、忠君爱国成了他最为显著的性格。尼古拉对皇帝的忠诚达到了狂热的程度，会因为接近皇帝而感到幸福，会因为皇帝的一句话

---

① ［俄］列夫·托尔斯泰：《战争与和平》，刘辽逸译，第 948 页。
② ［俄］列夫·托尔斯泰：《战争与和平》，刘辽逸译，第 951 页。

就认定“真愿意死！愿意为他死”。按说这样淳朴的乡村贵族青年不该有别的想法，言行会一致，可是在申格拉本战役中，不幸负伤倒地时，尼古拉想到的不是为国捐躯的自豪，而是家乡的亲人。“他迷糊了一会儿，就在这短暂的昏迷状态中，他梦见了无数的事物：梦见母亲和她那又白又大的手，梦见索尼娅瘦削的肩膀，娜塔莎的眼睛和笑声，还梦见杰尼索夫和他说话的声音以及他的胡子……‘没人帮助我，没人可怜我！从前我在家的时候，身强力壮，快快活活，人人都爱我，……他望着在火上飞舞的雪花，回忆起俄罗斯的冬天，家里温暖的、窗明几净的房间，毛茸茸的皮衣，飞快的雪橇，健康的身体，以及家庭的抚爱和关心。‘我干吗要到这儿来！’他想。”[①]托尔斯泰没有将尼古拉塑造成高大全式的英雄，负伤的他不会因为自己为国家牺牲而自豪，反而后悔自己来参军打仗，后悔没留在温暖的家里而跑到如此危险的战场上。他怕死，怕再也见不到和善的父母、活泼的妹妹娜塔莎；他热爱生活，爱索尼娅。他之所以想到这些，是因为他心中有爱，有牵挂，这些非理性的想法，才是他生命中最为根本之处，是生之本能，忠君爱国只不过是理性的需要。

这一点在娜塔莎身上也有所体现。娜塔莎是个乡村贵族小姐，是尼古拉的妹妹，性格开朗，爱笑，性情纯真。娜塔莎喜欢唱歌，身上满是乡土气息，自然、纯净，有一种“清水出芙蓉，天然去雕饰”之美。就是这样一位单纯、漂亮的乡村贵族女性——在作者眼中她是乡村文明的代表——走进彼得堡时，竟禁不住诱惑，要跟“花花公子”阿纳托利私奔，不顾个人与家族的名誉，以至于陷入情欲后竟说出如此的话来：“我觉得我已经爱他一百年了。我觉得在爱他之前，我从来没爱过任何人。”[②]她甚至还说出愿意做他的奴隶之类的话。可见人的理性有时会“缺席”，连如此淳朴的乡村姑娘也疯狂了。因为娜塔莎最关注的并非家族荣誉，而是自尊和爱情自由，尽管她还难以区分爱情和情欲，但由此亦可见本能力量之强大。

拿破仑和库图佐夫这两位富有理智的军事天才也有不理智的地方。尽管他们认为战争对法国和俄国均无意义，但还是选择了开战，且出现了他们预料到的不利后果。人是理智的、趋利避害的动物，但有时也会做出对自己不利的事情，由此我们不能不说是人身上的非理性因素在起作用。

---

① [俄]列夫·托尔斯泰：《战争与和平》，刘辽逸译，第263～264页。

② [俄]列夫·托尔斯泰：《战争与和平》，刘辽逸译，第769页。

第二节　战争的非理性特性

既然人身上充满着非理性，那么由这些非理性的人参与的战争也必然是非理性的，对于这一点托尔斯泰看得很清楚。托尔斯泰亲历过残酷的战争，特别是1855年塞瓦斯托波尔第四堡垒那场激烈的战斗，他本人也差点为之丧命。战争本身并不会按照作战计划和作战指挥部署那样完美呈现，而是充满了偶然因素和突发事件，正如安德烈对战争的反思："根据自己的军事经验，他已经得出一个信念，在战争中，最深思熟虑的周密计划并没有任何意义，问题全在于如何处理突然的、预见不到的敌人的行动，还在于如何和由谁来指挥整个战役。"[①]安德烈不相信坚固的工事和防御力量，他看到了战争的非理性特性。

《战争与和平》所描写的第一次战争就是申格拉本战役。这场敌我力量悬殊的战斗之所以取得胜利，仅仅由于图申大尉带领的炮兵连未接到撤退的命令，继续开枪，法军又做了错误判断，因为很难想象没有步兵的守卫而孤军奋战，从而不敢贸然进攻。小说中写道："炮兵连仍在继续轰击，它所以没有被法军攻下，仅仅因为敌人不能设想四面没有掩护的炮队这么大胆地射击。相反，从这个炮队的顽强的战斗看来，敌人认为在中央集中着俄军主力，对这个据点发动两次进攻，但两次都被这个高地上的四门孤立无援的大炮用霰弹击退。"[②]这个偶然性的失误竟带来了俄军成功撤退的重大胜利。如果说申格拉本战役的胜利出于偶然，那么奥斯特利茨战役的失败、溃退也出于意外。一个士兵喊了声："弟兄们，咱们完了！"[③]士兵们便纷纷后退、逃跑，死伤两万多人，连沙皇亚历山大一世都差点成了俘虏。可见战争充满了偶然性。在上述两场战役中，如果没有这个被遗漏的炮兵阵地，如果不存在士兵的一声惊慌喊叫，也许战争的结局会是另一番样子。

战争的偶然性还表现在指挥官的"无效"战争部署上。通常认为，作战指挥者运筹帷幄、决胜千里，但在作者看来这都是浪漫的想象。托尔斯泰以波罗底诺战役中拿破仑的战斗部署为例，说明所有的战争部署都不起作用。拿破仑这位被称为军事天才的指挥官，他的作战部署极为混乱，充满了随意性，因为他的

---

① ［俄］列夫·托尔斯泰：《战争与和平》，刘辽逸译，第842页。
② ［俄］列夫·托尔斯泰：《战争与和平》，刘辽逸译，第251页。
③ ［俄］列夫·托尔斯泰：《战争与和平》，刘辽逸译，第368页。

所有命令都很难得到执行。小说中写道:“假如我们对拿破仑天才不抱有宗教的敬畏来看这些命令的话,那么,战斗部署是极端模糊和混乱的,它包括四点,即四项命令。这四项命令没有一项是能够实现的,实际上也没有实现。这个部署的第一项说:在拿破仑所选定的地点上的炮队,连同与其并列的佩尔涅提和富歇的大炮,共计一百零二尊,对俄国的凸角堡和多面堡开火并发射榴弹。这是办不到的,因为在拿破仑所指定的地点,炮弹射不到俄国的工事,除非就近的司令官违反拿破仑的命令把大炮向前移动,不然那一百零二尊大炮只能放空了。……这么一来,部署中的那些命令没有一项是被执行了的,也不可能被执行。”①拿破仑是如此,其实在这一点上库图佐夫也好不到哪里去,他对于决定几万人生死的防守阵地,布置得也很随意。后来的历史学家都认为,库图佐夫在诸多可以列兵应敌的阵地选项中,选择了一个最不利于防守的阵地。

俄国最终胜利了,但这并非全靠俄国人的勇敢与智慧,也与拿破仑攻入莫斯科之后出了许多昏招有关。占领莫斯科后的拿破仑,“如果要以两倍的兵力猛扑俄国残余的部队并且消灭它,如果要提出有利的媾和条件,万一讲和被拒绝,就进军威胁彼得堡,甚至战事万一失利,就回到斯摩棱斯克或者维尔纳,或者留在莫斯科,总之,如果要保持法国军队当时所处的那种辉煌的境况,似乎并不需要特殊的天才就可以办到。为了办到这一点,只要做一件极普通、极容易的事情,那就是禁止军队抢劫,准备冬季服装,用正当的方法征集粮食,据法国史学家说,莫斯科有足够全军食用半年多的粮食。可是拿破仑,这个史学家誉为天才中最伟大的天才,掌握军政大权的人,竟然在这些方面什么也没做。他不仅什么也没做,而且相反,他把他的权力却用在从提供给他的所有道路中选择了一条最愚蠢、最有害的道路。……就让最有经验的战略家姑且假定拿破仑的目的是要毁灭他的军队,也想不出另外一系列行动像拿破仑所做的那样确切无疑地、与俄国军队采取任何措施都无关地使法国军队覆灭得那么彻底。天才的拿破仑却做到了这一点”②。对此,拿破仑也在《回忆录》中感慨:打败他的不是敌人,而是他自己。这么一位军事天才,这么睿智的指挥官,怎么会一下子变得愚不可及了呢?因为拿破仑首先是一个人,一个兼具理性与非理性的人,他身上的非理性因素虽然导致了失败,可是却还原了一个真实的拿破仑。托尔斯泰对战争中非理性现象的揭示,还原了战争的真实性和偶然性,让我们看到了

---

① [俄]列夫·托尔斯泰:《战争与和平》,刘辽逸译,第1039~1040页。

② [俄]列夫·托尔斯泰:《战争与和平》,刘辽逸译,第1315页。

一个全新的战争场面:战争不是帝王将相坐在茶室内下棋般随心所欲,不再是文明战胜落后、爱国者战胜入侵者、正义战胜非正义那么简单,而是充满了偶然性,偶发的一个事件不但会影响战争的结局,甚至还会影响历史发展的进程。

可见,战争首先是人的战争,而人的非理性特性使得战争充满着难以确定的因素。由此来看,战争不再显示人的神圣、辉煌与伟大,而是暴露出人性中愚妄、残忍、自私、任性和偏狭等阴暗面,这是一种丑,然而作者却从美学的视角来审视这种丑,因为它向真实的人性、真实的自我迈进了一大步。

第三节 历史的非理性特性

其实,不但人和战争是非理性的,由人的行为和战争等事件组成的历史也充满了非理性。在托尔斯泰眼中,历史是神秘的、不可知的,这一观点正是对启蒙运动以来由于人的理性能力被过分夸大,便认为历史的发展规律已经被发现并可以把握等观点的反拨,因为这样的历史观过于乐观了。历史进程不能设计,不能计划,充满了神秘性,而这种神秘性恰恰是由其偶然性造成的。比如,作者通过皮埃尔的视角与思考,把一场战争灾难的发生和天上出现彗星这类自然现象相联系,于是一场惨绝人寰的战争开始了,而战争又影响着历史的进程。实际上,战争和彗星并没有多少关系,但是作者把它们联系起来时就在无形之中加重了历史发展的神秘性。另外,作品中皮埃尔的一个共济会道友告诉他一个有关拿破仑未来命运的预示,这就是已在《圣经·启示录》中出现过的神秘数字。"《启示录》第十三章第十八节说:'在这里有智慧;凡有聪明的,可以计算兽的数目,因为这是人的数目,他的数目是六百六十六。'同章第五节说:'又赐给他说夸大亵渎话的口,又有权柄赐给他,可以任意而行四十二个月。'"①而 42 个月正是拿破仑从入侵俄国到失败溃逃的时间,皮埃尔深陷于这种神秘言说之中。这种反理性的历史观,正是托尔斯泰富有智慧之处。别尔嘉耶夫说:"我从来也不是托尔斯泰的信徒,甚至不喜欢托尔斯泰主义者,但托尔斯泰起来反抗历史上的假伟大、假神圣,反抗所有社会关系中的虚伪,渗透到了我的本质中。"②确实如此,托尔斯泰总是在作品中对那些比较理性的人、"聪明"的人以及想安排生活、改变社会乃至试图改

---

① [俄]列夫·托尔斯泰:《战争与和平》,刘辽逸译,第 883 页。

② [俄]尼·别尔嘉耶夫:《俄罗斯思想的宗教阐释》,邱运华等译,北京:东方出版社,1998 年,第 2 页。

造世界格局的人表现出极大的反感，认为这些人大多没有什么好的结局；反之，那些跟着感觉走、带有宿命论色彩的人，往往在不知不觉中顺应了历史。

安德烈就是一位比较理性的人，有智慧，有才干，但也很骄傲、很自负，鄙视一般人所追求的世俗享乐生活，甚至奉劝好朋友皮埃尔不要结婚。安德烈上战场并不是为了沙皇、国家，而是为了自己，想一战成名，然后跻身上层社会，掌控权力，像拿破仑那样实现自己的政治抱负，这才是他服役的真实目的。事与愿违，两次上战场安德烈均负重伤，后一次负伤还要了他的命。在托尔斯泰看来，这样的人注定不会有好结果。事实上，安德烈的一生也确实是不幸的，先后经历了妻亡、父死、情人背叛以及战死等不幸遭遇，最后连部分家产也作为玛丽亚的陪嫁，成了他一向瞧不起的罗斯托夫家族的财产了。

作品中还描写了19世纪著名的俄国改革家斯佩兰斯基，他正试图对社会进行周密改革，安德烈对他的才智也非常推崇、非常钦佩。但在这里，作者也写了安德烈偶然对斯佩兰斯基产生的不快：

> 一切都是对的，一切都很好，但是只有一件事使安德烈公爵感到不舒服，这就是斯佩兰斯基的目光——它冰冷、清澈，使人看不透他的灵魂，此外还有那双白净滑腻的手——就像一般人通常喜欢看掌权的人的手那样，安德烈公爵不由得老看他的手。清澈的目光和白嫩的手不知为什么烦扰着安德烈公爵。还有使安德烈公爵吃惊而且不愉快的是他发现斯佩兰斯基对人过分蔑视，以及他在论证自己的意见时所使用的方法之繁多。①

看来，连比较理性的安德烈也心生不快了。过于重视理性的结果必然是对个体的忽视，因为在那些理性设计家那里，个体是感性的、渺小的，是可以忽略不计的。当然，在托尔斯泰看来，这种人的结局就只能是被流放了。

比斯佩兰斯基还具有理性狂妄的是拿破仑。在作者看来，拿破仑自称“文明世界的开创者”，为此不断挑起战争，所到之处横尸遍野、流血漂橹。在托尔斯泰笔下，拿破仑不过是一个赌徒般的小丑，是个相信理性的自大狂，认为凭借自己的理性和智慧就能征服欧洲乃至世界，建立新的文明秩序。但他在俄国却遭到惨败，原本率领60万大军进攻俄国，最后逃回国的只有数千人。

与安德烈、斯佩兰斯基和拿破仑这些崇尚理性的人相比，托尔斯泰在感情

---

① [俄]列夫·托尔斯泰：《战争与和平》，刘辽逸译，第527页。

上更偏爱那些跟着感觉走的非理性的人，如皮埃尔和库图佐夫等，他们就是托尔斯泰欣赏的对象。

皮埃尔是个私生子，从国外回来，不谙人情世故，莽撞行事，但是个福将，总是歪打正着，因祸得福。与安德烈做事总要刻意为之不同，皮埃尔总是随遇而安，却往往“无心插柳柳成荫”。这位高大莽撞的年轻人，一回国就赶上父亲去世，侥幸继承了遗产，一夜之间成了大富翁，并世袭了爵位。皮埃尔后来禁不住诱惑娶了海伦，但海伦淫乱早逝，继而娶了美丽单纯的娜塔莎(这原本是安德烈所渴望的)。和多洛霍夫决斗，打伤了这位决斗高手而自己却毫发无伤，刺杀拿破仑不成却侥幸脱险，并在巧遇农民卡拉塔耶夫之后领悟到人生意义。由此看来，皮埃尔不可不谓“吉星高照”。他之所以有如此好的结局，正因为他崇尚的不是理性而是感性，他不像他的好友安德烈那样过于相信理智和智慧，仅是顺其自然而已。

当然，在认为历史不可左右、应该顺应自然这方面做得最好的是库图佐夫。托尔斯泰通过安德烈的视角对库图佐夫加以肯定和赞美：“安德烈公爵怎么也说不清那是怎么一来和由于什么缘故就产生了一种效果；但是，在同库图佐夫会见后回到团里，对于整个战局和受此重任的人，他都放了心。他愈是看到在这个老人身上没有个人的东西，仿佛有的只是热情奔放的习惯，而缺少分析事件和作出结论的才智，只有静观事件趋向的能力，他就愈加放心，觉得一切都会安排妥帖的。‘他没有任何个人的东西。他什么也不思考，他什么也不做，’安德烈公爵想道，‘可是他听取一切，记取一切，把一切都安排得妥妥帖帖，对有益的事情，他不妨碍；对有害的事情，他不纵容。他懂得，有一种东西比他的意志更强，更重要——这就是事件的必然过程，他善于观察这些事件，善于理解这些事件的意义，由于对这些事件的理解，他善于放弃对那些事件的干预，放弃那本来别有打算的个人意志。”[①]库图佐夫身上这种精神气质，近乎无为而无所不为。

无论是皮埃尔还是库图佐夫，托尔斯泰之所以喜欢他们，是因为他认为这些人才是真正的俄国人。在创作《战争与和平》的过程中，托尔斯泰曾经谈到俄国人与法国人、英国人、意大利人、德国人等在自信方面的不同：“法国人之所以自信因为他认为他本人不论在智力还是在肉体，不论对男人还是对女人，都有一种不可抗拒的迷人力量。英国人很自信，其理由是他是世界上组织最完善的国家的公民，再者，一个英国人永远知道他应当做什么，而且知道他作为一个英国人所做的一切都毫无异议地正确。意大利人之所以自信，因为他总是激昂慷

① [俄]列夫・托尔斯泰：《战争与和平》，刘辽逸译，第851页。

慨，容易忘掉自己和别人。俄国人自信是因为他什么都不知道，也不愿意知道，因为他不相信有什么东西是可以完全知道的。德国人那种自信比哪一种都坏，比哪一种都顽固，比哪一种都可厌，因为德国人想象他知道真理，科学，其实那真理是他杜撰的，然而他认为那是绝对的真理。”[①]托尔斯泰“不相信有什么东西是可以完全知道的”这句话，实际上这句话正说明了世界的非理性。

托尔斯泰总结个人的偶然行为在历史进程中所起的巨大作用时谈道：“为了研究历史的规律，我们应当撇开帝王将相，完全改变观察的对象，而去研究指导群众的同类型的无限小的因素。”[②]托尔斯泰提到的这个“无限小的因素”，就是发生在个人身上的偶然行为，历史发展的神秘性、非理性都基于此。米兰·昆德拉在《被背叛的遗忘》中对托尔斯泰的非理性历史观作了形象性解释：“出于这种历史的概念，托尔斯泰描绘了超验的空间，让他的人物在其中活动。他们既不知道历史的意义和它的未来进程，甚至也不知道自己所作所为的客观意义，他们在生活中前进就像前进在迷雾中。”[③]可见作为历史主体的人是盲目的，那么历史自然也就是盲目的，历史不存在天然正确和必然的因素。历史的荒诞性带来了荒诞美，因为它是对启蒙所形成的理性历史观的消解。

总的来看，托尔斯泰在《战争与和平》中对人物的塑造、对战争的表现以及对历史进程等的描写大量运用了非理性现象，这正如他所慨叹的：“如果设想人类的生活是受理性支配的，那么，现实生活存在的可能性也就被取消了。”[④]可见托尔斯泰对这些非理性现象的重视，都是为了让个体从各种既定观念中解脱出来，从庄严的战争和霸道的历史中解脱出来，以实现真正的自由。由此他在创作上就突出人物塑造的去典型化和去理想化，淡化人与社会二元矛盾的冲突，开拓主体内涵，强化文学的本体性。情节设计上的去浪漫化，美学风格上的审丑和荒诞等，削弱了作品的崇高风格，最终实现了对现实主义美学原则的逾越。

当然，由于托尔斯泰在《战争与和平》中对非理性现象的描写还处在局部阶段、偶发的非自觉阶段，非理性现象还未达到非理性主义的地步，因而作品并未能完全改变其现实主义美学性质，只是在一定程度上动摇了它，逾越了它，并形成了托尔斯泰的创作特色，这才是我们应该注意的。

---

① [俄]列夫·托尔斯泰：《战争与和平》，刘辽逸译，第990～991页。

② [俄]列夫·托尔斯泰：《战争与和平》，刘辽逸译，第1090页。

③ [捷克]米兰·昆德拉：《被背叛的遗嘱》，余中先译，上海：上海译文出版社，2003年，第250页。

④ [俄]列夫·托尔斯泰：《战争与和平》，刘辽逸译，第1482页。

第六章 《安娜·卡列尼娜》中的“赘衍叙事”现象

建立在西方理性主义哲学基础之上的现实主义创作形成了一条被默认的共识戒规，即人物塑造要符合主题需要，情节安排要符合人物性格塑造需要，细节设置要服从情节发展需要，这样联结起来的叙事，就形成了一棵枝干分明、枝繁叶茂的参天大树。在这棵参天大树上，所有不是围绕着以“成才”为目的的枝干，都是赘余的、衍生的、旁逸斜出的，是要被剪除掉的。一切存在的都要合乎理性，合乎理性的都终将存在；反之，那些不合乎理性的、非本质的、远离主题的，自然也就不应存在了。19 世纪现实主义叙事是建立在启蒙之后的理性主义哲学基础之上的，现实主义作家有着内在的理性规划和外在的理性自信，由此构建起一个严密的宏大叙事（元叙事）结构来澄明世界并阐明自己对世界的看法以及对人生的主张。故此，现实主义作家把一个繁茂复杂的世界剪裁成单一的独白话语世界，巴尔扎克、司汤达、狄更斯、夏洛蒂·勃朗特等现实主义大师无不如此。托尔斯泰在好长一段时间内都遵循着这样的“规则”。在《战争与和平》中，为了让理性在小说中得到实现，使故事生动、结局圆满，托尔斯泰就常常借助“巧合”，比如为了让皮埃尔娶到娜塔莎小姐，就让其好友安德烈和妻子海伦先后死去；为了让尼古拉娶到嫁资丰厚的玛丽亚公爵小姐，不惜借助一场“英雄救美人”的俗套剧来达成，并借玛丽亚公爵小姐之口说出《圣经》中那句“没有上帝的允许，连一根头发也掉不下来”来掩饰，在这里如果把“上帝”置换成“理性”也完全说得通。理性、理性主义，这一为现实主义作家所遵从的创作理念成了至高法则，因为理性的生活是唯一被认可的真实的生活，作家任何放任创作情感的行为都会迷失真理。在理性的光辉照耀下，战争死难者的惊惧和痛苦被爱国主义、民族主义所标榜的“勇敢”以及被灵魂得救的“庄严神圣”遮蔽了，那些放纵情欲、丧失理性的人会被冠以“侵略者”“卖国者”“堕落者”等之名，因为这些情况超出了理性的认识和需要。由此我们不得不说，托尔斯泰一贯被称为“荷马式”和“莎士比亚式”的作家，是大打了折扣的。荷马对死亡真相的大胆揭示，对死亡临近时那种惊惧万状情态的描写以及莎士比亚对人类情欲淋漓尽致的揭示，都是受启蒙理性哲学影响的托尔斯泰所难以穷尽其妙的。大概是因为莎士比亚创作缺乏理性（道德理性），托尔斯泰才不屑与之为伍，并加以丑化贬斥，晚年更是将有“当代《伊利亚特》”之誉的《战争与和平》斥为“贵族的儿戏”，以此婉辞荷马之喻。托尔斯泰遵从的道德理性常常起着重要作用，特别是晚年时，他认为世界不但是理性的，还是道德的、至善的，实现至善是世界的目的，尤其是实现至善的途径被作者“发现”时，世界这棵生机盎然的大树早已被“道德至善”削剪成了光秃秃的树干，托尔斯泰创作的《复活》就属于这样的例子。但托尔斯泰创作中期的《安娜·卡列尼娜》却是个例外。在该部作品中，托尔斯泰充分放任了他的“赘衍叙事”，使之成为一棵枝繁叶茂的参天大树。

托尔斯泰毕竟是一位伟大作家，其伟大之处不仅在于他遵循了现实主义创作原则并取得了巨大成就，更在于他有时会勘破理性主义的不足，突破现实主义叙事原则，完全不顾主题与人物塑造的需要，旁逸斜出，另行其事，这便是托尔斯泰叙事中的“赘衍叙事”现象，即“多余的”叙事现象。这种“赘衍叙事”出现在托尔斯泰的不少作品中，尤以长篇小说《安娜·卡列尼娜》最为明显，具体来说有三次，分别为安娜与沃伦斯基游历意大利的“画像事件”、安娜观看沃伦斯基赛马的“赛马事件”以及安娜自杀后沃伦斯基参加保卫塞尔维亚的“志愿参战事件”。这三个事件大都脱离了主题，也与人物塑造没有多少关系，确有“赘衍”之嫌。但是对这三个事件详加分析后就会发现，这些所谓的“赘衍叙事”却有着“微言大义”和“奇异效果”，甚至成为托尔斯泰的又一创作特色。也就是说，“赘衍叙事”非但没有损害《安娜·卡列尼娜》这部现实主义创作的艺术成就，反倒使其别开生面、独具魅力，大有摇曳多姿、崔嵬峥嵘之气象，拓展了现实主义的表现力，增加了现实主义创作的新魅力。

第一节　作为“赘衍叙事”的“画像事件”

我们首先来看安娜病愈后与情人沃伦斯基同游意大利并请人画像这一情

节，这一情节发生在《安娜·卡列尼娜》[1]第五部第七至十三节。

从现实主义叙事规则来讲，托尔斯泰在创作中安排为安娜画肖像是一件相对简单的事情。按照安娜的爱情走向悲剧的主题需要，设置该画像事件至多不过有两个目的：一是记录安娜最幸福的时刻，画肖像是安娜最幸福时刻的见证，自此以后她逐渐走向不幸；二是为后来列文拜访安娜时未见其人先见其画的境况做准备，同时将当时已处在恋情危机中的安娜与此画中幸福的安娜作对比(见第七章第九节)。为了说明这两件事，叙事过程也相对简单，一般的作家在叙述“画像事件”时会找一位画家为安娜画像，画完后回国，至多不过二三百字的叙述。因为说到底，画像并不是目的，只是一个叙事所需的“情节”，是剧本要求的一个“道具”，是安娜和沃伦斯基出国旅游私会所做的诸多事件之一，完成了上述两个目的，这个事件也就该结束了。从现实主义创作原则出发，情节为主题服务，托尔斯泰在此不宜盘桓太久，因为画像本身和谁画的像以及谁参与了画像等问题并不十分重要。恰恰相反，托尔斯泰对此事件特别感兴趣，简直给人一种小题大做、借题发挥的感觉，不但关心安娜画像事件本身，而且关心起由谁来画，来画的是一位怎么样的画家，其绘画观如何，还有哪些人参与了这次绘画，绘画效果如何，等等，这些显然使事情变得复杂起来。就作者叙述的绘画情节来看，参与绘画的除了安娜和沃伦斯基这对情人外，还有沃伦斯基的大学同学高列尼谢耶夫、平民画家米哈依罗夫，作者同时叙述了三个人的绘画观，以及画家为安娜画肖像前是怎样一位画家，还画了哪些画，画家具有怎样的艺术观和创作观，当时欧洲流行怎样的画风，作家的独创之处又表现在什么地方等。本来用不到几百字的篇幅就可以解决的问题，却由于托尔斯泰的“离题万里”，文笔洋洋洒洒，难以收束，竟用了 24 个页码、两万多字的篇幅才完成，这就大大远离了上述叙事目的，也大大违背了现实主义叙事原则，很多情节完全溢出了现实主义叙事原则，使此部分成了典型的“赘衍叙事”。

我们具体来看托尔斯泰是怎样“赘衍叙事”的，即怎样“跑题”的。要讲清这个问题，先看一看安娜画肖像所涉及的人和所发生的事，即“赘衍叙事”的表现。

表现一，沃伦斯基因无聊而选择当职业画家，并为安娜画肖像。可惜，肖像画未完成，之后沃伦斯基彻底放弃了绘画，小说中再未出现沃伦斯基与绘画有关的情节。

表现二，遇到了大学同学高列尼谢耶夫，他正在写《第二原理》，对绘画也有

---

① [俄]列夫·托尔斯泰：《安娜·卡列尼娜》，智量译，上海：华东师范大学出版社，2016 年。

研究，发了不少关于绘画的宏论。

表现三，介绍平民画家米哈依罗夫。画家只是绘画而已，但是托尔斯泰对画家的兴趣似乎超过了绘画本身，并不厌其烦地介绍起来。先谈了对画家米哈依罗夫绘画创作有影响的三个人：(1)伊凡诺夫(1806～1858)，俄国进步画家，受政府迫害而生活在国外，因画作《耶稣显圣》而成名。伊凡诺夫关心现实，渴望俄国得救。(2)施特劳斯(1808～1874)，19世纪德国历史学家和新教神学家，著有《耶稣传》(1853)。施特劳斯从实证主义理论出发，否定人们对耶稣形象的神化。(3)列南(1823～1892)，又译成勒南，原名欧内斯特·勒南，他是法国宗教历史学家，早年受黑格尔的影响，对基督教产生过怀疑，否定耶稣是神，著有《耶稣传》(1863)，该作对托尔斯泰的影响也很大。上述画家、神学家和历史学家都是受到近代启蒙思想影响的著名人物，普遍把耶稣当作一个为人类带来福祉的世俗英雄，这一点虽说符合托尔斯泰的观点，但明显让人感觉托尔斯泰绕的圈子大了些。

表现四，至此作者似乎还不急于让画家绘画，而是在这之前先展示画家米哈依罗夫已经完成的两幅作品，让沃伦斯基、高列尼谢耶夫、安娜等人欣赏。

第一幅作品《彼拉多面前的基督》，画的是罗马总督彼拉多逮捕了耶稣，并准备把耶稣钉死在十字架上，以及耶稣临刑前众人的神情与态度。以下是几个人看画时的态度：首先是米哈依罗夫，他在这三个人的注视下刹那间失去了自信心，认为三个年头的心血白费了，画作变得一无是处。“他看见画的前景中彼拉多怒气冲冲的脸和基督安详的脸，看见彼拉多身后几个仆从者的形体和约翰那副一旁观望的面容。”[①]看来，作为平民的米哈依罗夫有些自卑。其次是高列尼谢耶夫，他认为彼拉多是“一个善良的好人，但又是彻头彻尾的小官吏，不知道他干了什么”[②]。至于基督形象，高列尼谢耶夫批评道：“这就是，这个形象在您的笔下是作为人来画的神，而不是作为神来画的人。”[③]高列尼谢耶夫还是有一定鉴赏力的，能看出彼拉多在干一件超出他理解力的事情，也看出画家米哈依罗夫把神画成了人。最后是安娜，她则认为“基督在可怜彼拉多。在基督的面部表情中是应该也包含有怜悯的，因为其中有爱的表情，隐伏着宁静表情，死而无悔的表情和不必多言的表情。当然，彼拉多脸上要有小官员的表情，基督要有怜悯的表情，因为他们当中一个体现着肉体的生命，而另一个体现着精神

① [俄]列夫·托尔斯泰：《安娜·卡列尼娜》，智量译，第534页。

② [俄]列夫·托尔斯泰：《安娜·卡列尼娜》，智量译，第545页。

③ [俄]列夫·托尔斯泰：《安娜·卡列尼娜》，智量译，第546页。

的生命”[1]。安娜还是很有鉴赏能力的，并且观察得更加细致，指出了三种“表情”和两种“生命”。由此看出，他们的着眼点各不相同。尽管如此，这仍让人感到叙述上的赘衍、多余。

第二幅作品《两个钓鱼的小孩》，画的是“两个小男孩在柳荫下钓鱼。大的一个刚把钓钩甩出去，正全神贯注地想方设法把浮子从树林里往外拖；另一个年纪还小些，躺在草地上，手肘支撑着，双手托住长着乱蓬蓬的淡黄色头发的头，两只若有所思的蓝眼睛凝视着水面。他在想什么？”[2]与上幅画存在较多争论和异议不同，这幅画受到所有在场人的赞扬。也许是画上自然风光的美好、孩子的单纯、钓鱼的闲情乐趣以及恬淡静穆的氛围，把大家带到了田园牧歌时代，引发了他们对理想生活的神往。尽管如此，但与为安娜绘制肖像又有多少关系呢？

表现五，高列尼谢耶夫、米哈依罗夫二人形象在后来的作品中再未出现。这应该是文墨上的浪费，是一般作家所忌讳的。

经过上述叙事的一次次“赘衍”，最后终于到了米哈依罗夫给安娜画像的关键时刻，大有“千呼万唤始出来”的感觉。但真正到了为安娜绘画的时刻，却极为匆忙，可以说是草草结束。托尔斯泰没有描写米哈依罗夫如何画以及画的过程，而是只是简单地谈了谈画完之后的客观效果，即大家都觉得米哈依罗夫画得好，特别是沃伦斯基从该画中发现了他未曾发现的安娜的美，以至于放弃了正在绘制中的安娜肖像画，甚至放弃了以绘画作为终生爱好的想法。高列尼谢耶夫也持肯定态度，但是他认为画家掌握了“技巧”。看到这样的“结局”，人们的感觉就像历经千难万险爬上一座大山，却没想到山顶上的风景极为平淡，因而大失所望，这在客观上加重了叙事的赘衍印象。

正是以上五点叙事“远离”了小说主题需要和人物塑造的现实主义美学原则，出现了“赘衍叙事”现象。

具体来说，安娜和沃伦斯基这对情人游历到意大利某地小城，租住在宾馆里，过着幸福又有点无聊的生活。此时，沃伦斯基正巧碰到了大学同学高列尼谢耶夫，他对绘画似乎有些研究，于是三人决定去拜访另一名俄国平民画家米哈依罗夫，沃伦斯基也想让他给安娜画幅肖像画。三人在米哈依罗夫家里看到了两幅画，即《彼拉多面前的基督》和《两个钓鱼的小孩》。沃伦斯基和高列尼谢

① [俄]列夫·托尔斯泰：《安娜·卡列尼娜》，智量译，第545页。
② [俄]列夫·托尔斯泰：《安娜·卡列尼娜》，智量译，第548页。

耶夫对“耶稣显圣”做了评价，特别是高列尼谢耶夫认为米哈依罗夫不该把耶稣画成人，米哈依罗夫则辩解说不能画世上没有的人。对于《两个钓鱼的小孩》，三人都交口称赞，但认为技术是成功的关键，天赋也起了很大作用。画家米哈依罗夫不悦，似乎认为创作灵感才应该是原因。画家为安娜画像，画得很成功，沃伦斯基赞叹画家发现了他未曾注意到的安娜的美，以至于放弃了自己的安娜肖像画和中世纪题材绘画（因为他觉得不会画得更好，也没有必要再画了），然后回到彼得堡。高列尼谢耶夫的学术著作终未完成，这一点也和沃伦斯基绘画半途而废有相似之处。这段故事看上去挺简单，但是叙述上却变得越来越复杂了，作者似乎忘却了这对恋人的真正好戏发生在彼得堡的剧院，而非意大利的旅游地，更非探讨绘画理论和绘画风格。但“赘衍叙事”恰恰是从绘画理论和绘画风格的争论发生和发展下去的，其实按照现实主义叙事理论来看，这是离创作主题最远的事情。

沃伦斯基的绘画观是这样的：“他能够鉴赏各类绘画，善于从其中任何一种中汲取灵感；但是他不能想象的是，一个人可以完全不知道绘画有多少种类，却能够直接从自己心灵中得到灵感，而不必关心他所画的东西属于哪一种已知的画派。因为他不懂这一点，并且他不是直接从现实生活中，而是间接地，从已经由别人体现在艺术作品里的生活中获得灵感，所以他的灵感来得非常迅速而轻易，他并且可以迅速而轻易地达到这样的成绩；他所画出来的东西跟他所想模仿的那种风格非常相像。”[①]其实，这正是本末倒置的古典主义绘画理论，即绘画艺术创作不是直接从现实生活出发，不是直接从对现实事物的亲身观察与体验后的心灵感受出发，而是从观念出发，从对经典绘画的模仿出发。应该说，在那个即将到来的充满个性发展的市民时代，这是缺乏生命力和创造力的。沃伦斯基创作最终失败，其实是一种古典主义艺术观的失败。托尔斯泰强调现实主义绘画理论，强调对生活的感受，对平民画家米哈依罗夫的赞美就是对现实主义绘画理论的肯定。

沃伦斯基的大学同学高列尼谢耶夫也是一位推崇古典主义绘画理论的人。作品中，他对绘画的认识是比较保守的，认为教养和技术是绘画的根本，这就是把绘画等同于贵族艺术。他看不起像米哈依罗夫这样的穷困平民画家，认为贫穷的作家缺乏教养，这体现出他有很深的贵族偏见。具体来讲，高列尼谢耶夫认为米哈依罗夫在绘画和宗教信仰上不应该追随伊凡诺夫、施特劳斯以及列南

---

① [俄]列夫·托尔斯泰：《安娜·卡列尼娜》，智量译，第 536 页。

等，其实这又是他的偏见。实际上，米哈依罗夫推崇的画家或宗教家的思想在当时都是非常进步的，并有所作为，深受托尔斯泰的赞赏。

伊凡诺夫在绘画上颇有天赋，在思想上较为进步，反对沙皇对十二月党人的镇压，为此遭到尼古拉一世的迫害而长期生活在国外。伊凡诺夫以创作“耶稣显圣”而著名，在《耶稣显圣》这幅画作里寄托了画家拯救俄国的愿望。伊凡诺夫在绘画上既学习了古代的绘画传统，又能关注现实，表达时代心声，是非常优秀的画家。施特劳斯，全名大卫·施特劳斯，是19世纪德国历史学家和新教神学家，著有《耶稣传》。作为黑格尔哲学理论的信徒，施特劳斯从实证主义理论出发，否定人们对耶稣形象的神化，并认为耶稣的存在是值得怀疑的，他不过是当时人们的一种幻象，一种心理暗示的结果。施特劳斯的耶稣观为托尔斯泰所赞赏，也对托尔斯泰晚年把耶稣看作世俗英雄、否定各种神迹、肯定福音书的宗教价值的思想有着极大的影响。列南，又译勒南，原名欧内斯特·勒南，是法国宗教历史学家，早年受黑格尔影响，对基督教产生过怀疑，否定耶稣是神，著有《耶稣传》，该著对托尔斯泰的影响也很大。

上述画家、神学家和历史学家都受到了近代启蒙哲学的影响，普遍把耶稣当作一个为人类带来福祉的世俗英雄，将其视为一位被神化了的人，这一点也就是托尔斯泰让他的主人公选择受上述画家、神学家和历史家影响的俄国平民画家米哈依罗夫来画肖像的原因。只有受这些人影响的画家，才是符合托尔斯泰价值观、艺术观的画家，才适合给安娜绘画，并能画出卓越的作品。而高列尼谢耶夫否定上述画家、神学家和历史家，正说明他在政治思想上的保守性，特别是强调经典的神圣性，使他和沃伦斯基在绘画艺术上趋于保守，甚至崇尚中世纪的古典主义画风。

高列尼谢耶夫贬斥米哈依罗夫画的《彼拉多面前的基督》：“基督被表现为一个犹太人，完全是新派现实主义的一套”，“我真不懂，他们怎么会犯下那么粗率的错误。基督在那些伟大的前辈作品中已经有了他自己特定的体现。所以说，假如他们想要描绘的不是上帝，而是一位圣人或革命家，那么他们尽可从历史中去找苏格拉底、福兰克林、夏洛蒂·科尔德好了，就是别找上基督。他们偏偏找上一个不能用来作为艺术题材的人物，再说……”[①]可见，高列尼谢耶夫反对米哈依罗夫把耶稣当作世俗的英雄来绘画，看不到近代启蒙以后平民化时代的到来，一切都在祛魅，都在世俗化，都将以人为中心，这是时代发展的必然趋

① [俄]列夫·托尔斯泰：《安娜·卡列尼娜》，智量译，第537页。

势，是审美走向审丑的需要，其却仍在维护古典化、经典化、神圣化的传统耶稣画像。米哈依罗夫之所以敢将耶稣视作世俗英雄，正是适应了时代发展的要求，而高列尼谢耶夫对画坛上出现这种现象深恶痛绝，并对米哈依罗夫进行了深刻的批判、否定乃至丑化。

> 我跟他见过面。不过他是个怪物，毫无教养。你们知道，他就是现今经常会遇上的那些野蛮新人物当中的一个；你们知道，就是那些在无信仰、否定一切和唯物主义概念中忽地一下子就培养出来的自由思想家当中的一个，从前往往是这样：自由思想家是在宗教、法律、道德的概念中培养出来的，他自己也通过奋斗和努力才达到那种自由思想的境界的；而现在出现了一种新型的天生的自由思想家，这些人有生以来甚至就没听说过世上还有所谓道德和宗教的规范，还有所谓权威。他们是在直接否定一切的概念当中生长出来的，也就是说，像野蛮人一样生长出来的。他就是这样一个人。他好像莫斯科一个宫廷奴仆头目的儿子，没受过任何教育，等他进了艺术研究院，给自己挣来名气的时候，他这个人倒不蠢，想到要受点教育了，于是读起各种各样的杂志来，他觉得那就是教育的源泉。你们明白的，古时候一个人要是想受教育，比方说，一个法国人想受教育，那他就会想去读各种经典著作：读神学，读悲剧，读历史，读哲学，你们明白的，读他所能得到的所有智慧结晶的著作。可是现在我们这儿呀，他就一下子跳进主张否定一切的书籍里，非常迅速地掌握否定主义这门科学的全部精华，于是乎，便功成名就了。还不仅如此呢：二十年前他或许会在那些书籍里找到跟权威的斗争、跟多世纪以来的见解斗争的表征，他或许从这种斗争里了解到，世界上还有点什么别的东西存在；可是现在呢，他一下子跳进这种书籍里，甚至认为，根本不值得跟那些古老的见解争论，直截了当地说：什么也没有，进化，淘汰，生存竞争——如此而已。①

从这些言论我们不难看到，高列尼谢耶夫在介绍画家米哈依罗夫出身平民这一事实的同时，也对他的绘画艺术表示了极大的担忧。他认为很多平民画家、艺术家并没有很深的文化修养，并且在信仰上带有极大的虚无主义倾向，因为他们否定一切，相信达尔文的进化论。高列尼谢耶夫这样说并非全无道理，但明显污蔑平民画家米哈依罗夫的成分居多，更何况信仰和教养并不影响一个平民

① ［俄］列夫·托尔斯泰：《安娜·卡列尼娜》，智量译，第538～539页。

画家的艺术创造性和艺术天赋，而艺术创造和艺术天赋正是绘画所需要的。其实，托尔斯泰对高列尼谢耶夫的宏论并不认可，因此他很快就让沃伦斯基和安娜打断了高列尼谢耶夫冗长的谈话，立马去找这位平民画家，安排为安娜画肖像事宜。可见托尔斯泰对这位平民画家的态度是肯定的，对高列尼谢耶夫的高谈阔论是嗤之以鼻的。

作品中，画家米哈依罗夫出身贫困，有着自卑和自傲相混杂的性格，但十分敬业，他为了艺术，甘于贫困和寂寞，过着食不果腹的窘困生活，也绝不流俗。从米哈依罗夫的绘画过程中，我们也可看出他不卑不亢的性格：

> 在别人家里，特别是在沃伦斯基这所豪华的住宅里，米哈依罗夫完全不像他在自己的画室里，他简直变成了一个人。他显得恭敬而不友好，好像害怕接近这些他并不尊重的人。他称呼沃伦斯基为"阁下"，即便安娜和沃伦斯基邀请，他也不留下来吃一顿饭，而且不在约定作画时间决不到来。安娜比别的人对他更为亲切，很感激他为自己画像。沃伦斯基对他殷勤有加，显然是想听这位画家对他的画的评论。高列尼谢耶夫则抓紧机会向米哈依罗夫灌输自己对艺术的真知灼见。但是米哈依罗夫对他们全都同样的态度冷淡。安娜从他的眼神上感到，他喜欢注视她；但他避免跟她交谈。当沃伦斯基跟他谈起自己的作品时，他顽固地一声不响，并且显然厌烦高列尼谢耶夫的夸夸其谈，但也不必反驳他。[①]

可见米哈依罗夫这位平民出身的画家，不但保持着做人的尊严，而且保持着艺术见解上的独立性，忠于艺术，不媚权贵，不慕金钱，不跟风潮，兢兢业业，甘于贫穷，甘于寂寞，献身艺术事业。米哈依罗夫与沃伦斯基、高列尼谢耶夫从经典绘画中了解艺术不同，他从具体的生活出发，从活生生的人出发，去坚持自己对艺术的理解和探索，把艺术当作生命，因而才会画出富有个性的活生生的安娜，这样的安娜洋溢着生命的活力、理想色彩的美以及精神化了的世俗的美。米哈依罗夫有自己的艺术观，"并不认为他的画比拉斐尔所有的画都好，但是他知道他要在这幅画中表现而且已经表现出来的东西，是从来没有哪一个人表现过的"[②]。高列尼谢耶夫认为米哈依罗夫画的耶稣是"作为人来画的神，而不是作为神来画的人"[③]。米哈依罗夫按照人的模样来画耶稣，耶稣是神，但更是人，是

---

① [俄]列夫·托尔斯泰：《安娜·卡列尼娜》，智量译，第550页。
② [俄]列夫·托尔斯泰：《安娜·卡列尼娜》，智量译，第541页。
③ [俄]列夫·托尔斯泰：《安娜·卡列尼娜》，智量译，第546页。

英雄，这里体现着托尔斯泰的启蒙精神和异教秉性，这种观念表现在创作上就必然强调现实性和真实性，强调不能画出现实生活中不存在的东西，这便是现实主义，这便是个性、创造。由此可以看出，米哈依罗夫在绘画艺术上追求真正的现实主义，突出人物的个性和内心世界，追求人物的气质美和精神美，并为大众所接受、所喜爱，这就是典型的现实主义创作原则，是现实主义对古典主义的一次美学上的巨大变革和超越。从理式的生活到现实的生活，从典范的人到个性的人，安娜很幸运地碰到这样一位优秀的画家，当然这样的画家也体现了托尔斯泰的现实主义创作观。这是托尔斯泰在作品中为我们塑造的平民艺术家典型，尽管我们很少关注他，但他在为安娜绘肖像的过程中也形塑了自己。

米哈依罗夫的另一幅画《两个钓鱼的小孩》并没有引起多少争议，安娜和沃伦斯基非常喜爱这幅画，并毫不犹豫地买了下来。米哈依罗夫这幅世俗的绘画，让人看后似乎回到了久别的田园牧歌时代，就像沃伦斯基所赞美的："真是美极啦！他画得多好啊，又多么朴素自然！他自己还不懂得这有多好呢。对，不能错过，要把它买下来。"①这幅画不但与此时安娜和沃伦斯基想回避社会现实的心态是契合的，而且意味着托尔斯泰对理想社会境界的表露，即过自然的、无拘无束的生活。安娜就具有牧歌时代的女性特性——健康、淳朴、真诚、可爱，她身上的美应和了这幅画的意境，反过来作者又以这幅画赞美了安娜，加深了安娜的悲剧性以及对不人道社会的批判力度，其创作意图是深远的。

对于安娜的肖像画，沃伦斯基很欣赏，也很震惊，因为米哈依罗夫画出了安娜特有的美、富有个性的美。这种美是米哈依罗夫画（创造）出来后才为沃伦斯基所发现的，这说明安娜的美是艺术家发现的，同时这种美又是世俗的女性美，因为她是安娜美好心灵的流露。赞美人性，解放人性，呼唤个性自由，正是自启蒙时代以来的艺术所渴望表现的，特别是以主体性哲学为基础的现实主义艺术。"沃伦斯基想，虽然他是从这幅画上才认识到她这种最为美好的心灵流露，但是这种流露被画家表现得这么真切，让沃伦斯基和别的人都觉得他们是早就认识到了的。"②之后，沃伦斯基放弃了自己正在绘制的安娜肖像画。"而关于中世纪生活的那幅画他仍然画下去。他自己、高列尼谢耶夫，特别是安娜都发现这幅画画得非常好，因为它比米哈依罗夫的画更像那些名画，而且像得多得多。"③但这恰恰是沃伦斯基的失败，他因循了古典主义，画的是一幅缺乏生命力

---

① [俄]列夫・托尔斯泰：《安娜・卡列尼娜》，智量译，第 549 页。

② [俄]列夫・托尔斯泰：《安娜・卡列尼娜》，智量译，第 549～550 页。

③ [俄]列夫・托尔斯泰：《安娜・卡列尼娜》，智量译，第 551 页。

的死画，画的是一个“蜡人”，所以这幅中世纪的画作最终在沃伦斯基手里只能半途而废了。沃伦斯基既缺乏艺术天赋，也缺乏对新艺术思潮的洞察力，更缺乏对现实生活的观察能力，从而显示出贵族青年的平庸。也许沃伦斯基在安娜的精神感召下有时会拥有超出平庸生活的能力，但平庸的性格和才能是惯常性的，这是他爱情消退和怨恨安娜的原因。思想的匮乏使得他虽对爱情不乏真诚和真情，但还是忽视了安娜的真正价值，并且其爱的能力也受到很大的限制。安娜虽为贵族女性，但是她的真诚和大胆却远超一般贵族妇女，她是《战争与和平》中娜塔莎的升级版。娜塔莎尽管也很真诚、单纯、善良，但不具备见识、胆略和勇气，而安娜身上有反抗一切平庸的“恶之花”精神，这显示了托尔斯泰新的美学理想。

小小的一幅安娜肖像画却用了这么多笔墨来反复描绘，其中还有托尔斯泰的另一层精妙设计，即通过二号主人公列文之口进一步揭示出其美与成功所在，从而兑现了悬念。《安娜》第七章第九节展示了列文对安娜肖像画的赞赏。走进客厅的列文望着挂在墙上的那幅米哈依罗夫画的安娜肖像画，“在明亮的灯光照耀下，画上的人好像要从框架里走出来似的，列文看得不能迈步向前走了。他甚至忘记了自己身在何处，也听不见他们谈话的声音，只顾目不转睛地望着那幅美妙的肖像。这不是一幅画像，而是一个活生生的美貌绝伦的女人，黑色的鬈发，裸露的双肩和双臂，唇边有着柔软的汗毛，若有所思地微微含笑着，一双令他心神荡漾的眼睛洋洋得意地而又是脉脉含情地注视着他。只能从这一点上看出她不是活的人，因为一个活的人不可能有她这样美”①。列文赞不绝口，对斯捷潘说自己从未见过如此美的肖像画。到了列文这里，米哈依罗夫这幅有关安娜肖像画的全部信息才得到具体的展示。

由以上分析可以看出，作者对于画像事件的描写似乎并不是真正的赘衍叙事，而是匠心独运，含有微言大义，早已超出了以下的写作目的：一是安娜的肖像画记载了安娜最幸福的时刻，画肖像是安娜恋爱达到幸福高潮的见证，以后其逐渐走向不幸；二是为后来列文拜访安娜时未见其人先见其画的情状做了准备，也与当时处在恋情危机之中的安娜形成对比。如果认为作者写了两万多字仅仅出于这样的目的，那么显然忽视了托尔斯泰的匠心，通过上述分析，我们可以发现作者达到了超出上述目的之外的三重目的：一是塑造并揭示沃伦斯基及其友人高列尼谢耶夫的绘画观，使我们看到他们作为贵族阶级所具有的平庸的

① [俄]列夫·托尔斯泰：《安娜·卡列尼娜》，智量译，第798页。

价值观。他们并不理解生活,也没有真实的生活体验,只是生活在表面,与生活的影子打交道,远离生活本身,他们所谓的教养只不过是身份和地位带来的优越感。沃伦斯基对安娜的爱尽管付出了不小的牺牲,不可否认的一点是他被安娜的真诚与美感动,但更多的是一种虚荣心在作祟,他并不真正了解安娜,只是通过米哈依罗夫的画才再次发现了安娜的美。这就是为什么游历意大利是安娜感到最为幸福的时刻,而他却感到格外失望。正像小说中所描写的,沃伦斯基希望的爱情幸福是一座大山,其实到手的只不过是一粒沙子,这就是沃伦斯基最终在感情上抛弃安娜的原因。二是不仅展示了安娜最为幸福的时刻,使我们看到安娜身上的美丽、真诚、生气勃勃,还让我们看到安娜似乎是一位田园牧歌时代的女性,她那高尚的情感、真诚的性格、光彩的形象似乎感染着与她接触的每一个男性。托尔斯泰赋予安娜这种田园牧歌式的美,以此批判俄国现实生活,特别是贵族官僚阶级和现代化了的资产阶级生活的平庸和庸俗。如此一来,安娜的自杀才有了震撼人心的悲剧美。三是作者通过塑造一个平民画家形象米哈依罗夫来展现自己的艺术观和创作观,即遵循现实主义美学原则,力求表现生活的深度和广度,而这种“赘衍叙事”就是对以往观念中现实主义创作原则的一种超越。

第二节　作为“赘衍叙事”的“赛马事件”

其实,托尔斯泰在运用“赘衍叙事”手法来描写安娜和沃伦斯基游历意大利之前,就进行过一次这样的“赘衍叙事”,即著名的赛马事件。

赛马事件发生在安娜与沃伦斯基秘密恋爱时期。沃伦斯基参加了军人赛马比赛,最后却因坐断了马的脊椎骨而摔下马来,可谓功败垂成,为避免佛鲁-佛鲁(赛马)的痛苦而将其枪杀。按照一般现实主义叙事原则,这一情节有两个目的:第一,推动情节。沃伦斯基从马上摔下来之事惊动了观礼台上的情人安娜,安娜的惊惶和失态表现(大声喊叫和哭泣),暴露出他们的情人关系,促使安娜向丈夫卡列宁表白私情,从而推动情节往前发展。因此,赛马仅作为道具而存在,并没有独立的价值,赛马本身是生或死,并不值得关心。第二,赛马之死是对安娜未来命运的暗示。用赛马之死来暗示安娜的死,且其“凶手”皆为沃伦斯基。在这一过程中,托尔斯泰并没有严格遵循现实主义叙事原则,而是对赛马产生了浓厚的兴趣,似乎已经忘记了叙事的目的,从而出现了“赘衍叙事”现象。

作为道具的赛马有一个名字——佛鲁-佛鲁，它是一匹购自英国的母赛马。作者通过沃伦斯基的视角，对佛鲁-佛鲁作了细致的观察和详尽的描述：

> 佛鲁-佛鲁是一匹中等身材的马，论体形不是无可挑剔的。它全身骨骼细小；虽然胸骨很为突出，胸部却是狭窄的。臀部微有下垂，四条腿，尤其后腿都有相当程度的内翻。前腿后腿的肌肉都不是特别粗壮；不过马肚子前部特别地宽阔，这一点此刻尤其让人感到惊异，因为它伫立不动，腹部显得消瘦。它膝盖以下的腿骨好像不比人的手指粗，这是从正面看，而从侧面看却又好像特别地宽。它整个的身体，除了肋骨之外，好像都被两边夹紧抻长了。然而它却在最大程度上拥有一个令你忘掉它一切缺点的品质，这就是血统，用英国人的说法，这是真正起作用的东西。它的皮肤很薄，反应灵敏，像缎子一样光滑，皮下血管网络包裹着肌肉显眼地突露出来，似乎像骨头一样坚硬。它消瘦的头上长着一双凸出的、善良的、快乐的眼睛，马头从鼻梁前部鼻孔凸起的地方放宽了，鼻孔里的黏膜充着血。它全身上下，尤其是头部，有着一种刚毅而同时又很温柔的神情。有一些动物之所以不能说话，好像只是因为它们口腔的构造不是用来说话的，这匹马就是这样一个动物。[①]

对一匹马有这样多的描绘，使人蓦然想起荷马对那些即将出场杀敌的古希腊或特洛亚将士的描写。他们往往出身高贵，血统纯正，身材健美，肌肉饱绽，是速度与力量的合一，我们会对这样的英雄萌发一种生物意义上的悲悯之心。这些英雄的肉体远远超过他们的心灵，既单纯又残酷、既善良又凶狠的矛盾性格交织在一起，这些“人类健康的儿童”无不让人心生爱怜。更可贵的是，这种描写滤尽了政治和伦理对人性的遮蔽，打开了人最原始的存在，“存在先于本质”也许就发生在这些人身上。例如，后印象派大师塞尚在静物绘画中使苹果成为苹果，因为他完全抛弃了古典主义的三维透视，即物体的体形完全靠一束光显现了出来。其实，事物本身并非如此，我们的眼睛欺骗了我们，事物只是它自身的样子，这种样子往往要借助画家的想象去展现、去复活，塞尚所画的苹果就实现了这种效果，如《静物》《水果篮子》等。托尔斯泰也试图展现马自身的样子，佛鲁-佛鲁就是一匹马，是独一无二的“这一个”。一个鲜活的独立生物的无辜死亡会引起人对生命的关注，佛鲁-佛鲁不是预备去死的道具，而是一匹活生生

① ［俄］列夫·托尔斯泰：《安娜·卡列尼娜》，智量译，第209～210页。

的、富有个性的马，一匹有名字的马。

应该说，作者在这里对佛鲁-佛鲁的描写已经超出了现实主义美学范畴，带有自然主义的味道，对所遭遇的事物进行无差别的描写（而非本质的真实性和典型化）；在这里，描写手法发生了转变，“反映”转变成“反应”，“再现”转变成“显现”，“叙述”转变成“描写”。作者要写出这匹马不是作为工具的马，也不是作为道具的马，而是一匹富有个性色彩的马，是活生生的、此时此刻的马；马不是别的，马就是马本身。相对于人来说，马是另一个“主体”，人和马的关系不再是人与物的关系，而是主体与主体的关系，可以说这是一种新型的反映事物的方法，应该说是“现象学还原”（胡塞尔）。真实不在客观，而在主客观之间，作者或画家要描绘出自身所理解（诠释）的马。

在创作《安娜·卡列尼娜》之前，托尔斯泰曾专门写过一篇关于一匹马悲惨一生的中篇小说《霍尔斯托梅尔》（1886），此处我们可以对比一下，看看这两处有关马的描写手法及其创作观的不同。

《霍尔斯托梅尔》中的马名叫“霍尔斯托梅尔”，即一匹花斑马。霍尔斯托梅尔本来是一匹良种马，但由于生下来时身上莫名其妙地长着“花斑”而被误视为劣种马，人们又担心其传种繁衍，留下后代，于是在霍尔斯托梅尔刚成年时即将其阉割，使之成为骟马，从此开启了它悲惨的一生。该小说不但以马作为主人公，还以马的视角来看待世界、评价世人，而马既有马的心理习性，也有人的心理特征。其中有一段关于马被阉后的描写：

> 有一天傍晚，我被牵出去遛弯儿，这时马群正好从旷野里被赶回来。我老远就看见尘土飞扬和我们所有那些母马们的模糊而熟悉的身影。我听见快乐的叫唤声和马蹄声。尽管马夫牵着我的笼头上的绳子，勒得我的后脑勺疼，我还是站住了，开始眺望渐渐走近的马群，仿佛在眺望那永远失去的、一去不复返的幸福似的。她们越走越近，我已经能够分辨出每一匹马——都是我所熟悉的漂亮雄健、膘肥体壮的身躯。她们中也有一些回过头来看我。马夫使劲拽着我的笼头，我也已经不觉得疼了。我忘乎所以和不由自主地按照老习惯引吭长嘶起来，并且撒开蹄子小跑；但是我的嘶鸣声听起来凄楚、可笑，而且荒唐。马群虽然没有马发笑，但是我发现，许多马都出于礼貌扭过头去，不愿看我。……我蓦地什么都明白了，明白了我跟她们大家的差距有多么大，而且还会永远这样，我不记得我是怎么跟着

马夫回到家的。[1]

托尔斯泰将马的心理人格化，以此充分揭示霍尔斯托梅尔被阉后的内心痛苦，哀叹主人凭借自己的好恶，受利益的驱动而对其进行无辜摧残。霍尔斯托梅尔一生中遇到了各式各样的主人，他们任意或任性地差遣它、役使它，使它过早地死去。小说通过马的遭遇对人类进行控诉，显示了自我的价值和尊严，进而使我们重新发现了马的价值，把马当作和人一样的主体来看待。在小说结尾，劳苦一生的马死后，肉被狼食掉，骨头被卖钱，仍然奉献着自己；而它的主人之一谢尔普霍夫斯科伊吃喝玩乐了一辈子，死后还要穿上新衣服和新皮鞋，白白占有新棺材和土地。相比之下，人还不如一匹马对社会有益。这样写，尽管抬高了马的地位和价值，但是作者从伦理角度去肯定马的品质，批判人的自私，又使马的真实性被伦理教化遮蔽了。当然，以人的心理来写马，好像抬高了马的地位，但无形中是对马的再次遮蔽，因为马是马，仅仅是马。

与《霍尔斯托梅尔》中的马相比，作者在《安娜·卡列尼娜》中确实把佛鲁-佛鲁当成一匹马来写。马不是工具，不是人类的目的，它有自身的价值，有自己的特性和爱好；马参加赛事并不是为主人争名次，而是在彰显自己的价值，因而它很兴奋。因此，“沃伦斯基走近它，说着话想让它安静下来。但是他越走近马越兴奋。而当他一靠近它的头部，它便忽然安静下来，浑身的肌肉在它细薄柔润的毛皮下颤抖着。沃伦斯基摸了摸它结实的脖子，它细长的脖颈上有一缕鬃毛倒向了另一边，他替它理齐，又把自己的脸贴在它灵敏的、像蝙蝠一样张开的鼻孔上。马儿用它紧张的鼻孔吸了口气，又呼出来，它先抖一抖身子，再抿起尖尖的耳朵，把它结实的黑嘴唇向沃伦斯基伸过来，好像要咬住他的衣袖。但是马上想起自己还套着笼头，便猛地一甩，重新又倒换起它的四条细腿来。……马的兴奋也传染给了沃伦斯基；他感到血液在涌向心脏，感到他也像马儿一样想要动，想要咬点什么；他感到又害怕，又欢喜”[2]。如此看来，佛鲁-佛鲁也是“主体”，和主人是平等的，两者是互相合作的关系。可是因为“主体”沃伦斯基的失误，毁掉了另一个“主体”佛鲁-佛鲁，它倒下了，但它不想死。这时的沃伦斯基眼睁睁地看着躺在地上的佛鲁-佛鲁，“它沉重地喘息着，向他弯过头来，用那一双美极了的眼睛注视着他。沃伦斯基这时还没有明白出了什么事，还在拉着马的缰绳。马儿再次像一条鱼似的，全身抖动着，把马鞍的两侧磨得沙沙响，它伸出两只前腿，但却无

---

① 《列夫·托尔斯泰文集》第4卷，臧仲伦、刘辽逸等译，北京：人民文学出版社，2000年，第20～21页。
② [俄]列夫·托尔斯泰：《安娜·卡列尼娜》，智量译，第210页。

法把后半身抬起来，立刻身子一晃，又横倒下去。沃伦斯基的脸激动得变了模样，他面色苍白，下颚颤抖着，他用脚跟踢了踢马肚子，又去拽马缰绳。但是马没有动静，只把鼻子杵在地上，眼睛好像在说话似的望着主人”[①]。这里即将死去的不是作为工具的马，而是一匹富有个性的、活生生的马，是有情感、有思想、有生命尊严的马。佛鲁-佛鲁的倒下，是一个鲜活生命的逝去，令人感到悲悯。一个工具或道具被毁，因其没有尊严而得不到人们的重视，毕竟工具或道具只有好坏和功用大小之分，并没有生命价值。

从这里可以看出，以往我们把佛鲁-佛鲁的死亡看作对安娜命运的暗示、对安娜未来命运的叹息（这仍然带有情节色彩），其实它的死亡还意味着对其作为生命现象瞬间即逝的悲悯。虽然佛鲁-佛鲁是马，安娜是人，但两者在生命层面是等值的，并且都毁于一个平庸之人（把虚荣看作比生命还贵重）——沃伦斯基之手。应该说，作者这里对佛鲁-佛鲁的描写，已经超出了现实主义美学范畴，带有精神现象学的味道。

由此我们可以说，在“赛马事件”中，托尔斯泰并没有违背现实主义叙事原则而出现“赘衍叙事”现象，而是在新的创作手法面前对现实主义叙事的超越，是更为真实地表现事物和更为深刻的人道主义的表现。

第三节　作为“赘衍叙事”的“志愿参战事件”

《安娜·卡列尼娜》中的第三次“赘衍叙事”事件出现在结尾处，即第八部第十五节至第十八节。这个时候安娜已经自杀了，卡列宁处理了安娜的丧事，并领养了安娜和沃伦斯基所生的女孩安妮。沃伦斯基决定参加塞尔维亚与土耳其的战争，当然他并不是要帮助斯拉夫兄弟塞尔维亚人，而是因为对安娜的死痛不欲生，因此他的行为带有变相的自杀殉情意味，这或许说明沃伦斯基在感情上是忠于安娜的，安娜生前以自杀的方式来惩罚沃伦斯基的目的似乎也算达到了。此事之前，《安娜·卡列尼娜》中的另一个主人公列文因农业改革失败、家庭生活不尽如人意也想自杀，但又因农民的一句“为上帝活着”的话而皈依了对上帝的信仰，文不对题地解决了现实困境。既然小说中的主要人物都有了结局，那么按照现实主义小说的创作原则，《安娜·卡列尼娜》已进入尾声，到此也

---

① ［俄］列夫·托尔斯泰：《安娜·卡列尼娜》，智量译，第230页。

就应该结束了，但是托尔斯泰似乎仍兴致盎然、意犹未尽，不顾当时连载《安娜·卡列尼娜》的《俄国导报》主编卡特科夫的劝说，而是对沃伦斯基组织民团、参加保卫塞尔维亚战争的人的行为以及由其激发的部分俄国人的极端民族主义和泛斯拉夫主义情绪问题展开详尽争论。托尔斯泰似乎忘记了作品的主要情节已经结束，表现主题的任务已经完成，却不顾一切地突然对俄国人民有无解救塞尔维亚斯拉夫人的义务发生了浓厚兴趣，并“凑齐”作品中的几个知识分子，如谢尔盖·科兹内舍夫（列文的同母异父兄弟）、卡塔瓦索夫、列文以及谢尔巴茨公爵（列文的岳父）等，并就此问题展开争论，延宕叙事竟长达四个章节上万言。这种与全书主题完全脱离的“争论”，与沃伦斯基赴塞尔维亚的行为本身并没有多少关系，显然是“赘衍叙事”。

这场争论是列文的哥哥谢尔盖·伊凡诺维奇引起的，他在火车上遇到了沃伦斯基，当时沃伦斯基正带着自己组织的骑兵连以志愿军的名义奔赴塞尔维亚。谢尔盖是狂热的民族主义者，对沃伦斯基的行为发生了极大的兴趣，认为这种行为正是斯拉夫民族兄弟之间情谊深厚的表现，并幻想着俄国政府会对土耳其“宣战”。列文是反对战争的，认为战争是兽性的、残酷的、可怕的，基督徒更不能参与战争；同时，他还认为战争是国家的事，个人无权发起战争。谢尔盖不认同列文的说法，反驳道：“你这样提出问题是徒劳的。这里没什么宣战不宣战，而只是要把人类的、基督徒的感情加以表达而已。人家在屠杀你的兄弟，你的骨肉同胞，同教兄弟。喏，就算甚至不是骨肉兄弟和同教兄弟，而只是一般的孩子、妇女和老人吧，你的心情也难以平静，于是俄国人就跑去帮助制止这种惨祸。设想一下，假如你走在大街上，看见一些醉鬼在殴打妇女或儿童；我想那时候你大概不会问要不要对这种人宣战，就会冲上去保护那些受欺侮的人。”①从这段话我们可以看出，谢尔盖混淆了两个概念，如果把作为斯拉夫人的塞尔维亚族视作“骨肉兄弟和同教兄弟”还算说得过去，那么把遭到异教异族人入侵的塞尔维亚人等同于受殴打的“孩子、妇女和老人”，显然偷换了概念，这里便含有煽情的成分，是一种极端民族主义和宗教派别主义思想在作祟。列文很容易就识破了这一点，认为自己作为斯拉夫人产生不了如谢尔盖所说的那种民族感情，更不会感情用事，并加以调侃。谢尔盖进一步煽情说：“人民听见自己死亡兄弟遭受苦难就说话了。”②列文则针锋相对：“可是我没有看见；我自己就是人

① [俄]列夫·托尔斯泰：《安娜·卡列尼娜》，智量译，第925～926页。
② [俄]列夫·托尔斯泰：《安娜·卡列尼娜》，智量译，第926页。

民的一分子,我自己就没有感受到这一点。”[①]谢尔巴茨公爵的话语中更是充满了讽刺和调侃意味,他反击谢尔盖说:“……我怎么也弄不懂,所有的俄罗斯人怎么忽然一下子就爱起他们的斯拉夫兄弟了,而我对他们毫无感情,这是为什么?我非常伤心,我想,我大概是一个怪物,要不就是卡尔斯巴德的矿泉水在我身上起了作用。”[②]显然,这是谢尔巴茨公爵对谢尔盖的讽刺、对列文的支持。但是谢尔盖似乎并不服输,认为“人民不可能不知道;人民总是能意识到自己的命运的,像现在这样的时刻,这种意识就显现出来了”。话说到这里,列文当场就找了一个名叫米哈依内奇的“人民”,问他是怎么想的。米哈依内奇说:“我想他干吗呢?亚历山大·尼古拉耶维奇皇上都替我们想到了,他每件事都替我们想到了。他看得更清楚。”[③]这位“人民”的回答无疑是对谢尔盖有关人民具有“命运”感观念的否定,因为像米哈依内奇这样的“人民”只知道崇拜沙皇,尚处在蒙昧状态,民粹主义不过是对农民具有美好道德品质和民族情感的一种臆想。谢尔盖仍然不服输:“我们看见过,现在还看见成千上万的人为了给正义的事业效一份力,把一切都抛弃了。他们从俄国的四面八方涌来,明确地表示自己的想法和目的。他们把自己的一点点钱拿出来,或者亲自去打仗,并且直截了当地说他们这样做为了什么。这都说明什么呢?”[④]列文认为这些人不过是些“胆大妄为之徒,这些人随时都准备去——投奔普加乔夫匪帮,投奔希瓦,投奔塞尔维亚”[⑤],对这些“成千上万的人”的动机给予坚决否定,认为他们投奔塞尔维亚就像投奔普加乔夫一样,都怀有不可告人的自私目的。谢尔盖认为他们是“人民的优秀代表”,而列文则反驳道:“‘人民’这个词儿太不明确了,乡下文书,教员,千分之一的庄稼汉,或许知道是怎么回事。八千万人中其余的人,就像米哈依内奇这样的,不仅是没有表示自己的意志,甚至根本不了解他们为什么要表示自己的意志。那么我们有什么权利说,这是人民的意志呢?”[⑥]在列文看来,“人民”作为一个抽象概念并不能说明什么,农民还不了解自己的意志。谢尔盖仍坚持己见,并走向了神秘主义:“可以从空气当中感觉到,可以凭一颗心去感觉到。且不说那些在貌似精致的人民海洋中涌动的潜流吧,任何一个不抱成见的

---

① [俄]列夫·托尔斯泰:《安娜·卡列尼娜》,智量译,第926页。
② [俄]列夫·托尔斯泰:《安娜·卡列尼娜》,智量译,第926页。
③ [俄]列夫·托尔斯泰:《安娜·卡列尼娜》,智量译,第927页。
④ [俄]列夫·托尔斯泰:《安娜·卡列尼娜》,智量译,第927页。
⑤ [俄]列夫·托尔斯泰:《安娜·卡列尼娜》,智量译,第928页。
⑥ [俄]列夫·托尔斯泰:《安娜·卡列尼娜》,智量译,第928页。

人都是冥冥看见了这些潜流的;你就看看社会吧,我是指狭义上的社会。知识分子当中以前势不两立的各种各样的派别,现在都汇合成了一片。一切分歧都了结了,所有的社会结构都同声相应,大家感到有一股自发的力量把他们都抓住了,带往同一个方向。"[①]在"人民"这一概念遭到列文的反驳后,谢尔盖又拿出社会涌动的神秘力量以及知识分子"同声相应"作为例子,指出他们借助报纸媒体表达"同心同德"。谢尔巴茨公爵似乎对知识分子和报纸媒体的声音并无好感,认为这不过"就好像暴风雨以前的青蛙叫似的",并认为谁愿意打仗就让谁参加"特种先遣军团去,去带头冲锋陷阵!"而谢尔盖仍然强调,"二十年前我们也许会保持沉默,而现在我们能听到俄罗斯人民的声音,他们随时准备站立起来,万众一心,为被压迫的兄弟而献身;这是伟大的壮举,是力量的保证"[②],并引用《圣经》中的"我来,并不叫地上太平,乃是叫地上动刀兵的"[③]来说明打仗的合理性。加上卡塔瓦索夫为谢尔盖助阵,列文在争论上一时败下阵来。"他看出来,要说服他哥哥和卡塔瓦索夫是不可能的,也看出他自己更加不可能同意他们的观点。他们所宣扬的一套,正是那种妄自尊大的思想,就是这种思想险些儿把他毁掉。他不能同意说,那么几十个人,其中也包括他的哥哥,根据几百个志愿兵到京城来夸夸其谈地说的一番漂亮话,就以为他们有权说他们和那些报纸表达了人民的意志和思想,而且是那种要复仇和要杀人的思想。"[④]但是害怕再次激怒兄长谢尔盖,列文只能作罢,争论也就结束了。列文虽然在辩论中失败了,但是仍然坚信自己的观点,这便是反对极端民族主义,反对俄罗斯民族负有某种特殊使命的神秘主义,反对任何借口的战争,主张和平主义和世界主义。应该说,列文的观点是有道理的,一个人热爱自己的民族并没有错,这也是通常的民族认同感,但是过分夸大民族主义情感,赋予民族以神秘使命,就会带来民族优越论、等级论,那么新的民族压迫和新的战争也就在所难免。

上述两方的争论,即谢尔盖、卡塔瓦索夫与列文、谢尔巴茨公爵就俄罗斯人要不要解救塞尔维亚人的争论,部分地表达了托尔斯泰的以下观点:主张世界主义,反对极端民族主义和泛斯拉夫主义;主张和平,反对战争;主张理性主义,反对神秘主义,反对所谓的神秘的民意和俄罗斯民族负有特殊使命的臆断等。俄国统治者自古以来就宣扬俄罗斯民族负有特殊使命,宣扬"第三约""第三罗马"观念,大

---

① [俄]列夫·托尔斯泰:《安娜·卡列尼娜》,智量译,第928页。
② [俄]列夫·托尔斯泰:《安娜·卡列尼娜》,智量译,第930页。
③ [俄]列夫·托尔斯泰:《安娜·卡列尼娜》,智量译,第930页。
④ [俄]列夫·托尔斯泰:《安娜·卡列尼娜》,智量译,第931页。

搞极端民族主义和泛斯拉夫主义，对内专制，对外扩张，至19世纪更是提出“东正教、民族性、君主专制”三位一体的官方意识形态，强化思想钳制，大搞警察治国。19世纪六七十年代，革命风潮风起云涌，立宪迫切，托尔斯泰在小说中借助列文对这些陈旧保守的政治观念和文化观念加以反击，这是颇有积极进步意义的。当然，对于托尔斯泰通过列文所表现的无政府主义政治思想、民粹主义思想以及宗法制观念等，我们应该审慎看待。不管怎样，上述叙事正是现实主义作家托尔斯泰对当时社会生活中两种思想交锋的真实反映。

更为可贵的是，托尔斯泰让其思想的表达者列文借口不愿意激怒哥哥谢尔盖而退出争论，自认失败，这样的说辞显然有着更为复杂的内在原因。19世纪中叶自沙皇亚历山大二世继位以来，政治改革不断发展，政治环境日益宽松，到了60年代，各种政治思潮也越发活跃。当时主要的政治派别有三个：一是占主流地位的“西欧派”，也被视为“自由派”，他们主张俄国走西方立宪道路。实际上，当时俄国在向立宪迈进，文学领域以屠格涅夫等为代表。二是革命民主派。此派想通过革命方式推翻现政权，建立社会主义，文学领域以车尔尼雪夫斯基等为代表。三是斯拉夫派。此派主张维护君主专制制度和东正教国教地位，反对暴力革命，反对西方化，保护和弘扬民族文化传统，文学领域以陀思妥耶夫斯基等“根基派”为代表。托尔斯泰的自身情况则颇为复杂，就其否定专制、否定东正教来看，他有西欧派倾向，却又同情革命民主派，尽管他反对暴力革命；从民粹主义立场来看，他身上又有着斯拉夫派倾向，却又极力反对极端民族主义和泛斯拉夫主义，这也使得他和陀思妥耶夫斯基的关系始终不睦。两位俄国同时代的大作家，在世时竟未谋过面和通过信，就能说明一定的问题。《安娜·卡列尼娜》中，谢尔盖等人的神秘主义和“特殊使命”论等思想，正是陀思妥耶夫斯基所赞许的思想观念。《安娜·卡列尼娜》发表之前，陀思妥耶夫斯基已经出版了《白痴》(1868)，他的许多“根基派”理论主张在其中都得到了集中反映，如拥护东正教和君主制度，提倡民族主义和泛斯拉夫主义，反对西欧派，反对启蒙思想所带来的无神论思想和历史虚无主义，反对暴力革命，主张东正教信仰对各个社会阶层的凝聚作用等，托尔斯泰对此应该是知晓的。托尔斯泰在《安娜·卡列尼娜》中借此反击陀思妥耶夫斯基的思想也是很有可能的。

托尔斯泰实际上是一个无政府主义者和激进的民粹主义者，虽然反对暴力革命，但又同情革命者，因而被视作“不革命的革命者”。在《安娜·卡列尼娜》中，托尔斯泰一方面借助列文来宣扬自己的思想，另一方面又让谢尔盖宣扬斯拉夫派的极端民族主义，两派思想相交锋，正是托尔斯泰对70年代俄国社会思想现状的真实反映。从表面来说，列文不愿得罪哥哥谢尔盖而退出争论，宣告争论失败；实际上，在知识分子中，陀思妥耶夫斯基的思想更受推崇，托尔斯泰的学说较为孤立，因为前者更利于缓解社会矛盾，更利于推动自上而下的社会改革，对虚无主义者的批评更能得到社会的共鸣，对宗教改革的探索更具神学思想深度，对社会现实的反映和对人物的塑造更接近当时的社会发展现状。尽管陀思妥耶斯基的思想存在着这样或那样的不足，前文谢尔盖的一些主张即是如此，代表托尔斯泰思想主张的列文的反击也很有力量，但是就总体思想影响程度而言，陀思妥耶夫斯基显然更具“先知”的价值，因而托尔斯泰让列文“知难而退”，这也是他对当时俄国各种思想交锋真实情状的无奈反映，这更显示出他是一位坚定的真诚的现实主义者。为了反映真实，托尔斯泰安排了这样的“赘衍叙事”结尾，甚至还与当时连载《安娜·卡列尼娜》的《俄国导报》主编卡特科夫发生了矛盾，不惜与之断交，撤回稿件，采取了出单行本的做法。[①]

仅就《安娜·卡列尼娜》中沃伦斯基赴塞尔维亚不惜战死这一情节来看，上述的思想争论显然是多余的，因为它既与小说主题无关，也与沃伦斯基的行为无关，是赘衍的叙事；但就反映当时俄国社会思想的真实状况来看，托尔斯泰又是一位忠实的现实主义作家，因而“志愿参战事件”并非赘衍。

总之，就上述三个事件的叙事，即“画像事件”“赛马事件”“志愿参战事件”等来看，它们表面上是多余的“赘衍叙事”，实际上仍然是应有的叙事，它们改变和丰富了现实主义的叙事方式，并达到了更好地反映现实、塑造刻画人物的效果。宏观来看《安娜·卡列尼娜》的叙事结构，“列文—基蒂”线索相对“安娜—卡列宁—沃伦斯基”线索来说，何尝不是相对更大的“赘衍叙事”呢？如果说现实主义长篇小说叙事就像一条奔腾的河流，那么这条河流不但不是笔直的，还是弯曲的，甚至要在某处停一停，形成一个个壮观的湖泊，这非但没有影响流速，反倒形成了宽广和浩瀚的大河。从这个角度说，“赘衍叙事”并非真正的赘衍，而更似壮观的湖泊，是托尔斯泰创作特色或创作技巧的一种表现，是我们以往所忽视的但又本应该关注的地方。当然能够做到这一点，也非得托尔斯泰这样的大家不可。

---

① 1877年12月中旬，《安娜》最后一部分准备在次年《俄罗斯导报》前四期上发表，可是这时托尔斯泰跟主编卡特科夫在塞尔维亚—土耳其战争（1876～1878）中俄国是否该出兵支援塞尔维亚人的问题上出现了分歧。《安娜》里的列文认为不该出兵，卡特科夫对此要求加以修改，托尔斯泰不同意。托尔斯泰根据斯特拉霍夫的建议，决定把小说的最后一部即第八部以单行本的方式出版。小说出版后，无论在莫斯科还是在彼得堡，人们对其议论纷纷，一如既往地既有赞扬也有批评。

第七章　21世纪前20年国内多重批评话语中的安娜形象建构

对于安娜形象的研究历来是托尔斯泰创作研究的重点之一，以往的研究大多从意识形态批评话语出发，过分强调安娜追求个性解放和反封建性质，强调安娜悲剧的社会原因等；21世纪前20年国内学界有关安娜形象的研究又有了新的进展，这既表现在对以往批评话语的承继上，也更多地表现在对新批评话语的运用上，出现了雷成德、金亚娜、张中锋、何怀宏、杨宏、张兴宇、何峰、杨正先、陈新宇、吴舜立等一批学者。这些学者从宗教、文化、伦理、女权、哲学、比较、影响以及心理学等批评话语出发，对安娜形象进行重新建构，取得了不小的成就，带来了安娜形象研究的新气象。因此，对安娜形象这一重构现象作及时梳理、总结与评价，是一件有意义的事。

第一节　宗教批评话语中的安娜形象建构

宗教批评话语是对作家或作品所呈现的宗教信仰状况加以批评研究，就本节来讲，就是用宗教批评话语来建构安娜形象，这方面较有代表的学者是雷成德、金亚娜等。

雷成德在《"题辞"的内蕴——托尔斯泰艺术研究之三》一文中，从小说题辞"伸冤在我，我必报应"的宗教意义入手，探究安娜形象塑造所体现出来的有关作家的宗教思想，认为托尔斯泰的这一题辞来源于叔本华而非《圣经》，并接受了叔本华不要以恶报恶的主张。雷成德认为，这段题辞出自"叔本华的哲学著作《作为意志表象的世界》”[1]，叔本华在该著作中说：“任何人对我做的不义都不能使我由于这个不义而有权去报应他，从长远的观点看，以恶报恶，既不会认为是有道德的，也不能认为任何其他的理性论据是正确的……因为《圣经》上说：对我报应和我的报应。”[2]雷成德指出，托尔斯泰赞同叔本华的观点，人无权惩罚人，能惩罚人的只有上帝，但是上帝的惩罚必须在承认人间有冤情的情况下才能施行，只有在这种情况下，该题辞才是可以接受的。雷成德从四个方面谈及安娜的冤情：第一，年轻时违心嫁给了卡列宁；第二，丈夫卡列宁并不爱她；第三，社会与之作对，夺去了她的儿子（母权）；第四，沃伦斯基背叛了爱情等。“安娜只不过是希求过上有真诚爱情的家庭生活，这有什么罪？上帝看清了这些，且表示出同情。……上帝既同情安娜的冤情，而又限制安娜不得破坏现成的婚姻与家庭，于是她背上了抛夫弃子的罪名。这是多么矛盾呀！”[3]雷成德分析了上帝对待安娜的矛盾态度，当然也是他自己对待安娜的矛盾态度。雷成德主要是希望我们理解“报应”，看到安娜值得同情和值得肯定的地方。文章最后还提出了这一题辞容易误导读者的一面，即仅仅理解成上帝对人的简单惩罚，从而忽视了作家在安娜身上所呈现的同情态度。雷成德借助对托尔斯泰宗教思想的分析，对安娜的悲剧给予人道主义的深切同情，提升了安娜形象的悲剧美和人性美。

金亚娜在《“伸冤在我，我必报应”的重新解读》一文中认为，安娜不仅仅是俄罗斯民族理想女性，而且是俄罗斯民间宗教中的圣徒式女性，她的死亡是圣徒式的死亡。金亚娜的这篇文章似乎是对雷成德一文的回应，她似乎并不满足于对安娜的同情，还要为安娜正名。金亚娜在该文中别开生面，不是从官方东正教的教理出发，而是从民间宗教传说、民间圣徒传和“日读月书”出发去解读安娜形象。“……民间圣徒传文学和宗教传说中有这样一类女性，她们都因爱欲这个魔鬼的诱惑而犯了罪，最后成为女性圣殉难者。”[4]“这就是说，从宗教的角度而言，安娜是有罪过的。而从俗世的爱情生活的规律而言，她的人本性的自然要求又是无可指责的，并且，即使是从宗教的观点而言，她的这种本性也是上帝赋予的。”[5]金亚娜进一步认为，“尽管她做了上帝不允许的事，托尔斯泰似

① 雷成德：《“题辞”的内蕴——托尔斯泰艺术研究之三》，《西北大学学报》2002年第4期。
② 雷成德：《“题辞”的内蕴——托尔斯泰艺术研究之三》，《西北大学学报》2002年第4期。
③ 雷成德：《“题辞”的内蕴——托尔斯泰艺术研究之三》，《西北大学学报》2002年第4期。
④ 金亚娜：《“伸冤在我，我必报应”的重新解读》，《外国文学评论》2008年第3期。
⑤ 金亚娜：《“伸冤在我，我必报应”的重新解读》，《外国文学评论》2008年第3期。

仍在设法为她减轻罪责——强调安娜的无辜性，并从民间流传的圣徒传文学中寻找依据”[①]。托尔斯泰之所以设置安娜死亡这一情节，是因为他想使安娜成为殉教的圣徒。金亚娜把安娜的自杀看作圣徒式殉教，这完全颠覆了以往的“惩罚”说，是对安娜形象的最大“翻案”。不过，金亚娜似乎也觉得走得太远，最后补充说，安娜的自杀仅仅是形式上的殉教，离真正的圣徒殉教还是有一定距离的。

崔艳在《寻找动物性与神性合一的象征——对安娜·卡列尼娜与佛洛佛洛相似性的思考》一文中认为，托尔斯泰在从异教信仰向基督教信仰的转变中，没有看到基督教的理想是追求灵与肉的合一，否定了作为肉体存在的安娜，由此造成了安娜的悲剧。在这一论证过程中，崔艳借助《安娜·卡列尼娜》中的一处细节描写，即把安娜与沃伦斯基的母赛马佛鲁-佛鲁（在崔艳一文中，译作“佛洛佛洛”）加以比附，认为安娜与佛鲁-佛鲁有很多相似之处，比如高贵的血统、温柔而又刚毅的特性、对男主人的迷恋、用动作和表情表达感情以及因男主人的失误而殒命等。崔艳似乎从这种人与兽的比附中发现了托尔斯泰的创作秘密，看到了托尔斯泰塑造安娜形象是从肉体出发且通过描写人的兽性来实现的，并认为托尔斯泰这种观点无异是一种异教信仰。崔艳认为，托尔斯泰这种异教信仰没有坚持多久，佛鲁-佛鲁的惨死既是对异教信仰的否定，也是对未来安娜悲剧的一种暗示。崔艳认为，虽然托尔斯泰皈依基督教、否定异教是一种正确的选择，但是他对肉体的否定却走向了另一个极端，违背了基督教有关灵与肉神圣合一的理想，“只有通过兽性中的神性，他才接触到了人性中的神性，通过神兽接触到了神人”[②]，而对安娜的处理则显示了托尔斯泰信仰的缺陷，从而导致他在处理安娜命运时失之偏颇。至此，崔艳对安娜悲剧的解释还是非常独特的，基督教尽管主张灵与肉合一的理想，但实际上还是强调“灵”的地位高于“肉”。

孙燕、张杰在《超越历史现实：〈安娜·卡列尼娜〉宗教解读》一文中认为，托尔斯泰既然追求人与上帝的同一，意在实现人类的终极和谐幸福，那么安娜形象塑造就要符合这一主旨，但安娜形象的丰富性，使得这种同一性又具有复杂性。孙燕、张杰认为：“在小说中，托尔斯泰把上帝理解为爱与至善，所以安娜与上帝的同一就是与‘爱’的同一。在具体情节里，因‘爱’的含义的复杂性和矛盾

---

① 金亚娜：《“伸冤在我，我必报应”的重新解读》，《外国文学评论》2008年第3期。

② 崔艳：《寻找动物性与神性合一的象征——对安娜·卡列尼娜与佛洛佛洛相似性的思考》，《外国文学研究》2002年第5期。

性,加上安娜自我世界的丰富性,二者同一的道路是复杂的、反复的。”[①]这里所说的对立是指母爱与情爱的对立,所谓同一是指安娜与上帝都认同爱与至善是历时性纵向发展的,而安娜这期间与他人构成的矛盾冲突又是共时性横向拓展的,并促使安娜对自己的罪感进行反思,进而因对爱的皈依无望而自杀。由此来看,孙燕、张杰的研究,一方面从宗教的维度把安娜的悲剧人生看作罪与爱的矛盾纠结的过程,另一方面又从结构主义理论出发,分析了安娜悲剧纵横展开的复杂性、过程性。这使我们对于安娜悲剧原因的认识更加明晰,并增加了对安娜的同情力度。

总体来看,上述从宗教视角对安娜形象进行的研究中,雷成德借助宗教的名义赋予安娜悲剧更多的人道主义温情;金亚娜从民间宗教出发,视安娜为圣徒式圣女,要给安娜完全正名;崔艳将安娜悲剧归咎于作家基督教理想的欠缺;孙燕、张杰等对安娜悲剧的复杂性作了结构主义层面的解读,引发人们给予安娜更多的同情与思考。所有这些似乎都在为安娜的“罪过”“开脱”,为安娜“正名”,显示了21世纪前20年研究者对人性有着更为深入的理解,对宗教作用有着更为理性的接受。

第二节　文化批评话语中的安娜形象建构

文化批评话语是从文化立场来阐释作品的方法,就本节而论,就是看作者是从何种文化立场或文化观来建构安娜形象的,这方面研究成就比较显著的学者有金亚娜等。

金亚娜虽然在有关安娜的宗教批评话语研究方面取得了不小的成就,但在这之前她就对安娜形象进行了文化批评话语层面的研究,并取得了较大成就。金亚娜从俄罗斯人文文化视角出发,充分肯定了安娜形象的正面价值,认为安娜是美好人性的理想形象,是俄罗斯民族理想女性的化身,否定了以往研究中对安娜性格的局限性指责。金亚娜在《安娜·卡列尼娜人格魅力探源》一文中认为:“作者在这一形象中又反映出俄罗斯人文精神传统中最珍贵、最神圣的民族特质,正是通过安娜他赞颂了这一切,抒发了俄罗斯人理念中美好人性的理想……她外在的

---

① 孙燕、张杰:《超越历史现实:〈安娜·卡列尼娜〉宗教解读》,《外国文学研究》2016年第5期。

美自不必多说，而更加重要的是，她有更为珍贵的内在心灵美和精神美。”[①]“安娜是一位外在容貌美和内在心灵美的和谐统一体。”[②]在这里，金亚娜从俄罗斯人文文化的角度对安娜进行了充分的肯定，接下来还通过与包法利夫人的比较来肯定安娜。金亚娜认为安娜的悲剧更多的是一种精神痛苦，而包法利夫人则更多的是一种物欲的痛苦；安娜追求的是爱情，而包法利夫人追求的则是肉欲的满足和享乐。[③] 正是因为这样，“我们所有喜欢俄罗斯文学的人，都觉得其中的女性形象（安娜——作者注）更加可爱，有许多令人崇拜的品格”[④]。这番比较之后，金亚娜还将安娜的形象意义升华到民族高度，认为安娜追求真挚的爱情及其所表现出来的勇敢坚贞精神，是俄罗斯民族独有的。[⑤] 其实这种对安娜的全面肯定虽有一定的文化依据，但忽视了安娜身上的反文化乃至反道德现象。比较安娜和包法利夫人之后发现，安娜同样有对情欲的迷恋、对家庭义务的放弃，这些不足非但不会损害安娜的形象，反倒使人觉得安娜真实、可信、亲切。当然，过分赞美也存在使人物抽象化的隐忧。

笔者曾在《列夫·托尔斯泰的大地崇拜情结及危机》（2015）一书以及《托尔斯泰大地崇拜危机中的安娜形象塑造》（合著）一文中，运用文化人类学视角对安娜形象进行了新的解读。何谓“大地崇拜情结”？笔者以为，托尔斯泰是一位乡村贵族作家，有着很强的农民意识，对土地有一种深厚的感情，并达到了崇拜的程度。俄罗斯广袤无垠的土地，不但给作家提供了物质资源，而且提供了精神资源，“托尔斯泰对大地崇拜的主要内涵是人对自然的原始崇拜”[⑥]。按照这种“大地崇拜情结与危机”理论，托尔斯泰对大地的崇拜也是对自然生命力的崇拜，因此他喜爱的人物必然是精力充沛的、生命力旺盛的以及身体健壮的，具有这样特质的人也意味着人性能够趋向真善美。托尔斯泰正是运用这一原理塑造了安娜形象。托尔斯泰笔下的安娜不但精力旺盛，眼睛也是亮晶晶的，“仿佛有一种过剩的生命力洋溢在她整个身心上”[⑦]。安娜身材丰腴，胸和肩裸露着、洁白如玉，就像老象牙雕刻的一般；而她跳起舞来，腿脚又特别灵巧。身体如此丰满而又如此轻盈，连基蒂也赞叹安娜身上有一种诗意的美。相比之下，卡列

---

① 金亚娜：《安娜·卡列尼娜人格魅力探源》，《俄罗斯文化评论》2006 年第 00 期。

② 金亚娜：《安娜·卡列尼娜人格魅力探源》，《俄罗斯文化评论》2006 年第 00 期。

③ 参见金亚娜：《安娜·卡列尼娜人格魅力探源》，《俄罗斯文化评论》2006 年第 00 期。

④ 金亚娜：《安娜·卡列尼娜人格魅力探源》，《俄罗斯文化评论》2006 年第 00 期。

⑤ 参见金亚娜：《安娜·卡列尼娜人格魅力探源》，《俄罗斯文化评论》2006 年第 00 期。

⑥ 张中锋：《列夫·托尔斯泰的大地崇拜情结及危机》，济南：山东人民出版社，2015 年，第 1 页。

⑦ 张中锋、刘美：《托尔斯泰大地崇拜危机中的安娜形象塑造》，《中华女子学院学报》2018 年第 5 期。

宁则枯干衰老，头发谢顶。在托尔斯泰看来，羸弱衰朽的身体必然会趋向假恶丑，而卡列宁也确实是虚伪自私的。当然，托尔斯泰也意识到对自然生命力的崇拜是一把双刃剑，因为旺盛的自然生命力还负担着繁衍生命的责任，这便是对家庭的重视。而安娜却选择出走，不尽妻子和抚养孩子等义务。因而，基蒂在看到安娜"诗意美"的同时，也看到了她身上还有"可怕的""残酷的"的东西，即反道德的"恶"，而这显然是不能令托尔斯泰满意的。此时的托尔斯泰已由对大地的崇拜逐渐转向了对道德宗教的信仰，所以他设置安娜的自杀结局也就成了必然。可以说，"'成也萧何，败也萧何'，赞美生命力，又恐惧生命力，托尔斯泰这种矛盾的创作观，铸就了矛盾的安娜，而所有这一切又都是作者对大地崇拜发生危机之后的必然选择"①。

从文化批评话语中的安娜形象建构这一研究领域来看，金亚娜从俄罗斯民族人文文化出发，把安娜视作俄罗斯的"民族理想女性"而加以肯定；而张中锋则从宗法文化出发，一方面把安娜视作宗法文化下的理想女性而加以肯定，另一方面认为安娜没能坚守住宗法人格，追求欲望满足，最终走向了堕落。以上所论虽然都是文化话语，但两种文化话语间的内在不同，也导致了安娜形象建构的差异。

第三节　伦理批评话语中的安娜形象建构

伦理批评话语又叫"道德批评话语"，是对作品人物之间的伦理关系或作品本身所体现出来的伦理主题加以评判分析。就有关安娜形象研究的成就来看，何怀宏在这方面做了较好的尝试。

何怀宏在《道德·上帝与人》(2010)一书中的"托尔斯泰的矛盾"部分认为，安娜生命力强大，即使没有爱上沃伦斯基，也会爱上某个男子，出轨是必然的。安娜敢做敢当，敢于体验各种生活，精力充沛，害怕无聊。"她命定是要有一次大爱的，也许还不止一次。……说句极端的话，甚至假设她的第一次婚姻是和弗龙斯基结合，久而久之，某一天她仍然可能会感到不满足和不安分，红杏出墙不是没有可能。"②在这里，我们可以看到何怀宏完全排斥掉意识形态、宗教、文

① 张中锋、刘美：《托尔斯泰大地崇拜危机中的安娜形象塑造》，《中华女子学院学报》2018年第5期。

② 何怀宏：《道德·上帝与人》，北京：北京大学出版社，2010年，第329页。

化等因素，把人物放到伦理关系中加以分析，这就是安娜想要的爱情，即想要一个情投意合的男人，而这个对象恰巧是沃伦斯基。具体来看，安娜在追求沃伦斯基的过程中表现出既拒又引的态度，甚至可以说拒绝是为了更好地诱引。因此，在激情高涨和外部压力增大时，他们深爱着彼此，但真正安居在庄园，开始过一种相对平静的生活时，两个人的爱情就开始减色降温了，“所以，在安娜自杀之前的一段时间，他们之间已经不那么情投意合了”①。最终安娜还是死掉了，惩罚的目的也达到了，只不过她付出的代价也太大了。

接着，何怀宏发出了一系列伦理质问：“但问题在于，尽管安娜道德上有错，我们为什么仍然非常同情乃至喜欢她？是因为她的个性中或者说作为女性的人性中有很美的一部分？是因为她美丽优雅，而且还勇敢和真诚？但有一种近乎残忍的说法说她对社会的反抗还不够彻底，而如此说的人还希望她做什么？她所爱的弗龙斯基并非是不值得爱的，她为什么还会陷入悲剧呢？这悲剧的原因何在？是她冒犯了上流社会的规则？但这仅仅是上流社会的规则，还是整个社会赖以生存的制度和规则？是太率真，太要求全部和完美？甚至她太顾及自己的感情，而不是顾及别人——不仅不顾及丈夫，甚至也不顾及孩子乃至情人？”②何怀宏认为安娜的悲剧首先在于没有法律和制度保护之下的安全感，因为她和沃伦斯基是同居关系而非婚姻关系；因为没有安全感，安娜就会让沃伦斯基不时地作出忠心的保证；时间一长，保证就会成为沃伦斯基的束缚与累赘。其次，安娜并不爱自己和情人所生的孩子安妮，而更爱自己和她不爱的男人卡列宁所生的孩子谢辽沙，谢辽沙长得非常像他父亲，沃伦斯基对他并不感兴趣。何怀宏指出，安娜的悲剧是多种偶然因素造成的，并非完全是必然的社会原因。安娜“这种自杀是在一些偶然事件、包括他人和社会因素凑集之下她性格的一种逻辑，但并不是社会的必然逻辑。无论如何，我们需要在个人的感情和社会的规范之间作出某种平衡或妥协，无论谁都需要某种自制”③。在这里，何怀宏的观点显然有别于以往把安娜悲剧归咎于社会的观点，而是将其归咎于安娜没有处理好各种伦理关系，因为平衡和妥协这种常见的人际关系处理技巧恰恰是安娜所缺乏的。

何怀宏从伦理批评话语出发，把安娜建构成不善于处理各种人际伦理关系的女性，从而弱化了其悲剧的社会因素，应该说是有一定道理的。

---

① 何怀宏：《道德·上帝与人》，第331页。

② 何怀宏：《道德·上帝与人》，第332页。

③ 何怀宏：《道德·上帝与人》，第333～334页。

第四节 女权主义批评话语中的安娜形象建构

20世纪末期，国内就有学者运用女权主义批评话语来建构安娜形象，但该话语的运用大多停留在社会历史批评话语的范畴。进入新世纪，女权主义理论本身已有较大发展。杨宏、王永奇等学者采用的是存在主义女权理论批评话语，该理论建立在波伏娃理论与萨特理论相结合的基础之上，因而更具一定的理论优势。

杨宏、王永奇等的《从存在主义女权理论对安娜悲剧的再审视》一文，从存在主义女权理论出发，运用波伏娃的“他者”理论和萨特的“注视”理论，对安娜的悲剧命运进行了解读。波伏娃认为，在一个父权社会里，女性在经济上失去独立地位，成为男性的附属，即“他者”或被男性“注视”的对象，如像安娜最早寄居于姑妈家，后来依靠卡列宁，再后来又系身于沃伦斯基。更为重要的是，经济上的附属带来了文化上的附属，安娜接受的文化来自男权文化，不按照男权文化规定行事的女性就会有一种自卑感和羞耻感，如此就将失去独立人格和主体性，为了避免焦虑只能选择“自欺”。“萨特认为，自欺就是选择一种被规定的态度去对待外部世界，在行动中心甘情愿地做出各自身份所应有的标准动作……自欺的态度是以牺牲自己的人格和自由、形成自觉的他者观念为代价的。在这种情况下……按照社会和人们所希望的那样去行动，从而完全失去了主体性，成为完全意义上的他者。”[①]由此看来，“自欺”成为“他者”和被“注视”者的生活常态。正因如此，我们看到小说中的安娜一方面作为情人沃伦斯基的“他者”而存在，有一种是否被爱的焦虑感，另一方面又时常因自己的行为而有一种羞耻感和不安，可见安娜还没有充分自觉地认识到这些行为所包含的男权中心话语是外界强加给她的。

受资产阶级个性自由影响的安娜不可能永远活在“自欺”状态，她要起身反抗男权中心，要从“他者”的状态中获得和男性相同的地位和主体自由，让男权充分认识到自己的地位和存在价值。因此，她要冲破男性中心的牢笼，于是先反抗卡列宁，认为他是一架官僚机器，不尊重自己，缺少温情，这是对自己生命

① 杨宏、王永奇：《从存在主义女权理论对安娜悲剧的再审视》，《陕西师范大学学报》2008年第3期。

的摧残;对于沃伦斯基,她初始认为自己找到了真爱,实现了自己的人生价值,她刻意打扮,甚至以不想生孩子来取悦情人,但后来觉醒了,发现沃伦斯基变心了,她再次沦为"花瓶",沃伦斯基对功名的追求超过了对她的关注,甚至将她视为累赘,此时安娜不得不再次反抗,并且这种反抗是以自杀的方式进行的。可见,"安娜追求个性的自由与解放,试图改变女性他者的地位,并以其生命的毁灭为代价,向男权中心观念和男权社会进行了反叛,使得其原本纯粹的悲剧性结局里融入了崇高、悲壮,也使其形象具有了永久的艺术魅力"[①]。总之,杨宏、王永奇等用存在主义女权理论对安娜的悲剧形象作了较为合理的新解读。

第五节　哲学批评话语中的安娜形象建构

从创作主体的哲学思想出发去研究其创作,也是不少学者在托尔斯泰创作研究中常常采用的一种批评话语。比如,有学者从托尔斯泰的自然哲学思想出发进行研究。张兴宇在总结前人研究的基础上,进一步建构了托尔斯泰"自然生命哲学"理论体系,并以此为批评话语进行批评实践,对托尔斯泰创作研究作出了一些有益的探索,对安娜形象又有了新的建构,这主要反映在他的《列夫·托尔斯泰的自然生命观研究》(2016)一书以及《生命之美,美在自然——安娜·卡列尼娜新探》一文中。

在《列夫·托尔斯泰的自然生命观研究》中,张兴宇先对自己确立的托尔斯泰"自然生命哲学"理论进行了解释:"托尔斯泰小说中所倡导的生命的自然性,就是按照大自然的完美的本性而生活,对于人来说,就是按照其人之所以为人的、善的本性而生活。"[②]从这段论述我们不难看出,张兴宇所说的自然生命哲学应该包括三层内涵:第一,自然生命本身是善的;第二,人的本性和自然的本性有一致性,是自然而然的;第三,遵从自然的生命才是真实的生命,具有这种生命的人才会过上幸福生活。其实这里的自然生命已经不是中性的自然本身,而是被人文"化"了的自然而然的生命成长。人应该像大自然一样,按照生命的本性本然地去生活,这就是真实、朴素、善良,遵从家庭义务,养育子女,只有如此,才算是真正过上了道德的生活、幸福的生活。张兴宇正是从这一自然生命哲学

① 杨宏、王永奇:《从存在主义女权理论对安娜悲剧的再审视》,《陕西师范大学学报》2008年第3期。

② 张兴宇:《列夫·托尔斯泰的自然生命观研究》,北京:中国社会科学出版社,2017年,第18页。

视角出发,对安娜的悲剧命运进行了新的解读。

张兴宇认为,安娜在与情人沃伦斯基交往之前,对自己的家庭生活是满意的,认为卡列宁"毕竟是一个好人:忠实,善良,而且在自己的事业方面非常卓越",她还有一个可爱的8岁的儿子,"所以从各方面来看她所拥有的是一个美丽幸福的家庭"。[①] 同时,上流社会虚伪造作的生活并没有把安娜的自然本性消磨掉。安娜自从遇到沃伦斯基之后,一切都发生了变化,情欲攫取了她,使她变得虚荣和虚伪起来,她明知道自己参加基蒂的家庭舞会时与沃伦斯基的过分亲热不是成人之美而是成人之恶,却依然放任快乐,为了满足虚荣,置基蒂于痛苦的境地而不顾。回到彼得堡后,由于满足欲望之后的快乐,安娜突然觉得丈夫非常丑陋,而儿子也变得不太可爱了,而所有这一切都是由于安娜追求满足欲望而违背了淳朴、善良、真诚的自然本性。

张兴宇还透过多莉的视角分析安娜,认为安娜与沃伦斯基的同居关系是不正常的、不自然的。受上流社会影响,从自私心理出发,安娜与沃伦斯基的"家庭"关系是一种紧张关系,他们人为地设置了一个上流社会交际环境,存在着相互取悦的造作做法。安娜并不爱自己与情人的孩子,反倒爱上了一个英国女孩。安娜为了抓住沃伦斯基的爱,不顾情人的政治前程(参加贵族选举)而把他骗回来。张兴宇还把安娜的做法和基蒂相比:基蒂为了列文不至于太愁烦,让他去选举现场消遣。从这种对比中就可以看出,基蒂是爱列文的,这种爱是无私的,基蒂会获得家庭幸福;而安娜爱的只是自己,是一种自私的爱,其家庭生活最终只会走向不幸。安娜和基蒂的幸福与挫折经历好像有一个逆向发展的过程。从自然生命哲学理论来看,安娜的悲剧缘于她自己没有从自然本性出发去遵从善的义务,而是自私任性,缺乏爱心,放纵情欲。张兴宇又认为,"在生活中,任何人都无权去评判他人,而他所经历的生活则会对他做出评判,这是托翁通过自己笔下的安娜以及其他所有人物的命运遭际所揭示的。所以,在这里,卷首题辞所指的'我',乃是每个人所身处其中的生活"[②]。在这里,张兴宇不但明确指出了自然善的缺失是导致安娜悲剧的根源,而且对卷首"伸冤在我,我必报应"的题辞作了新的解读,即人不过自然善的生活,就会受到惩罚。可见,张兴宇运用托尔斯泰的自然生命哲学理论对安娜为何走向悲剧作出了新的解释,也具有较强的说服力。

---

① 张兴宇:《列夫·托尔斯泰的自然生命观研究》,第154页。

② 张兴宇:《生命之美,美在自然——安娜·卡列尼娜新探》,《东方论坛》2017年第5期。

但是也应该看到，自然生命哲学理论更多的是讲人顺乎自然，服从自然本性和义务，这里的“本性”和“义务”近似宗法义务，从而忽视了人区别于自然的主体性。毋庸讳言，对主体自由的追求恰恰是安娜形象塑造成功的关键价值所在，忽视此就有可能导致为理论而理论的偏颇。当然，这样说可能已超出了张兴宇行文的主旨，应该是另一个话题的展开。

第六节　比较批评话语中的安娜形象建构

运用比较批评话语研究安娜形象在 20 世纪已经存在，至 21 世纪前 20 年又增加不少。具体来说，就是把安娜与其他相近的形象进行比较，以此构建安娜形象。将安娜置于比较视域的理论文章不少，但以安娜与爱玛、安娜与娜拉、安娜与繁漪等人物形象比较为最多。

先看安娜与爱玛的比较。这方面以祁晓冰的《爱玛和安娜形象比较——兼谈福楼拜和托尔斯泰的女性价值观》[①]、杨正先的《两个为激情所毁的少妇：安娜和埃玛比较研究》[②]以及檀红仙的《安娜和爱玛爱情困境之思考》[③]等为代表。祁晓冰认为，安娜和爱玛都追求妇女个性解放，都对当时的社会现实进行了批判，都为此发生了婚外恋，都为了自由而宁愿献出生命。不同的是，安娜是美丽、真诚、善良的优秀贵妇人典型，她的悲剧多来自社会；而爱玛是一个堕落的女人，她的悲剧多来自个人生活的腐化和不切实际，是不值得同情的。杨正先也赞同安娜和爱玛追求个性解放的行为，但认为安娜追求的是爱情而非情欲，而爱玛追求的是情欲而非爱情，爱玛追求的男人与安娜追求的男人其精神气质是不能相比的。安娜厌弃贵族阶层的丑恶，而爱玛向往贵族阶层的生活。安娜生活在俄国社会新旧交替的时代，因此有内疚和忏悔心理，而爱玛则鲜有忏悔。两个作家对其笔下主人公的态度是双重的：托尔斯泰对安娜持赞扬和惩罚态度，福楼拜对爱玛则持同情和谴责态度。上述的分析作为主流是有道理的，但也应看到安娜的追求也有情欲的成分，爱玛的追求也有爱情的成分，这样的判断似乎更公允些。檀红仙则认为经济独立、精神独立、以爱为基础等才是婚姻

---

① 祁晓冰：《爱玛和安娜形象比较——兼谈福楼拜和托尔斯泰的女性价值观》，《伊犁师范学院》2005 年第 1 期。

② 杨正先：《两个为激情所毁的少妇：安娜和埃玛比较研究》，《曲靖师范学院学报》2011 年第 5 期。

③ 檀红仙：《安娜和爱玛爱情困境之思考》，《晋中师范学院学报》2013 年第 6 期。

幸福之源，而安娜和爱玛对这三点是不够重视的。

再看安娜与娜拉比较。这方面以何峰的《对两位叛逆女性的重新审视——娜拉与安娜·卡列尼娜之比较》[①]和崔玲的《黑暗王国的新女性——安娜与娜拉之比较》[②]等为代表。何峰认为，安娜和娜拉虽然都追求妇女解放，但安娜的出走是为了寻找爱情，是人性的觉醒，并且安娜因为爱情放弃了自我；而娜拉的出走则是为了追求男女平等和独立人格等。离开人物思想层面，仅就审美理想来说，由于安娜比娜拉有更多情感经历和社会遭遇，因而性格更为丰富和复杂，更具有审美价值。崔玲亦认可安娜和娜拉的个性解放行为，认为她们都经历了一个从家庭中"梦醒"的过程，都离开了家庭，一个选择自杀，一个选择投身社会，但是她们对社会的反抗都是一种个人孤立的反抗，最终只能昙花一现。但是"相比较之下，娜拉的性格要比安娜单纯、质朴得多。娜拉并未因理想的幻灭而绝望，相反，她变得更加清醒、坚强，站在一种更高的道德层次，对异化的人与社会进行全面的审判和否定。……应该说，娜拉的出走更具有社会意义"，"身为贵妇的安娜的斗争反抗远比娜拉复杂艰难，托尔斯泰的家庭思想与矛盾困惑也比易卜生更为深刻广泛。对于安娜和娜拉两位女性人物，读者更能接受娜拉，而对安娜大多持既同情又责备的态度"。[③] 何峰和崔玲的分析虽然各有着眼点，但均认为娜拉形象的社会价值更大一些。

最后是安娜与繁漪的比较。这方面以李锦娣的《安娜与蘩漪之比较》[④]、王珊的《安娜与蘩漪悲剧成因探析》[⑤]以及黄翠兰的《安娜、繁漪形象悲剧意识新论》[⑥]等为代表。李锦娣通过安娜与繁漪的比较来揭露旧制度、旧势力对女性的摧残，讴歌了女性对自由和幸福的追求，肯定了她们的抗争精神。王珊认为，安娜和繁漪虽然追求个性解放，但是没有找到爱情，这既有自身的矛盾性格原因，也有这些男人缺乏精神独立人格的因素。安娜和繁漪对于社会压力是不屈从的，"托尔斯泰和曹禺在自己的悲剧形象里寄托了对妇女不幸命运的深厚同情，也表达了作者对'妇女解放'问题的关注"[⑦]。黄翠兰认为，"安娜、蘩漪的悲剧有

---

① 何峰：《对两位叛逆女性的重新审视——娜拉与安娜·卡列尼娜之比较》，《皖西学院学报》2002年第2期。

② 崔玲：《黑暗王国的新女性——安娜与娜拉之比较》，《皖西学院学报》2001年第4期。

③ 崔玲：《黑暗王国的新女性——安娜与娜拉之比较》，《皖西学院学报》2001年第4期。

④ 李锦娣：《安娜与蘩漪之比较》，《大理师专学报》2001年第4期。

⑤ 王珊：《安娜与蘩漪悲剧成因探析》，《湖南社会科学》2003年第1期。

⑥ 黄翠兰：《安娜、繁漪形象悲剧意识新论》，《学术研究》2003年第12期。

⑦ 王珊：《安娜与蘩漪悲剧成因探析》，《湖南社会科学》2003年第1期。

客观的因素,也与其素养、性格等密切相关。贵族社会的意识、道德观念与习俗制约着她们的视野,也塑造了她们的自私、依赖,促使其人格出现二重变异:既反叛旧有的婚姻而追求忘我的爱情,也带有因袭的重负,最终导致不幸的结局"[①]。她们的悲剧具体表现为人性欲望扩张、漂浮的寄生生活以及缺少独立人格和独立意志。

总之,安娜和爱玛的比较,使人看到了安娜的美好人性和反封建思想;安娜和娜拉的比较,使人看到了安娜悲剧在妇女解放方面的社会意义的不足;安娜和繁漪的比较,使人看到了安娜依赖情人的平庸及其自身作为贵族身份所导致的自私等局限性。可见,比较批评话语研究更多地建构出具有社会价值的安娜。

第七节　影响批评话语中的安娜形象建构

影响批评话语主要是探寻作者受同时代思想流派或学术思潮影响而对其创作产生作用的一种批评话语方式。就本节来讲,就是当时流行于欧洲的某种有关妇女教育与权益以及妇女家庭与社会地位的争论等对托尔斯泰塑造安娜形象所产生的影响。21 世纪以来,从影响视角研究托尔斯泰对安娜形象塑造的学术成果不多,但学者陈新宇的《吸收与反驳:托尔斯泰与欧洲学界对话妇女问题》则是一篇较有分量的论文。

陈新宇认为,"托尔斯泰立足于家庭,对婚姻、女人和夫妻关系的认识经历了由崇尚、美化到仇视和颠覆的演变过程。他对妇女问题的看法是在与欧洲学界进行自觉对话的过程中形成的,既吸收了卢梭、蒲鲁东、米什莱、小仲马、叔本华以及古希腊哲人柏拉图对两性关系的认识,又有所反驳,同时也坚决反对穆勒、乔治·桑关于妇女解放、男女平等的主张。托尔斯泰对'家庭价值'的辩护和对爱情的淡化处理既是俄国宗法制文化情结的体现,同时也是对欧洲文明批判接受的结果"[②]。在陈新宇看来,托尔斯泰正是基于对欧洲这一有关女性权利与教育问题的争论加以吸收与反驳,创作出一系列家庭小说,塑造了不少成功的女性形象,其中就包括安娜形象。

---

① 王珊:《安娜与繁漪悲剧成因探析》,《湖南社会科学》2003 年第 1 期。

② 陈新宇:《吸收与反驳:托尔斯泰与欧洲学界对话妇女问题》,《外国文学评论》2016 年第 3 期。

陈新宇在文中谈道："正当托尔斯泰构思《安娜·卡列尼娜》陷入困境时，小仲马的《男人—女人：答亨利·迪德维勒》(1872)给了他启发。"[①]小仲马这部作品认为背叛丈夫的妻子应该被处死。托尔斯泰虽然对此结论感到震惊，但还是赞成小仲马的观点，只是觉得应该让上帝来裁决。小仲马的观点对托尔斯泰的影响很大，以至于托尔斯泰最初创作时想把安娜塑造成一个堕落的有罪女人，但后来还是把她改为正面形象。虽然安娜的死算是对小仲马观念的一种顺从，但安娜的死并非来自人世间的判罚，"'伸冤在我，我必报应'题辞的保留也是对小仲马的反驳：不该杀她，因为有罪的女人会自己了断自己，但不是死于人类之手，而是上帝之手"[②]。显然，比起小仲马来，托尔斯泰对安娜这样的堕落女人宽容了不少。

陈新宇在文中还谈到托尔斯泰在《安娜》第九、十章设置了一场有关女性教育与权利的争论，争论者包括列文、谢尔盖、卡列宁、佩斯措夫、斯捷潘等，他们"分别表达了斯特拉霍夫、穆勒和托尔斯泰自己的观点"[③]。"从小说谈话的气氛来看，代表穆勒观点的佩斯措夫处于被嘲讽的边缘化情境中，这正是托尔斯泰与斯特拉霍夫达成的默契。作家在《安娜·卡列尼娜》中以谢尔盖·伊万诺维奇与佩斯措夫和斯捷潘·阿尔卡季奇之间的对话中表述妇女问题，安娜就是在这些对话背景下抛夫弃子，移情他人的；而吉蒂相夫教子的故事情节就像是对所有这些争议性的妇女问题的具体答复。"[④]由此看来，托尔斯泰借助这场争论来决定安娜未来的命运。

陈新宇在文中还谈到19世纪60年代托尔斯泰创作安娜这一形象时深受叔本华影响一事，这在托尔斯泰写给斯特拉霍夫的信中有直接的表述。俄苏文学史家、俄国形式主义美学代表艾亨鲍姆认为，叔本华对两性的分析以及最后得出的结论可以帮助读者理解《安娜》的创作构思。叔本华从爱的形而上学角度出发，认为性爱的存在完全是为了人类的繁衍，进而指出女人不能和男人享有平等的权利，女人比起男人来更应该尽义务：为繁衍后代而存在。托尔斯泰非常赞同叔本华的观点，如作品中的朵丽为家族利益牺牲个人利益，丈夫斯捷潘却可以逍遥自在；安娜则为了一己之利而放弃了家族义务。由此看来，列文和基蒂的家庭是最为理想的家庭，即"女人可以通过全身心爱孩子，献身家庭去

① 陈新宇：《吸收与反驳：托尔斯泰与欧洲学界对话妇女问题》，《外国文学评论》2016年第3期。
② 陈新宇：《吸收与反驳：托尔斯泰与欧洲学界对话妇女问题》，《外国文学评论》2016年第3期。
③ 陈新宇：《吸收与反驳：托尔斯泰与欧洲学界对话妇女问题》，《外国文学评论》2016年第3期。
④ 陈新宇：《吸收与反驳：托尔斯泰与欧洲学界对话妇女问题》，《外国文学评论》2016年第3期。

寻找婚姻中的幸福感;而男人首先要有家庭观念,可以通过自省解决夫妻关系中的矛盾,通过读书思考,超越婚姻生活的平淡与庸俗。在欧洲学者仅把婚姻视为'男女的协作组织'竭力从法律上为女人争取自由和平等时,托尔斯泰却在建构一种妻子牺牲自我,丈夫反省自我的家庭理想"①。这番论述就为托尔斯泰的女性观和理想家庭观奠定了理论基础。

陈新宇进一步阐发艾亨鲍姆有关"伸冤在我,我必报应"题辞的诠释,认为托尔斯泰的这段题辞不是来自《圣经》而是来自叔本华,这与前文雷成德的观点相合。托尔斯泰和叔本华一样,将这句题辞作为对罪恶加以惩罚的启示警语。托尔斯泰受叔本华的影响,认为安娜的悲剧来自欲望的满足,她是情欲的奴隶,她的爱只能导致痛苦,并让她自身受到惩罚。但安娜受的惩罚不是小仲马那种处决,而是叔本华那种对以怨报怨观点的否定。对此陈新宇总结道:"不论是对叔本华理论的吸收,还是对小仲马观点的借鉴,托尔斯泰都只是选取了那些能够触动他且与自己的观点等价的个别角度为己所用……以此树立他的家庭理想。"②这段总结符合托尔斯泰塑造安娜形象的实际。

由以上分析我们可以看出,陈新宇从影响批评话语出发,对大量实证材料即小仲马、蒲鲁东、叔本华等欧洲知识分子在女性教育与权利等问题的争论,加以吸收与反驳,凸显了托尔斯泰的女性观及其所成就的安娜形象。陈新宇的影响研究对于我们了解托尔斯泰对安娜形象的塑造"过程"提供了不少有益启示。

第八节　心理学批评话语中的安娜形象建构

从宽泛的意义上讲,心理学批评话语也应包括精神分析批评和原型批评等话语。由此来看,以心理学批评话语来建构安娜形象的成果不少,其中颇具代表性的学者有吴舜立、王甜甜、赵淑梅等。

吴舜立、李红在《生命"恶之花"——安娜悲剧的性爱心理学和精神分析学透析》一文中,从心理学和精神分析两个视角对安娜形象进行了深入分析。吴舜立、李红首先从心理学角度研究安娜的性本能和性心理特征,研究安娜身上为什么具有"恶魔般的""生气"。吴舜立、李红认为安娜除了性格上的激情活

① 陈新宇:《吸收与反驳:托尔斯泰与欧洲学界对话妇女问题》,《外国文学评论》2016年第3期。

② 陈新宇:《吸收与反驳:托尔斯泰与欧洲学界对话妇女问题》,《外国文学评论》2016年第3期。

力、敢爱敢恨之外，就是对性欲的渴求。安娜长期受到卡列宁的性爱压抑，以及受这个年龄段性欲亢奋的影响，最终出轨。因此，从表面上看是沃伦斯基追求安娜，实际上是安娜时时在勾引沃伦斯基，“唯其如此，安娜的性爱激情和迷狂才超过了一般的青年女子”[①]。吴舜立、李红指出，还应看到男女性爱心理的不同，爱情对女人来说是全部，而对男人来说只是生活中的一部分。当安娜把性爱趋向高潮和全部时，沃伦斯基却退却了，安娜对此甚为痛苦和不满，“爱情一旦结束，仇恨就开始了”，“我从来没有像恨他这样恨过任何人！”[②]安娜的爱恨转化远超常人，最终在遗恨中自杀。

吴舜立、李红还从精神分析的角度分析了安娜的悲剧，即从弗洛伊德把人格分为“本我”“自我”和“超我”三部分做起，认为“本我”就是沃伦斯基，“超我”就是卡列宁，而“自我”则是安娜。在此基础上，论者又把人的本能分为“生的本能”和“死亡本能”两大部分，并从这两大本能入手分析了安娜形象。“我们先来看两大本能在安娜身上的潜在并存。其一体现在安娜没有婚外情之前就流露出合法婚姻与非法偷情不可替代的意识”，“其二体现在有了婚外情之后安娜更表现出妻子、情妇两种角色兼而有之的心理”[③]，显示了“本我”和“超我”在进行争夺“自我”的激烈斗争，最终导致“自我”（安娜）毁灭。

王甜甜在《性欲·情欲·死亡——小说〈安娜·卡列尼娜〉中安娜梦的精神分析式解读》一文中认为，安娜梦境中多次出现的那位说法语的肮脏小老头就是卡列宁在安娜心理投下的阴影。“这个乡下人同样是卡列宁在安娜潜意识中的变形形象，是安娜挥之不去的卡列宁的影子，不仅令安娜害怕，也令沃伦斯基害怕，因为他一直在‘监视’着他们的罪行，阻碍着他们之间的感情，令他们既恐惧又厌恶。”[④]

赵淑梅在《〈安娜·卡列尼娜〉中“乡下人”的象征意蕴》[⑤]一文中认为，小说中经常出现在安娜梦中的“矮个子，胡子蓬乱的乡下人”形象，应该有一个原型，

① 吴舜立、李红：《生命“恶之花”——安娜悲剧的性爱心理学和精神分析学透析》，《国外文学》2005 年第 3 期。

② 吴舜立、李红：《生命“恶之花”——安娜悲剧的性爱心理学和精神分析学透析》，《国外文学》2005 年第 3 期。

③ 吴舜立、李红：《生命“恶之花”——安娜悲剧的性爱心理学和精神分析学透析》，《国外文学》2005 年第 3 期。

④ 王甜甜：《性欲·情欲·死亡——小说〈安娜·卡列尼娜〉中安娜梦的精神分析式解读》，《兰州教育学院学报》2019 年第 8 期。

⑤ 赵淑梅：《〈安娜·卡列尼娜〉中“乡下人”的象征意蕴》，《语文学刊》2007 年第 6 期。

即希腊神话中的铁匠赫淮斯托斯。赫淮斯托斯虽然技艺超人，但也让人敬畏惧怕，同时具有身材矮小、满脸胡须、瘸腿等特征。这一形象是“伸冤在我，我必报应”意识形象的照应，也是一种遭罚的暗示。

总的来看，心理学批评话语在分析安娜形象时得出了一些新颖而独特的解释。吴舜立、李红通过心理分析看到了一个情感长期受压抑的少妇的性心理变化，及其存在潜在的人格分裂；王甜甜把“乡下人”这一原型意象看作是卡列宁形象在安娜心里的阴暗投射；赵淑梅认为“乡下人”的原型意象应该是神话铁匠赫淮斯托斯，虽也能自圆其说，但不如王甜甜的解释更易让人接受。总之，从心理学批评话语出发，学者在安娜的形象建构上作了可贵的探索，令人颇受启发。

综上所述，21 世纪前 20 年的安娜形象研究正远离意识形态以及人道主义批评话语，向宗教、文化、伦理、女权、哲学、比较、影响以及心理学等批评话语领域拓展，在上述批评话语的建构下安娜形象逐渐丰富、开阔、深刻、复杂起来，并预示着新批评话语将不断涌现。同时，我们也应看到，由于 21 世纪刚刚走过 20 多年，时间不长，因此个别批评话语的研究还略显单薄，论文数量还不够多等，这些也是不应忽视和不容回避的问题。

第八章 《复活》创作中的新伪古典主义美学倾向

第一节 “新伪古典主义”概念

古典主义文学思潮的哲学基础是理性主义。伪古典主义是相对于新古典主义而言的，新伪古典主义则是相对于伪古典主义而言的。17 世纪，新古典主义推崇封建理性；而 18 世纪之后，在资产阶级取得全面胜利及其宣扬的自由、平等、博爱等价值观念已深入人心的情况下，再提倡这种已过时的新古典主义，便只能称其为伪古典主义。随着资本主义社会的发展，现代社会对理性的推崇已达到了无以复加的地步，刚刚从封建束缚中挣脱出来的人面临着再次被异化的境地。面对这种情况，便出现了两种解决理性主义膨胀的方法：一是从人本主义出发，对理性展开批判，把感性的个体从理性的牢笼中拯救出来，浪漫主义、现实主义、现代主义乃至后现代主义等文学思潮正是起着“解读”工具理性的作用；二是从社会本体出发，认为现代社会对理性的重视程度不是太过了，而是远远不够，表现在实践上便是进一步神化“科学”的作用，认为社会发展的规律已经被发现，于是繁茂复杂的人类社会被简化为一项宏大工程，而人们只要凭借自己的理性，自觉地参与这项工程，那么以往所遭遇的所有社会问题都会得到一劳永逸的解决。这种建立在人的理性（道德）自足基础上的社会制度，往往会对人性造成更大的压抑，因为活生生的人变成了这项宏大社会工程中的一个部件，成了“永不生锈的螺丝钉”。当然，这里所推崇夸大的理性已经不是科学理性，而是伦理理性或道德理性，是一种按照社会工程需要而建立起来的新型人际关系，科学理性沦为工具理性的弊端非但没有受到丝毫批判，反而是进一步演变为人类的救星和福祉。这种新型关系进一步夸大了人的所谓“天然良知”，强调人性本善或者道德上的自足自律能力，并以此作为解决社会矛盾的支撑点。

应该说，这种思路听起来很合理，却存在诸多问题。第一，用理性中的一种——伦理理性来代替解决理性本身所存在的全部问题，掩盖了矛盾的实质。随着科学的发展，人们在深化自然认识的过程中也加深了对自身的认识，其结果是人们发现了理性并不是人的本质，人还有本能、欲望、情感、想象、潜意识等非理性。如果我们忽视了这个问题，就不可能真正实现人的幸福，更不可能解决好由非理性的人组成的人类社会。第二，离开了以科学理性为基础的伦理理性或道德理性就会陷入虚妄。良知不具有先验性，它的内容是后天生活实践所赋予的，未经知识理性的检查和批判，所谓的良知是靠不住的。第三，由于相信伦理理性是人的本质，因此人的其他本性必然受到压抑，并且依靠伦理理性必然导致道德理想主义，最终往往导致禁欲主义。第四，既然相信每个人在道德上都是自足的，就必然建立起一种新的社会制度，而这种社会制度虽然冠之以“新”，但具体落实到实践层面，或为宗法制度，或为空想社会主义，或为无政府主义。由于这些制度必然依靠某个在道德上被神化的人来做监督和仲裁，所以其结果往往又是集权的、政教合一的神权政治。第五，既然不承认人的其他本性，那么这种制度对内必然经常性地对社会的“非道德”现象进行斗争，个人权利常常在美丽的借口下遭到践踏；对外则为了解放处在“非道德”处境中的人类而进行无休止的战争，这样的制度最终会走向反知识、反社会、反文明、反人类的集权政治制度。第六，为了实现这一造福人类的浩大工程，必然调动全社会的力量来参与，于是私人生活空间和社会生活空间遭到挤压，国家主义和民族主义重新成为新社会的意识形态，并发展成极端国家主义和极端民族主义。由此可见，新伪古典主义是现代社会理性主义膨胀的新变种，是伪古典主义在新的社会条件下的表现。虽然新伪古典主义往往以新的主题、题材、人物、思想乃至革命的面目出现，但本质上仍然是一种古典主义。新伪古典主义还制造了文学创作上新的清规戒律，如：在主题上拥护集权专制；在题材上注重革命生活实践及其历史回顾；在思想上宣扬极端理性主义，夸大理性作用，肯定唯意志论的“人定胜天”主张；在人物塑造上强调平民形象，并塑造出他们的崇高美；注重文学的戏剧性和悲剧美等。由于在这样的社会里，人性非但没有得到解放，反而被禁锢，作家的创作自由非但没有扩大，反而以新的口实被剥夺，文学最终丧失了主体性和个体性而蜕变为某种意识形态的传声筒。因此，新伪古典主义在思想上必然是保守的，在艺术上必然是倒退的。与伪古典主义文学相比，新伪古典主义文学往往表现出激进、反传统的先锋姿态，更具有迷惑力，因此容易引起更多人的效仿，特别是年轻人会为作品中的“新生活”所吸引，甚至会引起一定的轰动。但是时过境迁，作品所体现出来的意识形态内容会过时，新伪古典主义作品会暴露出其思想和艺术上的喜剧性和荒谬性，其最终必然会被弃之如敝屣。

应当注意的是，旧的东西是很容易被人识别的，但它以新的面目出现并有所包装时，就很难辨别了。本章所要论述的托尔斯泰的晚年创作就出现了这种倾向，他的《复活》总给人以现实主义经典作品之感，但其实具有明显的新伪古典主义创作特性。

第二节 《复活》具有新伪古典主义美学倾向的原因

托尔斯泰之所以会在现实主义艺术的拓展中出现新伪古典主义创作倾向，有如下几点原因：

首先，从托尔斯泰的生活方式来看，他长期过着宗法制的乡村生活，因而在感情上天然倾向于古典主义艺术，毕竟古典主义本身所对应的时代就是宗法制社会。

其次，从托尔斯泰的身世经历来看，尽管在 19 世纪 60 年代初托尔斯泰处在新婚燕尔之中，还处在创作《战争与和平》的辛劳与快乐之中，但是随着夫妻生活新鲜感的丧失和日常生活俗事的缠身，托尔斯泰逐渐对妻子心生不满，也逐渐对社会上很多贵族破产和商人阶层崛起的现象感到不理解；直到 60 年代末，他的精神危机再度爆发，导火索便是 1869 年 9 月 3 日发生的“阿尔扎马斯的恐惧”。对个体死亡的恐惧把作家彻底抛出日常的生活轨道，其精神危机全面爆发。托尔斯泰的这一心理现象被后来的俄国存在主义哲学家列夫·舍斯托夫称为被抛出了“共同体世界”，落入“个人世界”，即感性的个体取代了理性的个人而直面死亡的威胁。面对理性的破碎，被“共同体世界”逐出的托尔斯泰没有走向叔本华对欲望不可遏止的消极叹息，没有走向尼采对生命意志的彻底张扬，也没有像后来者卡夫卡一样走向对个体孤独的忍受，而是转向了卢梭，由现代的个体转向了古典的群体——宗法制生活。面对古典理性的崇高，个体是感性的、渺小的、丑陋的、软弱的，但又是真实的。从某种意义上来说，孤独的个体也是最有力量的,因为他把世上所有的苦难都扛在自己肩上,敢于承担一切。托尔斯泰知道理性是虚幻的,群体是抽象的,但是面对个体将要承担的全部责任,特别是个体面对死亡的黑暗深渊时,他感到无比胆怯。托尔斯泰的文化教养和身世经历,使他很难生出独自面对死亡的勇气。无论是优越的家庭环境、高贵的社会地位、顺利的成长经历、事业的轻易成功,还是令人艳羡的爱情等,生活总是给予他特别的关照和青睐,使他总能够左右逢源。长期生活在虚幻的天人合一的宗法制生活中,托尔斯泰怎么也体验不到叔本华的无奈、尼采的绝望以及后来者卡夫卡的孤独等。从某种意义上说,托尔斯泰还不具备现代意识,他只能选择再次回到宗法制"共同体"社会,以个体的消解来解决个体的痛苦问题,以取消问题的方式来获得对问题的解决。因此,托尔斯泰在创作上走向古典主义便成为必然。

最后,与作家所处的时代背景有关。当托尔斯泰奋笔畅游于现实主义创作之时,欧洲的现实主义正走向衰落,逐渐受到新兴起的自然主义和唯美主义的挑战。19 世纪批判现实主义文学在欧洲的繁荣兴盛得益于现代社会(资本主义社会)的建立,因为这样的社会为现实主义创作提供了三种不可或缺的文化背景:科学主义、理性主义、资产阶级意识形态(自由、平等、博爱)。科学主义培养了作家研究现实、崇尚真实的科学态度,真实性成了对文学的最高褒奖,理性主义则使作家认为社会以及人都是可以认识的,因此也是乐观的。资产阶级价值观即启蒙的理念,如自由、平等、博爱等,成为被现实主义作家用来批判社会不足的参照系统。总之,正是在这样一系列文化背景下,批判现实主义文学在 19 世纪得到了迅猛发展,出现了一大批文学大师和文学经典。但是随着时间的推移,批判现实主义所赖以存在的文化背景逐渐消失,昔日给人们带来福祉的理性特别是科学理性,正逐渐演变成人类社会的主宰,成为异化人性的罪魁。这样,人们便开始由科学主义转向人本主义,由歌颂科学转向赞美自然、讴歌生命。这一变化表现在文学创作上就是人的生命本能得到了尊重,在哲学上则表现为理性主义哲学正受到实证主义以及随后的非理性主义哲学的挑战,可以说,非理性主义思想彻底摧毁了理性主义哲学的坚实基础。非理性主义哲学认为,理性绝对不是人的全部,而人更为根本的则是生命、意志以及潜在的内心世界。这些表现在文学上则是反对典型化,反对情节的理性化和逻辑化,否定主体具有认识真实的能力,否定客观真实性的存在,认为真实存在于主观。但是受世界观的影响,托尔斯泰没有走向非理性主义,而是走向了卢梭式的人本主义,最终也像卢梭一样,用道德主义代替了自然主义,完成了由现代向古典的回归。解决现实主义危机的办法表现在文学创作上就是走向古典主义，当然这时的古典主义已经丧失了其进步性，而蜕变为新伪古典主义了。

通过对上述几点原因的分析，我们可以看出托尔斯泰走向新伪古典主义带有一定的必然性，而新伪古典主义创作倾向最典型地体现在其晚年的著作《复活》中。

第三节 《复活》中新伪古典主义倾向的体现及其批判

其实，托尔斯泰在创作早期就已经流露出古典主义创作倾向，一向被视作英雄史诗的《战争与和平》也表现出不少古典主义的艺术特征，缘于作家具有明显的善恶是非的价值判断。在托尔斯泰看来，凡是乡村的、宗法的、俄国的就是善的，凡是都市的、文明的、法国的就是恶的。在作品中，对俄国将领库图佐夫或贵族皮埃尔的偏爱、对乡村宗法制生活的赞美、对代表都市生活的库拉金家族成员的厌恶、对法国女人的刻薄、对拿破仑的极力丑化、对改革派的不信任等，都表现出托尔斯泰的极端理性主义观念。在这种观念支配下，尽管托尔斯泰塑造了一批生动丰富的人物形象，但也不可避免地塑造出了像海伦、拿破仑等类型化的人物，再加上他经常违背现实主义的客观态度，站出来以局外人的身份发表看法，这些都在一定程度上损害了《战争与和平》的艺术性。到了《安娜·卡列尼娜》，托尔斯泰的古典主义观念又进一步加强，“伸冤在我，我必报应”的扉页题辞为全书定下了道德基调。如果说托尔斯泰在作品的前半部对安娜的形象塑造还持守着现实主义创作方法，那么他在作品的后半部就对安娜作出了道德判决，以至于一向聪明、单纯、热情的安娜一下子就变成了偏执、自私、忧郁、性情乖戾的庸常妇女。这就难怪有的学者会提出有“两个安娜”的观点。除此之外，对卡列宁的一味讽刺、对商人的嫌恶以及漫画化描写、对列文莫名其妙的思想痛苦的表现等都是古典主义创作思维在作祟，从而影响了作家对人物深度的挖掘。从观念出发而不是从现实出发正是古典主义的最大特点，不过到了 20 世纪，古典主义已经丧失了其在历史上有过的积极性，而沦为新伪古典主义了。

当然，最能表现托尔斯泰古典主义创作思想的是《复活》，因为它宣扬的仍然是极端理性主义。之所以如此说，首先是因为《复活》宣扬的“托尔斯泰主义”是一种极端化了的政治理想。我们看到托尔斯泰彻底否定资本主义制度，便认为作家是进步的，其实他否定的不是任何具体的政治制度，而是所有的政治制度，希望建立一个取消所有诸如司法、警察、军队等国家机器，只靠道德信条来维持的神权政治体制，这是一种被理想化了的宗法社会主义。这样的社会是不可能实现的，即使实现了，也不会给人带来幸福，反而会给人带来灾难。说到底，这种类似于神权政治的制度比君主专制制度还要落后。其次，从《复活》所体现的哲学思想来看，它极力宣扬理性主义。托尔斯泰一改过去对人的复杂性的认识、对人心理变化无端的描写、对历史宿命论的叹息，而变成过分夸大理性的作用，特别是对道德人格、天然良知深信不疑。托尔斯泰告别了叔本华，拒绝了尼采，转而向卢梭急速冲去。他把人性简单地分为“神性的人”和“兽性的人”两种，然后又肯定前者，否定后者。为了说明前者最终能够战胜后者，他设定了一对青年男女：贵族聂赫留朵夫和平民玛丝洛娃，前者首先堕落，然后诱奸了后者，并导致后者也随之堕落；而后者的不幸又唤起了前者的良知，最后经过前者对后者的帮助，两人的精神重新得到升华，不但恢复了良知，而且恢复了神性，前者还皈依了上帝，立志要做传教士。

读完这部作品，读者不免产生诸多疑问：第一，人的堕落只在刹那，而人性的复归却如此艰难，与人的易受诱惑相比，理性实际上更加脆弱。第二，人的动物性就一定要被否定吗？难道它不是人本质的一部分吗？恩格斯说：“人来源于动物界这一事实已经决定人永远不能摆脱兽性，所以问题只能在于摆脱的多些或少些，在于兽性或人性程度上的差异。”[①]可见，只要人存在，人的所谓“兽性”也必然存在，因为人毕竟是大自然的一部分。人类的文明史固然是对自然的驯化史，但同时不也正是自然的解放史和满足史吗？“自然的人化”和“人的自然化”不正是一对辩证关系吗？因此，要正视人身上的“兽性”，正视人类自身的“恶”。康德说：“大自然的历史是由善而开始的，因为它是上帝的创作；自由的历史则是由恶而开始的，因为它是人的创作。”[②]马克思则在引述黑格尔对“恶”的论述时说：“黑格尔指出：‘人们以为，当他们说人的本性是善的这句话时，他们就说出了一种伟大的思想；但他们忘了，当人们说人本性是恶的这句话时，是说出了一种更伟大得多的思想。’”[③]可见光看到人身上“恶”的消极意义，是比较片面的。第三，人的堕落或人身上的恶并非全部来自客观社会，正如陀思妥耶夫斯基在评价《安娜·卡列尼娜》时所说的：“恶隐藏在人性深处，比我们

① 《马克思恩格斯选集》第3卷，北京：人民出版社，1972年，第140页。

② ［德］康德：《历史理性批判文集》，何兆武译，北京：商务印书馆，1996年，第68页。

③ 《马克思恩格斯选集》第4卷，北京：人民出版社，2012年，第233页。

那些社会主义医师们所想象的要深得多；没有一种社会状态能够消除恶；人的思想永远原封不动，反常和罪恶都是从那里出来的；末了，人的心灵的规律，人们还远远不知道，科学还远远不能设想，非常捉摸不定，神秘莫测，因而还没有也不可能有治疗它的医生或做出最后裁决的法官，只有他，那说过'伸冤在我，我必报应'的上帝。"[①]因此，那些一味谴责社会，把责任全部推给社会的做法，是把人当成蚂蚁，当成屈从环境的奴隶。第四，人的精神性并非是简单的道德性和社会性，而是主体性和个体性。只有人的个体性得到发展了，人的精神才能真正丰富起来。第五，什么是"恶"的或"堕落"的生活，仍是个有待商榷的问题。因为每个人的人生观和价值观不同，生活的方式也会千差万别，既然一个人的行为不会妨碍别人，那么他为什么一定要过别人为其安排的生活呢？通过上述分析可以看出，托尔斯泰把《复活》中的人物理性化、道德化的做法，必然造成人物性格的简单化。虽然《复活》中的人物性格存在着变化，但这实际上是一种道德人格变化，人物由不善逐渐转变为善，再由小善转变为大善。对人物道德水平的揭示，非但不利于人物性格的表现，而且由于用人的道德行为代替一切，还会掩饰人物复杂的心理世界和性格变化，使人物性格走向类型化。对此，巴赫金认为托尔斯泰的"艺术专制"观念影响到他的小说创作，并重点分析了托尔斯泰晚年的代表作《复活》。巴赫金根据社会思想小说的体裁特征，认为《复活》的布局结构与托尔斯泰前期的小说相比，显得异常简单。在巴赫金看来，托尔斯泰的早期小说，如《战争与和平》等，多少带点复调成分，但在《复活》里，我们只能听到托尔斯泰伯爵枯燥乏味、不厌其烦、自以为是的道德说教。在作品中，重视道德人格的塑造，并以此进行伦理教化，恰恰是古典主义美学的追求。

《复活》中的新伪古典主义创作倾向招致了俄国内外一些作家、批评家的责难，如契诃夫就认为《复活》"最没趣味的是写到聂赫留朵夫跟喀秋莎的关系的那些地方，最有趣味的是那些公爵、将军、姨妈、农民、犯人、狱中看守"，并且托尔斯泰"写着写着，后来一下子把一切都归结到《福音书》的文字上去，这未免太宗教气了。用《福音书》上的文字解决一切问题，就跟把犯人分成五种一样的专横"。[②] 罗曼·罗兰也认为《复活》中"缺乏客观真实性的唯一人物却是聂赫留朵夫，这是因为托尔斯泰把自己的思想寄托在他身上。……在第三部分严格现实主义的观察中，硬凑上不必要的宣传《福音书》的结论，这是作者个人的信仰的

---

① 陈燊编选：《欧美作家论列夫·托尔斯泰》，北京：中国社会科学出版社，1983 年，第 214 页。

② 倪蕊琴编选：《俄国作家批评家论列夫·托尔斯泰》，北京：中国社会科学出版社，1982 年，第 245 页。

表现，并不是从所观察的生活中合乎逻辑地得出的。托尔斯泰把他的宗教观点硬加到他的现实主义描绘中已不是头一遭；但在以前的作品里，这两种因素是较为圆满地融合在一起的”[①]。英国作家威尔斯则认为《复活》中的人物不好，“必须承认，当审判刚一结束，我就对玛丝洛娃和聂赫留朵夫失去了任何兴趣。我不再相信这两个人是真的，是现实的。……聂赫留朵夫愈来愈像是一个没有肉体的幽灵，他到西伯利亚去作那艰苦的跋涉，并在那里遇到那个古怪的英国人，这人的工作就是访问监狱和散发福音书。由于完全离开生活事实和真实的感情，聂赫留朵夫和托尔斯泰本人似乎合而为一，终于变成一个手持新约全书的没有形体的影子”[②]。招致如此多批评的状况，在托尔斯泰以往的作品中是没有过的，可见思想的保守必然给艺术带来损害。

第四节　历来教科书把《复活》当成现实主义代表作的原因

既然《复活》的创作带有新伪古典主义倾向，那么为什么历来的教科书以及俄罗斯文学的研究者都把它视为标志着批判现实主义高峰的小说呢？原因有这么几个方面：第一，《复活》虽表现出新伪古典主义创作倾向，但倾向归倾向，作家对现实主义创作原则的遵循则是主要的。第二，从托尔斯泰的全部创作来看，贯穿始终的精神探索似乎在该部作品中有了结果，即托尔斯泰决定放弃贵族立场，把自己变成平民，并提出了较为完整的思想体系——“托尔斯泰主义”。第三，便是政治原因，即否定现存社会，为社会革命提供正当性。这是非常重要的一点。

上述看似冠冕堂皇的理由掩盖不住历来批评家肯定作品的意识形态动机，这主要表现在如下三个方面：

第一，革命导师列宁对托尔斯泰创作艺术的评价，为《复活》地位的凸显产生了较大的影响。尽管列宁在评论托尔斯泰时没有直接提及《复活》，但是从他的批评话语中可以看出，《复活》的思想价值最大，其对资本主义制度的否定尤为彻底，不但超过了作家以往的作品，而且超过了同时代俄国以及欧洲其他批判现实主义作家。这符合革命导师旨在推翻资本主义社会、建立社会主义社会

① 陈燊编选：《欧美作家论列夫·托尔斯泰》，第 64～65 页。

② 陈燊编选：《欧美作家论列夫·托尔斯泰》，第 180～181 页。

的政治动机，因此他才会对托尔斯泰的作品大加赞赏，说它“至少反映出革命的某些本质方面”，“俄国工人阶级研究列夫·托尔斯泰的艺术作品，会更清楚地认识自己的敌人”。[①] 由此来看，列宁是从政治角度来肯定托尔斯泰的。但是政治毕竟是政治，不是文学，而是某个阶级或某个集团利益的表达，是一种功用的善，不能代表真，更不能代表美，这样的评价很难说是对作品艺术性的肯定。尽管当时俄国的社会环境已经发生了巨大变化，但是意识形态的惯性作用还在支配着某些批评家的思维。

第二，《复活》中塑造了一个平民女性主人公玛丝洛娃，这似乎反映了作家的民主思想。19 世纪的贵族作家很少有把平民当成主人公的，托尔斯泰创作了多部小说，《复活》是唯一把平民女性当成主人公的。在 20 世纪宣扬平民革命、“劳工神圣”的时代，《复活》的人物设置便有了特殊的政治意义。托尔斯泰的《复活》展现了平民的生活经历、思想成长、情感变化等，确实体现了在 20 世纪到来时文学创作主题的新变化，部分地满足了新意识形态对文学创作的新需求。

第三，为无产阶级文学创作提供了可资借鉴的创作经验。卢那察尔斯基在《托尔斯泰与我们现代》中谈道：“今天任何一个作家，无论老的还是新的，都不像托尔斯泰那么被人们广泛阅读；任何一个作家，都没有对我国年轻的无产阶级文学发生那么大的影响。我国很多最大的文学家，恰恰是给我们献出了最珍贵的作品的那些文学家，都公开承认他们是向托尔斯泰学习的。因此，我们不能简单地把托尔斯泰看作过去的人。”[②]卢卡奇在《托尔斯泰与现实主义的发展》一文中，把托尔斯泰创作的意义看作是欧洲自 1848 年之后，由传统现实主义向“新的现实主义”的转变，解决了欧洲现实主义面临的危机问题。[③] 从托尔斯泰的创作为俄国乃至世界社会主义文学提供借鉴的角度来看，《复活》的重要性不言而喻。如果把作品中有关基督教的内容置换成新意识形态内容，把作品中的人物全部置换成平民形象或革命者形象，把作品所宣扬的革命献身精神、充满罪感的民粹主义情结、对未来大同社会的追求等置换成对某种乌托邦的向往，有谁敢说《复活》不是一部社会主义现实主义小说。高尔基的《母亲》不就是用对现实的革命取代了对现实的忍让，用工粹主义取代了民粹主义，用未来的理想主义取代了基督教的来世主义吗？可见，托尔斯泰的《复活》和后来苏联文学

① 纪怀民等编著：《马克思主义文艺论著选讲》，北京：中国人民大学出版社，1982 年，第 353～382 页。
② 倪蕊琴编选：《俄国作家批评家论列夫·托尔斯泰》，第 314～315 页。
③ 参见陈燊编选：《欧美作家论列夫·托尔斯泰》，第 541～635 页。

的兴起的确存在着亲缘关系。斯蒂芬·茨威格对此有过精辟的论述:“尽管如此,在19世纪没有任何一个俄国革命者像这位反对革命的伯爵那样给列宁和托洛茨基扫平了道路,托尔斯泰是第一个公然反抗沙皇的人,他受到至圣宗教院的迫害,被开除了教籍,他对任何现存的权威都加以猛烈地抨击,却把社会调和作为一种新的更为美好的世界秩序的前提条件。他的著作虽然被禁止,但是手抄本却广泛流传,在一段时间内,他提出的废除私有制的思想已经成为一宗公共财富,而当时在社会革命家中最激烈者也还只满足于自由主义的改良和改革。没有一部书,也没有一个像托尔斯泰的激进主义思想那样对俄国的激进做出如此大的贡献,没有一个人像托尔斯泰那样去鼓励他的同胞不怕做任何无法无天之事。尽管他内心要竭力反对,应当在红场上为他树立一座纪念碑。像卢梭是法国大革命之父一样;托尔斯泰是俄国革命、世界革命的‘先行者’,是真正的先祖(这全然违反他的意愿,可能与另一个最大的个人主义者卢梭一样)。”①正是上述诸方面的因素,使得我们历来对《复活》的关注远远超过了托尔斯泰的其他作品。这样,考虑到《复活》的文学与非文学元素,我们也就不难理解,为什么历来研究者会把《复活》当成托尔斯泰创作中最伟大的现实主义代表作了。

由此看来,《复活》已不再是纯粹意义上的现实主义作品(更谈不上是现实主义代表作),它呈现了新伪古典主义创作倾向。这一新的定性不但可以使我们更深入地理解托尔斯泰的创作转变,而且由此也可以看出20世纪现实主义在摆脱危机的过程中出现过向古典主义回归这一文学现象,并为我们进一步理解20世纪苏联社会主义现实主义文学的美学特征提供了诸多启示。

---

① 陈燊编选:《欧美作家论列夫·托尔斯泰》,第470页。

第九章　托尔斯泰女性塑造中的“圣母—妓女”情结

弗洛伊德在分析某类型的爱情时认为:“成年男子的意识心灵,总把母亲看作神格化了的,纯洁无瑕的美德。对于母亲这种德行的丝毫怀疑,如果出自他人的暗示,就造成了极大的侮辱,如果由于自己的猜疑,则很痛苦难堪。然而,存在于‘母亲’与‘妓女’间这种极端鲜明的对照,正启发我们去研究这种症结(complexes)的发展史,及属于其间的潜意识关联,因为长久以来我们已经发现,两个在意识里互相排拒的东西,可能在潜意识内正是一体。”①这段文字叙述得有些含混,如果对其加以分析便会发现,弗洛伊德认为某些男子心中的理想女性应含有“圣母—妓女”情结(又称“矛盾情结”)。因为这类男性对理想女性的渴望是:一方面希望对方像圣母一样纯洁、崇高、温情,另一方面受圣母神圣感、崇高感、道德纯洁感以及乱伦恐惧等情绪的影响而压制男性欲望,故而渴望对方是一位放荡的、不贞洁的妓女。应看到,虽然妓女人格会消除男性的心理障碍,但妓女的不名誉身份又使男性生出羞耻感和厌恶心理,进而又渴望女性再度恢复到圣母的纯洁形象,这样便形成了既矛盾对立又彼此统一的“理想女性”。由此推出,那些不具有这种“圣母—妓女”情结的女性,要么只是圣洁,要么只是堕落而偏执一端,即那些既不纯洁也不堕落的女性都是不受这类男性喜欢的。

托尔斯泰也许就是怀有如此情结的作家,即其对理想女性应具有“圣母—妓女”情结,他笔下的理想女性如娜塔莎、安娜、玛丝洛娃等无不如此,她们均具有坚守纯洁和渴望堕落的双重心理。这种现象用莱蒙托夫的诗句表达就是:

---

① [奥]弗洛伊德:《爱情心理学》,林克明译,北京:作家出版社,1986年,第131页。

“不安分的帆儿祈求风暴，仿佛风暴里有宁静蕴藏。”[①]综观托尔斯泰的创作就会发现一种有趣的现象，“好女人必堕落”几乎成了他塑造理想女性的模式。由于托尔斯泰创作生涯漫长，其笔下理想女性的这种两极情结的冲突程度和所占比重也是会发生变化的，并影响着作家创作观念和女性观念的变化。这一点在《战争与和平》中表现得尤为明显。

第一节 《战争与和平》中的“理想女性”

托尔斯泰在《战争与和平》中塑造了不少女性，其中最引人瞩目的也是作家最喜爱的女性形象便是娜塔莎。娜塔莎出身乡村贵族罗斯托夫家族，而托尔斯泰对于过着宗法制生活的罗斯托夫家族又有所偏爱。托尔斯泰《战争与和平》中所塑造的罗斯托夫、别祖豪夫、博尔孔斯基、库拉金等四大家族中，罗斯托夫家族的结局应该是最好的。娜塔莎的哥哥尼古拉娶了有很多陪嫁的玛丽亚·博尔孔斯基公爵小姐，娜塔莎则嫁给了莫斯科最富有的皮埃尔·别祖豪夫，这样罗斯托夫家的儿女都缔结了理想的婚姻，由此也彻底摆脱了经济窘境，家族逐渐兴旺发达起来。不仅如此，在托尔斯泰看来，罗斯托夫家族生活在乡村，有着淳朴、善良、热情、豪侠等美好品行和健康人格，那么娜塔莎也必然是纯洁、美丽、天真、活泼、富有生命活力的女性。娜塔莎在偶然参加的一次彼得堡盛大舞会上取得了巨大成功，给舞会带来了一股都市所缺乏的清新空气，并在舞会上结识了青年贵族安德烈，还引得他向自己求婚。娜塔莎初入社交界就如此成功，似乎意味着她美好人生的开始。可是这位纯洁得像圣母一样的女性身上却忽然出现了奇怪的行为，即娜塔莎忽然渴望堕落了。身在彼得堡的娜塔莎竟禁不住诱惑，神差鬼使般地爱上了公子哥阿纳托利·库拉金，并达到了疯狂的程度，“我觉得我已经爱他一百年了。我觉得在爱他之前，我从来没有爱过任何人。……我刚一看见他，就觉得他是我的主宰，我是他的奴隶，我不能不爱他。是的，我是奴隶！凡是他命令我的，我都照办”[②]。娜塔莎这种渴望堕落的奇怪行为，不正是“圣母—妓女”情结的典型体现吗？娜塔莎这种表现在道德上也许是站不住脚的，但在审美的“法庭”上却是赢家，恶使人的性格发生变化，变得更加复杂和深刻。从哲学的角度来讲，娜塔莎

① 刘文飞选编：《莱蒙托夫精选集》，济南：山东文艺出版社，1998年，第50页。
② [俄]列夫·托尔斯泰：《战争与和平》，刘辽逸译，第769页。

有权这样做，因为她是自由的，而意志自由是天赋的人权。后来，娜塔莎变成了一位只知道生养孩子、教训丈夫的女性，这时她就失去了个性，不再美好和可爱了。魔鬼一旦放出来，就再也回不到瓶子里去了，娜塔莎已纯洁不再、天真难觅。托尔斯泰采用“好女人必堕落”模式塑造人物，使理想女性娜塔莎在美学上独放异彩。

理想的女性都是“圣母—妓女”情结型的，而那些走向极端情结的女性，或者放荡堕落如妓女，或者圣洁纯美如圣母，都是不为托尔斯泰所喜爱的，且大多没有好的结局。

具有妓女型人格的女性首推库拉金家族的海伦。在托尔斯泰眼中，库拉金家族已经是被欧化的家族，是生活在俄国的欧洲人，他们灵魂空虚，追求享乐，道德堕落，海伦就是这样的女性。托尔斯泰塑造的海伦是一位外表漂亮的女性，作品中这样写道：“海伦真是太漂亮了，她身上不仅毫无卖弄的意味，而且相反，仿佛她为自己无可置疑的、其魅力之大足以征服一切的美貌，感到不好意思。仿佛她宁愿减少自己的美的魅力，可就是办不到。”[①]“金玉其外，败絮其中”，海伦的美丽不是生命力强大的体现，而是欲望膨胀的结果，而“生命”和“欲望”是不一样的，作家肯定生命，否定欲望。托尔斯泰在1905年6月6日的日记中写道：“成长是必然的，不能说它好或者不好。成长是实实在在的，生命便寓于成长之中，就像树木的成长一样。然而一段树枝，或者一段树枝里生长的生命力如果吸去全部生长力，那就不对了，有害了。”[②]欲望膨胀的结果就是堕落，海伦放荡的生活给他人带来了巨大的痛苦和灾难。皮埃尔为情决斗，娜塔莎差点与人私奔，都和海伦有关。最终海伦耗尽了生命，过早地香消玉殒了。

妓女型人格的女性没有什么好下场，而那些纯粹圣母型人格的女性又当如何呢？索尼娅是尼古拉的表妹和情人，是个小美人儿，品德高尚，富有牺牲精神。托尔斯泰笔下的索尼娅是美丽的：“索尼娅是个身材苗条、娇小玲珑的黑发姑娘，在长长的睫毛下流动着柔和的目光……她那举止从容，纤细的四肢的柔软和灵活，她那有几分狡黠和矜持的仪容，使人想到她像一只美丽的、尚未成年、将来一定会成为一只迷人的牝猫的小猫仔。”[③]索尼娅不但在关键时刻阻止娜塔莎私奔，避免了一场可怕的家族丑闻，而且在看到罗斯托夫家族想摆脱经济窘境，亟须迎娶一位大家小姐时，毅然作出痛苦的选择：忍痛割爱，做出牺牲，让情人尼古拉重获婚姻自由，去迎娶富有的玛丽亚公爵小姐，以改善家族经济

① 《列夫·托尔斯泰文集》第17卷，陈馥等译，第14页。

② 《列夫·托尔斯泰文集》第17卷，陈馥等译，第28页。

③ ［俄］列夫·托尔斯泰：《战争与和平》，刘辽逸译，第58页。

窘境。其品德之高尚，令人为之赞叹。就是这样一位纯洁善良的女性，其所具有的牺牲精神不但未受到作者的赞扬，反倒受其揶揄，这又是为什么呢？因为在托尔斯泰看来，与生命力相关的还有生殖力，即对生命的繁衍能力。繁衍生命，是自然的最大道德，“天地之大德曰生”，而索尼娅所做的似乎与之相反。托尔斯泰借娜塔莎之口，并用《福音书》上的话来调侃索尼娅：“‘凡有的，还要加给他，没有的，连他所有的，也要夺过来。’你记得吗？她是那个没有的；为什么？我不知道；也许因为她没有私心，所以她所有的，全被夺走了。……她就像草莓上开的一朵谎花，不结果子，你知道吗？”[①]可见纯洁如圣母般的女性，如果一味地“无私奉献”，也是不讨作者喜爱的，即使托尔斯泰平时一再强调道德。

还有一种女性，虽然也有善恶的矛盾性格，但是并没有达到“圣母—妓女”情结的程度，托尔斯泰对这种性情平庸的女性也是不怎么喜悦的，这样的典型形象就是玛丽亚·博尔孔斯基公爵小姐。

玛丽亚公爵小姐是个虔诚的基督徒，虽然年轻，但由于长期遭受家庭清规戒律的束缚，以及老博尔孔斯基的变态虐待，相貌越来越丑陋，性情也越来越古怪，心理似乎也有些畸变。玛丽亚公爵小姐在接待娜塔莎——未来的嫂子时，由于嫉妒其美貌而态度极度轻慢，这为将来娜塔莎移情别恋埋下了隐患。作品中，托尔斯泰是这样来写这位大小姐的表现的：“玛丽亚公爵小姐第一眼就不喜欢娜塔莎。她觉得她打扮得太漂亮，快乐得太轻浮，而且爱虚荣。其实玛丽亚公爵小姐没有发现，在她没有看未来的嫂子之前，她由于嫉妒她的美貌、青春和幸福，嫉妒她哥哥对她的爱情，对她就没有好感了。”[②]这里既有不健康的嫉妒心在作祟（嫉妒娜塔莎），也有对哥哥安德烈的不满：他一娶再娶，娶的还是如此年轻貌美的女人，而自己则孤身一人、形单影只。其实，这正是人性的阴暗面。这还不算，玛丽亚公爵小姐竟然在父亲病重时盼着他快点死。“是的……我……我……我。我盼望他死。是的，我盼望快点结束……我盼望安静……将来会怎样呢？”[③]这哪里还是什么虔诚的基督徒，甚至连孝女也算不上了（其实这正是人性的真实）。不过玛丽亚公爵小姐并非坏人，亦非海伦，其性格在后来还是有变化的。玛丽亚公爵小姐随后在与娜塔莎的多次接触中，逐渐受到罗斯托夫家族的影响而性情有所改变，甚至变得漂亮些了。但总体上来看，托尔斯泰是不怎么欣赏玛丽亚公爵小姐——这位平庸性格的女性的。

---

① ［俄］列夫·托尔斯泰：《战争与和平》，刘辽逸译，第1262页。

② ［俄］列夫·托尔斯泰：《战争与和平》，刘辽逸译，第788页。

③ ［俄］列夫·托尔斯泰：《战争与和平》，刘辽逸译，第952页。

这是《战争与和平》中的“理想女性”状况，那么到了《安娜·卡列尼娜》中，安娜在作家笔下的命运又是怎样的呢？

第二节　《安娜·卡列尼娜》与《复活》中的“理想女性”

安娜是托尔斯泰较为喜爱的理想女性，以至于说出“安娜就是我”这样的话，那么安娜身上又是怎样体现着“圣母—妓女”情结的呢？这从沃伦斯基与安娜初次会面的印象中就可以看出。我们还是重温一下这段为人所熟知的描写：

> 沃伦斯基跟随列车员走向车厢，在走进那节包房时他停了一下，给一位正在往外走的太太让路。沃伦斯基凭他在社交场中养成的机敏，只对这位太太的外表瞟了一眼，便断定她是属于上流社会的。他说声请原谅，正要往车厢里走，但是又感到必须再看她一眼——并非因为她非常漂亮，并非她高雅而和蔼的风姿，而是因为，当她侧身走过时，那张招人喜爱的面孔上，有着某种特别亲切温柔的东西。当他转身一瞥时，她也转过了头。那双灰色的眼睛闪亮着，因睫毛浓密而显得暗淡，友好而殷切地在她脸上停了停，仿佛她认识他似的，她随即转身走向迎面而来的人群，好像在寻找什么人。在这短短的一瞥中，沃伦斯基及时地察觉到一种谨慎克制的盎然生气，这种生气流露在她的脸上，漂移在她闪亮的眼睛和那几乎不可察觉的、只令她嫣红的嘴唇轻轻一翘的微笑之间。仿佛有一种什么从她身上溢出来的东西正不由自主地时而在那目光的闪耀中，时而在那微微一笑中显现出来。她有意想把她的眼睛中的光芒熄灭掉，然而那光芒却事与愿违地又在她隐隐的笑容中闪露出来。[①]

上述这段描写显示出安娜的美丽、健康、阳光和富有朝气，再加上她平时为人纯洁、真诚、善良等美好品性(安娜在认识沃伦斯基之前在社交界是没有绯闻的，她给予孩子的母爱也超出了一般女性)，我们可以说这是安娜身上的圣母情结。而“克制的盎然生气”却违背她的意志而表现出来，这可以说是一种欲望，是渴望满足的意志。这些似乎表明安娜并不安于现状，她身上潜藏着堕落的成分。这两点

① [俄]列夫·托尔斯泰：《安娜·卡列尼娜》，智量译，第71页。

可以从基蒂的观察中得到证实。“基蒂感觉到安娜十分单纯而毫无隐瞒，但她心中却存在着另一个复杂的、富有诗意的更崇高的境界，那境界是基蒂所望尘莫及的。”[①]“但是在她的迷人之中有些可怕和残酷的东西。……是的，她身上有些异样的、恶魔般的、迷人的地方。”[②]前者使人觉得安娜如圣母般可爱可敬，后者让人担忧安娜有走向堕落的倾向，这样安娜就具有了“圣母—妓女”情结。后来的事情发展也证实了基蒂的看法，即安娜用情欲代替了爱情，特别是与沃伦斯基相爱后，便一发而不可收地堕落了下去。法国作家罗曼·罗兰认为安娜在认识沃伦斯基之后所产生的欲望之火吞噬了她的纯洁、善良、理智和聪慧，乃至生命。[③]

罗曼·罗兰所做的正是安娜由纯洁走向堕落的典型剖析，因此我们可以说，托尔斯泰在这个女人身上实现了“圣母—妓女”情结型人格建构。安娜虽然渴望堕落，但她毕竟不是《巴黎圣母院》(1831)中的克洛德，亦不是《包法利夫人》(1857)中的爱玛，不像他们那般陷入欲望的深渊而难以自拔、甘于沉沦，安娜有魔鬼的魅力但还不是魔鬼，她最后还想回到纯洁。安娜本可以不自杀，外在环境也没有逼迫她，但她非自杀不可，因为只有这样才能洗净堕落的污秽和放弃义务的罪行，再次做回如圣母一样的纯洁女人。因此，安娜的死是凤凰涅槃、浴火重生，唯其如此，安娜作为“理想女性”才这般光彩照人。

那么，《安娜·卡列尼娜》中的另外两位女性——基蒂和多莉又如何呢？其实这两位女性也发生过“堕落事件”，只是由于前者发生的时间比较短暂，后者只是“精神出轨”，还算不上真正的堕落，因而也就算不上真正的“理想女性”了。

《安娜·卡列尼娜》中第一个出场的女性并不是安娜，而是基蒂，她因列文的求婚而出场。基蒂是一位善良、纯洁的姑娘，从少女时期起就对列文有好感，她深爱着列文，但是另一个男人沃伦斯基的出现使她动摇了。基蒂虽然觉得沃伦斯基不如列文可靠，但是强烈的虚荣心战胜了本能情感，最后她禁不住诱惑，拒绝了列文，选择了沃伦斯基。当然结局很惨，这似乎是娜塔莎抛弃安德烈而倒向阿纳托利的悲剧重演。后来，重新振作起来的基蒂也像娜塔莎一样，成为相夫教子的女人。基蒂的行为似乎也符合具有“圣母—妓女”情结的“理想女性”标准，但是过于仓促的叙事似乎在掩盖了这一切，因为托尔斯泰并没有把基蒂当成“理想女性”来描写，何况基蒂纯洁善良的程度和堕落的程度尚处在一般层面，还形成不了强烈的对立冲突，而是“浅尝辄止”。其实，基蒂是为安娜的出场做准备的，以此加重安

---

① [俄]列夫·托尔斯泰：《安娜·卡列尼娜》，智量译，第94页。

② [俄]列夫·托尔斯泰：《安娜·卡列尼娜》，智量译，第109页。

③ 参见陈燊编选：《欧美作家评列夫·托尔斯泰》，第56～58页。

娜夺人之爱的罪孽程度。至于认为基蒂和列文的爱情幸福是安娜爱情悲剧的反衬的说法，则说明其没有看到安娜和基蒂在托尔斯泰心目中的地位是有着天渊之别的。安娜是理想女性，而基蒂不过是一般女性，是平庸女性。应该说，列文很喜欢基蒂，但是宗法制生活方式的维护者欣赏的只能是和谐的古典美。不过，列文对基蒂古典美的想象非但不是事实，反倒是一种讽刺。别说基蒂了，列文又该如何呢？一见到安娜就像失了魂一样，他的一切古典主义忧伤情调全都土崩瓦解了。当然，基蒂了解这一情况后大闹了一场，而这一闹正好显示出基蒂的平庸。

至于多莉，这位奥布隆斯基的妻子，更是一位平庸女性。多莉的丈夫有外遇，因此她实际上是作为一个受害者妇女形象而出现的，这样她就给人一种纯洁、善良、宽容的印象。其实不然，从某次拜访安娜的经过中就能看出，多莉也渴望堕落。多莉去拜访安娜，对于处在交际困境中的安娜而言应该是一种仗义之举，但事实上多莉羡慕安娜，羡慕她找到了沃伦斯基这么一位有钱又英俊的情人，而自己则没有这样幸运。多莉认为“‘安娜做得好极了，我无论如何也不会责备她。她是幸福的，使另一个人也幸福，而且不像我这样筋疲力尽，她大概还像以往一样娇艳、聪明和坦率’，达里娅·亚历山大德罗夫娜这么想着，一丝狡猾的微笑扭曲了她的嘴唇，特别是因为想到安娜的风流韵事，她同时给自己和一个爱上了她的想象中的德才兼备的男子，虚构了一段类似的风流韵事。她，像安娜一样，把全部真相都向她丈夫招认了，斯捷潘·阿尔卡季奇听了这场自白流露出的惊讶而狼狈的神情使她微笑起来”①。看来，多莉已经堕落了，只不过是“精神出轨”。没有纯洁情结的女性，即使堕落也不会有多少深度。

由此我们可以看出，基蒂只能算是“小堕落”，是位准理想女性，而多莉只能是一位平庸女性。不管怎么说，与基蒂和多莉相比，安娜显然已在堕落的道路上走得太远了，陷得太深了，但是堕落也成就了她，“不受魔，不成佛”，不经历一番大风大浪的洗礼，哪里会那么容易成为托尔斯泰的理想女性。

接下来就说说托尔斯泰笔下最后一位理想女性，即《复活》中的玛丝洛娃。玛丝洛娃是一位典型的具有“圣母—妓女”情结的女性，先是单纯的女孩，后来堕落了，竟然成了妓女。这样，理想女性发展到玛丝洛娃，竟真的成了妓女。

玛丝洛娃在遇到“引诱者”聂赫留朵夫之前，还是一位单纯的姑娘，初涉爱河，还带着一脸的娇羞。在聂赫留朵夫眼里，“她还是跟从前一样，只是越发妩媚了。她那对含着笑意的、纯洁的、微微斜睨的黑眼睛仍旧那么稍微低着往上

① 《列夫·托尔斯泰文集》第10卷，周扬、谢素台译，北京：人民文学出版社，2000年，第789页。

看人。她身上也跟从前一样,仍旧系着干净的白色围裙。她从他姑姑那儿拿来一块刚刚拆掉包皮纸的香皂和两条毛巾,一条俄国式的大浴巾和一条毛茸茸的浴巾。不论是那块没有用过、刻着字母的香皂也罢,那两条毛巾也罢,她本人也罢,一律都那么干净,新鲜,清白,招人喜欢。由于难以抑制的高兴,她那两片可爱的、抿紧的红嘴唇就像从前她见到他的时候那样皱起来"①。具有"新鲜,清白,招人喜欢"特性的玛丝洛娃,不就是典型的具有圣母情结的女性吗？可是玛丝洛娃经由聂赫留朵夫先诱引后抛弃,特别是孩子死掉之后,几经周折,最终沦为妓女。在托尔斯泰塑造的所有理想女性中,玛丝洛娃也许是堕落得最为彻底的女性,妓女情结变成了妓女现实。这还不够,玛丝洛娃后来深陷一起谁也说不清的杀人案,竟蒙冤入狱,成了犯人。昔日"新鲜,清白,招人喜欢"的玛丝洛娃,在狱中竟变了一副模样,她"那张脸上,特别是惨白无光的脸色衬托着,她的眼睛显得很黑,很亮,稍微有点浮肿,可是非常有生气,其中一只眼睛略为带点斜睨的眼神。她把身子站得笔直,挺起丰满的胸脯"②。在监狱里,聂赫留朵夫看到玛丝洛娃之后想:"'要知道,这是一个已经死去的女人了',他暗想,瞧着……那对眼睛正盯紧着副狱长和聂赫留多夫捏紧钞票的手。一时间他心里动摇了。"③看来,玛丝洛娃从外貌到内心的的确确已经沦落了。由于具有"圣母—妓女"情结,在聂赫留朵夫不辞劳苦的奔波和耐心劝说下,玛丝洛娃恢复了人性,并成了富有牺牲精神的女性,最终嫁给了一位政治犯。这样,玛丝洛娃就成了托尔斯泰所塑造的理想女性,尽管是最后一位。

第三节　"理性女性"的"模式"和"规律"

由上一节的分析我们可以看出,由《战争与和平》中的娜塔莎,到后来《安娜·卡列尼娜》中的安娜,再到最后《复活》中的玛丝洛娃,托尔斯泰塑造的这些理想女性,均具有"圣母—妓女"情结,进而构成了"好女人必堕落"的理想女性模式。既然是"模式",那归纳起来看,就有以下共同特点:一是这些女性都经历了由性情单纯善良走向堕落放纵的过程。二是这些女性大都被一名男子诱引,同时内心也渴望堕落。三是这些女性在走向堕落之后,都有一个渴望复归纯洁并努力

① 《列夫·托尔斯泰文集》第11卷,汝龙译,北京:人民文学出版社,2000年,第69页。
② 《列夫·托尔斯泰文集》第11卷,汝龙译,第6～7页。
③ 《列夫·托尔斯泰文集》第11卷,汝龙译,第195页。

去实现的过程。四是人性复归后，这些女性都变得富有牺牲精神，这种牺牲精神表现在要么献身于家庭，如娜塔莎；要么牺牲生命以完成救赎，如安娜；要么献身于社会，如玛丝洛娃。五是从表现功能上讲，理想女性的“堕落”与“回归”过程，促成了人物性格的复杂性和小说情节的丰富性，产生出较大的美学意义。

纵观托尔斯泰的创作，我们还发现这种具有“圣母—妓女”情结模式的理想女性的发展存在着以下三种“规律”：一是女性堕落越来越厉害，人性复归越来越难，从而加剧了圣母情结和妓女情结之间的不平衡。由于堕落之快之深和复归之路的不断增长，托尔斯泰逐渐加大了理想女性在作品中所占篇幅的比重。如《战争与和平》中的娜塔莎所占篇幅约为全书的1/3，并影响着皮埃尔、安德烈和玛丽亚等人的性格发展和命运变化；安娜在《安娜·卡列尼娜》中所占篇幅约为1/2，并影响着沃伦斯基、卡列宁、基蒂等人的性格发展和命运变化；《复活》中，由于主人公聂赫留朵夫对玛丝洛娃的拯救过程之艰难超过以往，所以玛丝洛娃所占篇幅较多，约为全书的2/3。此外，这些理想女性还影响着作品线索结构的发展变化。比如，《战争与和平》中，由于娜塔莎所占篇幅并不是很多，影响也有限，因而作品呈现出多线索结构；《安娜·卡列尼娜》中，由于安娜占一半多的篇幅，因而作品呈现出双线索结构；《复活》中，由于拯救玛丝洛娃的篇幅占有绝对地位，因而作品呈现出单线索结构。正是因为这样，托尔斯泰的理想女性已经超出了人物塑造层面的意义，而有了叙事功能，我们可以将其称为“‘理想女性’叙事”。

二是托尔斯泰把理想女性的堕落原因越来越归于外部环境。本来具有“圣母—妓女”情结的理想女性渴望堕落更多的是为了满足自己的欲望，带有很强的自主性，即所谓“内因是主导，外因是条件”，但是随着托尔斯泰创作思想的嬗变，他加重了影响女性堕落的外部客观因素的比例。娜塔莎堕落的主要原因是阿纳托利的诱惑，安娜的堕落则源于时代变革和社会转型的外在因素（社会转型时期价值观的混乱），而到了玛丝洛娃，则把堕落归因为沙皇的专制制度、贵族的腐朽没落、司法制度的腐败、官僚机构的冷漠以及教会的愚昧教化等，而那些扮演诱引者角色的男性也随之逐渐“去恶魔化”，从阿纳托利到沃伦斯基，再到聂赫留朵夫，引诱者似乎越来越富有人性以及品性越来越优秀了。这种描写降低了具有妓女情结的女性渴望堕落的主观因素比例，逐渐加大了社会环境等客观因素比例，必然会减少对理想女性堕落心理的刻画，从而影响了人物性格的丰富性。

三是理想女性在人性复归上越来越借助宗教（道德）的力量，这样必然削弱其内在的妓女情结向圣母情结回归的自我超越性。对于宗教（道德）因素之于人性复归的作用，托尔斯泰偶然发挥一下还是可以的，但将之置于主要地位，就会忽视人物心理刻画，从而削弱人物的性格塑造，弱化人物的审美性（概念化倾向），且有宣教的意味。对人物主体内心世界或外在客观世界进行探索，几乎成了托尔斯泰和陀思妥耶夫斯基的一个本质性创作分野。陀思妥耶夫斯基对内心世界永无止境的探索，成就了其作品的永久性辉煌；而托尔斯泰更多地转向了外在的社会批判，逐渐远离了早期对人性的深入探索，从而削弱了其晚期作品的艺术性，特别是他的《复活》，看起来更像一本宣传教义的小册子，或者具有文学性的社会调查报告，而艺术价值就很难说有多高了。德·斯·米尔斯基在《俄国文学史》中认为："因为《复活》显然远逊于《战争与和平》和《安娜·卡列尼娜》。"[①]这样的评价虽然严厉了一些，但还是有一定道理的。

托尔斯泰由于逐渐把理想女性的堕落与拯救视为环境作用下的结果，因而必然不再对理想女性的内心世界进行开掘，其笔下的女性亦逐渐丧失主体性和自主性，成为被"他"关注的对象或者"被看"的对象，以及缺乏主动性的提线木偶似的人物。这里的"他"既有可能是指作者，也可能是指作品中的某个男主人公。如《战争与和平》中后期的娜塔莎在"他"（托尔斯泰）的眼中，是一个只知道侍奉丈夫、繁衍后代的生育机器；《安娜·卡列尼娜》中后期的安娜在"他"（托尔斯泰）的眼中完全失去了以往的聪明、智慧和热情，成为一个行为偏激、性情乖张、生性妒忌的小女人（即常说的"两个安娜"），或者说罪孽深重的女人；《复活》中的玛丝洛娃在整部作品中就几乎从来没有过自我，她一生都活在"他"（聂赫留朵夫）的视野和"规训"之下。与《复活》同期创作的中篇小说《克莱采奏鸣曲》（1889）则表现更甚，该作中的女性一直生活在"他"（丈夫德兹别内谢夫）的述评中，没有自我表白与倾诉的场面，更没有内心描写，甚至连个名字都没有，完全是个欲望生物（当然这样的女性本就不是理想女性）。由此我们可以看出托尔斯泰的女性观逐渐趋于保守和落后，甚至有些非人道了。到这里我们才感到托尔斯泰对待笔下理想女性的态度已由审美世界转向了伦理世界，那些具有"圣母—妓女"情结的熠熠生辉的理想女性，已成为明日黄花。

正是以上这三种"规律"，才导致托尔斯泰理想女性内在"圣母—妓女"情结结构的破裂，其"'理性女性'叙事"也难以为继，而以此情结作为审美主体所创作的作品再难成为名作佳构。虽然托翁后期仍有个别较为优秀的中短篇小说，但在他的总体创作中，它们也只能位居次要地位。

---

① ［俄］德·斯·米尔斯基：《俄国文学史》（下），刘文飞译，北京：人民出版社，2000年，第19页。

第十章　托尔斯泰创作中的审丑意识

"审丑"这一美学观念是现代社会发展的产物，是与传统社会的"崇高""优美""滑稽"等美学概念相对立亦相并列的美学范畴。进入现代社会，伴随着人的主体意识和个体意识的觉醒，人们开始关注自我价值，肯定自我需要。与传统社会个体由于还没有完全从"家族""国家""民族"等整体性概念中摆脱出来因而显得"崇高"相比，现代社会所提倡的个体需要便带有"丑"的性质。个体需要即私人需要，不带有普遍性，与传统社会的审美观念相比，它既不崇高也不神圣，甚至还带点反抗崇高和亵渎神圣的味道。现代审丑意识是美学观念的巨大进步，它使个体的人格更加独立、精神更加自由，只是到了现代社会，"人们逐渐从对生活的有限的认识进入对生命的有限认识，丑才开始露出了自己的'庐山真面目'，才不再是陪衬，不再是最不美的美，而成为一种独立的、本体的存在，成为审美活动的一种类型"[①]。"丑在传统美学中只是一种否定的力量，而到了二十世纪现代主义的美学中，则丑与荒诞代替了崇高与滑稽，成为非理性的审美理想的标志"[②]，甚至是作为美的对立面而出现和存在，不再属于美，而是和美共同构成感性学范畴。由于主体和客体还处于一种紧张关系中，主体必须借助理性才能把握住客体，因此审美便呈现出秩序、明晰、和谐等理性特征，它的本质是导向善和美；而审丑则由于主体对客体的绝对把握，主体对客体作压倒性的征服，即尽最大可能地满足主体欲望的要求，因此其美学特征体现为不和谐、秩序混乱、昏暗不明，并带有神秘色彩等非理性特征，它的本质是导向恶和丑。

托尔斯泰历来被称为现实主义大师，被看作批判现实主义的顶峰代表作

① 蒋孔阳：《美学新论》，北京：人民文学出版社，1993 年，第 380 页。

② ［英］李斯托威尔：《近代美学史评述》，蒋孔阳译，上海：上海译文出版社，1980 年，第 233 页。

家，但他的作品之所以具有巨大的魅力并不限于此，而是因为其中包含着审丑成分。从这个角度讲，托尔斯泰并非一个传统意义上的现实主义者，而是一个具有现代意识的作家。综览托尔斯泰的全部创作，就会发现其创作中的审丑意识主要包括三个方面：一是“自然至善”实现过程中的反主体性，二是个体实践自由的非理性和神秘性，三是主体对自然客体的难以超越性。

第一节　“自然至善”实现过程中的反主体性

托尔斯泰相信自然是至善的，并且有一个逐渐实现的过程，这是其最基本的法则。自然法则虽然最终把世界导向至善，但在自然实现至善的“途中”，它主宰一切，横行无忌，像一个专制暴君，顺之则昌，逆之则亡。用《圣经》上的话来说，就是“伸冤在我，我必报应”。因此，人作为个体是渺小的，自然在趋向至善的过程中，暴露出残酷、丑恶的一面。托尔斯泰曾在《战争与和平》中表述过类似的观点，只不过他用“历史”代替了“自然”。在论述战争爆发的原因时，托尔斯泰写道：“每个人都有两种生活，它的兴趣越抽象，就越自由；一种是天然的群体生活，人在其中就必须遵循给他预定的各种法则”，并且“他们每一个行动，他们觉得仿佛都是他们独断专行似的，其实从历史的意义来看，都不是随心所欲的，而是与整个历史过程相关联，而且是很久以前就决定了的”。[①] 因此，他笔下的战争、瘟疫等天灾人祸，以及个体的流血牺牲乃至家破人亡，似乎都存在着合理性。托尔斯泰这种审丑意识，早在《五月的塞瓦斯托波尔》中就有所表露。当别人还在为俄国士兵的爱国热情极尽赞美时，他却看到了战争的残酷，看到个体生命被毁灭的非人道现实。作品中，一个 10 岁的小男孩，“一停战，他就从壁垒后面走出来，一直在谷地里走来走去，怀着茫然的好奇心瞧瞧法国人，瞧瞧横在地上的尸体，同时采着盖满这个不祥谷地的蓝色野花。他捧着一大束鲜花走回家去，掩住鼻子，不愿闻到随风飘扬的臭气。他在一堆尸体旁边站住，久久地瞧着一具离他最近的可怕的无头尸体。他一动不动地站了好一阵，然后走得更近一点，用脚碰碰死尸僵硬的手臂。那手臂微微动了动。他又碰了碰，碰得更使劲一点。那手臂抖了抖，又落到原来的地方。孩子忽然大叫一声，把脸埋

---

① ［俄］列夫・托尔斯泰：《战争与和平》，刘辽逸译，第 808～809 页。

在花束里，没命地向要塞跑去”[①]。这种对战争残酷场面的审丑态度，引起了人们对鲜活的年轻个体生命的关注，这种残酷的场面在托尔斯泰后来的创作中时常出现。在《战争与和平》中，对于俄法两军在战场上相互残杀而造成死尸遍野的惨象，战地医院里锯腿断臂的惨叫声以及莫斯科城内使千万人流离失所的熊熊大火，拿破仑撤退时几千人被淹死的景象，托尔斯泰似乎都毫无同情心地表现了出来。

指挥几十万人的统帅也不再像史书上描写的那样运筹帷幄、叱咤风云。库图佐夫老态龙钟，随遇而安，但精力不济，时常在军事会议上打瞌睡；拿破仑则表现出充满病态的蛮横和傲气，行为卑琐，脾气乖戾。托尔斯泰之所以“丑化”他们，是因为所谓统帅、英雄首先是人而非神，他们和常人一样有“丑”的地方，“他们畏惧，虚荣，欢乐，愤慨，议论，认为他们知道他们所做的事，知道他们那样做都是为着自己，其实他们都是不自觉的历史工具，他们进行着他们自己不明白而我们却了然的工作。所以实际的活动家不可改变的命运就是这样，而且他们的官做得越大，自由就越少”[②]。拿破仑的被打败、被流放和库图佐夫的战后即悄然死去，都说明他们作为工具已被历史抛弃。

托尔斯泰笔下的另一些主人公，像美艳的海伦及其风流倜傥的阿纳托利，虽然还年轻，但他们的行为违逆了自然至善的法则，因而不得不过早地退出历史舞台。就连托尔斯泰十分欣赏的安德烈也由于沉迷功名而不得不在战争结束前夕死去，尽管托尔斯泰已让他逃避过一次死亡。当然，表现最为突出的还是《安娜·卡列尼娜》中的安娜，这个曾在相当长的时间内受托尔斯泰肯定的人物，却因为离家私奔而遭到严酷惩罚，最终碎身于铁轨。将要被死亡吞噬的刹那，安娜不禁惊恐地喊道：“上帝呀，饶恕我的一切吧！”[③]这句让人难以释怀的话，表露出托尔斯泰为了实现“至善”所表现出来的“残忍”。其实从这里不难看出，自然“至善”和实现“至善”过程之间的矛盾是异常突出的，托尔斯泰之所以如此看重自然的“至善”，实际上是基督教拯救意识和来世观念的一种变体，“至善”就是天堂，“过程”就是地狱，人在过程中就如同在地狱中，受到惩罚是应该的，因为人身上还有恶，还有“原罪”，必须对这些有“罪”之人加以惩罚，他们将来才能上天堂。因此，从本质上讲，托尔斯泰对人身上“恶”的描写，对人间不幸的漠视，乃至对人的主体性的否定，都是从宗教角度出发的。从这个意义上讲，

---

① ［俄］列夫·托尔斯泰：《一个地主的早晨》，草婴译，上海：上海译文出版社，1985 年，第 156 页。

② ［俄］列夫·托尔斯泰：《战争与和平》，刘辽逸译，第 907 页。

③ ［俄］列夫·托尔斯泰：《安娜·卡列尼娜》，力冈译，杭州：浙江文艺出版社，1972 年，第 837 页。

尽管托尔斯泰在创作过程中对他笔下的人物表现出一定的尊重，但不可否认的是，他的潜意识里还残存着中世纪保守的宗教观，这在他那部带有思想总结性的长篇小说《复活》中表现得最为充分、最为典型。主人公聂赫留朵夫和玛丝洛娃由于禁不住肉体的诱惑而堕落了，然后又借助基督教的力量，与自己的肉欲展开了一系列搏斗，最终人性得到了恢复，对上帝的信仰得到了复活。与中世纪稍有不同的是，这个上帝不再是基督教的上帝，而是托尔斯泰的上帝；对人的堕落的惩罚，不再局限于人的肉体，还有人的心灵。可见托尔斯泰的宗教观还是有所进步的。由此便可看出，托尔斯泰对现实（过程）的否定，对恶（过程）的无动于衷，是从其潜在的宗教意识出发的，因而其审丑意识带有极大的宗教特性。这正是“至善”在其实践过程中要否定人的主体性的原因。

第二节　个体实践自由的非理性和神秘性

托尔斯泰虽然从“至善”的目的出发来否定人的主体性，但又把意志自由交给个人，这都缘于他受到19世纪西方主体性哲学的影响，特别是受到卢梭、斯宾诺莎、康德、黑格尔、叔本华等的影响。这些哲学家不管是主张理性主义还是主张非理性主义，都张扬人的主体性。这些哲学家对托尔斯泰的影响非常大，使他意识到个体的重要性，并认识到“至善”虽是一种“规律”，“顺之昌，逆之亡”，但“自然至善”最终要落实到具体的个人身上。一方面，“至善”的目的是使每个人都善；另一方面，只有每个人的自由意志都得到充分发挥，“至善”最终才能实现。托尔斯泰认为：“因为一旦没有了意志自由，也就没有了人。因此，一个人的行动完全服从必然性的法则，没有丝毫的意志自由，这种观念正如一个人完全自由行动的观念一样，是不可能的。”①中世纪时期，正是由于对人的自由意志的剥夺，人、神的灾难才会发生。托尔斯泰给他笔下的人物以充分的自由，但这种自由不是西方式的理性自由，即理性的觉醒和觉醒后的抗争。因为理性只是人的特性之一，并不能代表人的全部，托尔斯泰特别看重自由的非理性特性，人对自由选择的不确定性，使其在实践自由时充满了神秘色彩，这里显示了托尔斯泰最为深刻的人道主义思想。正因为托尔斯泰呈现的是人的非理性，所以他笔下的人物往往会感到生活的意义飘忽不定，进而产生一种莫名的忧伤、

① ［俄］列夫·托尔斯泰：《战争与和平》，刘辽逸译，第1588页。

无奈和彷徨情绪。如《战争与和平》中的皮埃尔，虽是一个富有的青年贵族，但在生活中表现得非常懦弱和被动；虽然内心厌恶生性放荡的海伦，但还是稀里糊涂地和她结了婚；虽然不信奉任何东西，但莫名其妙地加入了共济会；虽然不愿意决斗，但还是开枪打伤了多洛霍夫。皮埃尔“随波逐流”，任性而为，可以说他身上表现出典型的非理性特征。安德烈虽出身名门贵族，并有建功立业、光宗耀祖的抱负，而第一次在战场上负重伤差点死去，面对宁静的天空时，却把名利视作浮云，但痊愈后，又再次奔赴战场，直至牺牲。而纯洁的少女娜塔莎，这个乡村贵族少女几乎是大自然的杰作，是真善美的化身，与那些过着繁文缛节、虚伪矫饰生活的都市贵族妇女相比，称得上是人间天使。就是这样一个近似“天使”的人，这样一个连作者也喜爱的人，却禁不住异性的诱惑，竟然要背叛自己的未婚夫，跟一个“花花公子”私奔，飞蛾投火般要过一种堕落生活，甚至不顾个人和家族会因此而名誉扫地。安娜本不想自杀，但到车站去接沃伦斯基，面对轰然开来的列车，“她忽然想起她和沃伦斯基相逢的那天被火车轧死的那个人，于是她明白了她应该怎么办”[①]，这一切似乎都是命中注定的。为我们所鄙视的卡列宁也没有我们想象的那么坏、那么老奸巨猾，在是否要和安娜离婚这件事上，他更是举棋不定，以至于不得不用扑克牌来决定。谁也想不到，这小小的扑克牌竟然决定了安娜未来的命运。比起安娜，列文得到了爱情，组建了一个幸福美满的家庭，但他时常感到空虚，不得不把枪和绳索藏起来，以免自杀。

由以上可以看出，托尔斯泰把意志的自由给了个人，表现出极大的“民主”精神，但个体在实践自由时十分艰难，因为不知道怎样做才符合“自然至善”的要求。因此，人的自由是盲目的、非理性的，并带有难以预测的神秘色彩。自由并不像歌德笔下的浮士德，总能够从欲望走向理性，从谬误走向真理，从黑暗走向光明，从恶走向善，反而有可能走向反面，由真善美走向假恶丑，安娜的悲剧就是一个典型的例子。可见，理性在关乎人的自由方面显得多么软弱、多么靠不住。人性不但是善的，还有可能是恶的；不但是美的，还有可能是丑的。托尔斯泰在塑造安德烈的妹妹玛丽亚时最能体现这一点。玛丽亚本是个虔诚的基督徒，但是当她父亲病重时，她竟然盼着他早点死，内心展开了理性与情感的矛盾冲突。玛丽亚“多少年来都没有在头脑里出现过的念头——关于永远不会有畏惧父亲的自由生活，甚至关于爱情和家庭幸福的可能性，如此等等的念头，像魔鬼的诱惑似的在她的想象里不停地徘徊。有一个问题，不管怎样驱逐它，在

① [俄]列夫·托尔斯泰：《安娜·卡列尼娜》，力冈译，第836页。

她头脑中总是挥之不去，那就是在现时，也就是在办完后事以后，她怎样安排自己的生活。这是魔鬼的诱惑，玛丽亚公爵小姐是知道的。她知道唯一对付它的武器是祈祷，于是她试着祷告。她摆出祈祷的姿势，望着圣像，念祷词，但是她祈祷不下去。她觉得她现在是在另一个世界——俗事的、操劳的和充满自由活动的、与她先前禁锢其中而且在其中最好的安慰就是祈祷的那种精神世界完全相反的世界。她无法祈祷，也哭不出来，因为俗世的思虑包围着她”[①]。这就是人追求自由时所获得的结果，自由显示了她内心的阴暗面以及丑。

由此可见，自由既是托尔斯泰赋予他笔下人物的权利，又是其考察人性的试金石。对人的自由作潜意识的、非理性的开掘，体现了托尔斯泰的审丑意识。当然，正是这种审丑意识，使托尔斯泰在揭示人性的深度方面超过了同时代的现实主义作家，也使其塑造的人物更具魅力。

第三节　主体对自然客体的难以超越性

从上一节的论述可以看出，托尔斯泰既相信自然的必然力量，又相信人的主体力量，这种看似不可思议的矛盾，实际上是他潜在的矛盾自然观在起作用。托尔斯泰一方面认为自然是善的，并把自然染上理想色彩和人文色彩，这具体表现在“至善”的最终实现和对人性本善的认识上；另一方面又认为自然是一种欲望，是一种恶，因为它要尽最大可能地把人拉回到动物状态、物质状态。实际上，作为一个现代人，托尔斯泰的个人意识和主体意识正在觉醒，开始把自然作为对象来看待。他企图驾驭自然之时，才感觉到自然的桀骜不驯，感到自然作为异己力量的强大。对自然为恶的认识，正是托尔斯泰审丑意识的表现。这实际上是对自然至善观念的怀疑，自然最终要走向至善，但在实现的过程中有可能不善，甚至还有可能作恶，可见托尔斯泰是多么矛盾。

19 世纪的俄国不再是一个东方意义上的大国，在资本主义经济的冲击下，这个带有东方色彩的大帝国正向现代西方工业国家转变。社会剧变促使个人意识觉醒，特别是在这个时期，西方宣扬的非理性主义哲学对俄国知识分子影响较大。可以说，托尔斯泰正是在这个时期受到了叔本华的非理性主义哲学的影响，进而增长了审丑意识。叔本华认为自然界甚至包括人类社会的本质不过

---

① ［俄］列夫·托尔斯泰：《战争与和平》，刘辽逸译，第 948 页。

是欲望，而欲望则是丑的东西。到了现代社会，人们才发现自然欲望的力量是如此强大，不但不能超越它，而且主体还要为自然客体所吞没。人类实践证明，人不过是自然的一部分，不但没有必要征服自然，而且幻想用软弱的理性来驾驭自然，这就如螳臂当车，更何况非理性主义哲学家早已撤销了理性的合法地位，因为非理性也是人的本质，至少是人本质的一部分。托尔斯泰正是看到了自然力量的强大，才在他的创作中展示出自然之恶。这种自然之恶主要表现在对个体实践自由的阻碍上。

《战争与和平》中的海伦有一种高雅的古典美，连托尔斯泰自己也为之赞叹。就这么一个高雅的女人，生性放荡到了乱伦的地步。如此漂亮的女人，却如此放荡，的确是件让人费解的事。其实这并不难理解，在托尔斯泰看来，海伦身上所展示的并不是善的自然，而是恶的自然，因为善的自然并非自然本身，而是被主观化了的、被道德化了的自然，在这里自然仅意味着淳朴、和谐、宁静和善良。由此可以看出托尔斯泰十分矛盾的观点，即他一方面承认自然恶有着极其强盛的生命力，另一方面又不得不在道德上对其加以否定。尽管人是自由的，并且这种自由能够促使人自觉不自觉地向至善发展，但人在实践自由的过程中却往往容易受到欲望的诱惑，甚至因此而堕落。托尔斯泰笔下的人物不管是不是他所喜爱的，都有一种为欲望所困扰的感觉。举止优雅的海伦是一个被欲望控制的尤物，她身上没有丝毫的高尚情感，她的生存目的只在于情欲、虚荣心的满足，她那优雅、仪态万方的举止是她长期“操练”的结果，是习惯使然。就像鱼习惯在水里游一样，海伦早已习惯在虚伪的空气里呼吸。看似淳朴的娜塔莎受虚荣心和情欲的支配，即使抛弃一切，也要嫁给已婚的“花花公子”阿纳托利。假如娜塔莎长期生活在大都市，很难说她不会变成第二个海伦。安娜则由前期对自己权利的追求与维护，发展到后来对情欲权利的维护。列文初见安娜时便被其美貌慑服，当列文走后，安娜又是怎样的呢？

> 安娜送走客人之后，没有坐下，却在房里前前后后踱了起来。尽管一个晚上她都在无意识地施展浑身魅力挑动列文对她的迷恋，尽管她知道，她已使一个正派的已婚男子迷恋到一个晚上能够迷恋的最高程度，尽管她也非常喜欢他，可是等他一出门，她就不再想他了。只有一种心思以各种形式翻来覆去纠缠着她。“既然我对别人，对这个有妻子、情有所钟的人，都这样有魅力的话，那他为什么对我这样冷呢！……”①

---

① [俄]列夫·托尔斯泰：《安娜·卡列尼娜》，力冈译，第768页。

在这里，安娜的情欲正逐渐代替爱情，她已经忘记了她之所以吸引沃伦斯基是因为她的个性，正如基蒂所感受到的："……安娜十分纯真，什么也不掩饰，不过也觉得她另有一个崇高的、她基蒂无法理解的复杂的、诗意的精神境界。"[①]这种"诗意的精神境界"就是安娜在追求个性的过程中所达到的，也是她把沃伦斯基从基蒂身边吸引走的原因。当安娜把自己的魅力局限于外表时，她已然把爱情和情欲等同起来，她的悲剧也就随之注定了。安娜悲剧的外因虽较大，但主要是她自己精神的堕落，她丧失了与环境进行斗争的勇气，可见情欲的力量之大。

实际上，托尔斯泰笔下的男性也在欲望的支配下有着各自的悲剧。皮埃尔是一个意志薄弱的人，顺从欲望的驱使，过着一种随遇而安、随波逐流的生活，像一个温顺而又鲁莽的庞大动物。直至几度濒临死亡时，他才开始考虑人生的意义。安德烈受荣誉感和事业心的驱使，两度上战场，直到临死才悟出生活的真谛。卡列宁一生热衷于功名利禄，并为之耗尽了自己身上最后一点精神因素，他看不到安娜的美，更不理解安娜的行为及其意义，因为这些都超出了他的经验范围。一个像动物一样的人很少考虑经验之外（超验）的东西，他的痛苦就是：难以用经验来解释现实中发生的一切。发展到下一个阶段，卡列宁就成了《伊凡·伊里奇之死》中的伊里奇。伊里奇对死亡非常恐惧，因为他既没有从宗教的意义上把死看成是另一个世界的召唤，也没有从自然的角度把死亡看成一种必然归宿，而是把死看成一件俗事，注重自己过早离开这个功利世界所带来的巨大损失，特别是他的尊严，认为他的死会引来同事的鄙视、政敌的解恨，而死似乎和他的个体生命无关。与之类似，对于卡列宁而言，妻子和别人私通与他所受到的情感伤害无关，而与私通事件所产生的不良舆论影响有关。沃伦斯基本是一个优秀的贵族青年，性格果敢，他能够发现安娜的美，应该说他的素质也是很高的。但他也是个功名心较强的人，虽然一直忠于安娜，但这也只能说明他是个诚实的人（同时他也是一个很有经济头脑和较为理智的人，这也是托尔斯泰在作品中一再暗示的）。随着功名心的膨胀，爱情必然沦落，这里并不是说爱情和事业水火不容。在现代社会，个人爱情的成功和事业的成功都是个体价值实现的一种标志；而在传统社会，个人的事业其实是一种家族事业，为了家族利益会逐渐抛弃个人的东西，爱情这种极其个人化的情感必然会受到家族利益的阻碍。说到底，爱情是近代市民（资产阶级）社会的产物。可以说，假如安娜不自杀，而是与沃伦斯基结婚，那么他们的未来只有两种结局，要么如《克莱

---

① [俄]列夫·托尔斯泰：《安娜·卡列尼娜》，力冈译，第89页。

采奏鸣曲》中男女主人公相互残杀，要么就与列文和基蒂的结局一样。当看到婚前漂亮又浪漫的基蒂，结婚后却变成了只知道操持家务、喂养孩子的“老母鸡”时，列文感到特别失望，甚至一度想自杀。而托尔斯泰在《复活》中所反映的不过是自然力量如此强大，以至于人竟这么容易堕落，而征服自然、超越自然又是如此艰难。因此，托尔斯泰充分展现了自然本身的否定性力量的强大、蛮横、非理性，这种力量既是一种恶，也是一种丑。当这种否定性力量在作品里有所表现时，托尔斯泰的审丑意识才得到真正显示。如果说自然欲望在巴尔扎克笔下还处于被批判和谴责的地位，那么托尔斯泰已经在悄悄地默认它，甚至欣赏它。

综上所述，托尔斯泰在创作中充分体现了审丑意识（当然这种表现是非自觉的）。审丑意识是一种现代意识，具有现代意识的创作观必然促使托尔斯泰在创作上对传统现实主义形成一种突破和超越。同时也应看到，出于种种原因，托尔斯泰并没有彻底超越传统审美观，一直在感性与理性、自然与社会、主体与客体、个体与集体、善与恶的二元冲突之中苦苦挣扎，最终也没能走出传统的囿限。当然，这也许是一件好事，正是因为这一点，托尔斯泰才成了既有别于现实主义又不同于现代主义的风格独特的文学大师。

第十一章　托尔斯泰死亡描写中的审美意象化手法

托尔斯泰对死亡问题的关注超过了一般作家，伍尔夫说他总是在灿烂阳光下的花蕊里看到蛰伏其中的蝎子，即死亡等问题，并感叹其是最让人感到可怕的俄国作家。[①] 托马斯·曼说："……托尔斯泰最强烈、最痛苦、最深刻和最富创造性的兴趣却在死亡。死亡的思想如此主宰着他的思考和创作，以至于人们可以说，没有哪个世界文学大师像他那样感觉和表现过死亡，他的感觉是惊人的透彻，他的表现往往不知餍足。"[②]布宁在转述舍斯托夫对托尔斯泰的评价时说："司死亡的天使弄错了托尔斯泰的死期，却给他留下了这样一双眼睛，使他后来总是从死亡的角度去重新估价他在长长的一生中看到的一切，而死亡是一切价值的最大的重新估价者。"[③]可见托尔斯泰的一生都伴随着对死亡的恐惧以及揭示死亡之谜的渴望。死亡，这一令人恐惧而神秘的生命现象，给人的情感是复杂的，既让人恐惧，又让人好奇，甚至让人着迷。陆扬在他的《死亡美学》中谈道："死亡之令人畏惧迷惑，还有一个重要原因，那就是死亡的不可经验性。人类对死亡的全部知识，都建立在对他人死亡现象的感知上。……正是这一不可经验性，给死亡笼罩上一层神秘的氛围。这氛围有时能给人带来希望和安慰，但更多的是恐惧。人对死亡的恐惧是与生俱来的。"[④]当然，死亡除了具有不可经验性外，还具有不可逆转性。死只有一次，不可重复，它意味着个体生命的永

---

① 参见[英]弗吉尼亚·伍尔夫：《伍尔夫读书随想录》，刘文荣译，上海：文汇出版社，2017 年，第 238～239 页。

② [德]托马斯·曼：《歌德与托尔斯泰》，朱雁冰译，杭州：浙江大学出版社，2013 年，第 104 页。

③ [俄]布宁：《托尔斯泰的解脱》，陈馥译，沈阳：辽宁教育出版社，2000 年，第 130 页。

④ 陆扬：《死亡美学》，北京：北京大学出版社，2006 年，第 13 页。

久消失，世界对他(她)的彻底关闭。叔本华说："威胁人们最大的不幸和最糟糕的事情就是死亡，无论在哪里都是这样，人最大的恐惧就是对死亡的恐惧。没有什么比别人正遭受生命危险更能激起我们最强烈的关注，也没有什么比被判死刑更加可怕。"[①]正是由于人们恐惧死亡、厌恶死亡，所以自古以来作家都非常忌讳描写死亡，尽可能地不展开描写，或者不正面直接描写死亡。近代以来，随着人类征服自然能力的增强、科技的发展，人们想打开死亡这个谜，死亡描写也开始进入作家的视野，而托尔斯泰对死亡的描写以及对死亡的可能性探索做出了不小的努力。因此，托尔斯泰创作中的死亡描写，是研究托尔斯泰创作特性无法绕开的论题。

第一节　死亡描写与审美意象化

托尔斯泰对于死亡的描写之多在世界文学中也是不多见的，也正是因为这样，近年来国内有不少学者开始研究托尔斯泰创作中的死亡现象，以此探索托尔斯泰的创作秘密。检索中国知网了解到，以死亡为主题研究托尔斯泰创作的一般学术论文和硕博士学位论文就有近 20 篇，其中不少篇什是从存在主义哲学角度来进行研究的，这也是目前在托尔斯泰死亡描写研究方面成就最大的。这类论文的主要观点是：托尔斯泰创作中的死亡现象与作家所遭遇的个体存在危机有关，死亡是一件与他人无关的"个体事件"，这是有别于古典观念的现代死亡观。研究论证所涉及的哲学家及其理论有叔本华、尼采、萨特、海德格尔、舍斯托夫等，其中海德格尔又最受青睐，论文所举例证多为托尔斯泰的中篇小说《伊凡·伊里奇之死》。具体来说，在这方面较有代表性的成果有李正荣的专著《托尔斯泰的体悟与托尔斯泰的小说》(2001)中的"向死而生"部分、赵山奎的《存在论视野中的〈伊凡·伊里奇之死〉》(2002)、彭小燕的《直面生存虚无 先行体验"死亡"——从存在主义视野看托尔斯泰精神中的否定倾向》(2004)、戴卓萌的《列夫·托尔斯泰创作中的宗教存在主义意识——谈托尔斯泰创作中的"死亡"主题》(2005)、冷满冰的《死的启示——舍斯托夫论托尔斯泰的后期作品》(2007)、张兴宇的《"向在而死"——试析列夫·托尔斯泰小说〈三死〉中的存在论哲学命题》(2011)、郑露燕的硕士学位论文《托尔斯泰创作中的死亡主题》

① 《叔本华美学随笔》，韦启昌译，上海：上海人民出版社，2004 年，第 207 页。

(2011)、吴函的硕士学位论文《托尔斯泰小说创作中的死亡意识研究》(2021),以及陈祥波的博士学位论文《向死存在——列夫·托尔斯泰小说死亡问题研究》(2019)①等9篇(部)。上述研究成果揭示出托尔斯泰笔下死亡现象的深刻哲学问题和作家由此产生的精神危机问题,有利于我们更好地理解托尔斯泰的创作特性,这正是其颇具有学术价值的地方。

在上述学者的研究基础上,试图进一步研究托尔斯泰笔下的这些死亡现象是如何被艺术化处理的,即托尔斯泰描写死亡现象时是如何兼具审美性的。因为死亡现象作为创作题材本身是可怖的、厌恶的、灰色的,是丑的,具有非审美性;而文学仅具有哲学意义和思想意义还是不够的,它作为艺术而非社会科学首先得益于审美性。因此本章认为,托尔斯泰不但在创作中描写了大量的死亡现象,生发了很多哲学思考,而且最为主要的是解决了文学创作直接描写死亡现象的可能性问题,即死亡现象何以入诗。托尔斯泰在创作中对死亡现象的描写采用了审美意象化手法,大大弱化了客体之于主体的恐怖性和厌恶性,并达到化丑为美、化恐怖为崇高的效果。因为死亡描写只有转化成审美对象才具有审美价值,才可以成为美和艺术的对象而为读者所接受。与死亡描写相联系的死亡意识的内涵,以及这些内涵如何被审美意象化,是本章探究的重点。

托尔斯泰要把死亡转化成具体可感的对象,就只能把表现对象审美意象化。不过,这里谈到的"审美意象"已不再是通常所说的古典意义上的"审美意象"。古典意义上的"审美意象"常常指主观与客观和谐交融的审美意境,它的审美形态通常是"优美",而本章所谈的"审美意象"则被赋予了新的内涵,是主观与客观冲突后的和谐,其审美形态为崇高,是一个具有现代性意义的美学概念。由于死亡是丑的、令人厌恶的、恐怖的,因此人们在接受丑的事物时,必须借助理性力量来整合,并经过痛感,克服厌恶情感,释放恐惧和怜悯情感,获得崇高感。关于崇高,西方美学家博克和康德都有过论述。18世纪时,博克对崇高的来源进行了探讨:"崇高的本原是任何一种能够产生痛苦与危险的观念。可以是让人敬畏的东西,可以是产生恐惧的方式。换言之,'崇高'来自心灵深

① 李正荣:《托尔斯泰的体悟与托尔斯泰的小说》,北京:北京师范大学出版社,2001年,第221~239页;赵山奎:《存在视野中的〈伊凡·伊里奇之死〉》,《南京师大学报》2002年第2期;彭小燕:《直面生存虚无　先行体验"死亡"》,《零陵学院学报》2004年第4期;戴卓萌:《列夫·托尔斯泰创作中的宗教存在主义意识》,《外语学刊》2005年第2期;冷满冰:《死的启示——舍斯托夫论托尔斯泰的后期作品》,《西南民族大学学报》2007年第7期;张兴宇:《"向在而死"——试析列夫·托尔斯泰小说〈三死〉中的存在论哲学命题》,《天津外国语大学学报》2011年第6期。

处最浓烈最能感知到的情感。”[①]康德在《判断力批判》上卷中写道：“它（死亡）在生命中会存在着一个瞬间的阻滞，然后立刻转化为动力，让生命力有更强的力量进行强烈的喷射，这时崇高的感觉（美感）产生了。”[②]可见“崇高”这一美学概念就来自人内心的恐惧，恐惧激起了主体超越恐惧进而变得强大并获得崇高感的企图，崇高感就成了审美意象的内核，从而化丑为美、化恐怖为崇高，在审美意象中获得审美愉悦。“崇高”这一美学形态扩大了审美范围，具体到本章而言，就是对死亡的恐怖与厌恶、接纳与超越，使死亡现象被纳入审美领域。之所以运用“审美意象”而非简单的“崇高”，是因为对审美对象进行了充分的想象和联想，以达到对死亡的体验和超越。“审美意象化”则突出了由丑向美、由恐怖向崇高以及“意象化”的转化过程，无论是“丑的”“恐怖的”，还是伦理意义上的“崇高”等，其本身还不具有审美价值。陆扬在谈到审美价值时说：“艺术中死亡的审美价值具有双重含义。一方面，通过艺术的美中介可以化死亡为美感。另一方面，艺术中的死亡价值的第二含义，则是通过艺术的筛选和抽象，可以进一步强化一些特定的死亡行为和现象先已具有的审美价值。”[③]这里虽然运用“审美价值”来说明死亡的审美性，但笔者更愿意用现代意义上的“审美意象”来说明死亡现象是如何被“审美意象化”的或“崇高化”的，这样更能表现本章所论意旨。

一般而言，学者会把托尔斯泰的“死亡意识”作为一个整体来看待，而此处则把其“死亡意识”分为三个部分，即“窥看尸体”“濒死体验”“超越死亡”等。所谓“窥看尸体”，一方面有偷看的成分，因为直视死者是不敬的表现；另一方面是指一种嗜好[在这里就有点病态（癖好）性质了]，并形成了一种意识。托尔斯泰和一般作家写死亡现象的不同之处在于：他对“尸体”很感兴趣，总是细致描绘死者的状态。托马斯·曼说：“托尔斯泰之所以对死亡感兴趣，是因为他在感性上对躯体，即对作为肉体生命的自然感兴趣。”[④]托尔斯泰的这种“习性”大概与其童年时因目睹母亲的遗体而受到惊吓有关，这在其自传体小说《童年》中多有体现。对此，梅列日科夫斯基认为：“在《童年》的主角叙述中，他是以如此令人惊心动魄的、几乎是不顾一切的、令人厌恶的真实来描述死亡之恐怖的；这种恐

① [英]博克：《关于我们崇高与美观念之根源的哲学探讨》，郭飞译，郑州：大象出版社，2010年，第36页。

② [德]伊曼努尔·康德：《判断力批判》上卷，邓晓芒译，北京：人民出版社，2002年，第83页。

③ 陆扬：《死亡美学》，第45～51页。

④ [德]托马斯·曼：《歌德与托尔斯泰》，朱雁冰译，第104页。

怖扎根于他身上，为他一个人所独有，在他意识刚刚闪现光亮时便在他心中苏醒，而且自那以后从来没有舍弃过。”①

“濒死体验”，有时也被称作“高峰体验”，是指“死”是怎样的以及“死”的过程如何。尽管不太可能获得死亡的真实经验（不否认有极少数人经历过死而复生的极偶然现象），但接近死亡的体验还是可能的。同时，人们对死亡的好奇心，使得托尔斯泰不得不凭借自己强大的想象力将其再现出来，形成所谓的“死亡意象”。

关于“超越死亡”。因为死亡本身是可怕的，必然使具有主体精神的人去战胜它、超越它。当然，主体必须处在“安全地带”，不会或没有受到直接威胁，这样的死亡才是可以接受的、可以“欣赏”的。仅仅呈现一种完整的死亡意识还是不够的，还必须借助艺术手段，即进行审美意象化，才能满足读者的审美要求，使之在恐怖中获得审美快感。具体来说，托尔斯泰的审美意象化实现方式可总结为三种：一是在窥看尸体阶段使死者“活”起来、“思想”起来，形成死者“未死”境地；二是把濒死体验故事化、具象化，促使读者产生联想和想象而形成快感；三是借助主体的强大精神，战胜和超越死亡，并唤起读者的崇高情感，达到审美效果。上述三种死亡意识的审美意象化手法虽然是分开说的，但作家在创作过程中又时常将之融为一体，通过死亡意识，化丑为美，化恐怖为崇高，使读者获得既陌生又复杂的情感体验，进而取得极大的审美效果。

第二节　“窥看尸体”描写的审美意象化

不管怎么说，死亡总是可怕的，因为它是对生命的直接否定。在传统社会中，人们由于征服自然的能力弱小，还不敢正视死亡，因此总是尽量回避死亡，并借助意识形态的、伦理的话语有意或无意地遮蔽它，这样的死亡描写只能是主观地臆想，而非客观公正地呈现。到了19世纪，受启蒙思想影响的托尔斯泰敢于正视自然，显示出主体精神的强大，大胆地描写尸体，并写出了自己对死者的理解，这在《哥萨克》《战争与和平》《安娜·卡列尼娜》《伊凡·伊里奇之死》《复活》等系列作品中均有不同程度的表现。

---

① ［俄］梅列日科夫斯基：《托尔斯泰与陀思妥耶夫斯基》，杨德友译，沈阳：辽宁教育出版社，2000年，第66页。

首先来看托尔斯泰的中篇小说《哥萨克》是怎样表现其“窥看尸体”意识的。小说中，一位“山贼”(车臣人)因为偷袭哥萨克村庄，被一个叫卢卡什卡的年轻哥萨克用枪打死了。透过主人公奥列宁的视角，我们得以“窥看”他的尸体。

> 他那穿一条湿得发黑的蓝裤子，在瘪下去的肚子上束着腰带的棕色的身体匀称而且漂亮。肌肉发达的两只胳膊顺着两肋直直地放着。新剃的发青的圆脑壳带着血液凝结的伤口偏颇地往后歪着。平滑的晒黑的前额和新剃的脑壳界线分明。他睁着玻璃似的眼睛，瞳仁在下方凝然不动，仿佛是越过一切往上望着。从剪短的红胡子下面露出薄薄的松弛的嘴唇，唇上仿佛停留着一丝善意的讥笑。他的小手长满了红毛向里弯曲着，指甲也是染红了的。[①]

人们常说“人死如虎，虎死如羊”，即使是尸体，但我们仍能看到其威严所在，似乎“死”本身加强了这种威严。应该说，托尔斯泰是描写死者的高手：客观、真实、个性，虽死犹生。这具尸体虽然是令人恐怖的、陌生的，但并不令人厌恶，因为它已经被审美意象化了。对死者个性化的或“复活”化的描写，让我们觉得这位身体强壮的山民并没有死，他还“活着”，还在“思想”。首先，这是一个热爱生活的人，富有个性的着装和往日的生活惯习依旧可辨，就年龄来看他几乎与枪杀他的人同龄，美好的生活才刚刚开始，即使到死也没有意识到自己的生命会戛然而止。其次，因为“唇上仿佛停留着一丝善意的讥笑”，他还是骄傲的，眼睛傲视着，似乎随时准备起来反抗和复仇，只是因为他已经“死”了才作罢，而“死”则是极其被动的行为。可以说，这处对尸体进行审美意象化的描写是非常成功的。托尔斯泰的妙笔确有点石成金、化腐朽为神奇之功效，想想自古以来，谁能把一具死尸写得如此艺术、如此“亦死亦活”？

到了《战争与和平》，托尔斯泰对“窥看尸体”意识的描写，就更加娴熟了。《战争与和平》中的死亡事件最多，有别祖豪夫的死、丽莎的死、安德烈的死、老博尔孔斯基的死、海伦的死、彼得·罗斯托夫的死等，其中丽莎的死、老博尔孔斯基的死，写得尤为动人。丽莎是安德烈的妻子，年轻活泼，喜欢交际，但在博尔孔斯基这个封建大家庭里，其人性受到了极大的压抑，她本人还遭到了无端的性别歧视。丽莎怀有身孕，丈夫去了前线，却还要被迫离开彼得堡，住在偏僻的乡村，这就给她的生产带来了极大的隐患。一向对女性怀有偏见的博尔孔斯

① 《列夫·托尔斯泰文集》第3卷，刘辽逸译，第217页。

基父子放任了这种风险，最终丽莎难产而死。丽莎是含恨而去的，因为她嫁给了一个缺乏关怀意识的男人，丈夫的家庭不但压抑了她的快乐天性，还要了她年轻的生命。当安德烈负伤赶回家时，丽莎刚刚咽气，这时安德烈眼中的妻子是这样的：

> 她死了，仍然像五分钟之前他看她的时候那样躺着，虽然眼珠凝然不动，双颊苍白，但是那孩童般的脸盘和长着一丛黑色绒毛的嘴唇，仍然是那么一副表情，'我爱你们所有的人，对谁也没有做过坏事，你们怎样这样对待我啊？唉，你们怎样这样对待我啊？'她那秀丽的、可怜的僵冷面孔仿佛这么说。[①]

我们面对这样的尸体不会感到恐怖、厌恶，有的只是同情、怜悯，这就是审美意象化后所得到的效果。因为这是一具仍然在"思想"和"怨恨"的尸体，她(它)怨恨这个封建大家庭的冷酷，怨恨这个家庭视女人如草芥，在这偏僻的乡村生孩子，还不到城市里请医生，难产时还要先保孩子的命，这是多么的不人道。托尔斯泰有关死者遗体的描写，让人读后为之动容，这是具可爱的、可怜的尸体。就像那个车臣人死后仍"表达"着复仇情绪一样，丽莎的遗体也"表达"着怨恨情绪，已经物质化的遗体在作者笔下仍起着人活着时所具有的功效，虽死犹生。托尔斯泰对死者遗体的审美意象化处理，收到了很好的审美效果。

《战争与和平》中，那个家庭专制暴君老博尔孔斯基不但"迫害"儿媳丽莎而致其死去，而且强行拆散了儿子安德烈与娜塔莎再婚的美好姻缘，间接导致了安德烈的死亡；他还以折磨自己的女儿玛丽亚公爵小姐为乐，不让其出嫁，妄图让其孤老家中。可见老博尔孔斯基几乎毁掉了一家人的幸福。幸运的是，一个更大的"暴君"——时间——这一世上最残酷、也最公正的"老人"收走了他，中止了其罪恶行为。对于老博尔孔斯基的遗体，托尔斯泰又是怎样处理的呢？

> 他靠着高高地仰卧着，他那瘦骨嶙峋，青筋虬结的两只小手放在被子上，直瞪着左眼，右眼有点斜视，眉毛和嘴唇一动不动。他整个人瘦小得可怜。他的脸显得干瘪，或者说消瘦下去了，变小了……公爵仍然躺在那张床上；但是他那安静的面孔上的严厉表情使玛丽亚公爵小姐在门槛停住不动了。[②]

① [俄]列夫·托尔斯泰：《战争与和平》，刘辽逸译，第433页。
② [俄]列夫·托尔斯泰：《战争与和平》，刘辽逸译，第950～954页。

为什么怀着悲痛心情的“玛丽亚公爵小姐在门槛停住不动了”呢？因为老博尔孔斯基并没有“死”，他那“严厉表情”仍旧“鲜活”，使得玛丽亚公爵小姐本想上前去亲吻一下父亲，见此却猛然退步了。玛丽亚忽然觉得父亲的淫威仍在，她并没有得到真正的解脱，死人还在牢牢地控制着活人，她那刚刚生出的怜悯父亲的悲情，由于陡生的恐怖而蓦然消散。这段关于玛丽亚公爵小姐心情顿变的描写，让人震惊于老博尔孔斯基生前对女儿淫威之盛和造成心灵创伤之大，强化了读者对封建专制的痛恨情感，这也算是另一种对死者尸体化恐怖为严肃的审美意象化表现。

在《安娜·卡列尼娜》中有关安娜的遗体描写则更加成功。卧轨自杀后的安娜尸体被陈列在一张桌子上，一般来说，被火车碾压后的尸体会惨不忍睹、更加令人恐惧，但托尔斯泰借助沃伦斯基的眼光，看到了这样的安娜尸体：

> 房间里一张桌子上，当着一群生人，那具不久前还充满生命活力的血肉模糊的尸体，不顾羞耻地伸长着陈列在那里；头部还是完整的，向后仰着，拖着粗重的发辫，鬓边的头发鬈曲着，那美极了的脸上，红红的嘴半开半闭，嘴唇上滞留着一种奇异的、可怜的，因为一双一动不动的眼睛没有合拢而显得非常可怕的表情，她好像正说着那句吓人的话——说他会后悔的——这句她在两人争吵时对他说过。于是他竭力去回想他第一次见她时的模样，那天也是在火车站上，那时她的模样是神秘的、含情的，好像她在寻找幸福，也正想要把幸福带给另一个人，而不像他所想起的那最后一刻见到她时的模样。他竭尽全力去回忆跟她在一起的那些最为美好的时光，然而这些美好时光已从此永远被沾上了毒液了。他能回忆起她那个已经实现了的洋洋得意的威胁，她说到后悔，谁也不该这样去后悔，但是这后悔却永难磨灭。[①]

虽然仰卧在那里的尸体是丑陋的，身体已经被轧烂了，血肉模糊，但看表情，如同车臣人和丽莎一样，好像仍然“活着”，仍然在“思想”，似乎在说着要对方后悔的话。死人并没有死，仍然在用身体（遗体）表述着什么，这就达到了审美意象化效果，就把恐怖的对象变成了同情的对象，何况作者还完整保留了安娜的脸，脸还是“美极了”的。这样，读者不仅仅要怨恨沃伦斯基，怨恨卡列宁，还要怨恨那个冷酷的社会制度，在此过程中，安娜的形象向崇高美发展。

---

① [俄]列夫·托尔斯泰：《安娜·卡列尼娜》，智量译，第897～898页。

关于托尔斯泰描写安娜尸体的手法，可以和稍早的法国作家福楼拜所写的《包法利夫人》中主人公爱玛去世后的尸体描写相比较，从中一窥托尔斯泰的描写特色。爱玛和安娜有着相近的情感经历，追求爱情而失落，最终服毒自杀。对于爱玛的尸体，福楼拜是怎样描写的呢？在爱玛丈夫夏尔的眼中，爱玛躺在床上：

> 头偏向右倾，口张开着，看上去就像脸上的一个黑窟窿；大拇指仅仅掐着手心；睫毛上仿佛撒着一种白色的粉末，眼睛已经开始消失，上面覆盖着一层细沙一样的白色黏膜，就像蜘蛛在上面织了一层网。从胸脯到膝头，床单陷下去，快到脚指尖处又升起来。夏尔感到有无限大的东西和极其巨大的重量压在她身上似的。[①]

从这段描写中我们可以看出，福楼拜是一位真正的自然主义作家，相信实证哲学，完全否定爱情中的人文因素，因此他笔下的爱玛尸体正在逐渐腐败，非常丑陋和恐怖。当然，福楼拜这里绝没有惩罚的感情成分，只是在对尸体作忠实客观的呈现，丝毫不考虑美化的因素。福楼拜没有化丑为美、化恐怖为崇高，而是以丑为丑，不进行理性的转换，依靠直接作用于感官的“震惊”效果，以丑为美而非化丑为美，以恐怖为崇高。这就是典型的现代美学观念，表达了19世纪中后期人类征服自然的自信。之后的波德莱尔在此基础上大肆描写尸体的丑，认为丑就是美，真就是美，丑是“恶之花”。与福楼拜、波德莱尔相比，托尔斯泰的哲学基础还是理性主义，他还有人文理想，不仅让安娜的尸体保留着脸部的美，还让尸体“活着”发出怨恨情绪，应该说他仍然持守着对尸体的审美意象化。福楼拜并不顾及美和善，一味地强调真，把爱玛放在解剖台上进行科学实验，这样做不能说不对，但忽视了人身上的人文色彩而把人完全等同于生物，这就走向了另一个极端。自然主义滤尽了人身上的人文情感因素，完全对人的情感作欲望化处理。这样做实际上并非真实，因为人的情感并不等同于动物欲望，也正是因为这样，笔者才会觉得托尔斯泰对安娜的处理更高明一些。托尔斯泰对人物进行了审美意象化处理，化丑为美，化恐怖为崇高，以唤起读者身上的崇高情感，这对于文学性来说是非常必要的。托尔斯泰熟知并拜读过福楼拜的《包法利夫人》，但他仍然采用自己的方法，这正是其作为大家的表现。尽管《包法利夫人》(1856)和《安娜·卡列尼娜》(1876)同属世界名著，但后者在读者心目中

---

① [法]福楼拜：《包法利夫人》，张道真译，北京：外国文学出版社，1989年，第386页。

的地位显然要远远高于前者，安娜形象被塑造得光彩照人，她反抗庸俗而不顺从庸俗的做法在其中起了重要的作用。

托尔斯泰好写死者遗体并加以审美意象化的手法，一直坚持到他的创作晚期。19 世纪 80 年代创作的中篇小说《伊万·伊里奇之死》是一部描写死亡的名篇，其中对死亡意识的描写超过了以往。在该作中，托尔斯泰塑造了一个名叫伊凡的小职员，他过着判判案子、打打牌、喝喝酒等日子，天天如此，习焉不察。忽然有一天，他发现自己得了绝症，立马陷入恐惧之中，好像一下子被抛出了日常轨道，怨恨天道不公，然而检视过自己庸庸碌碌的一生后，还是接受了这一残酷的现实。托尔斯泰对伊凡的遗体是这样描写的：

> 死者像死人一样躺着，显得特别重，他的僵硬的四肢全无生气地陷进灵柩的垫子里，永远伛偻的脑袋被放置在枕头上，蜡黄的前额突出着(死人向来都是这样的)，两鬓塌陷，脑门微秃，鼻子突出，鼻子仿佛是被硬装在上嘴唇上似的。自从彼得·伊万诺维奇上次看见他以来，他变了许多，变得更瘦了，但是像所有的死人那样，他的面部表情似乎在说：凡是该做的事他都做了，而且做得很对。此外，在这个表情中还有一种对活人的责难和告诫。[①]

在托尔斯泰笔下，伊凡的尸体正逐渐腐烂，但借助一个旁观者的观察，伊凡似乎还“活着”，即他对自己的临终反省和忏悔是满意的，同时也在责备和警告别人赶快中止自己的庸俗生活，赶紧去爱，因为人生短促，死亡可能随时光顾。这种把死人当活人的写法，仍是一种审美意象化的手法，让人在窥看尸体的恐怖中转向了崇高和庄严。

《复活》中，在流放西比利亚的路上，犯人们由于长期关押，见不到太阳，且因营养匮乏而身体羸弱，突然被置于夏日炎热的阳光下长时间暴晒，结果好多人中暑，其中有 20 多人死亡。主人公聂赫留朵夫就亲眼见到倒在路边的一具死尸：

> 这当儿聂赫留朵夫正在看死尸，现在没有人来遮挡住他了。死尸的脸先前被帽子盖住，现在可以完全看清了。先前的那个犯人生得不好看，可是这个犯人，不管是论相貌还是论整个身体，都非常美。这个人正当壮年，筋强力壮。尽管他的头发剃掉了半边。样子难看，可是他那不高的、方正

---

① 《列夫·托尔斯泰文集》第 4 卷，臧仲伦、刘辽逸等译，第 51 页。

的额头隆起来，下面生着如今已经没有生气的黑眼睛，显得很美，犹如他那不大的鹰钩鼻子以及下面的稀疏的黑色唇髭一样。他的嘴唇现在已经发青，唇边留着一点笑意。他那不大的胡子只盖住脸的下半截，在剃光头发的半边脑袋上露出一只不大的、挺拔的、好看的耳朵。他脸上神情又平静，又严峻，又善良。姑且不谈从这张脸上可以看出这个人的精神生活本来大有发展的前途，而这种前途现在已经完全断送，单凭他的手和套着铁镣的脚的清秀的骨骼，单凭他发育匀称的四肢的强劲筋肉，也可以看出他是多么美好、强壮、灵活的人类动物。作为动物来说，他在他的同类中，也是远比那匹由于受伤而惹得消防队长十分气愤的浅黄色公马完美得多。可是他活活地被折磨死了，非但没有人把他当作一个人来怜惜，而且也没有人把他当作一个善于劳动的、白白断送的动物来怜惜。[①]

死者是一位壮年男子，四肢匀称，身材健壮，相貌英俊，富有精神发展潜质，即使从动物学的角度来讲也是一个美好的动物，可惜在这个不把人当人看的社会里，他被折磨至死。作者在这里把本来令人厌恶、可怕以及正在腐烂的尸体审美意象化了，因为他的外貌还很健美，他的才干还未来得及施展，他的很多思想还未来得及表达，就这样死去了，是个死“活”人，这样死者的尸体非但不令人感到恐惧，反倒令人觉得惋惜和同情。

总的来看，托尔斯泰在描写死亡现象时，既描写了死者令人恐怖乃至令人厌恶的尸体，又借助化丑为美、化恐怖为崇高的审美意象化手法，收得了很好的艺术效果，解决了尸体难以入诗的难题，进而形成了独特的创作特性。

第三节　“濒死体验”描写的审美意象化

死者的遗体是可见的，但死亡的体验是难以获知的，死的过程只能通过濒死体验来感知，因此“濒死体验”（又叫“高峰体验”）构成了死亡描写的重要组成部分。托尔斯泰在描写人的濒死体验时，将其所体验到的东西加以形象化、具体化乃至故事化，从而构成审美意象，激发了读者的想象和联想，使濒死体验达到了化丑为美、化恐怖为崇高的艺术效果。《暴风雪》《战争与和平》《安娜·卡列尼娜》《伊凡·伊里奇之死》《哈吉穆拉特》等作品皆展示了“濒死体验”意识。

---

① 《列夫·托尔斯泰文集》第11卷，汝龙译，第447～448页。

托尔斯泰对于濒死体验的描写较早出现在短篇小说《暴风雪》中，该篇小说是托尔斯泰根据真实经历而写成的。那年，托尔斯泰冒着恶劣天气急匆匆从高加索赶回内地，半道上遭遇了暴风雪，迷了路，差点被冻死，后来他把这段经历写成了短篇小说。小说《暴风雨》中的“我”处境非常危险，处在寒冷和疲惫中，困乏异常，开始打瞌睡，其实这正是一个人将被冻死的前兆。在这种极端情况下，“我”通过具体可感的梦幻体验到了死亡。梦幻中的“我”竟然回到童年的家乡。当时是七月中旬，炎热无比，苍蝇到处飞，人们正在网鱼，忽然传来有个农民被淹死的呼救声，于是大家开始捕捞死者的尸体。“我”由于水性不好，不敢下水。后来，人们终于用渔网把死者的尸体拉了上来，接着“我”就醒过来了。梦到夏天，应该是将被冻死之人对温暖的渴望，至于梦到童年捞死人的经历，显然是“我”对死的恐惧，也许“我”就是那个死者。之后接着做梦，梦中的“我”坐在雪橇上，一个小老头在后面紧追，并终于追上“我”，结果这个小老头竟是那个淹死的人。这里仍然表现的是对死的恐惧。第三次做梦时，“我睡得很沉；但是我在梦中一直都听到铃铛的三度音，甚至还看到它，一会儿像一只狗，汪汪叫着向我扑来，一会儿又像一架风琴，我是其中一根簧管，一会儿又像我做的一首法文诗。一会儿，我觉得这三度音乃是一件刑具，它不断紧夹我的右脚跟，很痛”①。这一段显然和马铃声刺激下所产生的幻觉非常相似，是濒死之人对声音的变异感知。这三段梦为我们展现了人濒临死亡时的心理世界和精神世界，原来“死”的过程是这样的。在这里，托尔斯泰运用了意识流式的心理描写手法，展现了一段有关死亡的审美意象化过程，抽象模糊的濒死体验变成了具体可感的人物事件，显示出托尔斯泰对死亡过程呈现方式的深刻探索。

当然，《战争与和平》中，死亡体验最多的要算安德烈，他是作品中唯一有过两次濒死体验的人物。安德烈在奥斯特里茨战场上，面对溃败的部队，正想身先士卒往前冲时，被一颗炮弹炸倒，倒地的刹那间，他望着深邃和邈远的天空，发现死就是空无，发出了“多么安静、肃穆，多么庄严，完全不像我那样奔跑”，以及“为什么我以前没有见过这么高远的天空？我终于看见它了，我是多么幸福。是啊！除了这无限的天空，一切都是空虚，一切都是欺骗。除了它之外什么都没有，什么都没有。甚至连天空也没有，除了安静、肃静，什么也没有。谢谢上帝”②等感慨。在这里，安德烈体验到的死是高高的天空，是空无，虽然这时他仍

① 《列夫·托尔斯泰文集》第2卷，潘安荣、芳信译，第267页。

② [俄]列夫·托尔斯泰：《战争与和平》，刘辽逸译，第371页。

陷入虚无，还没有完全皈依上帝，但是死亡撕毁了他与尘世有关的任何价值和任何联系，为其后皈依上帝做了准备。后来安德烈参加波罗金诺战役时再次负伤倒地，此时他体验到的“死亡”就更为详尽了，死是一道关不住的“门”。

> 他做了一个梦，梦见他躺在现在躺着的屋子里，但是没有受伤，身体是健康的。许多各式各样的人——渺小的，漠不关心的，出现在安德烈公爵面前。……渐渐地，不知不觉地，所有这些人都一个个地消失了，取代这一切的，是关于那道门的问题。他站起来向门走去，把它闩起来，而且锁上。能不能把门锁起来关系着一切。他急忙向前走去，但是他仍然疯狂地使上全身力气。一种不堪忍受的恐惧折磨着他。这种恐惧是死的恐惧：他站在门外。正当他无力地、笨拙地向门爬去的时候，那个令人毛骨悚然的东西在门外使劲地推，它要破门而入了。那个非人的东西——死——要破门而入了，得把门堵住。他抓住门，使出最后的力气，虽然上锁已经来不及，总得堵住它；但是他气力小而且笨，那个毛骨悚然的东西把门推开了，但门又关上了。它又从外面推。最后的、超自然的努力也无济于事，于是，两扇门无声地打开了。它进来了，它就是死。于是安德烈公爵死了。[①]

这就是安德烈体验到的“死亡”，这是一段最为具体生动的有关死亡的体验，死是如此形象具体。无论渺远的天空，还是与死亡角力的“门”，都如此具体、如此形象，伴随着恐惧和紧张、引诱和拒绝，人在逐渐进入死亡状态的过程中是如此艰难和挣扎，这样就产生了很好的有关死亡过程的审美意象。

在《安娜·卡列尼娜》中，安娜竟四次体验到“死亡”。安娜第一次濒死体验来自她第一次来莫斯科，下车时见到一个护路工被火车轧死的场景。刹那间，一个鲜活的生命逝去了，安娜受到了不小的震动和惊吓，以至于在哥哥斯捷潘眼中，“她的嘴唇在颤抖，她努力忍住不哭出声来”[②]。这是安娜第一次通过他人的惨死，体验到死的可怕。安娜生产时患上了死亡率非常高的产褥热，浑身发烧，即将死去，此时她第二次体验到了死亡的可怕，对死亡的恐惧甚至让一向并不怎么虔诚信教的她开始忏悔，直至出现了幻想：“我坏透了，可是保姆告诉我：有个受难的女圣徒——她叫什么来着？——她还要更坏些呢。所以我就上罗马去了，那儿是一片荒野，那我就不会妨碍任何人了，我只要带上谢辽沙跟小女

---

① [俄]列夫·托尔斯泰：《战争与和平》，刘辽逸译，第1293～1294页。

② [俄]列夫·托尔斯泰：《安娜·卡列尼娜》，智量译，第76页。

儿……你走开吧，你好得过分啦！”[1]在这里，我们可以看到安娜的濒死体验包含在去罗马朝拜的想象中。第三次濒死体验是在安娜和沃伦斯基发生了一次激烈的争吵之后（实际上完全怨安娜多疑）。这次安娜就想吞鸦片自杀，以此惩戒沃伦斯基，结果她初涉死亡便被死亡本身吓坏了，最终没有继续，但早晨却做了一个噩梦，梦中出现了一个奇异的意象。

> 清晨时分她做了一场噩梦，在她跟沃伦斯基有关系之前，做过好几次这种噩梦的，现在她又做了，这梦惊醒了她。一个胡子乱蓬蓬的老头，不知在做什么，弯着腰俯在一块铁板上，嘴里说着一些含混不清的法语句子。她像往常一样，在这个噩梦中感到，这个庄稼汉老头儿睬也不睬她，可是他在这块铁板上干的事是冲着她的。她一身冷汗地醒过来。[2]

这位莫名其妙的庄稼汉总是出现在安娜有精神危机之时，令人难以解释。其实，这是一种死亡意象，是安娜潜意识里的一种濒死体验。

安娜第四次濒死体验产生于“赴死”的路上。在这一过程中，安娜已经意识到死亡不可避免，既然死心已定，她就放松下来了，注意力也分散了，一切都无所谓了，她已经超然于世外了。这段濒死体验仍然是采用意识流手法来体现的。安娜走在街上，思路不断被街上的景色打断，于是她的思绪出现了时空交错、光怪陆离的景象，街景像电影镜头，匆匆闪过。安娜看到了街上的广告，像什么“事务所”“牙医”“菲利波夫”“白面包”“梅基欣的泉水和薄饼”等。过去的岁月也莫名地冒了出来，那是安娜小时候和姑妈骑马去三圣修道院的情景，她的两只手通红通红的。接着安娜闻到了油漆味，又看到了时装和饰品，还看到一个男人向她鞠躬。接着安娜又想起丈夫卡列宁，想着怎样在记忆里把他抹掉。安娜看到两个眉开眼笑的女孩，又碰到三个小男孩在街上奔跑，接着想起自己的儿子谢辽沙等。这些陆续不断的街景和时时涌出的回忆，穿插在她对现实的思考之中。安娜的内心焦虑、神情恍惚以及思绪信马由缰地跳跃着，都是一种濒死体验，尽管她还没有死，但已经进入了死的状态，处于奔向死亡的兴奋状态。可见在安娜追求爱情自由的浪漫生活中，死亡的阴影从未离开过她，濒死体验时断时续地存在着，这是读者应该注意到的。

安娜对死亡体验的高峰是到了火车站自杀这段描写开始的，试看她在卧轨过程中的精神状况。

---

① ［俄］列夫·托尔斯泰：《安娜·卡列尼娜》，智量译，第475～476页。

② ［俄］列夫·托尔斯泰：《安娜·卡列尼娜》，智量译，第864页。

> 第一节车厢已经开到她面前，她想要倒在这节车厢中央，但是她从手臂上取下那只红色小提包的时候耽搁了一下，已经来不及了：那个中心点她错过了。还得等下一节车厢。一种恰似从前游泳时准备下水的感觉支配着她，她画了十字。这种画十字的象征性的习惯动作在她心头唤起了一连串少女时和孩子时的回忆，于是突然，遮盖住她一切的那片黑暗被冲破了，生命，连同它往昔一切光辉灿烂的欢乐，刹那间呈现在她的眼前。然而她两眼紧紧盯着滚滚而来的第二个车厢的车轮。恰好在前后车轮的正中央对准她的那一瞬间，她把红色的提包一扔，头往两肩一缩，两手着地扑进车厢底下，又一个轻微的动作，想要马上站起来似的，她双膝跪倒下去。恰在这一刹那间，她对自己做的事大吃一惊。“我在哪儿？我在干什么？为什么这样？”她想要爬起来，想要躲开；但是一个巨大的、无情的东西撞在她头上，从脊背上冲过。“主啊，饶恕我吧！”她说这句话，感觉到无力挣扎。那个小庄稼汉，嘴里咕噜着什么，在弄一块铁。那只蜡烛，她是在她的亮光下读着一本充满惊惧、欺诈、痛苦和罪恶的书的，忽地一闪，比从前任何时候都明亮，那光亮，给她照耀了原先梦在黑暗中一切的光亮，噼啪一声，变得昏暗了，永远熄灭了。[①]

就在短短仅几分钟内，甚至在车底下仅几秒钟，安娜忽然回忆起少女时和孩童时的生活情状，忽然觉得黑暗被冲破，天地间一片光辉灿烂的欢乐，接着他扑倒车底，之后又忽然不知道自己在干什么，既恐惧又忏悔，然后就想从车底下爬起来，在被车先撞后轧的瞬间，她眼前又出现了常常梦到的那个令人恐怖的小庄稼汉，接着又是一片光亮，噼啪一声又全部熄灭。安娜在死亡的刹那体验到如此多的极端情感，它们纷至沓来，瞬息万变，这就是安娜在死亡时刻所遭受的一种强烈而复杂的情感体验，这体验充满了刺激和快感。

《安娜·卡列尼娜》中有濒死体验的还有列文，他通过目睹哥哥尼古拉的死亡体验到了死。其实，这是托尔斯泰对哥哥尼古拉死在自己怀中这一真实场景的再现，在这次体验中，托尔斯泰感到没有比死亡更坏的事情了。作品中，列文的哥哥尼古拉长期患有肺结核，生命由此逐渐走向终点。列文目睹了尼古拉的死亡过程：“死，这世间万物所不可避免的归宿，生平第一次以其不可抗拒的力量出现在列文面前。这死，它此刻就在眼前，在这个亲爱的哥哥的身体里，它根本不像列文从前想象的那么遥远，哥哥此刻正在昏睡中呻吟，他出于习惯，不加区别地一会儿

---

① ［俄］列夫·托尔斯泰：《安娜·卡列尼娜》，智量译，第882～883页。

呼叫上帝，一会儿呼叫魔鬼。列文还感觉到，这死现在也正在他自己的身体里。不是今天，就是明天，就是三十年后，难道还不都是一个样？……然而他愈加紧张地思想，他心里就愈加明白，的确是这样，他在生活中却是忘记了，忽略了一个小小的情况——死是会来到的。”[①]列文通过哥哥的死体验到死亡会随时光临。

类似的濒死体验在《伊凡·伊里奇之死》中也所有展示，只不过由安德烈的“门”变成了伊凡的“洞”。

> 整整三天，在这三天中，对他来说是不存在时间的，一种无形的不可抗拒的力量正在把他塞进一只漆黑的口袋，他就是在那黑咕隆咚的口袋里挣扎着。他苦苦地挣扎着，就像一个死囚明明知道他已不能生还，可是还在刽子手下苦苦挣扎一样。尽管他在拼命挣扎，可是每分钟都感到他离那使他胆战心惊的事越来越近了。他感到他的痛苦在于，他正在钻进那个漆黑的洞穴，而更痛苦的则是那个洞他钻不进去。妨碍他钻进去的是，他认定他的一生是光明正大的。对自己一生的开脱拽住了他，不让他前进，这就更使他痛苦不堪。蓦地，有一股什么力量当胸，对准肋下推了他一下，他的呼吸更加困难了，他终于跃进了洞穴。可是在那边，在洞穴的尽头，有件什么东西在发亮。他当时的情形，就像他常常在火车车厢里发生的情形那样，他自以为在前进，其实却在倒退，到末了他才突然辨明了真正的方向。……“完了！”有人在他身旁说道。他听见了这话，并在自己心中把这话重复了一遍。“死——完了，”他对自己说，“再也没有死了。”他吸进一口气，但是刚吸下半口就咽了气，两腿一伸，死了。[②]

这是伊凡的濒死体验，死亡这一瞬间过程被拉长了，死亡变成了“口袋”“洞穴”，从而形成了带有恐惧色彩的审美意象。

小说《疯人笔记》(1884)记叙了1869年8月托尔斯泰去奔萨省购买土地途中在一个叫阿尔扎马斯的城市所经历的骇人事情。晚上托尔斯泰在这座城市的一个宾馆下榻，半夜忽做噩梦，梦到了自己已死，惊醒后彻夜难眠。15年后，托尔斯泰以此为蓝本，创作了小说《疯人笔记》。小说写了主人公“我”的一次濒死体验，布宁在他的《托尔斯泰的解脱》一书中对小说情节给予了详细的介绍。主人公被死亡噩梦惊醒后，但忽然听到了死亡的声音。

---

① ［俄］列夫·托尔斯泰：《安娜·卡列尼娜》，智量译，第402页。

② 《列夫·托尔斯泰文集》第4卷，臧仲伦、刘辽逸等译，第114～116页。

> “怕我，”死亡用听不到的声音回答说。“我在这儿。”我毛骨悚然。是死亡。它来了，瞧，是它，但不该有它。如果我真的面临死亡，我不会体验到我所体验到的。我会害怕。可现在我不是害怕，而是看见，感觉到死亡来了，同时又感觉到不该有它。我的整个实体都感到生的要求，生的权利，同时又感觉到死亡正在逐步实现。这种内心的分裂是可怕的。我曾经试图甩开这恐怖。我找到还有一段未燃尽的蜡烛的铜烛台，点燃了蜡烛。……生命中什么也没有，只有死亡，但不该有死亡。我试着去想使我感兴趣的东西，想买田产的事，想妻子。不仅一点使人快乐的地方也没有，而且全部变得毫无意义。为自己的生命逐渐毁灭而感到的惊惶压倒了一切。我得入睡。我躺下了，可是刚躺下就又吓得纵身起来。忧闷啊，忧闷，这种心灵的忧闷临呕吐前常有，不过只是精神方面的状态。毛骨悚然，恐惧害怕。看起来死亡是可怕的，然而一想到生命才发现，可怕的是正在逐渐死亡的生命。生命和死亡好像合二为一了。有个东西要把我的灵魂撕成碎片而不能。我再一次走出去看看那两个睡着的人，再一次试图入睡，那恐惧仍然在——红色的、白色的、方形的。有个东西要挣脱开去而不能。难受死了，冷漠愤恨得难受死了，我在我心里感觉不到一丝善意，只有一种没有起伏的，平直的对自己和造就了我的那个东西的愤恨……①

这段较长的有关死亡恐惧的摘录，说明了这部小说的主人公“我”的真切死亡体验，“死亡”好像有了具体形象，恐怖也具体化了，并形成了化恐怖为崇高的审美意象，让人读后有如临其境之感。

托尔斯泰晚年创作的中篇小说《哈吉穆拉特》中也有精彩的濒死体验描写。小说中的哈吉穆拉特是一位车臣穆斯林英雄，刚烈正直，深受车臣百姓爱戴。他本想投靠俄军，但得不到信任，在出逃的路上，被俄军追杀。哈吉穆拉特在这一过程中体验到了死亡。

> 响了几声射击，他晃了晃，就倒下了。几个民团尖声欢呼着向倒下去的身体扑过去，但是，那个他们以为死了的身体忽然动弹起来。开始是那血淋淋的、没带皮帽的、剃光的头抬起来，然后是上身抬起来，最后他抓住一棵树，整个人都站了起来。他是那么可怕，向前跑步的人都停住了脚。但他忽然战栗了一下，一个踉跄离开了那棵树，整个身子像一棵被砍倒的牛蒡花，脸冲地倒了下去，不再动了。他不动，但还有感觉。当第一个跑到

① ［俄］布宁：《托尔斯泰的解脱》，陈馥译，第132～133页。

> 他面前的加吉-阿加用一把大型短剑砍他的头的时候，他似乎觉得有人用锤子打他的头，但他不明白这是谁和为什么这样做。这是附在他身体上的最后的意识。以后他再没有一点知觉了，敌人还在踩和剁那已经同他没有一点关系的东西。加吉-阿加用一只脚踩住尸体的背，两刀便把头砍下来，他怕弄脏鞋子，小心地把头踢开。鲜红的血从颈动脉涌出，黑色的血从头颅冒出，流到草地上。……就是这个死，使我想起那棵在犁过的田地里被车轧的牛蒡花。①

人死了还知道有人在砍他的头，甚至死后还在想，但感觉刀子变成了锤子。这是濒死体验，真切、感人，也瘆人。

托尔斯泰去世前几年创作的短篇小说《神性与人性》，描写了三个人的死亡事件：革命者斯维特洛古勃谋杀事发后被政府绞死，分裂派老教徒殒毙狱中，革命组织者梅热涅茨基在狱中自杀。斯维特洛古勃是一位出身富裕家庭的革命者，因为私藏炸药被沙皇当局判处死刑，而他感到很惊讶，从没有想到过自己会死。斯维特洛古勃认为有这么多亲人爱着他，自己又身强力壮，正处于青春时期，特别是经过一段牢狱生活后，他的革命激情已经退化，无比向往与留恋平静生活，因而对死亡特别恐惧："直到囚车行近绞架，他被押下来，看见两根柱子和一根横梁以及在风中微微摆动的绳索，他的心脏仿佛受到一次猛烈的打击，他突然感到恶心。"②绞刑的绳套最终还是套在了斯维特洛古勃的脖子上。

> 他的灵魂并不反抗，但是强壮的年轻的身体不接受死亡。不服从死亡，而要进行搏斗。他想叫喊，挣扎，但这是感到一阵冲击，身体失去支撑，出现了一种动物性的窒息的恐怖，头脑嗡嗡作响，然后一切都消失了。斯维特洛古勃的身体吊在绳子上摇晃着。他的肩膀两次耸起又放下。③

这就是斯维特洛古勃体验到的死亡，这种体验源于自然生命的突然终止，它更多的是恐惧与痛苦，因而这种体验是真实的。分裂派老教徒在狱中病死之前也出现了奇异的幻觉："在他的幻觉中出现了他终生热烈追求和希望的景象。在炫目的亮光中他看见了以美少年形象出现的羔羊，为数众多的各民族的人，身穿雪白的衣裳站在他面前，大家快快乐乐，地上已不再有恶了。老头儿知道，在

① 《列夫·托尔斯泰文集》第4卷，臧仲伦、刘辽逸等译，第530～531页。
② ［俄］列夫·托尔斯泰：《哈吉穆拉特》，草婴译，第314页。
③ ［俄］列夫·托尔斯泰：《哈吉穆拉特》，草婴译，第316页。

他心里，在全世界这一切都实现了。他感到极大的喜悦和安慰。”[①]

总的来看，《暴风雪》中的“我”、《战争与和平》中的安德烈、《安娜·卡列尼娜》中安娜与列文、《伊凡·伊里奇之死》中的伊凡、《疯人笔记》中的“我”、《哈吉穆拉特》中的哈吉穆拉特以及《神性与人性》中的斯维特洛古勃和分裂派老教徒等的濒死体验，展现了各自的死亡历程，强化了死亡的审美意象化。托尔斯泰对死亡过程的精彩艺术呈现，使其作品具有独特的艺术魅力。

第四节　“超越死亡”描写的审美意象化

“超越死亡”意识，亦即“死亡超越”意识。不对死亡进行超越，人就会永远活在对死亡的恐惧之中，同时这种超越必须是具体可感的，其崇高感是审美的而非伦理的，如此才能形成审美意象。综观托尔斯泰作品中的死亡描写，这种超越方式又分为两种：一种是宗教超越，一种是审美超越。其中，前者为主要的超越方式，而这两种超越都能给读者带来崇高的感情体验。《战争与和平》《安娜·卡列尼娜》《伊凡·伊里奇之死》等一系列作品均展示出作家的“超越死亡”意识。

初登文坛的托尔斯泰就在他的处女作中篇小说《童年》中给我们描写了一个小男孩所看到的母亲（娜塔利娅·尼古拉耶夫娜）死后的尸体状况，文笔之客观大胆，令人为之惊骇。

> 我站到椅子上想看看她的脸；但是在那里我又看见那浅黄色的、透明的东西。我不能相信这就是她的脸。我更加聚精会神地凝视着它，渐渐认出了她那可爱的、熟悉的面貌。当我肯定这就是她的时候，我恐怖得颤抖了；但是，为什么那双闭着的眼睛是那么深陷？为什么这么苍白可怕，一边脸颊的透明皮肤下还有了黑斑呢？她整个的面部表情为什么那么严肃、那么冷冰冰的？为什么嘴唇那么苍白，嘴形那么美好、那么肃穆，露出那么一种非人间所有的宁静，使我凝视着它，就毛骨悚然呢？[②]

接着一个农妇怀中的5岁小女孩发出了可怕的惨叫声，这是令“我”即使活到100岁也会不寒而栗的叫声。可以想见，这样的描写显然已经不是带有人文色彩的现实主义笔法了，而是具有以实证主义哲学为基础的自然主义笔法。为了滤尽

---

① ［俄］列夫·托尔斯泰：《哈吉穆拉特》，草婴译，第331页。

② 《列夫·托尔斯泰文集》第1卷，谢素台译，第102～103页。

伦理的遮蔽，托尔斯泰采用了儿童的纯自然眼光，用另一个儿童的惊骇哭喊制造效果。应该说，托尔斯泰想给人以震惊的效果达到了。如果仅限于此，那么托尔斯泰就是福楼拜第二。尸体只是可怕的，而不是美的，但在后来对母亲尸体的回忆中，作者对其进行了审美意象化处理，但不是化丑为美，而是宗教超越。因为“我”从小就生活在基督教的文化环境中，所以才会想象母亲进入了天国。

> 我不知道，我在这种状态下滞留了多久，也不知道这是什么情况；我只知道，我一时间失去了自我存在的意识，体验到一种崇高的、难以形容的悲喜交集的快感。可能在她向极乐世界飞升时，她的美妙的灵魂会悲哀地望一望她把我们撇下的这个世界；她看到我的悲哀，怜悯起来。于是含着圣洁的怜悯的微笑，爱怜横溢地降到尘世，来安慰我，祝福我。①

这便是“我”对母亲的遗体从恐惧到宗教超越，宗教所制造的审美意象抚慰了“我”内心的恐惧。

在《童年》中，托尔斯泰还写了女仆纳塔利娅的死，她的死同样获得了宗教超越。

> 她毫无悔恨地离开了人间，她不怕死，把死当作一种天惠。人们常常这么说，但是实际上这么想的却是多么少啊！纳塔利娅·萨维什娜能够不怕死，是因为她是怀着坚定不移的信念，完成了福音书上的训诫死去的。她一生都怀着纯洁、无私的爱和自我牺牲的精神。如果她的信念能够更高尚，她的生命能够献给更远大的目标，结果会怎样呢？难道这个纯洁的灵魂就因此受到较少的敬爱和赞美吗？她在这一生中完成了最美好、最伟大的事业，毫无悔恨，毫无畏惧地死去了。②

纳塔利娅是位虔诚的基督徒，无论做什么都完全按照《圣经》上的话去做，她认为上帝就是爱，爱就是奉献，奉献就是自我牺牲。纳塔利娅的行为超越了死亡，焕发出人的崇高情感。因为有了宗教信仰，濒临死亡的纳塔利娅才显得那么从容不迫、视死如归。娜塔利娅这种人生态度，使其成了托尔斯泰终生学习的榜样，甚至到晚年还愿意放弃贵族身份和地位，做一名虔诚的基督徒。

《战争与和平》中，安德烈这位意志坚强、行事果断、志向远大的青年贵族面临死亡时，最终还是低下了他那颗高傲的头颅；经过一番内心斗争，他于弥留之际皈依了宗教，最终用上帝的爱和宽恕战胜了死亡。

---

① 《列夫·托尔斯泰文集》第1卷，谢素台译，第103页。
② 《列夫·托尔斯泰文集》第1卷，谢素台译，第114页。

> 安德烈公爵不仅知道他要死，而且感觉他正在死，已经死了一半了。他有一种超却尘俗的感觉和一种喜悦、奇特、轻松的感觉。他不慌不忙地等待即将来临的事。……当他在受伤后醒过来，在他心灵中，仿佛从生活的重压中解放出来一般，那永恒的、自由的、不受现实生活影响的爱之花，一瞬间怒放了的时候，他已经不怕死了，也不去想死了。在受伤以后过着孤独和半昏迷状态的生活的时刻，他越深入地思考那他得到启示的永恒的爱的新原则，他就越不自觉地摈弃那尘世的生活。爱一切东西，爱一切人，永远为了爱而牺牲自我，那就意味着谁也不爱，不过尘世的生活。他越深入爱的原则，就越与尘世生活诀别，由于没有爱而存在的那道生死之间可怕的鸿沟也就消失得越彻底。当初，在他想起他要死的时候，他自己说：死就死吧，那更好。[①]

这段稍长的内心独白再现了安德烈战胜死亡后的喜悦心情。《战争与和平》中的另一个主人公皮埃尔也遭遇了死亡，在目睹他人的死亡过程中皈依了上帝。在行刑的过程中，皮埃尔目睹了他前面五个人被枪杀的过程，最后一位还是个十八九岁的年轻人，他们的死引起了皮埃尔心灵的巨大震动。行刑开始了，"两旁突然敲响了几只大皮鼓，皮埃尔觉得他的魂儿仿佛随着鼓声飞走了大半。他失去了思考和理解的能力。他只能看和听。他只有一个愿望——希望那件必然要来的可怕的事快一点到来"[②]。此时的皮埃尔陷入了极度的恐惧之中。事后，皮埃尔遇到一个叫普拉东·卡拉塔耶夫的农民，他面对死亡沉着安静、视死如归，这种态度影响了皮埃尔，并促使他皈依了上帝，内心得到了宁静。"可是连他自己也没想到，只有通过死的恐怖、通过艰难困苦和通过他在卡拉塔耶夫身上所懂得的东西才能得到这种宁静和内心的和谐。"[③]这样看来，皮埃尔与安德烈皆信仰了上帝，完成了对死亡的超越。

《安娜·卡列尼娜》中的列文，通过目睹哥哥尼古拉的死完成了对上帝的信仰。"哥哥的模样和死前的情景在列文心中再次引发了那种当死亡临近，无可逃避，而又莫测其高深时的恐惧感，那个秋天的傍晚，当哥哥来到他家时，他就曾经有过这样的感觉。现在这种感觉比那时更加强烈了；他感到自己比从前更加不能理解死亡的意义了，而死亡之不可逃避也让他觉得更加可怕了；然而现在，幸亏有妻子在身边，这种感觉没有令他陷入绝望：尽管死亡摆在眼前，他感

① ［俄］列夫·托尔斯泰：《战争与和平》，刘辽逸译，第 1290～1291 页。

② ［俄］列夫·托尔斯泰：《战争与和平》，刘辽逸译，第 1267 页。

③ ［俄］列夫·托尔斯泰：《战争与和平》，刘辽逸译，第 1328 页。

到必须生活，必须爱。他感到，是爱拯救了他，使他免于绝望；这爱，在绝望威胁之下，愈来愈强烈、愈来愈纯净了。”[①]爱心的复苏，使列文超越了对死亡的恐惧。

《伊凡·伊里奇》中的伊凡也用爱战胜了对死亡的恐惧。“‘是的，一切都是错了，’他自言自语道，‘但是这不要紧。可以，可以再往“对”的地方做嘛。那么什么才是“对”的呢？’他问自己，忽然安静下来。……就在那时候，伊万·伊利奇跌进了洞穴，看到了光明，这时他才恍然大悟，他的一生都错了，但这事还是可以纠正的。”[②]那就是对儿子和妻子的家庭之“爱”，尽管伊凡内心还存在着矛盾和争辩。“‘可是死呢？它在哪儿？他在寻找他过去对于死的习惯，可是没有找到它。它在哪儿？死是怎样的？任何恐惧都没有，因为死也没有’，取代死的是一片光明。‘原来是这么回事儿！’他突然说出声来。‘多么快乐啊！’”[③]最终伊凡也实现了对死亡的宗教超越。

对于上述面对死亡时的宗教超越现象，俄国哲学家别尔嘉耶夫说：“死亡是生活中最深刻和最显著的事实，这个事实能使凡人中的最卑贱的人超越生活的日常性和庸俗。只有死亡的事实才能深刻提出生命的意义问题。这个世界上的生命之所以有意义，只是因为有死亡，假如我们的世界里没有死亡，那么生命就会丧失意义。”[④]看来，死亡拯救了安德烈、皮埃尔、伊凡等人一向凡俗的灵魂。对于这种消除死亡恐惧的做法，托尔斯泰在后来的《论生命》中又作了进一步的说明：“要知道对死亡的恐惧只是由于害怕生命的幸福从他的肉体死亡中消失才发生的。如果人能够把自己的幸福置放到他人的幸福中，就是说爱他人胜过爱自己，那么死亡就不再是生命和幸福的终结，像只为了自己而活着的人所觉得那样。”[⑤]这说明宗教超越就是爱战胜了死亡。

《神性与人性》中，斯维特洛古勃被当局判处死刑，在临行前他借助对基督教的信仰战胜了对死亡的恐惧，不过这一信仰还是经过了一番挫折。“他始终不信他应该死。他几次问自己是不是睡着了，同时竭力想清醒过来，但是白费劲。这个思想使他产生另一个思想：在这个世界上活一辈子就是做一场梦，从梦中醒来就是死亡。如果是这样的话，那么，近似的生命不就是前世生命之梦

---

① [俄]列夫·托尔斯泰：《安娜·卡列尼娜》，智量译，第 580 页。

② 《列夫·托尔斯泰文集》第 4 卷，臧仲伦、刘辽逸等译，第 114～115 页。

③ 《列夫·托尔斯泰文集》第 4 卷，臧仲伦、刘辽逸等译，第 114 页。

④ [俄]尼古拉·别尔加耶夫：《论人的使命，神与人的生存辩证法》，张百春译，上海：上海人民出版社，2007 年，第 253 页。

⑤ [俄]列夫·托尔斯泰：《天国在你们心中·论生命》，李正荣译，上海：上海三联书店，1997 年，第 190 页。

的觉醒，只是前世的经历已经遗忘了？那么，这儿的生命不是开始，而只是生命的新形式。我死就是进入生命的新形式。他喜欢这个想法，但当他要停留在这个想法时，他感到这个想法也好，任何别的想法也好，都不能克服死的恐惧。”[①]看来哲学超越已经不可能了，于是他接受了基督教。“他记起《福音书》里的话：‘我实实在在地告诉你们，一粒麦子不落在地里死了，仍旧是一粒；若是死了，就结出许多籽粒来。’他想：‘如今我将落在地里，实实在在落在地里。’”[②]临行前，斯维特洛古勃还想起了《福音书》里的一句话：“我将我的灵魂交在你手里。”[③]斯维特洛古勃曾劝告典狱长不要做这种痛苦的工作，典狱长突然呜呜地哭起来，并劝说刽子手也不要再干了，刽子手行刑后即离职而去。可见斯维特洛古勃不但信仰了基督，而且已经开始用《圣经》中的话语来传道了。

除了上述面对死亡时的宗教超越外，托尔斯泰笔下的某些主人公还存在着审美超越。如《安娜·卡列尼娜》中的安娜，虽然她自杀的动机是对沃伦斯基“负心”的报复，境界似乎不高，但在客观上却是一次带有酒神精神的自杀。因为她这一报复沃伦斯基的个人行为背后，是对当时以卡列宁为代表的整个俄国上流社会的报复，所以她的死才有了悲剧意味，达到了崇高美的境地，而作品对安娜死后惨状的描写则加重了这一点。其实从作品中还可以看出，安娜采取了别的自杀方式，如有几次想吸食过量鸦片来得到解脱，因为这种自杀方式更能保持体面和尊严。似乎是为了增加悲剧效果，托尔斯泰最后为安娜选择了卧轨自杀的方式，毕竟吞鸦片自杀过于温和，不如身体被碾碎更具悲剧效果和象征意味。再如《哈吉穆拉特》中的哈吉穆拉特像安娜一样内心纯洁、性格磊落，在强大的邪恶势力面前绝不低头。为了反抗车臣首领沙米尔的残暴统治，他暂时栖身俄军，但看清俄军和沙米尔一样虚伪自私而不值得信赖时，毅然离去，并在激战中临危不惧、宁死不屈，显示了高贵的禀赋和崇高的精神。

总的来看，无论是《童年》中“我”对母亲的宗教幻想和女仆娜塔利娅视死如归的态度，还是《战争与和平》中的安德烈与皮埃尔、《安娜·卡列尼娜》中的列文、《伊凡·伊里奇之死》中的伊凡、《神性与人性》中的斯维特洛古勃对死亡的宗教超越，乃至《安娜·卡列尼娜》中的安娜和《哈吉穆拉特》中的哈吉穆拉特对死亡的审美超越等，皆达到了对死亡的超越，且对死亡超越的过程大都采用审美意象化手法，收得了非常好的艺术效果。

---

① ［俄］列夫·托尔斯泰：《哈吉穆拉特》，草婴译，第 309 页。
② ［俄］列夫·托尔斯泰：《哈吉穆拉特》，草婴译，第 311 页。
③ ［俄］列夫·托尔斯泰：《哈吉穆拉特》，草婴译，第 316 页。

总之，通过以上论述我们可以看出，托尔斯泰死亡意识的三个方面，即窥看尸体、濒死体验和超越死亡等经过审美意象化的处理，收到了较好的艺术效果。这是托尔斯泰让死亡入诗的独特运用与独特创造，由此他也成了描写死亡的大师。正是对死亡的精彩描写，大大提高了托尔斯泰创作的艺术魅力。

但是我们也应看到，宗法制文化心理、道德至上的观念仍影响到托尔斯泰对死亡的描写，特别是影响了他晚年的创作。具体来说，托尔斯泰对有些死亡现象的描写，开始借助道德所带来的崇高感（非审美形态的崇高）来掩饰死亡的可怕，这说明其中仍然存在着伦理对死亡的遮蔽，存在着反审美现象，这时的托尔斯泰把主人公的"死"是如何的变成了作者是如何对待的。强调文学作品的劝谕功能，忽视审美意象化功效，因而托尔斯泰有些作品的死亡现象描写并没有达到上述所举作品的艺术效果，以至于这类小说可归入准艺术、类小说之列，如《三死》《克莱采奏鸣曲》《主人与雇工》等就存在这种倾向，这是不容忽视的。

《三死》更像是一部谈论死亡的社会学著作，书写了三种死亡：贵妇人玛丽亚患肺病死在了去意大利治病的路上，她对死亡的恐惧使她牢骚满腹、怨天尤人；马车夫赫韦多尔死得非常安静，没妨碍到任何人，死前还把自己的靴子献出来；还有就是一棵白桦树的死，它被人伐倒，树干做了马车夫坟上的十字架，还给其他树木腾出生长空间，死得其所。由此，贵妇人对待死的态度应该受到批评，马车夫对待死的态度是值得肯定的，白桦树的死是值得赞美的。作者得出这样的结论显然与他（它）们的奉献精神有关，与道德有关。《克莱采奏鸣曲》中，女性追求爱情的权利遭到剥夺。男主人公波兹德内谢夫杀死了出轨的妻子，但痛悔莫及，妻子的尸体放在棺材里，令人恐惧。这样的死亡描写更像是对出轨女人的惩戒。《主人与雇工》类似于寓言故事，讲述了商人布列胡诺夫和雇工尼基塔在路上遇到暴风雪，迷了路，商人在被冻死之前趴到雇工身上，拯救了雇工，自己却被冻死。临死的那一刻，布列胡诺夫忽然觉得尼基塔就是自己，爱与自我牺牲战胜了死亡。上述这些缺乏对死亡意识的深刻描写，把死亡的价值和意义看得高于一切（其价值观本身仍可商榷），对死亡的道德化处理本身就缺乏审美性，对死亡意识的描写缺乏审美意象化处理，因此其作为文学的审美价值是极其有限的。这些死亡描写现象从反面证明了当托尔斯泰把死亡看作是当事人的"个体事件"，对死亡意识作客观细致的描写，并采取审美意象化手法时，他的死亡描写才是成功的；而他把死亡看作是他人的客观事件，并一味地诉诸道德说教或伦理教化时，他的死亡描写则是不成功的，甚至是失败的。了解这一点，我们才能更好地把握托尔斯泰有关死亡描写的艺术价值。

第十二章 托尔斯泰的“泛现实主义化”创作及其得失

托尔斯泰并没有像巴尔扎克或狄更斯那样，按照一种一成不变的“标准”去进行现实主义创作，而是走向了泛现实主义化。所谓“泛现实主义化”，就是指作家不拘泥于单一的反映生活的模式，而是采取尽可能多的方式去反映现实问题。这种状况的出现，一方面与作家旺盛的艺术创造力有关，另一方面也与作家正处在创作高峰时期却恰逢欧洲现实主义文学走向衰落有关。托尔斯泰要想在创作上取得成功，继续让现实主义文学生存下去并充满活力，就必须不断开拓现实主义“疆域”，这便是托尔斯泰小说创作的“泛现实主义化”。

现实主义文学在19世纪欧洲的繁荣昌盛，得益于现代社会这一块物质土壤，因为这样的社会为现实主义创作准备了三种不可或缺的文化背景：科学主义、理性主义、资产阶级意识形态（自由、平等、博爱）。科学主义培养了作家研究现实、崇尚真实的科学态度；理性主义则使作家认为社会以及人都是可以认识、可以把握的；资产阶级价值观即启蒙的理念——自由、平等、博爱等，成为现实主义作家用来批判社会的参照系统，因此批判性也就成了现实主义文学的又一特征。总之，正是在这样的文化背景下，现实主义文学在19世纪上半叶得到了迅猛发展，涌现出一大批文学大师和文学经典。

随着时间的推移，现实主义赖以生存的文化背景亦逐渐消失，昔日给人们带来福祉的工具理性——科学主义，正在演变成人类社会的主宰，成为异化人性的罪魁。这样，人们便开始由科学主义转向人本主义，由歌颂科学转向赞美自然。这一变化表现在文学创作上就是人的生命本能得到了尊重，表现在哲学上则是理性主义哲学正受到非理性主义哲学的挑战。非理性主义哲学认为理性充其量不过是人的一种能力，并不是人的全部，因为人在根本上是生命、意志以及潜在的内心世界。这些表现在文学上则是反对典型化，反对情节的理性化和逻辑化，否定主体具有认识真实的能力，取消真实的客观性，认为真实在主观，这样人物的本能欲望、内心世界、哲学观念就成为最主要的描写对象。为了真实反映人物，象征、寓言、表现以及意识流等创作手法被广泛采用。这时资产阶级的价值观也受到前所未有的质疑，19 世纪资本主义社会的确立与发展并没有实现人们所期待的“理性王国”，而是贫富分化加剧，劳资矛盾激烈，工业生产对人性的异化程度加重，极权主义等社会问题也暴露出来了，并在 20 世纪来了个总爆发。因此，启蒙价值观念的崩溃反映在文学创作上便是悲观厌世情绪泛滥，即表现人的忧郁、空虚、孤独、绝望等成了时代的总主题。总之，现实主义文学依赖的文化背景的丧失，加速了现实主义文学思潮普遍危机的出现。

面对严峻的形势，托尔斯泰想使作品不落俗套窠臼，就必须对现实主义进行改革，就不得不把现实主义推向泛化，为其注入新的活力。事实上，托尔斯泰从两个方向对现实主义创作进行了开拓，即心理主义的现实主义、自然主义的现实主义，对应代表作分别为《伊凡·伊里奇之死》《哈吉穆拉特》。当然，把这两部作品视为代表作只是从相对意义上来讲的，仅仅为了便于更好地说明问题。这种“泛现实主义化”使托尔斯泰摆脱了 19 世纪后半期现实主义思潮所遭遇的危机，使其创作在新的时代焕发出新的活力。

第一节　《伊凡·伊里奇之死》:心理主义的现实主义

之所以说托尔斯泰的现实主义是“心理主义的现实主义”，是因为他在人物的心理刻画上与同时代其他现实主义作家相比，有新的突破。19 世纪现实主义文学对人物心理的关注是文学创作上的一大贡献。古典主义不关注人的心理活动，因为他们认为人的本质是理智，而非情感，更非心灵；浪漫主义虽然强调人的情感，甚至有些浪漫主义作家如雨果等也发现人的心理活动是客观存在的，但认为人的心理仍然存有神秘感。真正正视心理描写的是现实主义作家司汤达，他在《红与黑》这部作品中，对人物性格的刻画，始终伴随着对心理的描写。托尔斯泰的心理描写可以说受司汤达的影响较大，但又对其形成了两点超越：首先，司汤达的心理描写按照剧情需要和人物性格发展的需要被理性化和逻辑化了，它只是情节发展的一个动因和归结，而托尔斯泰则描写人物心理的全过程，描写心理无时不在的细微变化。其次，司汤达的心理描写还处在人物的意识层面，即人物的道德层面、宗教层面或政治层面，而托尔斯泰则转向了人物的潜意识。难怪有的研究者认为托尔斯泰达到了意识流小说的高度。① 其实，初登文坛，托尔斯泰就特别关注人的精神世界，他的《童年》作为初涉之作便引发了当时文坛的震动，根本原因就在于其创作观念的变革。托尔斯泰要把世界本身是怎样的，转变为世界在人的心目中是怎样的，从物质到精神、从唯物到唯心，可以说他发起了一场"哥白尼式的革命"。托尔斯泰在后来的《战争与和平》中，更加注重人物的精神探索，如皮埃尔对死亡的超脱、安德烈荣誉观念的改变、娜塔莎对婚姻的突兀情变等，都是通过大量人物心理描写来实现的。在《安娜·卡列尼娜》中更是如此，安娜形象得以确立的基础完全在于心理描写，特别是对安娜潜意识心理的挖掘，使我们始终觉得她的悲剧有着超出一般社会意义的深层次原因。安娜自杀前的心理描写，即安娜眼前出现了蒙太奇式的亦真亦幻的景象，正是一个绝望之人内心的真实写照，即死亡到来前的镇定。

尽管"心理辩证法"的运用使托尔斯泰的创作不断取得成功，但直至《伊凡·伊里奇之死》，他才有一部真正意义上的"心理主义的现实主义"之作，他通过深刻的心理描写来拓展现实主义创作的想法才得以实现。该作写一个名叫伊凡·伊里奇的官员，本过着一种仕途顺遂、家庭平和的幸福生活，但是突然到来的绝症却把他抛出了正常生活轨道，使其不得不重新审视一向为自己所忽视的真实生活，进而发现自己的生活非但是不幸福的，而且是完全虚伪的和令人生厌的。《伊凡·伊里奇之死》不是一般意义上的忏悔小说，而是托尔斯泰对个体死亡时精神世界的探索，而这一现代主题又使他不得不把心理描写这一现代表达方式推向极端。

《伊凡·伊里奇之死》在心理描写上比起以往的作品有三个方面的突破：一是心理描写之多达到了本体的地步。托尔斯泰以往创作中的心理描写大都是为了刻画人物、推动情节，但在《伊凡·伊里奇之死》中他是通过主人公伊凡患病惧死的心理来结构全篇的，即患病痛苦，追忆童年的快乐，对妻子的不满，回首新婚初期的满足，从现在的生活恐惧联想宦海的沉浮挫折。这样的时空"纵横交错"得益于现代主义文学所遵循的"心理时间"，使《伊凡·伊里奇之死》初具现代小说的结构特点。二是心理描写之深达到了空前的程度，触及了人的潜意识层面。得了绝症之后，伊凡才从冗杂的日常生活中脱离出来，开始思考生活本身。他这才发现妻子之所以关心他，是因为他死后家庭收入有可能减少；

---

① 参见陈燊：《列夫·托尔斯泰和意识流》，《外国文学评论》1987 年第 4 期。

女儿之所以关心他，是想早一点卸去这个家庭累赘；同事之所以关心他，是因为他死后会空出位子，没有一个人真正关心这个叫伊凡的人。他终于看清了或者看透了人生，由于孤独，他更加惧怕死亡的到来。他面对医生，面对别人的议论以及病情的加重，仍然相信死亡与他无关。“在内心深处，伊凡·伊里奇知道他快要死了，但是他对这种想法不仅不习惯，而且简直不明白，怎么也弄不明白这一点。……我也要死，这是绝不可能的。这简直太可怕了。”[①]这些潜意识描写，大大突破了以往心理描写的局限性，更加富有表现力。三是心理描写的改变深化了作品的主题，使作品呈现出孤独、悲观等现代观念。传统社会中，人的观念是理性的、崇高的、乐观的，死亡似乎也只是一件客观的、与个体无关的事情；而在个体本位的现代社会，个人价值凸显，死亡之事就成了与他人无关的纯粹属己的事情，个体生命的寂灭即意味着世界的寂灭，死亡所带来的恐惧必然造成个体的孤独和悲剧。托尔斯泰在作品中通过深化心理描写所透露出来的正是这一点。因此，伊凡才会感到孤独和悲观：“近来，他一直处在孤独之中，他孤独的脸朝着沙发背躺着。身居人口稠密的城市之中，熟人无数，家属众多，可是他却感到一种在任何地方，无论在海底还是地下，都不可能有的深深的孤独中，只靠回忆往事过日子。”[②]“如果我不在了，那么还有什么呢？什么也没有了。”[③]而孤独意识和悲观意识属于现代意识。正是缘于托尔斯泰在心理描写方面所做的努力，《伊凡·伊里奇之死》才成了他为数不多的精品之一。

遗憾的是，受现实主义创作观念的局限，托尔斯泰《伊凡·伊里奇之死》这部作品对现实主义的拓展还是有限的，他仍然停留在现实主义美学观念的此岸而望现代主义的彼岸兴叹。这主要表现在托尔斯泰还停留在对官僚生活异化人性的批判上，进而否定都市生活，肯定乡村生活。这里不是说这种批判不应该，只是说这种批判带有简单化的色彩，文明异化是一个非常复杂的问题，何况乡村文明不一定就优于都市文明。同时，受理性主义哲学观的影响，作家仅仅认为官僚生活不健康，而没有看到个体生命在最终意义上的悲剧性和宿命性，从而使心理描写没有达到应有的深度和广度。不管怎么说，托尔斯泰的创作实践丰富了现实主义在心理描写方面的经验。

---

① 《列夫·托尔斯泰文集》第 4 卷，藏仲伦、刘辽逸等译，第 88 页。
② 《列夫·托尔斯泰文集》第 4 卷，藏仲伦、刘辽逸等译，第 108 页。
③ 《列夫·托尔斯泰文集》第 4 卷，藏仲伦、刘辽逸等译，第 86 页。

第二节 《哈吉穆拉特》:自然主义的现实主义

托尔斯泰的“泛现实主义化”创作除了向人物心理深处开掘外,还倾向于张扬人的自然性。从描写人的社会性,到描写人的自然性,似乎成了西方近代文学特别是现实主义文学发展的一种普遍趋向。当狄更斯、巴尔扎克把人的社会性描写推向极致,把社会性看作人的本质性格时,法国作家福楼拜、左拉则开辟了自然主义的路子。在自然主义作家看来,人性既非理性,也无所谓善恶,人作为大自然的一部分还受着自然法则的约束。这看起来似乎是对人的贬损,但实际上是对人的尊重和正视,是对启蒙运动神化人性的反拨,因为它把人的欲望、本能、潜意识等以往被忽视的东西看成了人性最正常的部分。因此,自然主义文学思潮是对现实主义文学思潮的反拨和超越。但是这种受实证主义哲学影响的文学思潮在强调人的自然性上又走上了另一个极端,即把人看作纯科学研究的对象,关注人的遗传性,关注人在特殊境遇下表现出来的生物本能,把文学创作等同于科学上的临床实验,完全忽视了人不同于动物的主体性。人来源于自然,但又不同于自然,人身上除了本能、欲望、潜意识外,还有理智、情感、想象、审美等非自然或超自然的东西。这种自然主义完全把人动物化,把生命自然化,显然是一种机械的唯物观。受到文化熏陶的人,是具有主体意识和个体意识的人,是具有巨大能动性和创造性的人。正是出于对这种反人本主义文学现象的反拨,文坛上崛起了另一种自然主义,这种自然主义不是建立在科学主义之上,而是建立在人文主义之上。如果把前种自然主义名之为“科学的”自然主义,那么后一种则可称为“人文的”自然主义。在“人文的”自然主义者看来,人是大自然的“杰作”与“灵长”,人的使命不是消极地适应自然,而是积极地创造自然,是参天化地,是“天行健,君子以自强不息”,是真正的“天人合一”。整个宇宙世界不只有冷冰冰的新陈代谢,还应有充满生命活力的创造,这种“天道”也是“人道”。这方面的代表人物在文学上是卢梭,在美学上是狄尔泰,在哲学上则是尼采。托尔斯泰的创作思想是沿着卢梭的路子走的,他把返回自然和张扬生命统一起来,把人的生命力的旺盛程度和达到至善的程度统一起来,生命越旺盛,就越接近至善。

托尔斯泰这种“人文的”自然主义思想在早期是占主导地位的。受自然神论思想影响的托尔斯泰,相信人的自然欲望、自然情感、自然权利能够得到充分实现，并认为这不仅是完全合理的，还是完全必要的。因为这一切完全符合自然法则，完全符合宇宙发展的规律。宇宙中的万物只有实现个性发展，才能最终实现宇宙的大善。托尔斯泰就是要在创作中表达出这一自然主义思想，就是要考察一下是现实生活中的什么事情阻碍着个体实现个性自由，进而影响到自然至善的实现。从这里我们可以看出，托尔斯泰的启蒙视野远比一般的西方启蒙者要高得多。正是由于这一点，我们往往把托尔斯泰的第一部长篇小说《战争与和平》视为“青春型”作品，它在气魄上是汪洋恣肆、纵横捭阖的，此时托尔斯泰还处在新婚宴尔的幸福中，还处在自然欲望和自由意志的虚幻统一中。

当托尔斯泰反思1812年俄国对法国的这场卫国战争时，自然主义价值观使他很容易超越当时流行的战争观。他从自然主义角度出发，对战争提出了全新的解释：战争是自然要实现至善所必然出现的一种现象，是对现实中“不自然”现象的一种克服。尽管战争本身是残酷的，它像一头猛兽吞噬掉无数鲜活的生命，但是它的积极意义也是比较明显的。首先，战争本身似乎按照“自然至善”的需要毁灭了该毁灭的，成全了该成全的；其次，战争还起着促使人反省自我、重新审视人生意义和现存价值，以及促发个体意识觉醒等作用。正是从这一角度出发，托尔斯泰塑造了六类不同的人物，通过他们在战争中的态度以及在战争过程中的感受与体验、思考与选择来展示神秘的自然借战争之手在他们身上所造成的变化。

19世纪70年代的《安娜·卡列尼娜》是一部张扬自然生命的作品。安娜不但是一个人间天使，而且是托尔斯泰精心打造的自然主义理想典范。安娜之所以控诉卡列宁，其目的在于维护生命力。安娜说卡列宁“不是人，而是一架机器，当他生气的时候简直是一架凶狠的机器”[①]。“他们不知道八年来他怎样摧残了我的生命，摧残了我身体内的一切生命力——他甚至一次都没有想过我是一个需要爱情的活的女人。……我是活人，罪不在我，上帝生就我这么个人，我要爱情，我要生活。”[②]维护自然生命是非常正当的行为，不管卡列宁有何委屈，他已经站在了自然法庭的“被告席”上。

真正代表“自然主义的现实主义”的作品是《哈吉穆拉特》。该作品刻画了一位信仰伊斯兰教的车臣英雄哈吉穆拉特，他为人诚实，智勇双全，爱国护家，作风朴实，深受车臣民众的爱戴。虽身为车臣军队副将，但是哈吉穆拉特的才

① 《列夫·托尔斯泰文集》第9卷，周扬译，北京：人民文学出版社，2000年，第249页。
② 《列夫·托尔斯泰文集》第9卷，周扬译，第382页。

智与名望却引起了上司沙米尔的嫉恨，并屡遭迫害；虽向准备平定叛军的俄国军队投诚，却无法得到俄国人的信任；他私下潜入高加索地区的营地去营救他所挚爱的家人时，却遭到俄国军队的无情追击和杀戮。哈吉穆拉特面对即将到来的死亡，沉着冷静，视死如归，在他身上折射出古代英雄的高贵感和崇高美。哈吉穆拉特就像路旁田边那株牛蒡花，即便被车轮碾过、被犁耙过，即便有点歪斜，仍向上挺立着，不肯屈服，被称为“鞑靼人”的牛蒡花(这也是托尔斯泰的创作灵感来源)。哈吉穆拉特的结局是悲壮的，无论他的对手是凶残卑鄙的沙米尔，还是生活腐败草菅人命的俄国军官，他都不屑与之为伍，但现实又是残酷无情的，生命结束时他是一个失败者、被消灭者的结局终究无法改变。

哈吉穆拉特品德与才能出众，但他的英雄行为又是不合时宜的。生活在一个物质欲望左右着人、精神矮化的世俗时代，他的悲剧是注定的。但是哈吉穆拉特身上却体现着大自然的力量，他的质朴、睿智、无比丰富的内心世界和情感世界都体现着自然为善的力量。面对危险和死亡的从容、强盛的生命意志，在哈吉穆拉特临死前的细致描写中都得到了充分体现，不禁让人联想到古希腊的英雄——荷马笔下惨死战场的特洛伊王子赫克托尔。在这里，托尔斯泰借助哈吉穆拉特的悲剧，体现出大自然或整个宇宙的诸如无私、正义、纯洁、朴实、仁慈、崇高等正面价值，对现实人类社会中的诸如偏狭、残忍、邪恶、卑鄙、委琐、势利等反自然的现象加以批判。哈吉穆拉特的传奇经历和悲剧结局，不能不让人读后感到受了一次精神洗礼。

由此看来，《哈吉穆拉特》已经超出了一般意义上的现实主义美学范畴，显示了托尔斯泰对现实主义的新探索，不愧为托尔斯泰晚年的精品杰作。

由上述分析可以看出，托尔斯泰创作的“泛现实主义化”创作，是19世纪后期现实主义创作遭遇危机时探索新途径的一种表现，并取得了一定的积极成果，如《伊凡·伊里奇之死》《哈吉穆拉特》等。总起来看，“泛现实主义化”创作使托尔斯泰继续在19世纪众作家中称雄，并呈现出独特的特点，但也不能忽视，作为反映一定时代的文学思潮，现实主义必将被新兴的文学思潮代替，因为“泛现实主义化”创作解决现实主义危机的能力毕竟是有限的。

第十三章　托尔斯泰创作思想的嬗变对其长篇小说结构形式的影响

托尔斯泰的创作思想非常复杂，但其核心张力可归结为自然主义和道德主义之间的矛盾冲突，且这种冲突随着时间的推移有一个彼长此消的过程。具体来说，托尔斯泰的早期创作思想由自然主义占主导地位，到后来自然主义与道德主义两者并重，再到后来道德主义占绝对优势。托尔斯泰这种创作思想的嬗变影响了其对长篇小说结构形式的选择，即在自然主义观念占主导地位时，创作了多线索结构的《战争与和平》；在自然主义和道德主义并重时，创作了双线索结构的《安娜·卡列尼娜》；当道德主义发展到绝对地位时，创作了单线索结构的《复活》。在文本结构趋于简单的同时，人物性格也存在着一个由复杂到简单的变化过程。

第一节　托尔斯泰思想嬗变的过程

托尔斯泰的创作思想尽管错综复杂、矛盾重重，但其中最基本的矛盾便是自然主义和道德主义之间的对立与冲突，这也是其他矛盾冲突的基础。这里的“自然主义”不是 19 世纪建立在实证主义和实验理论基础上的自然主义，即左拉式的自然主义，而是人本主义的“自然主义”，即提倡以自然为本，肯定人的自然欲望，张扬生命意志，强调人的主动性、能动性和创造性，这种自然主义更接近卢梭、尼采等对自然生命的肯定与张扬。托尔斯泰相信包括人类社会和自然界在内的整个宇宙是自然的、向善的，即“自然至善”，这便是“天道”。在他看来，世间的万事万物只有充分发挥自然本性，发挥自己的创造性，整个宇宙才会走向和谐，走向至善，用《易经》里的话说，就是“天行健，君子以自强不息”，最终实现“人道”与“天道”（自然至善）的合一。可见，在托尔斯泰眼里，自然主义既符合“天道”，又是实现“人道”的最佳方式之一，因而成为他大半生的创作思想。

托尔斯泰的这一思想虽然在其众多作品中都有体现，但在《战争与和平》中体现得尤为明显。“每个人都有两种生活：一种是私人生活，这种生活的意义越抽象，它就越自由；另一种生活是天然的群体生活，在这里每个人必然遵守给他规定的各种法则。人自觉地为自己而生活，但却作为不自觉的工具，以达到历史的、全人类的目的。”[①]在这里，托尔斯泰一方面承认人有自由的权利，但是也承认了自然法则的客观性，这似乎构成了难以弥合的矛盾。但他又指出这种自由与自然的对立并不是不能化解，两者在本质上应该是统一的：自由是自然的体现，自然是自由的目的。正是基于这一点，托尔斯泰的前期作品大力张扬自然主义。但是，除了作为反封建专制与官方教会的有力启蒙武器外，自然主义不可避免地存在些许弊端，其具体表现在以下三个方面：

第一，自然主义虽然有解放人之自然本性的作用，但是自然本性中更多的是人的自然欲望。正是因为这一点，卢梭在张扬自然主义的同时，又把“自然”分为纯洁的自然和欲望的自然两种。前者实际上是自然的道德化，并最终抑制后者，进而走向了道德理想主义和禁欲主义。如果不这样做，卢梭就无法解释自然中存在的“不善”问题。尼采则走向了与卢梭相反的道路，他否定把自然道德化，认为凡是自然的就是好的，人的欲望越强烈越表明人的生命力强，从生物学的意义上来讲就是越道德。尼采的这种自然主义虽然张扬了人性，但是必然会走向置道德于不顾的价值虚无主义。

第二，自然主义更多地强调人的肉体欲望的合理性，无形中忽视了人不同于动物的主体性，忽视了人的超自然特性，有把人等同于动物之嫌。

第三，除了忽视人的主体性，自然主义也忽视了人的个体差异性。自然生物之间只有类的差异性，而没有个体的差异性，而对个体差异性的忽视恰恰是自然主义这一理论本身所无法解决的。从某种意义上说，个体人格、个性主义才是人真正存在的根本。正是由于自然主义存在着如是弊端，托尔斯泰才对卢梭式的自然主义进行了适当改造。在托尔斯泰看来，自然主义理论中的“自然”不是静态的，而是一个动态的发展过程，即托尔斯泰不像卢梭那样简单地认为自然是善的，并且把这种善理想化、静止化，而是认为自然也有一个不断趋向至

---

① 《列夫·托尔斯泰文集》第7卷，刘辽逸译，北京：人民文学出版社，2000年，第808～809页。

善的过程，这个过程中必然存在着不善或接近至善的问题，这就为现实的自然人性中存在着恶的现象提供了理论依据。这虽然是托尔斯泰比卢梭高明的地方，但也为道德主义的介入留下了缺口，因为善与不善本身的区分就是一种道德判断。显然，托尔斯泰并不了解后来的尼采为什么要把自然主义推向极端。尼采的自然主义不但反对封建主义，还反对基督教的道德主义，同时反对启蒙思想，特别是其中的理性主义和多数真理原则。这样，尼采的自然主义就成了彻底张扬生命意志的个人主义，通过“超人”的“强力意志”，通过把人生悲剧诗意化来解决个体在现实中的出路问题。尼采寻求的是一种冒险之路、绝望之路，也是托尔斯泰望而却步之路。托尔斯泰所谓的“自然至善”存在着一个内在矛盾：一方面，作为“天道”的“自然至善”是一个君临宇寰、统驭一切的“暴君”，为了实现“天道”，人世间的一切诸如战争、瘟疫乃至死亡等似乎都是必要的。这既表明“自然至善”对现实中存在的不善所进行的不断扬弃，又表明为了实现“自然至善”，个体所付出的代价乃至牺牲都是值得的。另一方面，受启蒙思想影响的托尔斯泰又认为“自然至善”必须建立在以个体为善的基础上。这是因为：首先，个体是自然至善实现的目的，很难想象一个不关乎个人的“自然至善”还有什么意义。其次，个体是自然实现至善的基础，人既是大自然的产物，是大自然的一部分，又是万物的“灵长”、宇宙的“精华”。实际上，自然的“至善”即人的“至善”，只有人人都善，才能最终实现自然的真正“至善”。总之，为了表达上述矛盾思想，托尔斯泰必然要选择一个适合这一思想的文本结构形式。

作为人类的大智者，托尔斯泰似乎已经意识到自然主义这柄武器的缺陷，但他不能沿着卢梭向右走，那朝向的是克尔凯郭尔、叔本华、尼采、弗洛伊德、海德格尔、萨特等，而是向左转了，转向了道德理想主义，进而是禁欲主义，以此为自然主义“杀菌消毒”。于是托尔斯泰便出现了与康德相似的矛盾行为：把道德从前门送出去，又把它从后门请进来。

与卢梭简单直率地用道德主义替代自然主义相比，托尔斯泰对“道德主义”的运用显然更费心思、更小心翼翼。这主要表现在以下四个方面：

第一，托尔斯泰认为在最佳的意义上，自然主义和道德主义应该是统一的，当自然趋向“至善”的时候，这时的“至善”不就是最大的道德吗？“天道”永远正确，这是托尔斯泰所理解的道德的第一重含义，也是道德的理想境地。

第二，托尔斯泰同时认识到，当自然没有达到“至善”，或在“至善”实现之前，自然和道德显然存在着分歧与冲突。也许在单纯的自然界还好说一些，而到了人类社会情况就变得相当复杂了。人类社会的主体是人，而人是主动的，有意志自由的，那么一个人如何做才能符合“自然至善”这一至高法则呢？按照怎样的道德行事才可以实现“至善”呢？这本是一个“如何”问题，托尔斯泰却把它变成了“应该”问题，即把认识问题变成了道德问题，这是托尔斯泰赋予“道德”的第二重含义。

第三，托尔斯泰所想象的“天道”（自然至善）和“人道”的合一是一种理想，而这种理想也是不可能实现的。首先，“天”有天的道，“人”有人的道，二者各有各的规律和特点，很难统一，也不可能统一；其次，人的有限性和宇宙的无限性差异使人不可能认识“天道”；再次，人是理性的，也是非理性的，因此也就完全处在一种不确定状态。既然认识一个非理性的个体都存在如此巨大的困难，那么认识一个由非理性的人组成的人类社会将更加困难。因此，“天道”和“人道”合一，即“天人合一”，只能是古代生产力不发达时期的一种幻想，其结果往往是以“人道”代替“天道”，最终导致唯意志论。

第四，人有自由的权利，这种权利的实现在托尔斯泰看来也是符合自然人性的，符合“自然至善”目的的。但是人有了自由的权利却不一定具备行使自由的能力，除非人能体悟洞察“自然至善”发展的总内涵，可这又是不可能的，“人是万能的”不过是启蒙思想家把人神化后的一种虚妄。托尔斯泰清楚地认识到了这一点，看到人的自由权利和运用自由能力之间的不对称性。于是，他笔下的人物不免给人一种难以承受自由之重的感觉，从而深化了对人自身的认识。当然，托尔斯泰不但认为人行使自由的能力各有不同，而且认为对自然主义的张扬也存在不同，对“自然至善”这一“天道”进行体悟的禀赋也有巨大差异，这种差异导致了每个人不同的悲喜剧结局。有些人的体悟能力是先天性的，有些人则要靠后天的努力，但不管怎样，都在达到“自然至善”这一目的上存在着盲目性，都付出了不同程度的代价。为了避免付出这种代价，托尔斯泰一直在探寻通向“天道”的最佳途径，并最终有所收获。托尔斯泰之所以能够找到，与其说是他具有这种能力，不如说是由于他那近乎自负的自信，也许在作家看来，认识自然的能力除了上帝，就唯有他了。至于其他芸芸众生，如果悟性高、生命力强、常接近大自然等，还可能有所感悟，有可能“心有灵犀一点通”；而那些感受迟钝、生命力弱、远离大自然而长期生活在都市中的人，只会沦为物质欲望的奴隶，在名利的欲海中难以自拔。在这里我们还应看到，托尔斯泰并没有把人性简单地推向理性化、道德化的古典思路，而是充分认识到了人性的缺陷和不足，这就是他比一般启蒙者高明之处。托尔斯泰最终还是对自然主义与道德主义之间的长期紧张关系失去了耐心。为了使芸芸众生少走弯路，少付出代价，托尔斯泰在基督教《福音书》的基础上，综合各种宗教文化或古典文化，形成了他自己的思想体系——托尔斯泰主义，从而为人类解脱精神困境做出了“一劳永逸”的工作。在托尔斯泰看来，人们再也不用为体悟自然何以“至善”的神秘性而煞费苦心，也不用为自己因行为盲目而付出代价忧心忡忡、提心吊胆，只要你遵从了托尔斯泰主义的思想指导，就可以少走弯路，就可以很自然、很便捷地实现人和自然的和谐统一。

由此可见，托尔斯泰绕了一个大圈，最终还是用道德主义取代了自然主义。当然，这里应该特别指出的是，这个“绕了一个大圈”的过程，正是上述四重道德内涵历时性的展开过程，也正是托尔斯泰设法解决自然主义所存缺陷的过程。尽管其解决方法存在着一定的简单化，但这个解决过程恰恰是自然主义和道德主义对立冲突的转化过程，是作家把这种冲突与困惑转化成语言艺术并取得巨大成就的过程。当然，更值得注意的是，自然主义和道德主义彼长此消的过程，影响了托尔斯泰对创作文本结构形式的选择。

第二节　对《战争与和平》结构形式的影响

这种对创作文本结构形式的选择比较明显地表现在托尔斯泰的三部长篇小说《战争与和平》《安娜·卡列尼娜》和《复活》中。这三部作品不但在结构形式上依次呈现为多线索结构、双线索结构、单线索结构，而且在人物性格塑造上也存在着由复杂到简单的过程，这个过程使人物性格依次呈现出“莎士比亚化”、典型化、类型化等特征。

针对托尔斯泰早期的思想，我们往往把托尔斯泰的第一部长篇小说《战争与和平》看作是“青春型”的，其在气魄上是汪洋恣肆的。新婚之后的托尔斯泰，正处在自然欲望和自由意志的虚幻统一中，因此他在反思1812年俄国反击法国入侵的这场卫国战争时，自然主义价值观使他很容易超越了当时流行的战争观念，诸如爱国主义、民族主义、国家主义、专制主义、自由主义、家族荣誉、文明进步、先进落后、军事天才与军事失误等。托尔斯泰从自然主义角度出发，对战争作出了全新的解释：战争是因自然本身要实现至善而必然出现的一种现象，是对现实中“不自然”现象的一种克服。战争本身是残酷的，会吞噬掉无数鲜活的生命，但它的积极意义也比较明显。首先，既然战争有着自身的必要性和必然性，那么它就像一个有生命的东西，其发生、发展与毁坏、结束都是自足的、神秘的，人们无法设计它，更无法控制它。所谓的军事指挥天才不过是自然为实现“至善”而临时借用的工具。这样的思维方式就改变了上述观念下有关战争的简单化解释。其次，战争还有人们促使反思与反省、重新审视人生意义和现存价值的作用。从这一角度出发，托尔斯泰塑造了六类不同的人物，通过他们对战争的态度及其在战争中的感受与体验、思考与选择来展示神秘的自然借战争之手加诸他们身上的变化。这六类人物的代表就是皮埃尔、安德烈、尼古拉、娜塔莎、海伦、玛丽亚等，托尔斯泰把这六位贵族青年的人生体验与人生选择抛到战争这个试金石面前，促使他们重新思考和定位自己的处境，其结果是：有的升华，有的沉沦；有的反省觉悟，有的执迷不悟；有的寻找到了人生幸福，有的饱尝了世间苦恼；有的勇敢且得以存活，有的苟且反倒丢掉了性命。六位贵族青年经历了六种不同的人生道路，再加上彼此之间的联系，就形成了作品多线索的网状结构。

皮埃尔是一个私生子。从社会学意义上来讲，“私生子”现象是不道德的，其身份也是尴尬的；但从自然生物的角度讲，它又是道德的，因为此等生命现象正是男女相悦的产物。皮埃尔长得高高大大、莽莽撞撞的，他那还没有完全开化和世俗化的心灵使他只能依照大自然所赋予的感觉行事。突然富有、鲁莽结婚、加入共济会、与人决斗、只身刺杀拿破仑、爱上娜塔莎并与之成家生子、从农民卡拉塔耶夫那里偶然受到启示而皈依上帝等，都是自然而然的行为。皮埃尔是作家最为宠爱的主人公，得到的幸福最多，原因就在于他比别人具有更强的生命力和感觉力，率性而为，不羁章法，比一般人更能体悟到什么是“自然至善”，更能感觉到“天道”对他的“感召”。

与皮埃尔不同，安德烈出身簪缨之家，身份高贵，家教良好，性格刚直，注重荣誉。在安德烈看来，人生的意义在于报效国家，战争到来之日亦是为国出力、光宗耀祖之时。正是由于安德烈的荣誉至上观念，托尔斯泰才让他在饱受失恋的屈辱之后，又在伤痛的折磨下死去。

尼古拉所在的罗斯托夫家族是乡村贵族，是最接近大自然的，因而也是最淳朴善良的。作为长子的尼古拉不但作战勇敢，屡建军功，多次升迁，而且娶了博尔孔斯基家族的唯一女继承人玛丽亚，从而极大地缓解了家族窘迫状况。对国家的维护、对沙皇的崇拜，都影响了作者对他的喜好。在托尔斯泰看来，国家主义仍然是一种世俗的价值观念，这种观念限制了尼古拉对形而上“自然至善”的体悟。正是由于这一点，托尔斯泰对罗斯托夫家族的爱是打了折扣的，如让罗斯托夫家族中的次子彼得在战争临近结束时牺牲，让尼古拉娶不谙风情的玛丽亚公爵小姐为妻。

应该说，娜塔莎是托尔斯泰心目中的理想女性，她美丽、善良、单纯，富有青春活力。这个在偏远乡村长大的贵族少女，置身于富丽堂皇的都市舞会，如出水芙蓉，天然去雕饰，那纯洁的美引起了整个社交界的震动。就是这样一个单纯的美人，本来和安德烈是非常般配的一对，但虚荣和情欲俘获了她那颗单纯的心，最终她背叛了爱情，毁掉了家族荣誉。在这里，托尔斯泰显然已和卢梭那种自然本善的观点产生了分歧，虽然娜塔莎最后觉醒了，与皮埃尔结合后变成了一个稳健持重的贤妻良母，但是她这一曲折发展过程使托尔斯泰认识到，人单凭自己的努力很难体悟到“自然至善”。

一个完全按照基督教观念行事的人是否比常人更容易走向“自然至善”呢？对此托尔斯泰仍然持否定态度。作品中尼古拉的初恋情人索尼娅就是一个典型例子。为了让罗斯托夫娶有陪嫁的公爵小姐，索尼娅主动让出位置，熄灭爱情。在托尔斯泰看来，牺牲、忍让是以压抑人的自然欲望为前提的，是违反自然人性的，是不符合自然主义的，这种看似道德的行为实际上是不道德的。

作品中其他追随感官享乐的人物，由于完全放弃了对“天道”的自觉思考与追求，也必然没有什么好结果。如库拉金家族中的海伦因生活放荡而过早地香消玉殒；而她那风流的哥哥阿纳托利，曾经勾引过娜塔莎，在战争中负伤后被截掉了一条腿，最终还是丢掉了性命。托尔斯泰通过这种“惩罚”试图向读者表明，真正的自然主义是和“自然至善”的宇宙目的相联系的，而非欲望主义。

通过上述分析，我们看到托尔斯泰探究了个体应该怎样做才能体悟到“自然至善”，他总是以战争为契机对其展开全方位的探索。尽管托尔斯泰似乎对“自然至善”并不怎么清楚，但是在处理人物的行为时始终坚持自然主义原则，所构思的作品结构也是多线索的、开放的。就《战争与和平》来讲，人物性格都处在不断探索、变化和发展中，这种发展还存在着极多的不确定因素，也充满了复杂性，这种性格的复杂性类似于莎士比亚笔下的人物性格，充满了对原始生命欲望的表达和对人性多元化的表现，因此笔者认为《战争与和平》中的人物塑造是“莎士比亚化”（恩格斯语）的。正是上述开放的结构和“莎士比亚化”的人物塑造，整部作品才呈现出纵横捭阖的恢宏气象。

第三节 对《安娜·卡列尼娜》和《复活》结构形式的影响

到了19世纪70年代,随着对家庭生活的深入体验和对时代深刻变化的观察,托尔斯泰的思想也发生了变化。人怎样做才能符合"自然至善"呢?怎样才能实现自然规律和自由意志的真正合一呢?怎样才能体会到"天道"的真正含义呢?难道超越了自然欲望、家族荣誉、民族国家、官方基督教等就可以实现吗?主人公将如何做才能减少或避免代价呢?这时的托尔斯泰开始意识到道德主义的重要性和必要性,认为也许可以用道德主义来指导自然主义,那么人们在实现"自然至善"这一"天道"的过程中会少走弯路。那具体是什么样的道德主义呢?用道德来解决认识问题,是否存在着逻辑悖谬呢?这些问题困扰着托尔斯泰,使他对"解决方案"难以形成清晰的思路,不过他已经隐隐感觉到在《战争与和平》中的皮埃尔和娜塔莎身上似乎能探讨出结果来。在众多开放式的探索中,托尔斯泰逐渐把目光集中在这两个人身上,他们出现在《安娜·卡列尼娜》中时就已经变成了列文和安娜,尽管已"面目全非"。

安娜单纯、真诚、美丽,更为重要的是充满青春活力。沃伦斯基对安娜一见钟情,甚至连忠厚老实的列文也感到安娜身上有一股巨大的魅力和吸引力,自认为长得很美的基蒂和安娜在一起时也感到了她那种"崇高",令人"望尘莫及"。可见,安娜不但是一个人间天使,而且是托尔斯泰精心塑造的自然主义典范。安娜出于维护生命力的目的,控诉卡列宁是机器,不是人。安娜的正当控诉让卡列宁站在了自然法庭的"被告席"上,并且他所有的辩护都将和这个"法庭"的执法理念格格不入。

安娜尽管美如天使,但这个"天使"毕竟在人间。安娜的自然生命力虽然使她光彩照人,但她也不得不服从自然法则。自然法则在安娜身上起着两点作用:一是大自然赋予了安娜旺盛的生命力,这种旺盛的生命力会使安娜自觉地追求真善美,远离假恶丑,这是托尔斯泰赋予自然本身的道德意义;二是安娜作为女人又必须接受繁衍后代的自然义务。在作品中,安娜确实一直牵挂着自己的孩子谢辽沙和情人沃伦斯基,但她却得不到孩子,最不爱孩子和最没有资格管孩子的卡列宁却最有权利抚养孩子,并且整个社会舆论都支持他。在托尔斯泰看来,这是一个荒谬、违逆自然的社会。至于沃伦斯基,安娜也常常觉得抓不住他,尽管已尽最大努力用姿色来吸引他,但这种美在他心里不是先前那种可爱，而是可怕。情欲使沃伦斯基离不开安娜，但理智又使他疏远安娜。除了大自然的“繁衍”要求外，自然本身的非价值性也让安娜在获得爱情满足之后，必然陷入一种精神上的极度空虚，特别是上流社会拒绝她进入社交界之后，这种空虚也加剧了。其实，即使安娜能够进入上流社会，她也难以摆脱这种空虚，因为其空虚只有靠不断的繁衍才能解决，但这又是不可能的，因为临产所患的产褥热虽然没要了安娜的命，但是剥夺了她生孩子的能力。在这里我们可以看出，安娜的空虚也是托尔斯泰的空虚，托尔斯泰在自然主义和道德主义之间的犹豫不决必然影响到安娜的命运，正是从这个意义上说，“安娜就是托尔斯泰”这句话是有道理的。托尔斯泰的自然主义理论既拯救了安娜，又因其理论的局限性害了安娜。可见，自然主义这匹“宝马”尽管有风驰电掣之速，但也有把人摔得粉身碎骨之虞。到这时，托尔斯泰才想到给马戴嚼子，这个“嚼子”便是道德主义。

在《战争与和平》中，托尔斯泰已经对他笔下那些偏离“自然至善”的人物进行了惩罚，但是这里的惩罚还处在朦胧阶段，还没有明确指出是道德主义在起作用，自然主义还占据着主要地位。而在《安娜·卡列尼娜》中，托尔斯泰对自然主义的全部思考集中到安娜身上，通过安娜的悲剧来展示自然主义的优势和不足。通常我们会认为托尔斯泰对安娜的态度是前后矛盾的，但笔者以为托尔斯泰对安娜的态度是始终一致的，自然主义理论的不足与作家对安娜的否定是完全不同的。安娜的光彩照人超过了托尔斯泰塑造的所有妇女形象，并且安娜最后的选择既是其思想的无奈，也是人物命运发展在逻辑上的必然结果。安娜一旦走出家庭，其结局也就只有自杀。可以说，自杀既是安娜获得解脱的一种方式，又是托尔斯泰对于自然主义的一种维护。到这时，托尔斯泰才意识到解决人“如何做”才能使这种自然主义符合“自然至善”的理想是如此迫切，而“如何做”却是一种道德问题。这种解决途径在安娜身上已明显不可能，只能转移到另一个男性人物即列文身上，这就是故事并没有在安娜死后中止，而是继续在列文身上发展的原因。

列文是一位乡村地主，生活在自然的怀抱中，就像《战争与和平》中的罗斯托夫家族一样，具有大自然的秉性：纯朴、善良、豪爽、仗义。他自称“野蛮人”，也很容易体悟到“自然至善”并按其行事。托尔斯泰在写安娜的同时，始终没有忘记对列文的思想变化过程加以细致描写。与安娜遭遇到的诸多不幸相比，列文完全避免了不幸：爱情甜蜜，娶了他心目中的漂亮姑娘基蒂，尽管有些曲折；与安娜破裂的家庭关系相比，列文度过了家庭破裂危机。尽管托尔斯泰一再

“照顾”列文，但列文并没有感到幸福，甚至有过轻生的念头。托尔斯泰不可能让列文自杀，因为他还肩负着自己探询人生意义的重任，并最终寻找到了。像皮埃尔一样，列文在苦闷中接受了一个也叫普拉东的农民的规劝，茅塞顿开，找到了人生的意义：人应该为上帝活着。这样的处理不但解决了“自然至善”理论由神秘向现实转化的问题，还解决了自然主义理论的局限性问题。在这里，道德主义的价值被逐渐凸显出来。尽管“道德”这柄武器已经锈迹斑斑、陈旧不堪，但是托尔斯泰要精心打磨它，使其熠熠生辉。就这样，在《安娜·卡列尼娜》中，道德主义已与自然主义处在并重的位置了。

从《安娜·卡列尼娜》可以看出，托尔斯泰为了张扬自然主义，为了探求如何能体悟到“自然至善”、实现“人道”与“天道”的统一，在结构上由《战争与和平》中的“全面出击”逐渐转变为“两面夹击”，列文和安娜分别成为世间男女如何做才能体悟到“自然至善”的一正一反两个例子，采用两条线索来结构作品也就成为必然。由于这时托尔斯泰对于如何遵从“天道”还充满着矛盾，因而他笔下的主人公如安娜、列文、沃伦斯基等的性格相当复杂，特别是安娜形象塑造得相当丰满、成功，而列文身上那种作家主观痕迹则要明显一些。

十多年之后，托尔斯泰又创作了《复活》。在《复活》中，托尔斯泰改变了是遵从自然主义还是遵从道德主义的犹豫态度，道德主义终于站到了绝对位置。托尔斯泰一改过去对人的复杂性的认识、对人的心理变化无端的描写、对历史宿命论的叹息，而过分夸大道德理性作用，特别是对道德人格、天然良知深信不疑。托尔斯泰告别了叔本华，拒绝了尼采，向卢梭急速冲去。托尔斯泰把《复活》中的人物理性化、道德化，从而使作品呈现为单线索结构——讲述了一对青年男女的忏悔过程。这样托尔斯泰就把复杂的人类行为问题简单地看作是灵魂与肉体、自然与社会、天使和魔鬼等矛盾的二元统一体了，人的行为便成了灵魂克服肉体、社会超越自然、天使战胜魔鬼的表现。当自然主义被贬低成动物欲望而遭到否定时，当实现“自然至善”的途径是道德主义时，托尔斯泰便由高扬人的价值转向贬抑人的价值，由鼓吹人的个性解放转向否定人的个性价值。其实，这一切都是托尔斯泰放弃自然主义追求、放弃个性解放而退回道德主义（“新宗教”或“托尔斯泰主义”）的结果。《复活》之后，托尔斯泰再也没有创作出新的长篇小说来，以后所创作的为人所称道的中篇小说《克莱采奏鸣曲》和《舞会之后》不过是他这一思维方式的延续，而《雇工与雇主》则属于带有寓言性质的准小说。由此看来，托尔斯泰这种深刻的思想变化不但影响了其长篇小说的结构形式，而且影响到了人物性格的塑造（出现了类型化性格）以及作家的创作生命。

总之，托尔斯泰和同时代的现实主义作家一样，用文学作品构建起一个个宏大叙事，以期寻找出解决社会危机的方法，但是随着作家创作思想的嬗变，该叙事结构也必然随之发生变化。构成托尔斯泰思想内核的自然主义与道德主义的冲突及其彼消此长的动态变化，影响了作家对文本结构形式的选择。

第十四章　托尔斯泰创作中的大地崇拜情结及其危机

托尔斯泰是一位长期生活在宗法制乡村的贵族作家，对土地有着深厚的情感。俄国研究专家金雁认为，俄国知识分子具有"崇拜大地、崇拜苦难和底层意识。俄罗斯平原广袤无垠、苍茫无形的自然人文环境形成了'知识分子'特有的'大地母亲'情怀。他们认为自然状态是人类存在的理想形式，人只有脚踏祖国的大地、投身到大自然中去就会感受到生命的源泉，才有立足之本，才不会被城市的污泥浊水所吞没"[①]。这里的"大地"已不再是物质意义上或物理意义上的"土地"，而是具有形而上色彩的理想世界和自由王国，是与天地人神共在的"诗意的栖居"(海德格尔语)。托尔斯泰具有浓厚的大地崇拜情结，但与一般的俄国知识分子不同，他更多的是通过创作来体现自己对大地的崇拜。就像大力神安泰从大地中获得力量一样，托尔斯泰也从大地中汲取创作灵感，创作出一系列文学名作，《战争与和平》就是其中具有代表性的一部著作。托尔斯泰通过这部激情四射和青春洋溢的佳作，表达着自己对世界的感受和愿望，以及对大地强烈的崇拜情感。随着时间的推移、时代的发展、商业大潮的推动、现代都市生活的到来，土地正渐渐失去昔日的亲和力，日益变得贫瘠和陌生，也不如先前那么坚实可靠，而是开始颤动，直至摇晃不止。在这种状况下，托尔斯泰对大地的情感开始发生变化，开始由崇拜走向质疑，这种情感变化深刻地影响着他的创作。

① 金雁：《俄罗斯村社文化及其民族传统》，《人文杂志》2006年第4期。

第一节　托尔斯泰的大地崇拜情结

《战争与和平》是一部洋洋百万言的文学巨著，在这部著作中，托尔斯泰的大地崇拜情结表现得最为充分和典型。全书无处不体现着托尔斯泰这种情感，尤以对罗斯托夫一家狩猎场面的描述最为集中和典型。狩猎场面的描写处于第二册第四部的第三至七节，这几乎是全书的中心位置，起着向心的凝聚作用，乃至"戏眼"的作用。托尔斯泰由此肯定宗法制生活是价值中心，并使其成为作品中描写人物和事件的评判标准，进而流露出对大地既崇拜又质疑的复杂心态。

对于农业文明来说，一年四季中最好的时段是秋末冬初，因为秋季收获的是粮食，而初冬收获的则是猎物。经过一个漫长的秋季，狼、兔子、狐狸等已经肥胖得跑不动了，此时最适宜狩猎。作品中写道：

> 已经是初冬的天气，早晨的严寒冻结了被秋雨浸湿的土地，秋播的作物蓬蓬勃勃地长起来了，被牲口踏得发褐色的冬麦田垅，那淡黄的春播作物禾茬和红色的荞麦田垅，把茂密的秋播作物衬托得格外鲜绿。八月底，山巅和树林在冬麦的黑土田地和禾茬中间还是一些绿洲，这时在嫩绿的冬麦中间，已经变为金黄和鲜红之洲了。野兔的毛已经换了一半，小狐狸也开始出窝了，狼仔已经长得像狗一样大小。这是狩猎的最好季节。[①]

大地生机勃勃，召唤着人们前去收获。狩猎是秋收之后人们再次与大地亲近的方式，这种亲近方式使得人们更加自由无羁、欢快释放。这时的狩猎可以说是对秋收的延续，也是对大地崇拜的狂欢。在群马奔腾中，在众犬狂吠中，在人们的喜笑颜开中，对大地崇拜的情感被表达得淋漓尽致。作品对罗斯托夫一家狩猎场面的描写，不惜笔墨，极力铺陈，充分展示。在这次狩猎中，年轻的尼古拉捕获了一头狡猾的老狼，满足了夙愿；而娜塔莎在狩猎中的表现也非常出色，她那骑马奔跑的矫健姿态，真有点巾帼不让须眉的样子。特别是娜塔莎在"大叔"家伴着琴声而舞的情景，欢快的民间舞蹈以及温馨和谐的家庭氛围等，把狩猎的欢快场面推向了高潮。"大叔"弹琴，邀娜塔莎跳舞，大家都担心她不会跳民

---

① ［俄］列夫·托尔斯泰：《战争与和平》，刘辽逸译，第653～654页。

间舞蹈，但娜塔莎那轻盈的步伐、婀娜的舞姿、欢快的表情很快就征服了在场的人。

> 这个受过法籍家庭女教师教育的伯爵小姐是何时何地、又是怎样从她所呼吸的俄罗斯空气中汲取了这种精神的？而且从其中得到了早已被挤掉的舞姿？而正是大叔所期待于她的那种学不来教不会的俄罗斯的精神和舞姿。她刚一站稳，微微含笑，那神态庄严、高傲、狡黠、欢乐，顷刻之间，尼古拉和所有在场的人最初那阵担心——担心她做得不像那么一回事——就完全消失了，而且他们在欣赏她了。她做得正像那么回事，而且是那么地道，简直丝毫不爽，阿尼西娅·费多罗夫娜立刻递给她一条为了做得更好必不可少的手帕，她透过笑声流出了眼泪：这个陌生的有教养的伯爵小姐，身材纤细，举止文雅，满身绫罗绸缎，竟能体会到阿尼西娅的内心世界，以及阿尼西娅的父亲、婶婶、大娘，每一个俄罗斯人的内心世界。[①]

你看，像大地精灵一般的娜塔莎，诠释了大地崇拜中的欢乐、健康、和谐以及充满生机的精神内涵，这是古典乡村生活的至境，也是宗法制生活的快乐。生活在这片土地上的俄国人热爱自己的故乡家园，热爱这片广袤神奇的土地。与都市生活相比，这种生活是丰富且充实的。这就是大地崇拜的生活，是诗性的生活，也是身心和谐、令人陶醉的生活。

从罗斯托夫一家的狩猎场景可以看出托尔斯泰的匠心独运，此部分有关大地崇拜的情结为作品其他部分提供了价值资源和评判标准：乡村文明是健康的、充实的、积极的、向上的，与之相对照的都市文明则是缺乏根基的、病态的、消极的、充满欲望的，并容易导致空虚和堕落，可以说，大地崇拜为俄国这个农业文明占主导地位的国家，提供了道德优先的批判参照。在创作过程中，托尔斯泰的倾向非常明显，他偏爱罗斯托夫一家，罗斯托夫一家最后该得到的都得到了，即爱情、财富以及子孙满堂，而生活在都市中的贵族则遭到了批判。莫斯科不如乡村，彼得堡不如莫斯科，而法国比彼得堡还要差些，还要有害。作品中生活在彼得堡的库拉金家族，毫无爱国之心，只知贪图享乐和安逸。海伦及哥哥阿纳托利的偶然离世，恰恰表明了作者的臧否态度。拿破仑也不例外，他的疯狂、他那置千万人生死于不顾的个人野心，正是西方文明的产物，是远离土地的工业文明的结果。遭贬隐居乡间的博尔孔斯基家族也受到了托尔斯泰的嘲

---

① [俄]列夫·托尔斯泰：《战争与和平》，刘辽逸译，第680～681页。

讽。老博尔孔斯基的刻板古怪与老罗斯托夫的慷慨好客、玛丽亚的矫揉造作与娜塔莎的单纯热情、安德烈的虚荣自负与尼古拉的谦逊朴实等形成鲜明对照，前者的财产最终归于一向为自己所鄙视的后者，似乎也表明了托尔斯泰的态度。狩猎的场景也说明，那片广袤的土地，即俄国人生于斯、活于斯、葬于斯之地，是容不得别人来侵犯的，这就是俄国人民奋起反抗法国入侵的原因。我们可以看到，越是生活在中下层的官兵，越是接近大地的人，他们的爱国热情就越高，库图佐夫正是民意的代表。这一切在申格拉本战役和波罗金诺战役中得到了典型表现，这两场战役之所以取得胜利（当然波罗金诺战役更多是精神上的胜利），主要是因为俄国中下级军官士兵作战勇敢。俄国士兵同仇敌忾、不怕牺牲的大无畏英雄气概，连经历过最惨烈战争场面的拿破仑都为之震惊，这种爱国热情恰恰来自俄国人民对故土的深厚感情。

更为重要的是，对土地的崇拜即是对生命力的崇拜，因为大地孕育了万物，万物的生长繁衍无不靠大地。在托尔斯泰笔下，那些心灵美好的人、善于反思自己生活的有智慧的人，都是一些生命力旺盛的人，也都是一些紧紧依靠大地的人；而那些品质低下、生活贪婪、毫无道德感的人，都是一些生命力比较弱的人，也是远离土地、缺乏根基的人。托尔斯泰相信"自然至善"。关于"自然至善"，他早在 1847 年 4 月 17 日的日记中就作了解释："人生的目的是尽一切可能促使一切存在着的东西得到全面发展。当我从自然界的角度来谈的时候，我看到自然界的一切都在不停地发展，它的每一个组成部分在无意识地促进其他组成部分繁荣发展。人类既然也是自然界的一个组成部分，而且是富有意识的一个组成部分，那么同样应该像其他组成部分那样，不过是有意识地利用自己的精神天赋，努力使一切存在着的东西得到发展。"①

托尔斯泰用这一"理论"塑造了一系列成功的人物形象，如皮埃尔，他有一颗金子般的心，也是一个不断反思生活、不断超越自己的人，而这些都源于他那具充满生命力的躯体。皮埃尔长得胖胖的、高高大大的，是个跟着感觉走的人。皮埃尔虽然走过一些弯路，屈服于一些诱惑，但是旺盛的生命力使他能够保持良好的品格而不至于堕落。不期而遇的财富地位、因海伦早逝而轻易摆脱掉的不幸婚姻、总是化险为夷的冒险、最终获得爱情的团圆结局，都说明作者对皮埃尔的厚爱。

安德烈是一位秉性刚直、善于思考的优秀青年，与皮埃尔相对照的是，他有

① 《列夫・托尔斯泰文集》第 17 卷，陈馥等译，第 5～6 页。

坚强的意志力、明确的奋斗目标、旺盛的精力。他能够不断进行反思和超越，这与其接触罗斯托夫家族的人有关（接地气），特别是与娜塔莎对他的影响有关。可以说，生活在乡村的罗斯托夫家族似乎是一片精神家园，所有来到这里的人都会得到精神洗礼。可惜的是，骄傲的安德烈最终离开了罗斯托夫家，最后失去了生命，如果不是临终前有娜塔莎的安慰，他的死将是非常凄惨的。

库拉金家族甚至包括拿破仑在内，都是一些灵魂空虚、道德堕落的人，虽然看似生机勃勃，如海伦美若仙子，阿纳托利风流倜傥，拿破仑精力充沛，其实这是一种错觉，在托尔斯泰看来这不是生命力，而是一种欲望。生命力是健康的，能够满足心灵的需要，是真善美的统一，是可爱的；而欲望服从于感官需要，是病态的、消极的，是非心灵的、非心智的，是可怕的。与生命力相关的还有生殖力，因为生命力的旺盛还表现为生命的繁衍。罗斯托夫家族人丁兴旺，娜塔莎简直就是一架生育机器；而库拉金家族则走向了枯竭和毁灭，博尔孔斯基家女性还出现了因难产而死的现象，这似乎也在暗示其家族的生命力还不够旺盛。作品中还有一个细节，这就是索尼娅为了让尼古拉娶到有很多陪嫁的玛丽亚公爵小姐，使罗斯托夫家族走出困境，主动退出与尼古拉的婚约，这种富有自我牺牲精神之举不仅未得到作者的嘉许，反倒受到了揶揄。托尔斯泰借用娜塔莎之口评价索尼娅是一朵只开花不结果的荒花，还借用《圣经》上的话说："有的还要加与，没有的连他已有的也要剥夺。"[①]娜塔莎的无情恰恰反映出作者对生命力尽情张扬的肯定，"天地之大德曰生"，那种违背生命力的行为准则只不过是世俗的道德，而这种道德实际上是不道德。

总之，大地成了生命力的策源地，所有接近土地的人，其生命都得到了张扬，其灵魂都会发生变化并实现超越；而远离它的人，则会走向反面，这种对比典型地体现了托尔斯泰对大地的浓厚崇拜情结。

第二节　托尔斯泰的大地在颤动

如果仅仅认为托尔斯泰是一位主张回归自然的卢梭主义者，或是一位简单的自然主义者、大地崇拜者，那就大大低估了托尔斯泰思想的深刻性和复杂性。托尔斯泰之所以伟大恰恰在于他既对大地有所崇拜，也存在着疑虑；既信奉"自

---

① [俄]列夫·托尔斯泰：《战争与和平》，刘辽逸译，第1506页。

然至善”,也看到自然有“至恶”的一面。社会在发展,人的主体意识和个体意识在觉醒,大地既带来了丰富的物质供养和精神慰藉,也带来了贫瘠、蒙昧与偏狭,这正是托尔斯泰在对大地崇拜的同时也感觉到大地在颤动的原因。

其实,罗斯托夫一家热闹狩猎场面的背后还潜藏着某些悲凉的东西。首先,由于这场狩猎是在罗斯托夫家族日益凋敝的情况下进行的,因此与以往狩猎相比,如今的狩猎似乎有些例行公事的意味,其表面的热闹也难掩家族经济的窘迫。关于这一点,作者也没有忘记“提醒”书内的尼古拉和读者,即他借一同打猎的邻居——贵族伊拉金之口对尼古拉说:“伯爵,你们家的收成也不怎么样?”①这短短的不经意的一句话,不仅道出了罗斯托夫一家经济状况不佳,而且道出了整个贵族阶层的经济困境。在宗法文明向现代工业文明转型的过程中,农业走向凋敝、贵族走向破产是一种大趋势,因为农业文明对抗不过工业文明。虽然土地依然肥沃,田野依然广袤,山峦依然起伏,河流依然奔流,但大地已不再能承载和养育生活于其上的人,由此作者不能不陷入以往对土地崇拜的质疑。托尔斯泰,这位文学中的安泰,已经感到脚下的大地开始颤动,此时的大地已经不能继续为人们提供源源不断的物质资源和精神资源以应对这个变动不居的时代,这一点从收获的猎物也可以看出。这么一场人数众多的、热闹的狩猎行动,收获的仅是一头老狼,大自然的馈赠不免有点吝啬。更多的狼群呢?更多的黑熊呢?更多的野兔呢?他们都到哪里去了呢?

其次,这种境况还表现在娜塔莎身上。先前还沉浸在乡村歌舞欢乐中的贵族小姐,在舞蹈一结束立马就陷入对未婚夫的思念中去了。这种思念已不再是单纯的单相思,而夹杂着对未来生活的焦虑和恐惧以及随之而来的精神空虚。娜塔莎怎么能够焦虑呢?怎么能够空虚呢?我们不是有大地吗?不是有狩猎和民间舞蹈吗?不是有未婚夫吗?古典心灵是和谐宁静的,是充实的“天人合一”,怎么能有焦虑和空虚这类现代工业社会才会出现的病态情绪呢?看来大地再也抚慰不了娜塔莎这颗年轻的心,她对现状不再满足,而是要抒发自己的个性,渴望自由,尽管此时她还不知道何谓自由。后来的事实证明,单纯、漂亮的娜塔莎——作者眼中乡村文明的代表——走进彼得堡后,竟禁不住诱惑,不顾个人与家族的名誉,要跟阿纳托利私奔甚至甘愿做这位“花花公子”的奴隶。②这真有点匪夷所思,难道乡村文明就这样不堪一击吗?大地的力量去哪里了?

① [俄]列夫・托尔斯泰:《战争与和平》,刘辽逸译,第670页。
② 参见[俄]列夫・托尔斯泰:《战争与和平》,刘辽逸译,第768页。

作品中，娜塔莎的婚变不亚于一场大地震，她带来的是作者对大地崇拜的危机，以及恒定价值的混乱。这种危机与混乱使得安德烈、阿纳托利、皮埃尔等都走向那绞肉机般的波罗金诺战场，其结果是安德烈、阿纳托利战死沙场，皮埃尔看到战争的惨烈之后要刺杀拿破仑，结果被俘差点被枪毙。

为什么娜塔莎要鬼使神差地背叛婚约？为什么所有人自此都出现了精神骚动？是大地出了问题还是古典情感不再能安慰人了？其实，古典情感不能安慰人就是大地出了问题。因为与大地崇拜的情感相伴而生的是一种宗法情感，它追求的是人与自然的“天人合一”和个体心灵的宁静和谐，可是随着近代工业文明的到来，生产力迅猛发展，作为主体的人征服自然的能力得到了较大提升，主体自我和客体自然、个体独立与社会集体的对立成为社会发展的必然。古典情感尽管宁静和谐，但也是薄弱的，缺乏真正的生命力，其和谐是以忽视和压抑个体自我的存在发展为前提的。娜塔莎的婚变其实与道德无关，而是与缺乏个性有关。此前娜塔莎爱过很多男子，先是鲍里斯，后来是一个会唱歌的艺术家，再后来是杰尼索夫，到安德烈已经是第四个了，至于娜塔莎再爱上阿纳托利也是可以理解的。爱情是现代社会里男女个性自由的表现，在古典氛围中长大的娜塔莎缺的恰恰是个性，而没有启蒙理性培养的个性诉求很容易滑向欲望满足。面对古典和谐的弊端，美学家周来祥总结道：“但古典的中和之美，既是未经分化的古代人的创造，又是原始的、素朴的、单纯的，在封闭的圆圈中发展的。它不丰富，不复杂，承受不了尖锐剧烈的冲突，它的完满恰恰建立在古代人不完满的基础上。古代人曾经认为自己是完满的，但那种完满是未经裂变的原始的低层次的完满，与现代自由人的完满不可同日而语。”[①]近代以来，主体逐渐强大，个性也逐渐受到关注，“天人合一”的局面被打破了，宁静致远的和谐心态也将不复存在，这时的“个性”往往被视作“恶”的力量。“个性”之所以会被称为“恶”，是因为它要突破古典局面所体现的“伪和谐”，要切断和大地的精神联系而成为“自我”。但这个“恶”是有力量的，是具有存在合理性的，它意味着个体觉醒后对自由的向往，正如康德所说的：“自然的历史是从善开始的，因为它是上帝的作品；自由的历史是从恶开始的，因为它是人的作品。”[②]马克思在引述黑格尔对“恶”的论述时说：“在黑格尔那里，恶是历史发展的动力借以表现出来的形式。”[③]“恶”使个体告别了自然，并逐渐强大起来，只有这样，人才能成为适应

---

① 周来祥：《辩证和谐美学与审丑教育》，《文艺研究》2003年第4期。

② ［德］康德：《历史理性批判文集》，何北武译，第68页。

③ 《马克思恩格斯选集》第4卷，第223页。

现代社会生活的现代人。托尔斯泰的伟大之处恰恰在于他包容了这种恶，甚至有些怂恿这种恶，因而才会让娜塔莎飞蛾投火般爱上一个“花花公子”而弃婚约如敝屣，才会让安德烈为了荣誉而鬼使神差地两度上战场，才会使皮埃尔不断反省却又不断沉迷于酒色，才会借他人之口来指责牺牲个人婚姻幸福的索尼娅。

虽然托尔斯泰不一定具备近代启蒙理性思想，但是他让笔下的主人公去尽情地张扬自己、释放自己，去顺应自然，这便和启蒙理性所要求的张扬个性相吻合，尽管这种吻合可能是不自觉的。正是因为托尔斯泰对他笔下的人物有着近乎放纵的宽容，他们才会焕发出耀人的艺术魅力。但这一切又都是以托尔斯泰越来越困惑和越来越矛盾为代价的，这样做他将失去“天人合一”，失去大地，而失去了大地则意味着失去物质资源和精神资源，失去情感寄托和精神信仰，最重要的还要失去感受和表达世界的方式。没有这一切，艺术创作也将随之失去，因而托尔斯泰只能试图寻找一种新的信仰方式来代替对大地的崇拜。

第三节　托尔斯泰寻找新的大地信仰

魔鬼一旦逃出瓶子就很难被收回，个性一旦得到张扬就很难再屈服于压抑，崇拜大地的感情一旦发生危机就很难再回到单纯的崇拜中去，人如何做才能顺应“自然至善”而避免弯路已成为一个问题，那么剩下的就只有寻找新的“大地”。这个新的信仰，便是千百年来俄罗斯民族一直信仰的基督，只是托尔斯泰在对大地的崇拜中一度将其遗忘了，如今还得尝试着皈依它。

于是乎，《战争与和平》中的主人公开始异常关注起上帝来了，而这一切又仿佛是从娜塔莎婚变后开始的。婚变后的娜塔莎身心受到极大的打击，差点丧命，后来身体痊愈不是因为服药，而是靠着不断向上帝祷告。作品中较为详细地描写了娜塔莎面对圣母像的所思所为：

> 在这伟大的不可知的事物面前，娜塔莎总有一种前所未有的谦卑感觉。当她听懂了祷词的时候，她那带有个人色彩的感情就和她的祷词融合起来；当她听不懂的时候，她更愉快地想到，想懂得一切的愿望是值得骄傲的，懂得一切是不可能的，只要相信和皈依上帝就行了，因为她觉得，此时此刻上帝支配着她的灵魂。她画十字，鞠躬，当她对自己卑劣的行为感到恐惧，弄不明白时，只求上帝宽恕她，宽恕她的一切，对她发慈悲。最能使

> 她全神贯注的是忏悔的祷告。……这时她体验到一种前所未有的感情，她觉得有可能改正错误和有可能过一种纯洁、幸福的新生活。[①]

骄傲的安德烈在波罗金诺战役中再次负伤面临死亡时在上帝和爱之间找到了关联："我体会到那种作为灵魂本质的不需要对象的爱。我现在就体会到这种幸福。爱邻人，爱自己的敌人。爱一切——爱上帝所体现的一切。"[②]皮埃尔也是被俘后在一个名叫卡拉塔耶夫的农民的劝说下皈依了上帝。一向很少思考的尼古拉也在玛丽亚公爵小姐宗教情感的感染下有"婚变"的苗头——疏远索尼娅，"于是不由得在心里把两者作一个比较：论精神的天赋，一个是贫乏的，另一个是丰富的，而这种精神天赋正是尼古拉所缺少，因而对它是非常重视的"[③]。尼古拉"一想起玛丽亚公爵小姐，怜悯之情就油然而生，他开始祷告，他长久没有做过这样的祷告了。泪水涌到眼睛和喉咙里……"[④]就这样，安德烈、皮埃尔、尼古拉等都走向了回归上帝之路。

到这里我们可以说，托尔斯泰上帝思想的复活，恰是其大地崇拜信仰危机导致的结果。那么，托尔斯泰真的愿意离开大地吗？真的愿意失去古典时代共同体生活的脉脉温情吗？真的想用"上帝"来代替"大地"吗？问题并不是那么简单。1869 年，《战争与和平》即将创作完成，托尔斯泰遭遇了两次思想挑战：一是阅读了叔本华的悲观哲学，二是发生了众所周知的"阿尔扎马斯的恐惧"。两者对人生悲观的看法和呈现，把托尔斯泰抛出了日常的生活轨道，其精神危机达到了总爆发的程度。面对死亡，托尔斯泰不像果戈理那样感到这是上帝的一种召唤，也不像陀思妥耶夫斯基那样神情坦然地拿起《圣经》去阅读其中的《福音书》，更不像后来的尼采那样走向轰轰烈烈的诗意的死亡，而是像卢梭一样再次回归古典"共同体"社会的温暖怀抱，以取消个体的方式来解决个体生存的危机问题。如果仔细分析就会发现，托尔斯泰的上帝不是真正宗教意义的上帝，也不是个体人格独立后的精神慰藉和终极关怀，无非是对宗法制生活规范的一种改造。托尔斯泰上帝观的核心就是"道德上自我完善"，是"爱"，就是要爱人如己，其实这不过是古典共同体社会所追求的一种道德伦理。维持宗法的共同体社会恰恰需要抑制个体，压制个性的恶，并宣扬无私的爱。托尔斯泰恋恋不舍的仍然是大地，因为大地是诗性的、自由的，是创作灵感的源泉，而外在于大

---

① [俄]列夫·托尔斯泰：《战争与和平》，刘辽逸译，第 876 页。
② [俄]列夫·托尔斯泰：《战争与和平》，刘辽逸译，第 1218 页。
③ [俄]列夫·托尔斯泰：《战争与和平》，刘辽逸译，第 1254 页。
④ [俄]列夫·托尔斯泰：《战争与和平》，刘辽逸译，第 1255 页。

地崇拜的宗法道德却是僵硬的、教条的。托尔斯泰只能做如是选择了,即只能让娜塔莎投入宗法文明的怀抱,即使这时的大地已经颤动,宗法文明已经残缺,但他还是执拗地这样做下去,以至于娜塔莎变成了这样的女性:

> 娜塔莎是一八一三年初春结婚的,到一八二〇年她已生了三位千金,还有一个她长期盼望、现在由她亲自喂奶的儿子。她发胖了,身体变宽了,从现在这个健壮的母亲身上,已经很难找到当初那个苗条活泼的娜塔莎来了。他的面部轮廓分明了,露出一种宁静、温柔、开朗的表情。她脸上再也没有先前那种赋予她魅力的熊熊燃烧的青春活力了。现在只能看到她的躯体,再也看不到她的灵魂了。看到一个健壮、美丽、多产的女人。昔日的热情现在也很少燃烧了。①

这样,单纯的、欢快的、有灵性的娜塔莎最终变成了一个毫无生气的生育机器。

娜塔莎如此,执拗的、常常自以为是的安德烈就只有战死沙场的份了,而皮埃尔这位勤于思考的人也只能"归顺"娜塔莎,并在后者的"监督"和"指导"下生活。至于尼古拉,他成了托尔斯泰笔下回归宗法制生活的榜样,就连一向经营不善的庄园也奇迹般地扭亏为盈。那么,尼古拉是怎样做到的呢?

> 尼古拉是一个普通的地主,他不喜欢新的经营方法,特别不喜欢当时流行的英国那套办法,他嘲笑有关农业理论的文章,他不喜欢工厂,不喜欢贵重的作物,他根本不单独经营农业的某一部门。他的目光总是盯着整个庄园,而不是庄园的某一部门。在管理庄园中主要的事物不是土壤和空气中的氮气和氧气,不是特别的犁和粪肥,而是使氮气、氧气、粪肥、犁起作用的那个主要工具——也就是农业劳动者。当尼古拉着手管理庄园,深入了解它的各种部门的时候,最能引起他的注意的是农民;在他看来,农民不仅仅是工具,而且也是目的和裁判者。……他赞成农民的家庭保持最大的规模,不赞成分家。他对懒汉、浪子和无用的人,决不宽贷,尽可能把他们从集体中驱逐出去。……然而他却是用整个心灵爱"咱们俄国农民",爱他们的风俗习惯,正因为这样,他才能了解和吸取富有成效的经营方法和方式。②

考虑到这一系列看不起科技、轻视管理、强化农奴制制度、抑制分家、忽视个人

① [俄]列夫·托尔斯泰:《战争与和平》,刘辽逸译,第1513页。
② [俄]列夫·托尔斯泰:《战争与和平》,刘辽逸译,第1500～1501页。

发展的保守乃至有些反动(考虑到该书完成时农奴制已经被废除)的措施,很难想象尼古拉会在农业上"取得最辉煌的成就",这只不过是作家对土地、乡村、农业的一种偏爱,以及对大地崇拜危机的极力掩饰。托尔斯泰还是难以割舍对大地的强烈情感,以至于失去了最起码的判断力,而变得"独断专行"起来,因为他需要大地,也必须站在大地上,并尽可能地控制住大地的颤动。

安泰的大地已经颤动,其结果必然是安泰被大力神赫勒克勒斯高高举起进而被杀死;而托尔斯泰的大地也在颤动,其结果也必然是精神危机、信仰转移。这便是托尔斯泰对大地崇拜的生命张扬与遵守宗法制道德规范之间的矛盾,不过他的大地崇拜情感此时仍占有主导地位,因而这种矛盾非但没有把他打倒,反倒激发出他近乎诡谲的创作灵感,创作出了"当代《伊里亚特》"式的《战争与和平》。

第四节　托尔斯泰非宗教意义上的上帝观

如上一节所述,托尔斯泰的上帝还不是真正宗教信仰意义的上帝,只不过是大地信仰的一种变种。托尔斯泰上帝观的核心是"爱",就是要爱人如己,其实这是一种古典共同体社会所追求的一种道德伦理。托尔斯泰带着这种矛盾复杂的心情,进入了《安娜·卡列尼娜》的创作。

《安娜·卡列尼娜》写的是两对男女主人公的爱情故事,一个发生在彼得堡、莫斯科,一个发生在莫斯科和农村。这本来是两个爱情故事,彼此的关联也不太大,但托尔斯泰把二者结合在一起,读后反倒有种珠联璧合的美感。作品结构严谨完整,其实得益于作者的大地崇拜情结。列文的故事发生在乡村,而安娜的故事虽然发生在都市,但她的根基却与大地紧密相连。如果不讲述列文的故事,那安娜的故事就很难说得清楚,就像我们不先断定植物的性质就很难断定花的属性一样。《安娜·卡列尼娜》是托尔斯泰对大地既崇拜又意识到其存在着危机这种矛盾心情的延续,而爱情挫折经历以及安娜的悲剧恰恰是作者大地崇拜情结出现危机的结果。托尔斯泰是一位乡村作家,是一位充满浓厚农民意识的作家,他只有站在大地上才能看到世界、解释世界,才能创作出这样一部被陀思妥耶夫斯基称为"尽善尽美"且在欧洲"独一无二"的作品。西欧科技发达,早就斩断了人与自然的联系,也就阻断了对人的主体性的全面开拓,而托尔斯泰恰恰得力于此。综观《安娜·卡列尼娜》整部作品,我们不能不说,如果没有列文的故事,安娜的故事就很难讲述;同样,没有安娜的追求及其悲剧结局,也就没法理解列文的苦恼。这就是作品以安娜始、以列文终的原因。

列文和基蒂的爱情与托尔斯泰的大地崇拜有关,这是很容易理解的。列文是乡村文明的代表,正像奥布隆斯基所说的:“他有诚实忠厚的性格和黄金一般的心。”[①]而基蒂由于虚荣心作祟,走过一段爱情弯路,但她最终又回到了列文身边,这种结局显示了大地的力量。列文看着有些土气,穿着也不兴时,性格有些木讷,农事方面更是不顺利,但所有这些都掩盖不了他的一大优点,即他是可靠的,就像大地一样坚实可靠。安娜和沃伦斯基虽然生活在大都市,但他们的结合也与大地崇拜有关。因为对大地的崇拜即是对生命力的崇拜,生生不息是大自然最为本质的属性。安娜与沃伦斯基之所以能够产生爱情,恰恰在于他们都有健康的身体、充沛的精力和旺盛的生命力。对于生命力的赞美就是对人的主体精神的高扬,暗合了资产阶级意识形态,因而很多人会把安娜的爱情追求看作是受了资产阶级思想的影响。其实,托尔斯泰本人是绝不会想到这一点的,他对资产阶级价值观深恶痛绝,只知道大地的力量就是生命力,个体只有具有生命力并成为健康的人,其品性才会趋近真善美。这看似简单朴素的道理,却是作家价值观和创作观的实质。

再看看托尔斯泰是如何用这种观点塑造人物的。先看安娜形象塑造的特点。安娜和沃伦斯基在车站相遇,“在那短促的一瞥中,弗龙斯基已经注意到有一股压抑着的生气流露在她的脸上,在她那亮晶晶的眼睛和把她的朱唇弯曲了的隐隐约约的微笑之间掠过,仿佛有一种过剩的生命力洋溢在她整个的身心,违反她的意志,时而在她的眼睛的闪光里,时而在她的微笑中显现出来。她故意地竭力隐藏住她眼睛里的光辉,但它却违反她的意志在隐约可辨的微笑里闪烁着”[②]。沃伦斯基(引文中译为“弗龙斯基”,下同)眼中的“过剩的生命力”也就是旺盛的生命力,即安娜诚实、真诚品质的“物质”基础,也是其不安现状、追求个性解放的原因。这两点通过基蒂眼中的安娜也得到了体现。在基蒂眼中,“安娜不像社交界的贵妇人,也不像有了八岁孩子的母亲。如果不是眼神里有一种使基蒂惊异而又倾倒的、非常严肃、有时甚至非常忧愁的神情,凭着她的举动的灵活,精神的饱满,以及她脸上那种时而在她的微笑里,时而在她的眼眸里流露出来的蓬勃的生气,她看上去很像一个二十来岁的女郎。基蒂感觉到安娜

---

① 《列夫·托尔斯泰文集》第9卷,周扬译,第79页。

② 《列夫·托尔斯泰文集》第9卷,周扬译,第81页。

十分单纯且毫无隐瞒，但她心中却存在着另一个复杂的、富有诗意的更崇高的境界，那境界是基蒂所望尘莫及的”①。作为少妇，安娜仍然青春勃发，特别是那“富有诗意的更崇高的境界”，恰恰是生命力张扬的境界。基蒂还看到了安娜的另一面：“某种超自然的力量把基蒂的眼光引到安娜的脸上。她那穿着朴素的黑色衣裳是迷人的，她那戴着手镯的圆圆的手臂是迷人的，她那挂着一串珍珠的结实的脖颈是迷人的，她的松乱的鬈发是迷人的，但是在她的迷人之中有些可怕和残酷的东西。”②这种“可怕和残酷的东西”，恰恰是安娜个性的“恶”之所在，只有这种“恶”的力量，才能把人从自然和集体中解脱出来，使之获得独立。因此，安娜的美才会超过基蒂并使沃伦斯基对其一见倾心。

不仅如此，托尔斯泰在塑造沃伦斯基时也强调了这一点。在列文的眼中，“弗龙斯基是一个身体强壮的黑发男子，不十分高，生着一副和蔼、漂亮而又异常沉静和果决的面孔。他的整个容貌和风姿，从他剪短的黑发和新剃的下颚一直到他宽舒的、崭新的军服，都是又朴素又雅致的”③。这里的“身体健壮”也表明了沃伦斯基生命力的旺盛，这就是他能够发现安娜的美并不顾一切追求她的原因。沃伦斯基对安娜是热情的、诚恳的、忠诚的，旺盛的生命力使得他主动追求真善美。没有生命力就没有对真善美的追求，也就没有爱，这就是托尔斯泰的逻辑，也是其创作的特点。当然，沃伦斯基的生命力与安娜相比，还是弱了些，这也是沃伦斯基仅是安娜的“陪衬”角色的原因。

与生命力旺盛的安娜和沃伦斯基相比，卡列宁的生命力则是衰朽的、枯萎的。卡列宁身材瘦小、枯干，头发谢顶，说话尖声细气，长着两个扇风耳朵，习惯把手指扳得咔咔响，安娜一见到他就会产生生理厌恶感。卡列宁这样衰弱的身体，是反自然的。依照托尔斯泰的逻辑，这种衰弱的身体只能匹配假恶丑的品性。事实上，卡列宁的确也是虚伪的和缺乏情感的。不管怎么样，在自然的审判之下，卡列宁已经站在“被告席”上，因为他和安娜的婚姻是违背自然的，即违反人性的。

下面看看安娜是怎样控诉卡列宁的。在别人替卡列宁辩解时，安娜说道：“他们说他是一个宗教信仰非常虔诚、道德高尚、正直、聪明的人；但是他们没有看见我所看到的东西。他们不知道八年来他怎样摧残了我的生命，摧残了我身体内的一切生命力——他甚至一次都没有想过我是一个需要爱情的、活的女

① 《列夫·托尔斯泰文集》第9卷，周扬译，第94页。

② 《列夫·托尔斯泰文集》第9卷，周扬译，第109页。

③ 《列夫·托尔斯泰文集》第9卷，周扬译，第66页。

人。他们不知道他怎样动不动就伤害我，而自己却洋洋得意。我不是尽力，竭尽全力去寻找生活的意义吗？我不是努力爱他，当我实在不能爱我丈夫的时候就努力去爱我的儿子吗？但是时候到了，我知道我不能再自欺欺人了，我是活人，罪不在我，上帝生就我这么个人，我要爱情，我要生活。而他现在怎样呢？要是他杀死了我，要是他杀死了他的话，一切我都会忍受，一切我都会饶恕的：但是不，他……"[①]"他不是人，而是一架机器，当他生气的时候简直是一架凶狠的机器。"[②]在这样的状况下，安娜的追求就有了合乎道德的动机，当然这里的道德是"天地之大德曰生"的大道，而非世俗的道德。如此安娜身上会出现"被压抑的情感"以及"诗性""残酷"等精神面貌，就能得到合理的解释。

有意思的是，托尔斯泰让张扬着都市生命力的安娜与张扬着乡村生命力的列文在第七部第九至十一节见面了。此时的安娜和列文都处在精神危机之中，只不过前者处在危机总爆发的前夜，而后者则处在危机化解的前夕。列文在见到安娜之前首先见到的是客厅里的安娜画像。

> 安装在墙壁上的另外一盏反光灯照亮了一幅女人的全身大画像，引得列文不由自主地注目起来。这是安娜的画像，是在意大利时米哈伊罗夫画的。当斯捷潘·阿尔卡季奇走到方格细工的屏风后面，正在谈话的男人的声音静下来的时候，列文定睛凝视着那幅画像，它在灿烂的光辉下好像要从画框中跃跃欲出，他怎样也舍不得离开。他甚至忘记他在哪里，也没有听见在谈论些什么，只是目不转睛地凝视着这幅美妙得惊人的画像。这不是画像，而是一个活生生的妩媚动人的女人，她长着乌黑鬈发，袒肩露臂，长着柔软汗毛的嘴角上含着沉思得出了神的似笑非笑的笑意，用一双使他心荡神移的眼睛得意而温柔地凝视着他。她不是活的，仅仅是由于她比活的女人更美。[③]

为什么托尔斯泰要让列文在见到安娜本人之前先见到她的画像呢？很多人大多从写作技巧来分析，实际上这里大有深意：画中的安娜不是现在的安娜，而是过去的安娜，是生命力张扬到了顶峰的安娜 ，这是一幅最具古典诗意的画像。可是如今的安娜又如何呢？列文为安娜的美所倾倒，赞叹安娜的诚实和可爱，但这种可爱里有一种残酷的、可怕的味道，这样安娜的美就超出了列文的承受

① 《列夫·托尔斯泰文集》第 9 卷，周扬译，第 381～383 页。
② 《列夫·托尔斯泰文集》第 9 卷，周扬译，第 294 页。
③ 《列夫·托尔斯泰文集》第 9 卷，周扬译，第 902 页。

范围，因为这种美存有欲望和诱惑力。对于一个脚踏大地的、淳朴老实的列文来说，也许还是画框里的安娜可爱些。

安娜又是如何看待这次重大的会面呢？“送走了客人们以后，安娜并没有坐下来，却开始在房间里踱来踱去。虽然整整一晚上她都在无意识地（就像她近来对待所有的年轻人的做法一样）施展出全部魅力来唤醒列文对自己的爱，虽然她知道她在一个晚上就做到了能使一个体面的有妇之夫倾心的地步，虽然她非常喜欢他（尽管由男人的观点看来，弗龙斯基和列文有着显著的不同，而她，作为一个女人，却在他们身上看出使得基蒂爱上了他们两个的那种共同的特点），但是他一走出那间屋子，她就不再想他了。一个思想，只有一个思想，以各种各样的形式苦苦地纠缠着她。如果我对别的人们，对这个热爱他妻子的已婚男子具有这么大的魅力，为什么他对我这样冷淡呢？”[①]看来安娜已经把生命力那种诗性的东西变成了欲望的满足。情欲代替了爱情，代替了生命的释放和由此带来的个性自由，安娜真的离大地越来越远了。不过，安娜最后还有匍匐于大地的机会，即壮烈地卧轨，安娜最后做到了，托尔斯泰也无意中成全了她。

对生命力的赞美固然是张扬人的主体性和实现个性解放的有效手段（当然托尔斯泰不一定能意识到如此高的理论），但是这种对生命力的张扬也存在着不可回避的弊端。张扬生命力固然存在着追求自由的精神维度（诗性的自然），但也不可否认生命本身就是欲望，欲望属于物质性的东西，欲望释放的背后也存在着虚无和空虚的维度。这就是为什么安娜和沃伦斯基的约会更多的是一种欲望的满足，而缺乏如《简·爱》中简与罗切斯特之间那样的精神交流。当安娜与沃伦斯基相爱时，其生命力张扬到了极点，极点也就是终点，终点也就是死亡。安娜与沃伦斯基到欧洲去旅游，沾染上欧洲文明的缺陷——自私自利的极端个人主义，于是对生命力的张扬就变成了对欲望的放纵，安娜就由娜塔莎变成了海伦。尤为关键的是，在托尔斯泰看来，此时的安娜和沃伦斯基都脱离了大地，脱离了“地气”，成了无源之水、无根之木。尽管他们回国后一直住在沃伦斯基的庄园里，不过就连这庄园都带有英国味道，已经不是俄罗斯的了。

我们再看一下安娜自杀之前的思绪：“‘我的爱情越来越热烈，越来越自私，而他的却越来越减退，这就是使我们分离的原因。’她继续想下去。‘而这是无法补救的。在我，一切都以他为中心，我要求他越来越完完全全地献身于我。但是他却越来越想疏远我。我们没有结合以前，倒真是很接近的，但是现在我

---

① 《列夫·托尔斯泰文集》第9卷，周扬译，第912页。

们却不可挽回地疏远起来；这是无法改变的。……如果，他不爱我，却由于责任感而对我曲意温存，但却没有我所渴望的情感，这比怨恨还要坏千百倍呢！这简直是地狱！事实就是如此。他早就不爱我了。爱情一旦结束，仇恨就开始了。’”[①]生命是健康的、向上的，欲望是病态的、消极的。与大地失去联系的安娜变得偏执与自私了，如何回归大地？唯有自杀。自杀是悲剧性结局，可这确实是真诚的安娜最好的结局了。

与之形成对比的是列文的婚姻，虽然也发生过危机，但是危机之后的生活却越来越稳定，这似乎是与安娜的爱情逆向发展的。列文虽然惨淡经营着农庄，可是他自始至终稳稳地站在故乡的大地上，打心底里喜欢乡村生活，喜欢农民。这样作为知识分子的农民（而不是农民知识分子）列文，和基蒂的爱情一开始就有了张扬生命力的诗意成分，虽曾陷入为满足欲望而带来的空虚，甚至一度想自杀，却没有实质性的悲剧结局。因为列文在对大地崇拜的困惑中，想起了上帝，就像《战争与和平》中的安德烈和皮埃尔。在困境中，列文忽然听到一个农民在谈论上帝，他异常激动，“一听到那个农民说普拉东为他的灵魂正直地、按照上帝的意旨活着，一些模糊的、但是意义重大的思想就涌上他的心头，好像从封锁着它们的地方挣脱出来一样，全都朝着一个目标冲去，在他的脑海里回旋着，以它们的光彩弄得他头昏目眩”[②]。列文对上帝的信仰实际上是对道德的信仰，这也符合对大地的崇拜，因为对大地的崇拜即是对宗法文明的崇拜，自然也是对道德的崇拜。也应该看到，虽然宗法道德崇拜和大地崇拜互为表里，但是两者之间还是存在着不小的差别。作为“里”的大地崇拜是诗性的、自由的，并为托尔斯泰提供着源源不断的创作灵感；而作为“表”的宗法道德则是教条的、僵硬的，会抑制托尔斯泰创作的灵感。如果说前者是安娜，那后者就是列文，因而托尔斯泰把列文置于《安娜・卡列尼娜》结尾，即表明他加快了由对大地崇拜向对道德崇拜转移的步伐。

第五节　托尔斯泰大地崇拜情结的“余晖”

大地的颤动造成了托尔斯泰情感的危机和思想的波动。在《战争与和平》

① 《列夫・托尔斯泰文集》第 10 卷，周扬、谢素台译，第 990 页。
② 《列夫・托尔斯泰文集》第 10 卷，周扬、谢素台译，第 1032 页。

中，托尔斯泰还在极力表现对大地的崇拜，虽然有所质疑但也仅是初露端倪，那么到了《安娜·卡列尼娜》就表现出大地崇拜情感的严重危机，并开始考虑选用新信仰，即宗法道德，直至晚年创作的《复活》(1889～1899)，则完全抛弃了大地而转向道德。大地崇拜是托尔斯泰创作灵感的源泉，离开大地只能使其创作的艺术性走向衰落，但在《安娜·卡列尼娜》和《复活》之间的两部中篇《伊凡·伊里奇之死》和《哈吉穆拉特》还是值得称道的，它们仍然秉承着托尔斯泰对大地的崇拜，只是这种崇拜不似先前那么强烈了，说大地崇拜的"余晖"亦不为过。

在《伊凡·伊里奇之死》这部作品中，托尔斯泰描述了主人公伊凡身患绝症后对死亡的恐惧心理，并对由此所产生的不大高尚的情感展开了剖析。该作延续了托尔斯泰以往对都市文明的否定态度。作品主人公伊凡·伊里奇是高等法院的法官，从学校毕业后一路仕途顺遂，在工作上、家庭生活中，都不会逾越分寸，始终保持着外在的形式和体面，但他的生活经历既是普通的、平常的，也是最糟糕的。伊凡的家庭生活并不幸福，与家人的关系并不亲密，工作与桥牌游戏成了他生活的主要内容。官场失意，与同事、家人关系冷淡，之后终于得到了自己渴慕的职务，获得了失意后的极大幸福。恰恰在这时，他得了绝症，并且一步步走向死亡。其间，家人开始疏远他，同事开始觊觎他的职位，可是没人关心他这个叫伊凡的人，只有健壮的仆人格拉西姆耐心地伺候他。他忽然感到人生没有意义，他惧怕死亡。听了医生的话，伊凡觉得大街上的一切都是凄凉的，现在只有佣人格拉西姆不歧视他。"等格拉西姆走到隔壁房间里去了，他便再也忍耐不住，像个孩子似的哭了起来。他哭的是自己的孤苦无告、自己的可怕的孤独、人们的残酷、上帝的残酷，以及上帝的不存在。'你做这一切是为了什么？你干吗要把我带到人世间来呢？你为什么，为什么要这么可怕地折磨我呢？……'"①"当他在早上看见佣人，然后是妻子，然后是女儿，然后是医生的时候，他们的一举一动、一言一行都证实了他在夜间所发现的那个可怕的真理。他在他们身上看到了他自己，看到了他过去赖以生存的一切，他清楚地看到这一切统统错了，这一切乃是一个掩盖了生与死的可怕的大骗局。"②

既然生活欺骗了他，那什么样的生活才是真正的生活？伊凡想象不出，他所做的只能是对所有"骗子们"的厌恶。不过，还有一个人可以信赖，就是那个叫格拉西姆的农民出身的佣人。"从此以后，伊凡·伊里奇有时就叫格拉西姆

① 《列夫·托尔斯泰文集》第4卷，臧仲伦、刘辽逸等译，第105页。
② 《列夫·托尔斯泰文集》第4卷，臧仲伦、刘辽逸等译，第111～112页。

来，叫他用肩膀扛着他的腿，并且很喜欢跟他说话。格拉西姆轻快、乐意、淳朴而且善良地做着这事，这种善良使伊凡·伊里奇深为感动。所有其他人身上的健康、精力充沛和精神焕发，常常使伊凡·伊里奇觉得反感，只有格拉西姆的精力充沛和精神焕发不但不使伊凡·伊里奇感到难受，反而使他得到安慰。”[①]

这里可以看出格拉西姆作为农民，恰恰是大地的代言人，伊凡亲近他实则是亲近大地，由此可以看出托尔斯泰依然崇拜大地的影子。伊凡的所有悲剧、他周围人的冷漠和市侩气，都源于彼得堡及生活于其间的人失去了大地的根基，成了无源之水，应了死水必腐的道理。可惜的是，对宗法道德的理性选择抑制了托尔斯泰对大地的情感，以至于伊凡对死亡的恐惧和对生活经历的反省仅仅停留在道德层面，即伊凡恐惧的不是失去生命，而是失去尊严，失去体面，死亡仍然是一件世俗的事情。正是由于托尔斯泰对于伊凡的死亡态度还处在伦理层面，因而他对伊凡的死持鄙视态度。该作的成功之处不在于显示了大地崇拜的诗性高扬，而是展现了重病患者死前的细腻心理，因而是一部茨威格式的心理小说，而非诗性小说。

《哈吉穆拉特》是托尔斯泰晚年创作中的一朵奇葩。托尔斯泰看到路边被车轮碾轧的牛蒡花时，深感此花的生命如此顽强，于是塑造了哈吉穆拉特这一英雄形象。哈吉穆拉特因与沙米尔不合，下山投奔俄罗斯人，但把自己的母亲、妻子、儿女留在了山上。俄罗斯人一接纳他，他就要求俄罗斯人帮他打败沙米尔，意图取而代之，将来归顺俄罗斯，过和平的生活。可是俄罗斯人对他缺乏信任，再加上官僚腐败，特别是因专制者的颟顸而贻误了时机，哈吉穆拉特只能单独冒险而战，最后战死。托尔斯泰不惜笔墨描写了这位正直、仗义的英雄被杀死的壮烈场面，而死去的哈吉穆拉特就像“那棵在犁过的田地里被车压的牛蒡花”[②]。

哈吉穆拉特选择凛然死去，让人想起安娜的悲壮，他们都是为自由而死，是诗性的，相比之下伊凡的死则是鄙俗的。哈吉穆拉特善良、单纯、敦厚的性格正是大地禀赋的代表与象征，他身上仍然体现着托尔斯泰的大地崇拜情结，因而该作具有史诗的品性。稍感遗憾的是，托尔斯泰描写的重心并不在于展现大地崇拜的诗性情感，而是把哈吉穆拉特当成一种对俄国上层文明阶层虚伪、奢靡生活的批判，仍然关心宗法道德的美好以及由此显示出的批判力量。因此，我

---

① 《列夫·托尔斯泰文集》第4卷，臧仲伦、刘辽逸等译，第94页。
② 《列夫·托尔斯泰文集》第4卷，臧仲伦、刘辽逸等译，第530～531页。

们只能说这两部中篇小说透露出晚年托尔斯泰大地崇拜情结的“余晖”。

第六节　托尔斯泰转向道德宗教

从《战争与和平》《安娜·卡列尼娜》两部作品可以看出，托尔斯泰的创作尽管仍站在大地上，还对大地怀有崇拜情感，诗意描写仍然偶尔见诸笔端，但是我们也不能忽视托尔斯泰自《安娜·卡列尼娜》以后逐渐离开大地而转向道德，而这一转向完成的标志则是19世纪末的长篇小说《复活》。《复活》并不是在故土庄园中创作与完成的，而是在莫斯科，这种创作行为似乎也暗示着托尔斯泰真的要离开大地了。不但创作上是这样，而且作品中的主人公聂赫留朵夫也要放弃土地了，他以放弃私有制的名义放弃了土地，做了一名传道者。

《复活》讲述了贵族聂赫留朵夫作为陪审官在一次例行的法庭审判时碰到了名叫玛丝洛娃的女杀人犯，出人意料的是该女犯竟然是其十年前的情人。青年时期的聂赫留朵夫诱奸了玛丝洛娃，致其以后不断堕落，终至被诬犯杀人罪而被判流放西伯利亚服苦役，尽管她是冤枉的。聂赫留朵夫的良心受到谴责，决心用自己的实际行动去挽救她。最终聂赫留朵夫的真诚再次打动了玛丝洛娃，玛丝洛娃不但洗心革面，改变旧习，而且再次爱上了聂赫留朵夫。仅看这个故事会觉得它是一个道德故事，是一部教育小说，并流露出托尔斯泰早年就打算创立新宗教学说的想法。托尔斯泰在1855年3月2～4日的日记中写道：“昨天关于上帝和信仰的谈话使我产生了一个极其伟大的思想，我自信能够以毕生的精力去实现这个思想，即创立一种与人类发展相适应的新宗教，是剔除了盲目的信仰和神秘的基督的宗教，是不应许来生幸福却赐予现世幸福的实践的宗教。”①这里所说的“真正的宗教”就是“托尔斯泰主义”，其内容是道德上自我完善，勿以暴力抗恶，给予他人以“宽恕”和“爱”。其实，“托尔斯泰主义”没有什么新鲜的内容，只不过是以基督教的《福音书》为基础，吸收了佛教的忍让思想、老子的无为思想、卢梭的民粹主义思想和道德理想主义等而形成的大杂烩式的道德体系，是宗法道德在新时代的新包装，只能表明托尔斯泰彻底离开“大地”而失去了诗性创作源泉。

托尔斯泰为了证明自己的这种转变仍具有艺术活力，用10年时间创作了

① 《列夫·托尔斯泰文集》第17卷，陈馥等译，第63页。

《复活》,并调动了他所有的艺术技巧,但这部作品的艺术成就并不高,甚至引起了一些作家、批评家的指责,招致这么多批评的状况是托尔斯泰以往的作品从没有遇过的。可以说,托尔斯泰离开了脚下的大地,被济世劝谕的功利思想高高举起,从而失去了以往来自大地的源源不断的创作灵感。和《复活》创作同时期或之后的一些中篇小说,像《克莱采奏鸣曲》《魔鬼》《谢尔盖神父》和《舞会之后》等艺术性都不甚高,甚至创作了《雇主与雇工》这种带有寓言性质的类小说,让人不得不为托尔斯泰离开大地后的创作情状深感忧虑和惋惜。

总起来看,托尔斯泰之所以取得如此巨大的文学成就,就在于他脚踏大地,即对大地的崇拜赋予其创作以诗性和灵性,大地崇拜情感发生动摇与寻找新的信仰(宗法道德)的矛盾复杂心情反倒深化了作品的内涵,而完全离开大地则使其创作失去了来自大地的创作滋养。安泰一旦离开大地就必然倒下,作为作家的安泰——托尔斯泰——不也是这样的悲剧结局吗?他离开故土出走而客死异乡,不也具有极大的象征意义吗?

附录　屠格涅夫和托尔斯泰自然观之不同及其对各自创作的影响

“自然”本是欧洲传统社会中自然科学研究的对象，但到了18世纪却突然获得了极高的价值，由自然科学一变而具有了社会科学性质和人文科学性质。人终于意识到自己不过是大自然的产物而非上帝的创造物时，看待事物的视角便由上帝转向自然。这种转变的意义是巨大的，是一次“哥白尼式的革命”。可以说，从自然的角度认识人及世界，不但意味着对个体认识的深化，而且人的世界观、价值观、宗教观和创作观也发生了巨大变化。19世纪的俄国作为后起的文学大国，之所以在文学上取得后来居上的成就，首先得益于这种新观念即自然观的“引进”。从普希金、果戈理、冈察洛夫、屠格涅夫到托尔斯泰，这一被称为“自然派”的小说家，构成了俄国文学繁荣的格局，奠定了俄国文学在世界文学史上的地位。当然，上述作家虽都崇拜“自然”，但受个人出身、家庭教养、人生阅历以及价值观的影响，他们的自然观也存在着较大差异，进而呈现出不同的创作风格。为了研究上述作家的创作状况，有必要了解他们之间自然观的不同。但受篇幅所限和意义使然，此处只选择其中两个具有代表性的人物——屠格涅夫和托尔斯泰，比较二者自然观的不同，以此探讨各自的创作倾向。具体来说，将从以下三个方面分析两人对自然的不同理解，并指出其对创作的影响。

首先，屠格涅夫和托尔斯泰对于自然的本质有着不同的认识。屠格涅夫认为，自然既有善的一面，也有恶的一面，是善恶一体；而托尔斯泰则认为，自然在本质上是善的，并且是至善的，它是人类力量和道德的源泉。

屠格涅夫的自然观，本质上是把自然当成对象，因此自然便具有善和恶两副面孔。这种观念曾在他的《前夜》中借主人公伯尔森涅夫之口得以体现：“自然在我们心里唤起的该是多么奇妙的感情呵！在自然里，一切都是那么完全，那么明确，我的意思是说，一切都那么满足于自己；我们明白这一点，也赞美它，可是……同时至少在我，它往往引起一种惶恐感，甚至忧郁。”[①]另外，在散文诗《大自然》中，屠格涅夫借自然女神之口，表达了同样的观念。自然女神说：“所有的生物都是我的孩子，我一视同仁地关怀它们——也一视同仁地毁灭它们。”[②]正是由于这样的自然本质观，屠格涅夫才能够通过自然环境描写来表现人的自然情欲变化，这一点表现在他对爱情的理解上。一方面，屠格涅夫认为爱情是一种美好的情感，能够唤起人对真善美的追求、对美好生活的向往，因此他笔下的美丽贵族女性，总是爱上较为优秀的贵族青年，他们在思想上往往是“进步者”“改革家”，总之是站在时代桥头的人。如娜塔莉娅与罗亭、叶莲娜与英沙诺夫、丽莎与拉夫列茨基，就连《父与子》中的女贵族地主奥津佐娃竟然不顾虑巴扎罗夫的平民身份，一度对他有过爱意。另一方面，屠格涅夫又认为爱情在本质上仍是一种自然情欲，隐藏着自然的最终目的。屠格涅夫觉得在这种自然力面前，人类显露了自身的渺小，为了保持最后一点可怜的尊严，只有蔑视它、否定它。因此，屠格涅夫笔下的男主人公，或者说这些“思想者”们，总是在爱情未到来之时期待它，呼唤它，在爱情到来之时却犹豫、彷徨起来，甚至逃避它。可以说，屠格涅夫笔下的爱情总是有始无终，最后给人留下很多遗憾。特别是这种自然情感的变化是通过自然环境来体现时，就会自然而然地形成一种含蓄忧郁的意境之美。当然，这又不完全等同于中国古典文学中的“意境”说。中国古典美学范畴的“意境”，仅是一种修辞手法。在屠格涅夫看来，自然环境的变化不过是人的自然情欲的外在表现，它们从本质上来说是一致的。自然环境本身也有着极强的生命力，正如普列汉诺夫所说：“在我们的这位伟大艺术家（按：屠格涅夫）笔下，大自然不是被‘描绘’出来，而是‘活’了起来，有时就像一个出场的人物。”[③]这一点，正是中俄自然观的差异所在。

托尔斯泰把自然看成是一种至善，认为它既是人的生命智慧之源，也是人的道德和精神之源，进而指出，凡是符合自然的东西都是善的，凡是违逆自然的东西都会导致虚伪和罪恶，并被自然淘汰，因为自然是真善美的化身和象征。托尔斯泰在 1858 年 1 月写给亚・托尔斯塔娅的信中提及他和自然和谐相处、互相愉悦的一件事：“前几天，我按自己的习惯弹奏海顿的奏鸣曲，其中有六度音，突然从院子里和姑母的房间里（它养了金丝雀）传来鸣叫声，与我的六度音

① ［俄］屠格涅夫：《前夜・父与子》，丽尼、巴金译，北京：人民文学出版社，1979 年，第 8 页。

② 《屠格涅夫自传》，朱宪生译，南京：江苏文艺出版社，1998 年，第 317 页。

③ 《普列汉诺夫哲学著作选集》第 1 卷，北京：三联书店，1974 年，第 609 页。

混杂在一起,我停止弹奏,它们也不啼鸣了。我开始弹奏,它们又唱起来。这样弹弹停停,玩了三个钟头左右。阳台是露天的,夜是温暖的,青蛙按自己的方式活动着,守门人在尽着自己的责任——这一切太好了!……虽然也有比这更加感到幸福的时刻,但却没有比这种幸福更加充实、更为和谐的了。"①

自然不但给人以力量,使人精神快慰,还启发人们对道德问题和宗教问题进行思考。对于这一点,托尔斯泰在《战争与和平》中描写安德烈受伤后的人生"顿悟"上最为典型。安德烈出身世袭大贵族,特别看重荣誉、责任,但他受伤躺在地上仰望天空时,看到"上面除了天空什么也没有——高高的天空,虽然不明朗,却仍然是无限高远,天空中静静地漂浮着灰色的云。'多么安静、肃穆,多么庄严,完全不像我那样奔跑'……为什么我以前没有见过这么高远的天空?我终于看见它了,我是多么幸福。是啊!除了这无限的天空,一切都是空虚,一切都是欺骗。除了它之外什么都没有,什么都没有。甚至连天空也没有,除了安静、肃穆,什么也没有"②。自然的永恒反衬出现实的短暂,自然的宁静反衬出世俗的喧嚣。在这里,自然呈现出一种道德力量。

托尔斯泰更肯定乡村生活而否定都市生活,如对《战争与和平》中的四大家族,他特别赞赏生活在乡间的罗斯托夫家族。尽管罗斯托夫家族经济拮据,但无论是尼古拉的忠勇、娜塔莎的纯洁,还是索尼亚的无私,都给人留下深刻的印象。托尔斯泰让皮埃尔娶了娜塔莎,让博尔孔斯基家族的女继承人玛丽亚嫁到罗斯托夫家族,这一切都显示出他对乡村贵族的偏爱。当然,这种倾向在其他作品中也有体现。由此可以看出,与屠格涅夫近似西方的自然观相比,托尔斯泰对自然的看法更具有东方色彩,他的"自然"更类似于某种道德尺度,更接近于中国传统社会中的"天"。因此,托尔斯泰笔下的自然环境具有雄浑、高远、粗犷、豪放的壮美,能纯洁人的心灵、陶冶人的情操。

其次,屠格涅夫和托尔斯泰不仅对自然本质有着不同的认识,而且对自然发挥作用的形式有着不同的理解。在屠格涅夫看来,自然变化遵循着自然法则,在有节律、有秩序地维持着新陈代谢。没有新陈代谢,事物就不能生存发展,但这种发展只在局部有理性、有意义,从总体上讲则是非理性的、盲目的、无意义的、非历时性的。新陈代谢只不过是一种自然法则,与进步无关。在托尔斯泰看来,自然是理性的,犹如设计师。正是在自然的启示和促使下,人类社会

---

① [俄]亚·波波夫:《列夫·托尔斯泰传》,李未生、辛守樾译,哈尔滨:黑龙江人民出版社,1987年,第145～146页。

② [俄]列夫·托尔斯泰:《战争与和平》,刘辽逸译,第371页。

才日趋走向至善，由此，托尔斯泰认为自然的作用是进步的、理性的。在自然发挥作用的这个过程中，人处在既消极又积极的地位。之所以消极，是因为人只能按照自然理性的预设发展；之所以积极，是因为实现这种至善最终要通过个体的自由意志。

屠格涅夫认为自然的新陈代谢在总体上是非理性的、非历时的、非进步的，是无意义的重复轮回，对于这一观念，他曾借莎士比亚的戏剧《麦克白》中的一段台词来表达："——啊，我可怜的同病相怜者，不论你是谁，——你都反驳不了诗人莎士比亚的那些可怕的话：'我们的生活只不过是一个到处徘徊的幽灵；是一个可怜的演员，在舞台上装模作样地表演一阵，到头来还是销声匿迹；是一个疯子讲述的童话，尽管有声有色，却没有任何意义。'"[①]同时，他还引用俄国谚语加以说明，人生"还是那只松鼠在那个旧车轮，甚至是在没有修理的车轮里瞎忙活"[②]。既然生活像自然一样，只有新陈代谢而无进步，那么生活在本质上也就失去了意义。具体到屠格涅夫的作品来说，他笔下的主人公虽燃起过变革社会和追求美好爱情的激情，但大都像哈姆雷特一样，是语言的巨人、行动的矮子，对待变革往往浅尝辄止，对待爱情犹豫难决。从这种自然观出发，屠格涅夫在塑造人物时，把人与人之间的矛盾冲突归结为"旧人"和"新人"的冲突。旧式保守的贵族作为将要被社会淘汰的一类人，屠格涅夫对其往往表现出尽情地嘲讽，而对新式改革派贵族或平民知识分子，则抱有赞赏态度。同时，屠格涅夫又认为，新事物是在旧事物基础上生长出来的，没有传统就没有发展；新事物比较弱小，并具有"虚无主义"成分。因此，他在塑造这些人物时，又怀有极其矛盾复杂的态度，这种复杂态度就造成了人物性格的复杂性，进而他笔下的人物在获得较高审美价值的同时，也给作品带来了巨大争议。由于这种自然观往往通过一个主要人物所经历的两件事（爱情和事业）来揭示，因此屠格涅夫的作品便具有人物不多、情节较简单等特点，篇幅也不长（他的长篇小说大都像中篇）。

托尔斯泰认为，自然有一个逐渐至善的过程。在这个至善的过程中，人和自然逐渐由对立走向统一，即人由盲动无知逐渐领悟到自然的真谛，自觉服从"自然至善"的"需要"。因此，托尔斯泰笔下的人物性格也有一个变化发展的过程。如皮埃尔最初仅满足感官需要，随遇而安，后来又通过普拉东了解到人生的意义之所在；安德烈两度上战场、两度负伤之后才认识到人活着是为了爱；罗

---

① 《屠格涅夫自传》，朱宪生译，第 223 页。

② 《屠格涅夫自传》，朱宪生译，第 223～224 页。

斯托夫虽和索尼娅爱得欲死欲活，但在与玛丽亚的接触后，才认识到爱情也有圣俗之分；列文经历了平庸爱情、改革失败之后，终于认识到人应该为上帝活着；聂赫留朵夫和玛丝洛娃的性格发展更为曲折复杂，有一个更为漫长的过程，即由纯洁到堕落，再到心灵的复活、信仰的复归。当然，托尔斯泰笔下的人物，有的也经历了逐渐背离善的过程。如鲍里斯本来爱着纯洁的娜塔莎，但他逐渐醉心于对功名利禄的追求，最终放弃了美好的爱情；安娜也是如此，由对爱情自由的个性追求，及至沉醉于感官欲望和虚荣心的满足。以上这种逆向发展，在托尔斯泰看来迟早会受到自然的惩罚。也应看到，这种认为自然有一个逐渐至善过程的观念，不但使人物性格发展需要一个长时间的跨度，带有极大的人物传记色彩，而且为了展示这种转变，不得不展示人物的内心世界，这样就形成了托尔斯泰塑造人物所运用的独特方法——心灵辩证法。正是这种方法，托尔斯泰作品中人物性格的发展过程才得以实现。托尔斯泰笔下的男主人公，其心灵变化都带有反思忏悔色彩，这便形成了其创作中的“忏悔贵族”形象系列。与屠格涅夫笔下人物犹豫不决、徘徊观望相比，托尔斯泰笔下的人物更有坚忍不拔的毅力和苦苦探求人生真理的执着精神，可以说屠格涅夫塑造的男主人公的性格多类似哈姆雷特，托尔斯泰笔下人物的性格近似浮士德。为了呈现出每个人物追求至善这一过程，整个作品的结构篇幅就要服务于这一目的。因此，与屠格涅夫的长篇小说相比，托尔斯泰的作品有着宏大的叙事结构，篇幅都比较长，动辄几十万字乃至上百万字，耗时往往五到十年。

最后，在屠格涅夫看来，自然的新陈代谢不但是非理性的，而且也是自足的，不需要假借任何外力，人不但不能干涉它，还不能了解它。而托尔斯泰则认为自然的至善过程虽然是客观的、宿命的，但不是自足的，自然法则在自然界可以实现自足，但在人类社会则要面对一定的“阻力”，其中不仅有情欲本身的诱惑，还有种种功名利禄的诱惑。因此，这就需要借助一种外在的力量，对人类进行“劝谕”“启蒙”，使之体悟到“自然至善”的使命，并且能够主动“配合”。

屠格涅夫认为自然不但是自足的，而且是神秘莫测的，这种思想在他早期的《黄昏》一诗中便有所表露。“我的心中激荡着不安和惊恐，/ 我用目光徒然地向大自然询问，/ 它在深沉的睡眠中默默无声——/ 竟没有一个上帝的造物，/ 能够把个存在的奥秘弄清？”[①]这样，屠格涅夫将大自然的神秘性及其随心所欲的任性看成是一种“命运”。“命运总是严峻地、冷漠地引导着我们每一个

---

① 《屠格涅夫全集》第10卷，朱宪生等译，石家庄：河北教育出版社，1994年，第4页。

人——只不过起初我们忙于各种各样的事，因争端，因忙于自己的生计等等而没有感到它那只硬邦邦的手罢了。暂且蒙在鼓里，而不感到说谎的惭愧，可以生活而不感到羞愧地抱有期望。真理——不是完全的真理，那是根本不能有的——哪怕是我们能悟到的那一小部分，马上就会堵住我们的嘴，束缚住我们的双手，把我们领向‘否’。”[①]自然的“这种力量一往直前，吞噬着一切，连自己的胜利都不停下来庆祝。我们怎么能在这沉重、粗野、无尽无休又不知疲倦地涌来的浊浪面前坚持住呢？我们又如何能相信我们在黑暗中、在无底的深渊的边缘上，用泥土塑造的短暂即逝的形象的意义和长处呢？”[②]命运既可以让屠格涅夫笔下的罗亭、拉夫列茨基等的爱情达到高潮时便戛然而止，也可以让尚在青年时期的英沙诺夫、巴扎罗夫猝然病死，以致“壮志难酬”。这些“变化”并不能归咎于屠格涅夫的政治偏见，自然的这种自足性使他作品中的人物都有一种悲剧性结局，并且越是他喜爱的人物、越是有思想的人物，就越容易走向悲剧。这种自然观使屠格涅夫的作品笼罩着一层淡淡的哀愁，进而形成了一种忧郁美。

托尔斯泰把自然的至善至美看作是一个过程，这不但为现实中恶的存在寻找到了缘由，而且使人看到，至善仅靠自然自身的力量是难以达到的，还必须依靠人的理性，即人不断反思自己的行为，不断领会自然的奥秘。当然，在托尔斯泰看来，俄国社会中最具理性的是贵族阶级，其中又以那些优秀青年贵族为最。这些优秀青年贵族具有较强的责任感和爱国心，不但能给俄国带来希望和光明，而且较一般人更能领悟到自然终要实现至善的“意图”，从而更容易达到自然和理性的合一(类似于“天人合一”)，这一点在《战争与和平》中表现得最为充分。作品中的主人公，无论是皮埃尔、安德烈还是尼古拉，都通过自身的不断追求，最终领悟到了超越世俗的、自然所赋予的使命，显示出自然的自足性。但在《安娜·卡列尼娜》中，托尔斯泰开始怀疑人的理性力量，开始质疑自然的自足性。安娜追求的合理性与她最终受罚而死的巨大矛盾，暴露出自然力量和人的理性的有限性，毕竟安娜之死和海伦之死有着性质上的根本不同。安娜的悲剧意味着人仅凭自身的理性难以认识“至善”(上帝)，这就需要一种学说来“启蒙”大众，这个大众既包括安娜也包括列文，尽管后者已找到了上帝，但是列文找到的上帝还不是托尔斯泰观念中的上帝。直至《复活》中，托尔斯泰才提出先知一样的学说——托尔斯泰主义，其主要内容是：“道德上自我完善”，“勿以暴力抗

---

① 《屠格涅夫自传》，朱宪生译，第 222 页。

② 《屠格涅夫自传》，朱宪生译，第 226～227 页。

恶”，要“宽恕”一切人，“爱”一切人。在托尔斯泰看来，只要芸芸众生能按照上述主张行事，就能够实现自然的“至善”。

其实，托尔斯泰主义体现着托尔斯泰的自然非自足观念。由于“自然至善”在自然界得到了充分的实现，因此人类社会不应像西方那样把理性看得高于一切。由崇尚理性而带来的所谓西方文明，只能导致人的虚伪，这从《琉森》这部小说即可看出。由此发散出去，社会结构越简单越好，人的智慧越少越好，返璞归真，以适应自然。与卢梭不同的是，托尔斯泰并不是主张简单地回归自然，因为这样只能导致人的褊狭和愚昧，这从《哥萨克》这部小说即可看出。托尔斯泰仍然肯定文明的价值，但这个“文明”已与西方无关，而是以《福音书》为主，吸取世界上一切优秀文化成果如孔子、老子、佛陀等的学说，进而形成他的托尔斯泰主义，以此教育启蒙大众，走向他独特的文明——过一种纯洁、朴实的自然生活，实现自然的至善，最终把“天国”建在“人间”。在这一自然观的影响下，托尔斯泰注重人物性格内在的情与理、善与恶的二元冲突，因而人物性格比较丰满。伴随着托尔斯泰的宗教探索，作品的思想内涵也在逐渐加深，当然比起屠格涅夫的作品，多了几分说教气。

通过上述分析，我们看到屠格涅夫和托尔斯泰都崇拜自然，但对自然又有着不同的理解，正是这些不同的理解，二者才具有各自的创作取向，进而形成独特的创作特色。其实，自然观不仅影响着他们的创作观，还影响着他们的世界观、宗教观，这两位大师数十年的关系好好坏坏，矛盾不断，也不能说与这种自然观的分歧没有关系。

跋

托尔斯泰研究在我国已经有一百多年的历史了，但是只有到了当代，托尔斯泰研究才出现了较为繁盛的局面，出现了如此多的“托学”研究者和研究成果。据统计，光中国知网上的论文就有四百多篇，研究专著和译著就有几十部。本人虽天资不敏，才学疏浅，由于深信勤可补拙之良训，三十多年来埋身书斋，孜孜以求，不敢稍有懈怠，在托翁研究上也做出了一点成绩，虽成果不多，分量不重，但今天还是冒昧地把新的研究成果捧献出来，与诸位方家交流，以期得到垂顾。

这本即将问世的小书，是我多年研究托尔斯泰的成果之一，是由大多已经发表的相关论文“连缀”而成。尽管小书的“主题”有可能比较分散，但这又似乎暗合了托尔斯泰创作思想的矛盾性和复杂性，因为就目前的新研究趋向来看，再像过去那样用一种观点和一种方法去概括托尔斯泰的创作观点和艺术成就不仅是很难的事情，而且也是事倍功半的事情，论证上的“宏大叙事”已经过时，似乎“盲人摸象”式的“小叙事”成为可能。托尔斯泰创作思想的“复杂性”是通过“矛盾性”体现出来的，具体来看又表现在如下八个方面：一是托尔斯泰虽然崇尚乡村宗法制生活方式，厌倦都市生活，否定西方文明，但是他也看到了宗法制生活有压制个性、抑制欲望、导致经济滞后的一面；二是托尔斯泰崇尚卢梭，崇尚大自然，赞赏“回归自然”的主张，但他也看到了自然并非总是“至善”的，自然中也包含有野蛮和恶的成分；三是托尔斯泰虽是崇尚道德理想主义的作家，自责和罪恶感是他生活和创作中的主要内容，但他也把生命看得非常重要，又时常让道德让位于生命，强调尊重生命、张扬生命为更大的道德；四是托尔斯泰在揭露战争残酷性、反对穷兵黩武的战争行为、反对极端民族主义、否认俄罗斯民族负有特殊历史使命、主张和平主义与世界主义的同时，也存在着正常的民族主义和爱国主义热情，以及肯定民族风俗文化的一面；五是托尔斯泰一生受启蒙思想影响，相信理性，相信真善美必将战胜假恶丑，但是由于他擅长研究人的心理世界，描写人心理在“瞬间”的千变万化，这又使其看到了人的非理性和神秘性；六是托尔斯泰热爱艺术又否定艺术，否定前期作品，甚至否定莎士比亚，其实托尔斯泰创作中对人性恶的揭示又很难不让人想起莎士比亚；七是托尔斯泰反对暴力革命，坚持“勿以暴力抗恶”，在这一点上他始终坚守底线，但是对沙俄政府、司法制度、官方教会的全面否定以及对革命者所表现出的极大同情，又使他不自觉地为革命的发生制造了充分的舆论准备，从而成了“不革命的革命者”；八是托尔斯泰虽然终生都在探讨宗教信仰问题，他笔下的人物结局也大多都皈依了基督教，但是其宗教思想又是非常复杂的，其中包含有许多异教的甚至无神论的成分，“林深不知处，复照青苔上”，把托尔斯泰的复杂思想“统一”起来加以论述是困难的。当然这样说也免不了有“诡辩”和“狡黠”的成分，有为自己小书的“主题”分散和“结构”松散而强词夺理之嫌，无非是敝帚自珍的毛病在作祟。不管怎样吧，只要大家读了小书之后有所收获，“心有戚戚焉”，本书写作的目的也就达到了。

“思到穷处知音少，情到深处无所寄。”人生是孤独的，学术事业是寂寞的。这令我蓦然想到托翁在 80 多岁高龄上还舍家出走，踽踽独行，之后客死他乡，好不凄然。托翁这样做，还不就是为了逃避孤独和寂寞吗？不过如今已 194 岁“高龄”的托翁假如在天上有知，在中国泉城某一隅，仍有一位年过知天命的学人在研究他，崇敬他，他是否会感到一丝欣慰呢？

感谢在我的学术道路上曾经引领过我的雷成德先生、周来祥先生、陈炎先生等，虽然他们已经故去，但他们那严谨的治学态度、浓烈的人文情怀、追求真理的奉献精神等，一直在影响着我，激励着我。感谢陈建华教授在百忙之中抽暇为我嘱序，这是陈老对后进的提携和鼓励。感谢郭凯迪编辑为本书付出的辛劳。最后还要感谢我的家人，亲情的温暖与温馨，为我的学术研究提供着持续不断的动力。

书稿杀青时，济南天气渐冷，国内新冠肺炎疫情又有激增趋向，这已经是全球疫情发作的第三个年头了，何时人类才能战胜新冠，现在看来仍不容乐观。本就稀缺的人文精神在严酷的大自然面前，在利欲熏心的愚昧者面前，益发显得脆弱。但愿病毒早退，世人平安；但愿人文不衰，国运永昌！

张中锋

2022 年元月 28 日于“一叶斋”